BESTSELLER

Toni Hill (Barcelona, 1966) es licenciado en Psicología, aunque desde hace años se dedica a la traducción literaria y a la colaboración editorial en distintos ámbitos. En 2011 inició con *El verano de los juguetes muertos* (Debolsillo) su popular trilogía protagonizada por el inspector Héctor Salgado, un éxito instantáneo de crítica y ventas publicado en una veintena de países.

*Los ángeles de hielo (*Grijalbo, 2016), *Tigres de cristal* (Grijalbo, 2018) y *El oscuro adiós de Teresa Lanza* (Grijalbo, 2021) consagraron al autor como uno de los maestros del género negro en nuestro país. Además, fue reconocido con el Premio Novelpol 2019 (ex aequo), el Premio Tormo Negro-Masfarné 2019 y el galardón a la Mejor Novela Negra del 2018 por la revista digital *Llegir en cas d'incendi*.

Con *El último verdugo* (Grijalbo, 2023), Toni Hill firmó su thriller más adictivo, parte de la Trilogía del verdugo, que continúa con *La hora del lobo* (Grijalbo, 2024) y cierra con *La muerte blanca*.

TONI HILL

La hora del lobo

DEBOLS!LLO

Papel certificado por el Forest Stewardship Council®

Primera edición en Debolsillo: mayo de 2025

© 2024, Toni Hill Gumbao
Autor representado por The Ella Sher Literary Agency, www.ellasher.com
© 2024, Ramon Lanza, por el mapa
© 2024, 2025, Penguin Random House Grupo Editorial, S. A. U.
Travessera de Gràcia, 47-49. 08021 Barcelona
Diseño de la cubierta: Penguin Random House Grupo Editorial / Helena Boet
Imagen de la cubierta: © Miguel Tejedo

Printed in Spain – Impreso en España

ISBN: 978-84-663-7937-3
Depósito legal: B-4.763-2025

Compuesto en Llibresimes
Impreso en Black Print CPI Ibérica
Sant Andreu de la Barca (Barcelona)

P 3 7 9 3 7 3

La hora del lobo es el momento entre la noche y la aurora, cuando la mayoría de la gente muere, cuando el sueño es más profundo y las pesadillas son más reales, cuando los insomnes se ven acosados por sus mayores temores, cuando los fantasmas y los demonios son más poderosos.

La hora del lobo,
INGMAR BERGMAN

Todos somos Judas Iscariote. Incluso tras ochenta generaciones, todos somos Judas Iscariote.

Judas,
AMOS OZ

Nota del autor

El valle de Boí es un municipio de la comarca de la Alta Ribagorça, en el Pirineo catalán, compuesto por ocho pequeños núcleos de población (Coll, Cardet, Barruera, Durro, Erill la Vall, Boí, Taüll y Pla de l'Ermita). Además de sus espléndidos paisajes, entre los que se cuenta el parque nacional de Aigüestortes y el hermoso lago de Sant Maurici, el valle es famoso por sus iglesias, testimonio del periodo románico en Cataluña.

Todo lo que sucede en esta novela, así como los personajes y situaciones que en ella se cuentan, es fruto de la imaginación del autor.

Prólogo

Boí, valle de Boí,
noviembre de 2015

En las noches sin luna el único rey del valle es el silencio. Hoy el cielo es una sábana negra y flota en el aire una neblina turbia que oculta parte de la torre de la iglesia, siempre iluminada, como un faro de montaña. Desde la ventana del comedor, Marta tiene la impresión de que la parte superior del campanario está suspendida en el aire y siente el frío que desprende el vidrio al apoyar la mano en él. Un helor recio le sube por el brazo, hasta llegar al tatuaje del hombro en el que ella prefiere no pensar. Se anunciaban nevadas para los próximos días, pero de momento solo se aprecia una tenue capa blanca en las cumbres que circundan el valle. Ahora que está a punto de partir, Marta se dice que la nieve, por hermosa que sea, supondría un obstáculo añadido. «Y eso es lo último que necesitamos», piensa. Los nervios, que la han mantenido alerta durante todo el día, están dando paso al cansancio y a una desazón con la que lleva años conviviendo. Algo que a veces le provoca un vacío en el estómago, que en ocasiones incluso la marea y que solo logra apaciguar asegurándose de que su hijo está a salvo.

Sube deprisa la escalera hasta el cuarto de Daniel, donde el niño duerme completamente vestido, pese a sus protestas de que quería esperar despierto. Ella prefiere dejar que descanse mientras pueda. Verlo así le serena el ánimo. Se acuesta a su lado, para sentir su cercanía, su olor. Los niños parecen dormir con la misma entrega con la que juegan, abandonándose al momento. Recuerda que cuando Daniel era solo un bebé, ver su cuerpecillo absolutamente inmóvil había llegado a asustarla. Luego se acostumbró: Daniel caía fulminado de repente, en mitad de un cuento o en cuanto rozaba la almohada. Siempre ha pedido acostarse con la luz de la mesilla encendida y ella nunca se lo ha impedido; por eso ahora ve la mochila llena de las cosas que él solo ha metido en ella, y el juguete que ha escogido para llevarse consigo.

«Solo uno, mi amor. Lo siento mucho», le ha dicho hace unas horas, cuando le informó de sus repentinos planes. Lo vio dudar durante un buen rato entre el flamante robot con luces, el regalo estrella de su último cumpleaños, y el viejo ciervo de peluche, antaño suave pero ahora tuerto y áspero, que le acompañaba desde que apenas tenía un año. Eso le ha entretenido las últimas horas y ha evitado el aluvión de preguntas que seguro que pasaron por la cabeza de su hijo a lo largo de esta tarde. Cuestiones para las que ella no tenía una respuesta fácil, aunque sí contundente. Debían irse. En algún momento de esta noche. Amanecerían en otro lugar y volverían a empezar de cero. Dirían adiós al valle, al colegio y al parque. Debían dejar atrás muchas cosas, entre ellas los juguetes que Daniel había ido atesorando durante los últimos cuatro años. No está segura de por cuál se ha decantado al final: el robot está de pie junto a la mochila y el niño duerme abrazado al peluche. Quizá sea su manera de despedirse antes de abandonarlo allí.

Marta mira el reloj que hay sobre la mesilla, en el que Mickey Mouse sonríe a todas horas, y ve que son las doce y veinte. No sabe a qué hora los recogerán; solo que deben estar preparados para salir en cuanto llegue el coche. Es lo menos que puede hacer, sobre todo teniendo en cuenta lo inesperada que ha sido esa mano amiga que los llevará a un sitio seguro. Ella habría podido mentir al niño y decirle que se iban de viaje o lo que fuera, pero estaba harta de cuentos. A sus casi ocho años, Daniel no tiene edad para saber la verdad, pero su madre tampoco ayuda al intentar alejar el peligro con una maraña de embustes.

Ignora si algún día Daniel podrá saber cuál es su verdadero apellido —Folguera, como el suyo—, quién es su padre o por qué huyeron de esa casita de piedra donde habían vivido en paz desde que se instalaron en Boí. Su hijo es demasiado pequeño para acordarse de las mudanzas anteriores, de las huidas febriles que tuvieron lugar durante la primera etapa de su vida, en cambio en este pueblecito del Pirineo ha echado raíces. Tiene amigos. Y, pese a todas sus reservas, ella también.

Incapaz de estarse quieta, Marta se levanta. Sale del cuarto dejando la puerta entornada y baja hacia la cocina. Es grande para lo que son las dimensiones totales de la vivienda y está provista de una mesa de madera maciza. En ella han hecho deberes y dibujos, han batido huevos para preparar bizcochos; ahí es donde Daniel aprendió a leer. Ahora la superficie está despejada y Marta vuelve a pasar un trapo, como si quisiera eliminar así cualquier rastro de su existencia.

Se pregunta qué dirán los otros padres a la mañana siguiente, cuando se reúnan junto a la iglesia a la espera de los taxis que llevan a sus niños al colegio. Pensarán que se les han pegado las sábanas, la llamarán para avisarla. Es posible que alguien se acerque hasta aquí cuando se den cuenta de que nadie contesta al teléfono. Se encontrarán con una casa vacía y una ausencia inexplicable. Con un misterio que ocupará las conversaciones del valle durante medio invierno, cuando la nieve cerque los pueblos. «Marta siempre fue rara», dirán. «No se relacionaba mucho, nunca supimos casi nada de ella; ni de dónde venía, ni qué había hecho en la vida. Y nunca recibían visitas, ¿no os había extrañado eso?». «Un buen día se instalaron aquí, ella y el niño, y tal y como vinieron, se esfumaron sin despedirse, como si fueran delincuentes o fugitivos...». Espera que alguien los eche de menos, aunque sea solo un poco. ¿Cómo le explicarán a Quim que Daniel, su amigo del alma, se había marchado sin tan siquiera decirle adiós?

¿Qué dirá Eric de que se hayan ido sin más? Hizo bien en cortar con él, piensa ahora. Hay historias que ella no puede permitirse.

Es absurdo preocuparse por esas nimiedades cuando lo que está en juego es mucho más importante. Aun así, no logra evitar el zarpazo de la nostalgia anticipada. Desde que nació Daniel, este ha sido el único lugar que ha sentido como su casa. Entra en la cocina, vuelve a acercarse a la ventana y la abre solo un poco. Junto a ella su hijo descubrió la nieve: la vio caer en forma de plumas blancas, estupefacto, sin atreverse a salir a la calle para no estropear aquel manto impoluto. Ahora, el frío penetra por la rendija, le acaricia la mejilla y Marta nota que las lágrimas le anegan los ojos.

Respira hondo, como si quisiera tragarse todo el aire del valle, y siente unas inmensas ganas de gritar. De proferir un aullido que despierte al pueblo entero, que sobresalte a las aves nocturnas, que se cuele en las casas ajenas y horripile a sus habitantes. No lo hace. El grito se le deshace en la garganta dejándole una intensa sensación de vacío.

Está de camino al comedor cuando oye por fin un rumor que altera la paz nocturna y, al entreabrir la puerta principal, distingue el coche: avanza despacio con los faros apagados, tal y como habían acordado. Ha llegado el momento. Marta corre hacia la escalera para ir a despertar a Daniel.

De haberse quedado allí durante unos segundos más, habría visto que del vehículo no bajaba una sola persona, sino dos, y tal vez ese detalle la habría puesto en guardia. Pero lo que hizo fue dar media vuelta y dejar la puerta abierta.

A veces el futuro se decide en unos segundos de descuido.

Daniel se ha despertado cuando su madre ha salido del cuarto y ha permanecido unos minutos remoloneando en la cama, sin saber muy bien por qué estaba vestido. Luego lo ha recordado todo de repente.

Tiene en brazos al bambi tuerto, porque antes de que le venciera el sueño decidió llevárselo escondido en el bolsillo del anorak y meter el robot en la mochila. No quería renunciar a ninguno de los dos, pero intuía que no era un buen momento para discutir con su madre. Así que se levanta de un salto y estruja el peluche hasta convertirlo en una bola informe para poder guardarlo sin que se note.

Con el anorak puesto, se concentra en vaciar la mochila para que quepa el robot. No es una tarea fácil, es demasiado rígido y solo consigue doblarle un poco las piernas para que ocupe menos. Se le ocurre una idea: saca el jersey que ocupaba media mochila y envuelve al robot como si estuviera vistiendo a una muñeca. Lo que ya no puede es cerrar la cremallera porque choca con la cabeza del robot. Tras unos minutos de forcejeo, se harta y tira la mochila contra la cama. Está enfadado, sí. Por una vez siente que tiene todo el derecho del mundo a estarlo. Incluso a decir palabrotas y a dar puntapiés. ¿Por qué tienen que irse?

¿Por qué no puede seguir durmiendo, ir al colegio al día siguiente y luego quedarse a jugar en casa de Quim hasta que su madre vaya a recogerlo como siempre? JO-DER.

Así que Daniel se sienta en el suelo decidido a no moverse de allí. Se dice que puede irse a vivir con Quim y sus padres y que mamá venga a verlo cuando quiera, aunque en el fondo es consciente de que su propuesta es ridícula y… ¿cómo era la palabra que habían aprendido en la clase de lengua esa semana? In-vi-a-ble. Le gusta la maestra que tienen este año, le gustan sus cuentos y su sonrisa y su pelo, muy rizado. «En-sor-ti-ja-do», les dijo ella. A Daniel le encantan las palabras, disfruta repitiéndolas sílaba a sílaba y las anota en un cuaderno que le compró su madre. «El Diccionario de Daniel», escribió él en la tapa. Y entonces cae en la cuenta de que esa libreta sigue guardada en la cartera del colegio. Los libros le dan igual, pero no piensa separarse de sus palabras. Así que se levanta del suelo, abre la puerta de su habitación y sale al pasillo, con el anorak puesto y el peluche en el bolsillo. Antes de llegar a la barandilla de la escalera que conduce al salón, oye un golpe y un gemido ahogado.

Tarda unos instantes en procesar lo que ve. Su madre está en el suelo, tirada sobre la alfombra a los pies de la escalera, y encima de ella hay una figura vestida de negro que recuerda a una fiera.

Un lobo voraz.

Daniel está a punto de gritar cuando el instinto más primario de supervivencia le quiebra la voz. Abajo, Marta se revuelve, sus piernas intentan moverse a pesar de la figura que las aplasta. Daniel no consigue apartar la mirada, y contempla inmóvil cómo el cuerpo de su madre va languideciendo. Está tan horrorizado por esa alimaña que no se percata de que en la casa hay alguien más. Otra silueta oscura que profiere un rugido y avanza a toda prisa hacia la escalera. En dirección a él.

Entonces Daniel recuerda lo que su madre le ha dicho mil veces: «Si alguna vez nos atacan, tú huye. Vete sin mirar atrás; toma cualquiera de los senderos que salen del parque y se internan en la montaña y corre. Corre. ¡Corre tan rápido como puedas!».

Y eso hace: huye sin mirar atrás. Entra en su cuarto y cierra la puerta, como si fuera un muro que pudiera protegerlo del peligro. Luego mira a su alrededor y se detiene en la ventana, consciente de que es la única salida a la calle. Su madre jamás le habría permitido saltar desde el segundo piso. «Pero mamá ya no está», piensa con un aplomo poco infantil. Los pasos a su espalda se vuelven más firmes, están más próximos y él comprende que el miedo o la indecisión pueden ser errores fatales.

«Es un riesgo i-ne-vi-ta-ble», se dice. Y, con los ojos cerrados, armado con el valor que le confiere esa palabra, respira hondo y salta hacia la noche.

PRIMERA PARTE

Amanecer

Bienvenidos a la hora del lobo, ese lapso de tiempo que separa la noche de la aurora, cuando la mayoría de la gente muere, cuando el sueño es más profundo y las pesadillas son más reales, cuando los insomnes se ven acosados por sus mayores temores, cuando los fantasmas y los demonios son más poderosos. La hora en que, engañados por la falta de luz, confundimos a un perro con un lobo.

[Entra sintonía]

Una noche más, poco después de las diez, cuando ya reina la oscuridad, recibimos de nuevo a nuestros oyentes en nuestra Hora del lobo, *el programa nocturno que nos acerca a los misterios, las leyendas y las tradiciones artísticas de nuestro valle y de sus alrededores. Desde Barruera, hoy con la historiadora del arte Maite Padilla y quien os habla, Miquel Soler, periodista jubilado, apasionado por los temas ocultos y escritor sin fecha de jubilación. Hoy en Radio Pirineos, en el último jueves de agosto de 2022, nos preparamos para oír aullar a los lobos.*

[Efecto sonoro]

—*Buenas noches, Maite, ¿cómo estás?*

—*Encantada de estar aquí contigo y con nuestros oyentes. ¿Y tú?*

—*Feliz de recibirte en nuestro espacio. El mes pasado te echamos de menos. ¿Ya estás recuperada?*

—*En plena forma. Fue solo un resfriado, pero me dejó fuera de combate.*

—*Esas gripes de verano, ¡qué malas son! Pero bueno, resulta un placer tenerte con nosotros de nuevo. Y dime, ¿qué nos trae hoy la experta en arte románico?*

—*Pues en unos minutos viajaremos a Francia, así, sin movernos de casa, concretamente a un pueblecito llamado Moissac, situado a unos setenta kilómetros al noroeste de Toulouse. ¿Lo conocías, Miquel?*

—*La verdad es que no. Y, dime, ¿qué hay en Moissac? ¿Por qué nos propones este viaje?*

—*Por algo que sé que a ti y a nuestros oyentes os gusta mucho. [Pausa]. Una abadía. La abadía de Moissac es uno de los monumentos arquitectónicos más importantes del románico francés.*

—*¡Nos fascinan las abadías! Con un buen claustro, supongo.*

—*Uno maravilloso, con setenta y seis capiteles profusamente decorados con escenas de la Biblia. Pero también consta de una iglesia dedicada a san Pedro que cuenta con un pórtico espléndido con una talla en el tímpano del Apocalipsis según san Juan.*

—*Espera, espera. Recordemos a nuestros oyentes que*

en la web del programa podrán encontrar un enlace con fotografías de este monumento del que hablaremos en profundidad con Maite dentro de unos minutos. Pero, antes de adentrarnos en el tema principal del programa, de acercarnos a este misterioso espacio (¿por qué todas las abadías tienen esa aura enigmática? ¿Será porque siempre nos hacen pensar en El nombre de la rosa?), me gustaría dedicar unos minutos a las llamadas de nuestros oyentes. ¿Te parece bien, Maite?

—Por supuesto.

—¡Ha llegado vuestro momento, lobeznos! Ya sabéis nuestros teléfonos. Queremos oír vuestros aullidos. ¿Tenéis algo que preguntarle a Maite? ¿Alguna duda que yo os pueda resolver? Os recuerdo que el programa de la semana pasada, en el que contamos con Ricard Janer, nuestro guía de montaña favorito y fundador de la empresa de deportes de aventura más importante del valle, estuvo dedicado a los rincones secretos de nuestros senderos más recónditos, esos que solo conocen los auténticos exploradores de la zona. Si tenéis alguna pregunta, si queréis sugerirnos algún tema para otros programas o simplemente saludar a Maite después de dos meses sin oírla, este es el momento. Aquí, en La hora del lobo. ¡Aullad, malditos!

[Efecto sonoro]

[Sintonía dos]

Maite se quita un momento los cascos y bebe un poco de agua. Oye cómo su compañero atiende un par de llamadas de los oyentes habituales. Siempre son los mismos, al menos los que participan por teléfono, sin embargo nunca deja de sorprenderle la repercusión del programa en las redes sociales, sobre todo cuando abordan temas más populares. Duda que la abadía de Moissac despierte un gran fervor, pero era fácil de preparar y últimamente no dispone de demasiado tiempo libre. De repente, nota que Miquel frunce el ceño y que luego sus labios dibujan una sonrisa sarcástica. Cuando sonríe, parece mucho más joven. A sus casi setenta años, Miquel Soler tiene un aspecto envidiable al que contribuye su atuendo, primorosamente planchado por una esposa que jamás lo dejaría salir con una arruga en la camisa o sin la raya del pantalón. Cuando lo ve llevarse el dedo índice a la sien y negar ligeramente con la cabeza, siente curiosidad y vuelve a ponerse los cascos para escuchar al oyente. Llega un segundo tarde, porque ya es Miquel quien está hablando.

—... *no sé si le he entendido bien, señor. ¿Lo que plantea es una pregunta o se trata de un relato que quiere compartir con nosotros? La última semana de cada mes tenemos el concurso de microrrelatos, en el que puede participar siguiendo las instrucciones que encontrará en la web.*

Silencio. Alguien carraspea. Maite le pregunta con la mirada a Miquel y este pone los ojos en blanco. Moviendo los labios, dice: «Está como un cencerro».

—*¿Señor...?*

—*Creo que me he explicado con claridad. Esto no es ningún relato, ni tampoco un juego. En el valle tienen algo que no es suyo, algo que no les pertenece, desde hace años. Y creo que ya es hora de que lo devuelvan.*

—¿Podría explicarse? Me temo que no le entiendo…

—[Risa breve] Como ustedes quieran. No saben lo que están haciendo. No saben a lo que se enfrentan.

—Mire, si es una broma, no termino de verle la gracia, francamente…

—Recuerde mis palabras. Devuelvan lo que esconden. [Pausa] Miren, ya sé que no lo hacen por maldad. Les prometo que lo protegeremos. Él estará a salvo.

—¿Quién estará a salvo?

—[Suspiro, voz más baja] El chico. Daniel Folguera…

Miquel está a punto de cortar la comunicación. Lo que al principio le había hecho gracia ahora le parece un delirio y las palabras del individuo que hay al otro lado de la línea de golpe le han irritado. La paciencia no era su fuerte cuando era joven, pero a estas alturas de su vida es un hilo frágil que se parte con facilidad. No obstante, se detiene antes de estallar. Frente a él, ve que Maite Padilla se ha puesto repentinamente pálida. Intenta interrogarla con la mirada, aunque ella no parece darse cuenta y la voz le tiembla cuando susurra algo que el locutor no logra discernir.

La ciudad

1

La mujer que la mira desde el espejo se burla de ella. De todo lo que ha dicho en los últimos tiempos. Del falso aplomo que ha demostrado. De sus protestas ante las insinuaciones de que, tal vez, aún no había llegado el momento de volver a vivir sola.

Lena intenta responder a esa mirada burlona con una expresión de odio, algo que no es difícil a las cinco de la madrugada, después de otra noche de sueño interrumpido. Pero para eso también hacen falta fuerzas y ella está agotada, así que se rinde enseguida.

Hacía muchos años que no sufría terrores nocturnos. Los había dejado atrás, como había sucedido después con la vergüenza a hablar en público o el acné, sin tan siquiera saber cómo. Un buen día, alrededor de los once o doce años, cesaron las noches de insomnio, el pánico a las sombras, la percepción amplificada de ruidos inocuos que se transformaban, por obra y gracia de su mente infantil, en amenazas sutiles, y Lena ya no tuvo que volver a preocuparse de ellos. La niña asustadiza que se atiborraba de chocolate para superar las noches en la casa de su abuela creció y se convirtió en una mujer adulta, capaz de vivir y de dormir sola. Hasta ahora. Y el hecho de que esto haya sido algo previsible, incluso lógico, le provoca una profunda irritación consigo misma.

Le habían aconsejado que postergara el regreso a su piso y ella hizo caso durante un tiempo. Se había refugiado en casa de Jarque, se había dejado cuidar y atender durante meses por aquel hombre fuerte y sólido, el subinspector de los mossos con quien había empezado a salir poco antes del ataque, el mismo que la había rescatado de la silla del Verdugo cuando estaba convencida de que iba a morir. Curiosamente, es así como recuerda ahora aquella experiencia aterradora: no piensa en el cuchillo, ni en la voz de su secuestrador, ni en el sótano donde la encerró. En los momentos de pánico se imagina atada a una silla, incapaz de moverse, a merced de cualquier cosa.

En las primeras pesadillas su mente borraba al Verdugo, el hombre que la secuestró en la puerta de este piso y la llevó hasta el sótano de su casa. Lo que persistía era la sensación de impotencia que la invadió al verse atada a aquella silla, completamente indefensa. En una de las pesadillas más desagradables, la atacaba una horda furiosa de cucarachas que ascendían por sus piernas y se le colaban bajo la ropa; eran centenares, negras y asquerosas, y aunque conseguía pisotear alguna, no tenía manera de zafarse. Aquel ejército salvaje le subía por las piernas; las notaba entre los muslos y sentía el cosquilleo de sus patas avanzando en dirección a la garganta. Lo único que podía hacer era cerrar los ojos y la boca, pero aun así seguía percibiendo aquel roce asqueroso en los párpados, las mejillas, en las comisuras de los labios. Mientras, a unos pasos de distancia, una silueta sin rostro presenciaba la escena en silencio. No se cebaba, no la torturaba con sus palabras. Tampoco hacía nada por ayudarla, se limitaba a observar su sufrimiento.

Las pesadillas continuaron durante las semanas posteriores al ataque. Eran vívidas y cambiantes. Las malditas cucarachas cedieron el paso a las ratas y luego llegaron los pájaros salvajes que la atacaban con sus picos afilados. No eran tan repulsivos como las anteriores, pero sí más terribles, porque podían salir de cualquier lado y porque sus alas emitían un rumor sordo y atronador que se le metía en el cerebro y que seguía zumbándole en los oídos incluso cuando estaba despierta.

El hecho de que Lena, psicóloga y especialista en criminología, sepa al dedillo todo lo que concierne al estrés postraumático no le está sirviendo de ninguna ayuda. Quizá sea esto lo más frustrante: ella, que ha aconsejado a víctimas y estudiado a asesinos, no consigue llevar las riendas de su propia mente. Aunque es verdad que los sueños horribles se han espaciado (entre otras cosas porque han sido reemplazados por un insomnio pertinaz), recientemente ha empezado a sufrir episodios de claustrofobia, despierta y a plena luz del día. No se lo ha confesado a nadie, simplemente se limita a rehuir los espacios cerrados; hace pocos días tuvo que salir de un ascensor porque se angustió al pensar que debía permanecer en aquel cubículo pequeño después de que se cerraran las puertas. E, incluso en la cama, en su habitación de siempre, ha sufrido esa angustia paralizante. Siente como si las sábanas se convirtieran en sogas, como si la almohada fuera un imán pegado a su cabeza.

Al final es mejor levantarse, deambular por el piso, convertirse en un fantasma. A veces se ve así: el espectro de la mujer que fue en el pasado, un doble de Lena sacado de una película de ciencia ficción: alguien que ha ocupado su cuerpo, que la está suplantando y que ha logrado engañar a todo el mundo; una copia casi idéntica de la original que nueve meses atrás se quedó en aquel sótano horrible.

«Una copia ojerosa y ajada», se dice ahora al mirarse al espejo del cuarto de baño. En realidad, se lo dice esa mujer del espejo que es ella y a la vez es otra. No puede presentarse con esa cara delante de la prensa, dentro de... cuatro horas. Las entrevistas empiezan a las nueve y media, en la terraza del hotel Alma. Lucas Soldevila, su editor, está exultante: la popularidad de Lena ha disparado las ventas de su último libro, *Jóvenes asesinos*. Incluso aceptó de buen grado los cambios que ella realizó a última hora, que básicamente consistían en eliminar del libro el caso de Cruz Alvar. «Ser la víctima del asesino en serie más célebre de Barcelona tiene sus ventajas», piensa ella, y se sonríe a sí misma sarcástica. El libro, siete casos de *true crime* ficcionados, se publicó a principios de septiembre, coincidiendo con la *rentrée* literaria, y ella es consciente de que las entrevistas de promoción también se desviarán a otro tema: su papel de víctima y su rol en el descubrimiento de la identidad del Verdugo.

De pie en el baño, todavía en pijama, Lena siente que le flaquean las fuerzas. Jarque tenía razón: es demasiado pronto para exponerse al escrutinio público. A periodistas amables, pero curiosos; a una presentación que se prevé abarrotada, a un programa televisivo de máxima audiencia que la jefa de prensa de la editorial había cerrado para dentro de un par de semanas y a un sinfín de entrevistas. Todo en quince días. Con esta cara de muerta y el ánimo por los suelos.

El zumbido del móvil la sobresalta por la hora intempestiva, aunque por no sentirse tan sola acude a cogerlo. Es un whatsapp de Jarque.

«¿Todo bien? ¿Estás dormida?». Esas dos preguntas consiguen dibujarle una sonrisa. Solo David Jarque es capaz de enviar un mensaje de madrugada como si fuera lo más natural del mundo. Lo imagina solo, en el dormitorio que han compartido en los últimos meses. Ojalá no se hubiera obstinado en recuperar tan pronto lo que ella llama su vida normal. También era cierto que en algunos momentos había tenido la sensación de ser una intrusa en su casa, sobre todo de cara a los hijos de él. Eran buenos chicos, tan simpáticos como pueden serlo un par de adolescentes que se habían encontrado de repente a una extraña conviviendo con su padre. Por suerte, vivían la mayor parte del tiempo con la ex de Jarque; Lena, que no había tenido exactamente una infancia convencional, no se creía capaz de integrarse en una vida familiar al uso.

Ahora, con el móvil en la mano, siente unas repentinas ganas de verlo y le responde enseguida: «Ya estoy despierta. ¿No te apetecerá un café?».

La réplica de Jarque no se hace esperar: «¿Me estás invitando a desayunar a las cinco y cuarto? Ese es un plan que no puedo rechazar... ¡Voy para allá!».

Lena sabe que lo hará, él no conoce la pereza. Llegará en cuestión de minutos, la abrazará y le hablará en ese tono reposado, no exento de humor, que en ocasiones le resulta un poco condescendiente. Y seguramente luego se tumbarán juntos en el sofá y ella podrá dormir un poco entre sus brazos. Solo una hora de sueño profundo y tranquilo. No pide más.

Vuelve al cuarto de baño para arreglarse un poco. La mujer del espejo ya ha dejado de mirarla con malvada ironía, pero Lena sabe que esta es solo una victoria menor en una larga guerra.

Cuarenta minutos después, cuando está a punto de recostar la cabeza en el pecho del subinspector y de entregarse a un rato de descanso, él le pregunta:

—¿Preparada para todo el sarao de mañana? Bueno, ¡de hoy!

—Más o menos —susurra ella, somnolienta—. Es decir, preparada para hablar de mi libro, sin duda. Aunque me temo que no será el único tema.

—Ya.

Algo en su tono la espabila un poco, percibe que él está buscando las palabras antes de seguir hablando.

—¿Pasa algo? —Lena se está poniendo en guardia—. Ya hemos hablado de esto: el caso sigue bajo secreto de sumario y sé perfectamente que hay muchas cosas que no puedo difundir.

Él parece incómodo y Lena termina incorporándose para verle bien la cara. Jarque sigue abrazándola, aunque no la mira directamente.

—Y muchas que aún desconocemos, las cosas como son. Pero estoy seguro de que la prensa intentará sonsacarte. Es su trabajo al fin y al cabo.

Lena asiente despacio. De hecho, era algo que había pensado estos días, porque era obvio que la inusitada expectación que había despertado *Jóvenes asesinos* tenía una razón de fondo ajena al libro. Lena Mayoral se había convertido no solo en la víctima que sobrevivió al Verdugo, sino también en la criminóloga que había arriesgado su vida para desenmascararlo

Los hechos eran de sobra conocidos por el público. Charles Bodman, bajo el nombre falso de Thomas Bronte, un ciudadano británico instalado en Barcelona desde hacía varios años, había asesinado, o mejor dicho, ejecutado, a seis personas entre mayo de 2020 y diciembre de 2021, usando un método tan siniestro como era el garrote vil, un *modus operandi* brutal y de espíritu justiciero que dio nombre al asesino en los medios. El Verdugo había abandonado los cuerpos en diferentes lugares de la ciudad, acompañados de una críptica nota en la que afirmaba: «Alguien tiene que hacerlo». Habían sido meses de desconcierto para la policía, a los que siguió el pánico general cuando la noticia salió a la luz. Lena había colaborado con la investigación a partir del hallazgo de la tercera víctima, en enero de 2021. En aquella escena del crimen había conocido al hombre que tenía ahora al lado, piensa, apretándose contra él de nuevo. El caso había estado a punto de cerrarse en falso y fue Lena, convencida de que el perfil del sospechoso al que habían acusado de esos crímenes no encajaba con el del psicópata asesino, la que se obstinó en continuar investigando. Ni siquiera Jarque le había hecho caso, quizá porque las ganas de ver el tema zanjado nublaron entonces su juicio.

Pero el subinspector acaba de meter el dedo en la llaga. Sigue habiendo muchos puntos sin esclarecer en el caso. Lena no tiene muchas dudas sobre el criterio de selección de sus víctimas (personas que, según el código moral del psicópata, merecían morir), pero su falsa identidad es un cabo suelto. ¿Por qué Charles Bodman se había presentado en Barcelona con el nombre de quien había sido su antiguo vecino y amigo de la infancia, Tommy Bronte? Y, lo más importante, ¿qué había sido del auténtico Thomas? A estas alturas, nueve meses después de su detención, siguen sin dar con él. Basándose en sus conocimientos sobre los asesinos en serie, Lena puede esbozar muchas conjeturas, aunque también es consciente de que las hipótesis no son pruebas. Y ahora, con el juicio previsto para finales de este año, la justicia no necesita teorías sino hechos comprobables y tangibles.

—Bueno, su trabajo también tiene límites. Y ellos lo saben. Además, está claro de qué lado estoy, ¿no? —replica ella en un tono ligeramente cariñoso. Luego se incorpora del todo y continúa, con voz más seria—: De hecho, de momento preferiría no hablar de él. Mi editor sigue insistiendo en que escriba un libro sobre Charles Bodman después del juicio.

—¿Y te apetece hacerlo?

—Es un perfil muy interesante, sin ninguna duda —responde ella sin comprometerse.

—También es un tipo que intentó matarte.

—No me digas. ¿Pensabas que se me había olvidado?

—No. Lo que pienso es que estás convencida de que puedes con todo. Te estás exigiendo demasiado y alguien tiene que decírtelo.

Lena niega con la cabeza. No es la primera vez que surge esta conversación y no tiene especiales ganas de repetirla a las seis y pico de la mañana. Él le acaricia la cara con delicadeza, como si así suavizara sus palabras.

—A ver, subinspector Jarque —dice ella—, ¿está decidiendo cuáles deben ser mis futuros proyectos profesionales?

—Dios me libre. Solo te estoy dando un consejo. Y como amigo, no como policía.

—¿Solo como amigo?

Él le da un beso rápido.

—Eres la única amiga a la que visito a estas horas intempestivas.

—¡Más te vale! —Ella vuelve a acomodarse en sus brazos. Le gusta el olor de su ropa y de su cuerpo. Y tras un instante no puede evitar añadir algo más—: A veces, hay que saber aprovechar las oportunidades cuando se presentan. Un libro sobre el Verdugo puede ser un gran éxito y yo soy la persona más adecuada para escribirlo. Eso no me lo negarás, ¿no?

Jarque la escucha. Es una de las cosas que más le gustan de él: la escucha de veras antes de hablar.

—En lo segundo estamos de acuerdo. Pero date tiempo, ¿vale? Hazlo cuando te sientas emocionalmente fuerte para afrontar ese desafío. Y cuando dispongamos de toda la información sobre Charles Bodman.

—Te lo prometo. Y ahora, ¿crees que podríamos dormir un poco? —pregunta ella cerrando los ojos.

Él asiente con la cabeza y luego permanece inmóvil, para no molestarla. Tampoco quiere insistir más, se conforma con disfrutar de este rato de compañía, en el sofá, como dos adolescentes. Lena se duerme enseguida, lo cual no le sorprende: es obvio que no descansa, se le nota en la piel, en esos momentos de sueño profundo, casi instantáneo, en los que el cuerpo trata de recuperar las fuerzas. Él ya ha comprendido que su papel consiste en ser una especie de refugio. Admira su fortaleza, su empeño en no mostrar vulnerabilidad. Solo se pregunta hasta cuándo puede durar, en qué momento fallarán las fuerzas y piensa que, pase lo que pase, él quiere estar ahí para sostenerla.

Es lo que más detesta de los criminales como el Verdugo. El rastro que dejan a su paso. Siempre que lee teorías sobre las infancias destrozadas de los psicópatas, siempre que discute de eso con Lena, siente una rebelión interior. Todos parecen olvidarse de las víctimas, del dolor causado, de las secuelas imborrables de sus actos. Hace poco habló con las madres adoptivas de Óscar Santana, la última víctima mortal del Verdugo, y algo que una de ellas dijo le hizo reafirmarse en su posición. «No me queda espacio para la comprensión, ni para la piedad. Ni siquiera para la rabia o la venganza —le confesó antes de irse—. El dolor lo ocupa todo. Te invade entera; como si toda tú, en cuerpo y mente, estuvieras llena de tierra negra».

«Por suerte, en el mundo queda espacio para la justicia», piensa. Y por eso está decidido a asegurarse de que Charles Bodman reciba la peor condena posible.

2

La cárcel es como un gran bazar. En ella, puedes conseguir de todo, y también pueden robártelo en cualquier momento. Solo necesitas saber a quién acudir, de quién protegerte y, sobre todo, a quién no debes molestar. Yo he tardado unos meses en descubrirlo, pero ahora creo que tengo el espacio controlado. De todos modos, la cárcel es un bazar de miserias. A veces me planteo qué hago aquí. ¿De verdad piensan que voy a aprender algo bueno, algo que me haga mejor persona? *Come on, guys*. Si uno está hundido en un lodazal lo único que puede hacer es cerrar la boca y sacar la cabeza para respirar. Lo malo es que eso es lo que intentamos hacer todos. Y, en la superficie, el oxígeno escasea.

Charlie cierra el cuaderno a toda prisa cuando percibe la mirada fija de su compañero. Son las dos y media de la tarde y los internos están en sus celdas hasta que empiecen las actividades de la tarde. No es que le importe mucho que lo vea, de hecho a veces incluso le lee algún párrafo, pero escribir se ha convertido en un rato de intimidad que le sirve de refugio y le ordena las ideas, y por eso le molestan las intromisiones. Su abogado se lo desaconsejó con insistencia y Charlie supone que tenía razón. Si llevara un diario como el de antes y cayera en las manos incorrectas, podría perjudicarle, así que se limita a escribir del presente, de su vida actual, sin mencionar nunca nada relativo a sus crímenes. Tampoco le hace falta reescribirlos, se conforma con revisitarlos mentalmente, aunque lamenta no haber acumulado más recuerdos. Si hubiera sido más diligente, ahora tendría más ejecuciones que evocar en las noches de insomnio... Uno siempre cree que dispone de todo el tiempo del mundo, y no es así.

—Ha habido movida en el otro módulo —le informa su compañero en voz baja—. Movida de la dura.

Charlie ha descubierto que la cárcel es, entre otras muchas cosas, una fuente inagotable de rumores, venganzas y perrerías varias. Las amenazas viajan de preso en preso, de celda en celda, atraviesan puertas blindadas y vuelan como avispas en ese espacio cerrado. Y se cumplen. Eso es lo peor. Siempre se cumplen. También sabe que no necesita preguntar, porque Sergio Blasco está ardiendo en deseos de contarle todo lo sucedido.

—Le han metido una somanta de hostias al morito nuevo. El *pailán* de rizos que entró la semana pasada.

—¿Y por qué?

Sergio se encoge de hombros.

—Pues la verdad es que no está claro. Que llegó en

plan chulito, dicen. Que se metió con el Focas, dicen otros... Manda *carallo*, también hay que ser lerdo para tocarle las pelotas a ese *buzaco*. ¡Si te agarra del cuello con una mano y te sacude como si fueras un puto muñeco, el cabrón! El caso es que le han dado la del pulpo y ahora dicen que tres coleguitas del moro van a por el Focas y los suyos. Pero el Focas sigue tranquilo, *calmo* como siempre. Y cada día más *groso*, joder. Ni cuello tiene. Si te llega a dar a ti por matarlo cuando andabas fuera, tendrías que haberle metido el garrote en la frente, ya te lo digo.

Charlie no contesta. Hace tiempo que sospecha que, detrás de la bonhomía con acento gallego de su compañero, se esconden las ganas de averiguar cosas. Podría ser simple curiosidad, claro, pero también podría deberse a otros motivos menos personales. Lo que no puede negar es que ha sido una suerte contar con Sergio Blasco en su vida penitenciaria.

Cuando llegó al centro, a finales del pasado año, su primer destino fue la enfermería. La jueza de instrucción había ordenado que se le realizara una evaluación psiquiátrica, que, tal y como ya le advirtió su abogado, se demoró un par de meses. No había sido una mala etapa, la verdad, y además le había permitido entrar en contacto con los otros presos de manera paulatina. Eran muchos los que visitaban ese lugar, por variadas razones. Desde los obligados análisis de orina al regreso de los permisos a los programas de prevención del suicidio, en la enfermería había un goteo de presos procedentes de distintos módulos. Quizá el hecho de verlos en ese entorno aséptico y en sus momentos más vulnerables fue haciéndole perder los reparos que sentía ante la vida en la cárcel. Precisamente en la enfermería conoció a su compañero de celda, Sergio Blasco, un veterano en asuntos carcelarios que padecía diabetes y que se había convertido en su compañero de celda desde que el psiquiatra dictaminó que no padecía ningún trastorno mental, algo que él podría haberle dicho sin necesidad de tantas pruebas, y las autoridades de la cárcel lo trasladaron a un módulo relativamente tranquilo.

En los siete meses que lleva allí, Sergio le ha dicho qué guardias se enrollan y con cuáles no merece la pena ni probarlo, le ha puesto al día de los entresijos humanos del lugar; ha sido su sombra y su escolta, su amigo y tal vez también su espía. Charlie aún no lo tiene claro, pero en esto sí que ha seguido a rajatabla el consejo de su representante legal. Mantener la boca cerrada parecía la mejor opción. Al fin y al cabo, allí todos eran inocentes, ¿no? Incluso Sergio Blasco, a quien habían pillado con un alijo de cocaína en el camión que él mismo había ayudado a cargar. Le quedaban pocos meses de condena y a Charlie le iba a costar no tenerlo cerca.

Ahora Charlie se levanta y estira los brazos por encima de la cabeza.

—Pues yo del Focas me andaría con cuidado, mira lo que te digo —continúa Sergio—. No hay que fiarse de los moros. Y ese al que *zoscaron* podría ser alguien importante. Importante para ellos, claro. Si no, no se explica que ahora los otros vayan a por el gordo. ¡Si el morito apenas entró! *Non* pudo hacer tantos amigos en unos días... Eh, oye, ¿qué estás *facendo*?

Charlie sonríe. Acaba de apoyar ambas manos en los hombros de su compañero y ha notado un respingo.

—Estás tenso —le dice, antes de desplazar la mano derecha hacia su nuca y agarrar la parte carnosa del pescuezo.

—¡Quita! —exclama el otro, medio riéndose.

—Un masaje te descargaría la tensión. Tranquilo —añade—, ya sabes que no eres mi tipo.

—¿Tu tipo de qué? *Déixame* el cuello en paz, tú. Mariconadas las justas, ¿eh? Que aquí tampoco tienes mucho donde escoger, tú. Ah, y el Jaime me ha dicho que quiere hablar contigo. Que irá a verte a la biblioteca esta tarde.

Eso le sorprende más. Jaime es uno de los funcionarios. Uno de los mejores boquis. Un chaval joven, aún no demasiado curtido, que todavía cree que los internos pueden salir mejores de lugares como este.

—Gracias —le dice a Sergio mientras le da una ligera palmada en el cogote, y luego le susurra al oído—: Ah, y que sepas que me refería a que no eres mi tipo de víctima, no de hombre.

—Eso no tuvo gracia, cabrón —responde Sergio, apartándose un poco—. No, *non* tuvo ninguna gracia.

3

La biblioteca de la cárcel es un espacio rectangular en el
que siempre parece que es de noche. Aparte de eso, funciona casi como cualquier otra. Los internos pueden pedir
libros en préstamo y pasar tiempo allí en los horarios per-
mitidos. Se imparten talleres e incluso existe un club de
lectura, cuyos miembros se reúnen una vez al mes. Como
no siempre hay ejemplares suficientes, los debates sobre el
libro resultan un poco caóticos; en ellos a veces se discute
más sobre la lentitud de algunos a la hora de leer y devolver el título en cuestión que sobre la novela en sí misma.

La primera vez que Charlie pisó la biblioteca tuvo la
sensación de haberse trasladado, casi por arte de magia, a
un lugar seguro. Después de recorrer los pasillos, las celdas, el patio, el gimnasio o el comedor, por fin se sintió en
un terreno conocido. Tuvo la impresión de que entre esas
cuatro paredes se encontraría a salvo. Así que decidió pasar en el interior de aquella estancia todo el tiempo posible. Por eso empezó a relacionarse con los internos que

pasaban por el lugar de vez en cuando, y a ayudar a quienes seguían los cursos de formación penitenciaria.

Bastantes presos aprovechaban el encierro para retomar los estudios que, en muchos casos, habían quedado truncados por la marginalidad de sus hogares. Charlie acabó siendo oyente de las clases. Al principio se mantuvo al margen, leyendo, hasta que un día un joven marroquí le pidió consejo para hacer un ejercicio que no entendía. Charlie no era un experto en matemáticas, pero el problema era muy sencillo y se esforzó por explicárselo al joven hasta que lo entendió, en parte porque le agradó que solicitaran su ayuda, en parte porque ese chico tenía unos ojos negrísimos y un cuerpo muy deseable. Y, sobre todo, porque no tenía nada mejor que hacer. A partir de ese día corrió la voz y eran muchos los que después de las clases formales acudían a una especie de tutoría privada con aquel extranjero paciente. Las autoridades de la cárcel estaban al tanto, y, en vista de que los resultados de los alumnos mejoraban, decidieron no intervenir. Al fin y al cabo, ese refuerzo voluntario no perjudicaba a nadie y mantenía entretenido a un preso presuntamente complicado.

La prisión preventiva para el asesino en serie más famoso en España de los últimos tiempos era esperable. Nadie, ni siquiera Charlie, se planteó que pudieran dejarlo en libertad antes del juicio, menos aún cuando era sabido que disponía de dinero suficiente para huir del país. Sin embargo, su actitud como preso había supuesto una sorpresa. Nueve meses después de su primera noche en la enfermería de la cárcel, pocos lo relacionaban ya con la idea que se habían formado del Verdugo, y más de uno habría estado dispuesto a jurar que era imposible que aquel tipo amable, culto y hasta solidario fuera un asesino en serie. Lo cierto era que, a ratos, también a Charlie le parecía una etapa lejana, casi como si hubiera sucedido en otra vida. Se decía que, probablemente, la mayoría de los criminales nazis debieron de sentirse igual años después de perder la guerra, cuando la gente hablaba de los horrores cometidos en los campos de concentración. ¿De verdad ellos habían hecho eso? ¿Habían sido realmente los monstruos responsables de ese genocidio? El pasado se convertía en un recuerdo difuso que contradecía un presente pacífico, en el que muchos eran ya abuelitos cariñosos, incapaces de matar a una mosca. De cara a la galería, Charles Bodman había adoptado esa misma estrategia. Solo por las noches dejaba que la mente divagara hacia lo que había pasado en el sótano de su casa durante casi dos años. Eso era algo que no podían robarle: un bien preciado que él conservaría mientras mantuviera la lucidez.

Así pues, había puesto todo su empeño en cultivar una imagen bien distinta, la de alguien cuerdo y sensato, algo que surgía de él de manera natural. Charles Bodman podía ser buena persona, sentía que de verdad entendía a algunos de aquellos presos y consideraba que merecían la oportunidad de aprender. Podía ponerse en su lugar porque procedía de un entorno, si no marginal, sí al menos culturalmente yermo. Su padre afirmaba haber leído la Biblia, lo cual era a todas luces falso, una mentira sacra, se decía Charlie con ironía. Ni su madre ni Derek, su hermano mayor, habían demostrado el menor interés por la cultura en ninguna de sus formas, ni habían dedicado a la lectura más rato que el que les llevaba revisar el resumen de la película de turno en el teletexto. Y a veces lo dejaban a medias. Él había salido de ese páramo intelectual, y había luchado con todas sus fuerzas para alejarse de ese pueblo y de esa familia. Había odiado su nombre y sus circunstancias, que parecían condenarlo a la más absoluta mediocridad. Cuando por fin logró apartarse de todo ello, cuando el presente empezó a sonreírle y el futuro cobró la forma que él siempre había soñado, optó por elegir una identidad nueva y por construirse un pasado distinto. Uno en el que tenía unos padres cariñosos y sensibles y un hermano mayor que era a la vez su mejor amigo. Convertirse en Thomas Bronte, nutrirse de sus recuerdos, había supuesto un premio después de tanto esfuerzo académico y personal. Se había ganado la posibilidad de ser Tommy, el vecino al que siempre envidió. El que tenía todo lo que el pobre Charlie solo podía contemplar desde su lado de la tapia del jardín. Un padre artista, una madre hermosa y frágil que parecía un hada, y un hermano que era honesto y fuerte. Pobre Neil.

Era curioso: ahora que volvía a ser Charlie, el conflicto con su pasado había desaparecido. Quizá porque era plenamente consciente de que aquella miseria, moral y humana, ya no podía alcanzarlo. Todos estaban muertos. Incluso Derek, a quien había tenido el inmenso placer de partir el cuello en el otoño de 2020. Ni cien condenas ensombrecerían la felicidad de aquel momento, y si la puta sociedad fuera sincera, miraría hacia otro lado en lugar de condenarlo. Él no albergaba ninguna duda de que el mundo era un lugar mejor sin Derek Bodman. *Rest in hell, brother*.

Los doce presos que asisten esta tarde a clase se muestran especialmente inquietos. Aunque los observa a distancia, resulta bastante obvio que el profesor también lo nota y que ese día le está costando mantener el orden. Este tipo de problemas no son habituales, entre otras cosas porque los primeros interesados en portarse bien son los internos, pero hay días en los que la tensión que flota en el ambiente afecta a su comportamiento. El profesor levanta la voz un par de veces y el funcionario que lo acompaña interviene también, de manera puntual, para ayudarlo. Finalmente la clase termina unos minutos antes de lo previsto y el rumor entre los alumnos crece de nuevo. «Sin duda, pasa algo», piensa Charlie mientras cruza una mirada con el primer joven que le pidió ayuda. Ahora ya sabe su nombre, Shafiq Massoud, además de muchas otras cosas. Entre ellas, que se presta a encuentros intensos y fugaces cuando consiguen hallar un rincón que les garantice un poco de intimidad. No es algo que puedan hacer a menudo, pero el simple juego de miradas ya le sirve de distracción, y le espolea el deseo. Nada es gratis aquí, claro, y mucho menos alguien tan apetecible como Shafiq, pero él está en disposición de pagar por sus favores.

Podría pagar también otras cosas: conseguir que alguien le limpie la celda o se encargue de otras tareas ingratas. Sin embargo, Charlie cumple con sus obligaciones con diligencia, igual que el resto. Se conforma con compartir las Coca-Colas y las galletas que compra en el economato, con adquirir cigarrillos (que reparte con generosidad porque él no fuma), con zanjar deudas menores que penden como espadas sobre las cabezas de sus colegas. Porque aquí todo el mundo sabe que el que no paga, «cobra», y a Charlie no le gusta que sus colegas sufran. Por eso, son muchos los que quieren pertenecer a su círculo de confianza. Él los escoge con cuidado, con la ayuda de Sergio Blasco.

—Charlie, acompáñame.

La voz de Jaime, el funcionario, le distrae de sus pensamientos y de la imagen del cuerpo desnudo de Shafiq, que le revolotea en la mente y desciende en picado hacia su entrepierna cada vez que ve al joven. El encierro intensifica el deseo, o quizá lo que sucede es que los entretenimientos placenteros de cualquier índole son más bien reducidos.

Charlie lo sigue hacia uno de los largos pasillos que forman parte del laberinto intrincado de la cárcel. Es un tipo de estatura media, con el pelo muy corto y ojos afables. Casi bondadosos. Charlie lo ha visto poner orden alguna vez, cuando algún interno se desmadra, y siempre ha tenido la impresión de que lo hacía a regañadientes, aplicando la fuerza justa y necesaria, sin regodearse en su poder. Eso es algo que él distingue fácilmente: hay personas que disfrutan infligiendo dolor y otras que lo hacen solo por obligación, porque no les queda otro remedio. Jaime pertenecía sin duda al segundo grupo.

—Espera un momento, tengo que hablar con alguien ahora mismo —le dice Jaime.

Desde donde está ve que el funcionario se dirige a uno de los internos. Es un tipo rapado, con aspecto de guardaespaldas o de portero de discoteca. Los músculos de sus brazos parecen esculpidos en piedra. Charlie lo conoce y, básicamente, lo evita, a él y a su grupo. Los ciclados, los llaman: se pasan el día en el gimnasio, entrenando como una cohorte espartana.

Oye retazos de la conversación, aunque le cuesta entenderlo todo, porque quien lleva la voz cantante es el funcionario y se encuentra de espaldas a él. Escucha un nombre, Gustavo Calderón, y comprueba que el interno, que suele permanecer impasible, se sorprende un poco. Sea lo que sea lo que dice Jaime, el otro asiente con la cabeza, sin apenas pronunciar palabra. Y cuando termina la conversación, Charlie ve cómo el rapado se aleja con paso decidido. Parece un soldado al que han encomendado una misión delicada.

—Charlie. Acompáñame al despacho. Tengo unas cartas para ti.

Él sonríe para sus adentros. Es inaudita la cantidad de gente que le escribe a la cárcel, aunque la mayoría de los remitentes sean una panda de chiflados. Resulta agradable, sin embargo, que alguien, en algún lugar, te considere un ídolo: un valiente entregado a erradicar el mal en el mundo. Algunos incluso le cuentan historias sobre conocidos despreciables a los que no les iría mal una «ración de garrote», como si él fuera un superhéroe capaz de eludir el encierro y salir a impartir castigos. En cualquier caso, las cartas de sus fans, llenas de faltas de ortografía y a veces carentes de sentido, le procuran algún rato de entretenimiento.

—¿Pasa algo? —se atreve a preguntar Charlie—. Con los ciclados...

Jaime lo mira mientras sigue andando.

—No es cosa tuya. —Luego se detiene y lo observa durante un momento—. O quizá sí...

Han llegado a la puerta del despacho y Charlie espera a que el funcionario la abra para entregarle la correspondencia. Pero Jaime se ha vuelto a parar, sin llegar a entrar. Parece pensativo.

—Mira, Charlie, la verdad es que, para el poco tiempo que llevas aquí, te has labrado una reputación.

Charlie lo mira desconcertado. Los funcionarios no acostumbran a adoptar ese tono cuando hablan con ellos. Sus comunicaciones suelen ser asépticas, en forma de órdenes o de advertencias, y esto suena mucho más reflexivo.

—Espero que sea buena. La reputación.

Jaime asiente sin mirarlo directamente a los ojos.

—Lo es. Mejor de la que preveíamos. Los otros cacos te aprecian y tú los ayudas. Incluso da la impresión de que te preocupas por ellos.

—Hago lo que puedo. Algunos son buena gente. —Sonríe—. Seguramente mejores personas que yo.

—No sé muy bien por qué lo haces, Charlie. Pero está claro que algunos te hacen caso. —Jaime estira el cuello, como si tuviera una contractura o como si lo que va a decir le exigiera una flexibilidad que no es del todo natural en un hombre de complexión recia—. El caso es que nos han traído a un caco nuevo. ¿No has notado a los chicos algo revueltos hoy? Supongo que es por eso. Ya sabes que aquí las noticias vuelan.

—¿Es alguien importante?

—Es alguien repugnante. Se llama Gustavo Calderón.

Si se supone que ese nombre tiene que decirle algo, Charlie ignora por completo el qué.

—Nos llega rebotado de otro centro donde le metieron tales palizas que acabó perdiendo un ojo. —Jaime carraspea y por fin lo suelta—: Está condenado por violar a tres niñas y asesinar a dos de ellas. La tercera logró escapar.

Charlie sabe lo que les hacen a los violadores de niñas. Lo sabía desde antes incluso de entrar en la cárcel y, aunque no ha tenido oportunidad de comprobarlo en directo, no alberga la menor duda de que los tipos con los que convive no van a ser lo que se dice amables con un pieza como ese.

—El hombre tiene más de sesenta tacos y está hecho una mierda. Este es un módulo tranquilo, no queremos malos rollos. Pero de vez en cuando a los chicos les gusta tener un cabeza de turco, alguien en quien descargar la mala leche.

Charlie entiende ahora la charla que acaba de mantener Jaime con el ciclado mayor del reino. Si busca protección para ese tipo, ha acudido sin duda al mejor. Si corre la voz de que ese grupo va a defenderlo, los demás se lo pensarán dos veces antes de tomarse la justicia por su mano.

—¿Y qué pinto yo en esto?

—Nada..., aunque tal vez puedas colaborar. Tienes amigos aquí, Charlie. La peña te respeta. Ya he hablado con Armando, y ellos le vigilarán, pero ahora se me ocurre que quizá tú puedas contribuir desde otro lado. A lo mejor puedes evitar que... Bueno, ya sabes.

Sí, Charlie sabe. Y, durante unos instantes, se siente orgulloso de esa petición, de ese reconocimiento de su estatus. Luego, cuando la burbuja empieza a deshincharse, crece en él una aprensión angustiosa. Qué habría hecho el Verdugo con un individuo como ese. La respuesta es tan rápida como visceral. Solo tiene que entrecerrar los ojos para verse en el sótano mientras ese hombre del que aún no ha visto el rostro ruega por su vida.

Un simple giro del torno habría acabado con él.

Un golpe seco, certero, perfecto. Un miserable menos y una víctima más.

Jaime parece arrepentirse de su petición y adopta de nuevo su tono más formal. Le hace esperar en la puerta y entra a por las cartas, que le entrega sin añadir nada más.

Mientras regresa a su celda, Charlie no puede dejar de pensar si el favor que acaban de pedirle no será más bien una tentación diabólica. La prueba definitiva de que Charlie no es el hombre amable que ha dado a entender que es.

La prueba de que Charlie nunca dejará de ser un verdugo.

4

La parafernalia de la televisión siempre impone un poco. No es la primera vez que Lena visita un plató, en el pasado había participado en varias tertulias en calidad de experta. Sin embargo, sí que debuta en el papel de invitada principal. El presentador es un experto *showman* televisivo que intercala ratos de humor con entrevistas más convencionales, siempre acompañado por una periodista joven que representa el rol serio de la pareja y que se ha especializado en hablar con mujeres que han saltado a la palestra pública. Al principio la entrevista iba a ser grabada, solo con ella, pero en los últimos días han cambiado el formato. Así que Lena se prepara para sus fugaces minutos de fama televisiva en directo y, cuando recibe la indicación, avanza con paso firme hacia la mesa. Los focos la intimidan lo justo. En realidad, mientras recorre la corta distancia que la separa de su lugar asignado, se siente poderosa y segura, casi una versión mejorada de sí misma.

No se debe solo al conjunto que estrena esta noche ni

a la buena labor de las maquilladoras. El desánimo que la abatía justo antes de comenzar la promoción del libro se ha ido difuminando ante la acogida entusiasta de los medios y la alegría, contagiosa y desatada, de su editor. La guinda del pastel de la promoción es esta aparición, a las diez de la noche, en un programa de gran audiencia. Lena no conoce las preguntas de antemano, aunque duda que la sorprendan mucho. Después de varios días atendiendo a la prensa escrita, casi podría poner el piloto automático a la hora de responder. Los asesinos jóvenes, sus patologías, algún detalle escabroso de un caso concreto… y, al final, las preguntas sobre el Verdugo. A las que ella ha decidido no contestar, amparándose en el secreto de sumario, algo que comunicó también al programa cuando cerraron la entrevista. Aun así, Lena ha abordado el tema con algunos periodistas muy insistentes, recordando los datos de las víctimas y el macabro *modus operandi* del asesino, con una frialdad que la enorgullece. Se ha mostrado profesional y aséptica, como si no hubiera palpado el horror en sus carnes.

Tal y como estaba previsto, las preguntas se suceden en un tono cordial y relajado. Lena está cómoda y es capaz de explayarse sobre su pasión, la mente criminal, en un contexto informal, sin abusar de la terminología científica, pero dejando claro su condición de experta en el asunto. Percibe el interés de sus interlocutores, la curiosidad por los casos. Su libro, *Jóvenes asesinos*, plantea además otras cuestiones de interés social. ¿Qué lleva a un joven a cometer actos tan deleznables? ¿Es posible la reinserción? ¿Se arrepienten de verdad de sus actos? ¿La sociedad, que en muchos casos les falló antes de que se cometiera el delito, tiene la obligación de aceptarlos cuando hayan cumplido su pena?

Lena responde con soltura. Nunca le ha importado expresar opiniones contundentes si cuenta con argumentos fruto de un profundo estudio previo.

—No hay una regla común para todos —afirma con convicción—. Pero, como sociedad, debemos apostar por la posibilidad de que estos jóvenes rehagan su vida. Otra cosa son aquellos que presentan marcados rasgos psicopáticos, con crímenes que se cometen por la mera satisfacción de sus deseos más oscuros. Seamos sinceros: es muy probable que estos vuelvan a matar.

A la gente le fascinan los psicópatas criminales y el porqué es una de las preguntas que más le cuesta responder. Lo piensa mientras oye, una vez más, la misma cuestión, ahora formulada por la presentadora. ¿Por qué nos interesan tanto esos seres? ¿Por qué queremos saber más cosas de ellos?

—Supongo que porque son unos monstruos reales, de carne y hueso —responde—. Malvados que existen de verdad, no como los de los cuentos, y que matan o hacen daño para satisfacer una pulsión. Todos podemos al menos entender, que no justificar, un crimen motivado por la venganza, la codicia, incluso los celos. Sin embargo, nos cuesta mucho ponernos en la piel de alguien que mata por placer. Esa es la figura que representa la crueldad en su esencia más pura. —Se detiene un momento y luego añade—: Y, como en los cuentos infantiles, conocer a fondo sus historias tiene el valor de prepararnos, de protegernos en cierto sentido. Aprendemos de niñas a no cruzar el bosque solas porque en él hay lobos, y esa es una lección que aplicamos también en las calles vacías, donde puede acecharnos otro tipo de bestias. Reconocerlas, comprender los mecanismos de su mente, nos otorga cierta ventaja. En el plano teórico, al menos, porque, a la hora de la verdad…

Lena deja la respuesta en el aire porque se da cuenta de que, si sigue hablando, se contradecirá a sí misma. A ella le sirvió de poco todo lo que sabía. Es más, de no haber sido por la aparición de Jarque con los suyos, ahora mismo estaría muerta. Su nombre aparecería en el listado de las víctimas del Verdugo en lugar de sonar aquí, en un programa de televisión. Pero no es solo esa súbita consciencia lo que la paraliza.

Frente a ella tiene una de las cámaras y, detrás, sujetándola, aparece una silueta oscurecida por el brillo del foco que apunta directamente a ella. Por un instante eterno, Lena viaja en el tiempo y en el espacio. Ya no es la invitada especial en un estudio de televisión, sino una presa deslumbrada por la intensa luz de una bombilla, atada de pies y manos, mientras una silueta surge de la penumbra armada con un cuchillo. La hoja brilla y ella tiene que hacer un esfuerzo para no gritar.

Vuelve en sí a tiempo de oír cómo el presentador desvía el tema con un comentario ingenioso y enseguida pasan a publicidad. Esos largos minutos le conceden la tregua necesaria para recobrar el aplomo, para borrar de su cabeza los recuerdos tenebrosos y proseguir con la entrevista, sin más sobresaltos. Quizá para compensar el momento de debilidad anterior, se muestra especialmente contundente al hablar de los asesinos en serie como el Verdugo.

—Como decía antes, es muy difícil, para las personas normales, entender qué es lo que obtienen esos individuos de cometer esas aberraciones. Algunos matan porque eso les excita sexualmente, otros consiguen una gratificación de índole distinta, más sutil. Pero lo cierto es que, una vez han empezado, una vez han cruzado la barrera y cometido el primer crimen, la tentación se vuelve demasiado intensa para vencerla.

—¿Eso quiere decir que seguirán matando... siempre?

—Siempre que se den los elementos que componen su fantasía, sí. Por eso no debemos bajar la guardia. Por eso deben permanecer encerrados el mayor tiempo posible. La sociedad no puede arriesgarse a soltarlos. Como los lobos de los cuentos: han olido el rastro de la sangre y no pararán hasta encontrarla de nuevo. Es triste, pero es así: no hay recuperación posible. Están condenados a matar para sentirse vivos de verdad. Y no podemos permitir que lo hagan.

Jarque está viendo la entrevista en directo en el salón de su piso con su hijo menor, Teo, que esa noche ha ido a cenar con él. Al chaval le hace gracia que «la novia de papá» salga en la tele y presta atención a sus palabras, sin por ello dejar de engullir inmensos pedazos de una pizza tan sobrecargada de ingredientes que apenas se distingue la base. A sus casi trece años, Teo es un gourmet de la pizza y solo acepta comerla si procede de uno de sus dos restaurantes favoritos. Su padre se plantea ahora la posibilidad de recordarle que podría cortar los pedazos con un cuchillo y un tenedor en lugar de sostenerlos con la mano y llevárselos a la boca como si fuera un animal hambriento. Pero en esto, como en otros muchos temas relativos a sus vástagos, Jarque ha optado por seguir las directrices de su exmujer. Al fin y al cabo los chicos viven con ella —aunque van a verlo a menudo, sin días fijos—, y Alicia parece no darles demasiada importancia a los modales en la mesa. Bastantes líos tienen últimamente con Álex y sus catastróficos resultados escolares, como para añadir broncas al pequeño por temas como ese. Aun así, no puede evitar la tentación de pasarle una servilleta de papel para que se limpie la barbilla, brillante por el queso y el tomate, justo cuando Lena deja la respuesta a medias. Se vuelve enseguida hacia la pantalla, a tiempo para ver su expresión, y se sorprende al notar la tensión que se adivina en sus ojos. Lena parece estar viendo algo, más allá del estudio, más allá de la realidad, y la cámara tiene el detalle de dejar de enfocarla para centrarse en la pareja de presentadores. Incluso Teo parece haberse dado cuenta.

—¿Le pasa algo, papá? —pregunta con la boca llena.

—A veces uno se queda en blanco —contesta él de manera automática.

—Pues parecía más bien asustada —sentencia el chico antes de beber un trago de agua.

Por suerte la emisión se interrumpe por los anuncios y, como era de esperar, Lena ya reaparece en plena forma. «O al menos disimula mejor», se dice Jarque, preocupado.

Aguarda a que se marche su hijo para llamar a Lena, y ella le responde con una voz más animada de la que él esperaba oír.

—¿Todo bien? —pregunta Jarque.

—¡Sí! ¿Me has visto? ¿He estado bien?

—Espléndida —responde él, y se calla para que ella pueda llenar el silencio. Como no es así, prosigue—: ¿Cuándo vuelves?

—Me quedan un par de entrevistas aquí, por la mañana. Cosas de radio. Tenía previsto dormir una noche más en Madrid, pero, pensándolo bien, si no estoy muy cansada, también puedo coger un AVE a última hora. Te lo confirmo a lo largo del día, ¿vale? Ahora tengo que dejarte, me está esperando el taxi para llevarme al hotel.

Jarque asiente. Le extraña que ella no diga nada de lo que ha pasado en la entrevista, pero prefiere no recordárselo. Al menos, no por teléfono. Se despiden de manera cariñosa, quizá un poco precipitada, porque él no deja de tener la sensación de que hay algo que Lena está prefiriendo pasar por alto y eso le vuelve menos ingenioso, más prudente. Cuando cuelgan, el subinspector Jarque se sirve una copa de vino tinto, que luego dejará a medias porque decidirá que no le apetece, que la pizza no le ha sentado bien.

El coche se dirige al centro de Madrid conducido por un chófer silencioso. A esas horas de la noche, el tráfico es fluido y el vehículo se desliza por las calles húmedas de la ciudad. Al parecer ha llovido mientras Lena estaba en el estudio y ahora el asfalto brilla a la luz nocturna de las farolas.

Sentada en el asiento trasero, con el cinturón de seguridad puesto, Lena está inmersa en el móvil. La tele sigue teniendo un alcance inigualable, incluso en estos tiempos, porque el alud de mensajes felicitándola por su aparición en el programa está a punto de superarla. Colegas de la universidad, conocidos en general y, por supuesto, la gente de la editorial. Ella los lee y los agradece enseguida, porque no quiere dejarse ninguno por responder aunque sea con un emoticono. Ninguno hace referencia a su lapsus momentáneo, ya sea por educación o porque no llegaron a percibirlo, pero Lena advirtió en la voz de Jarque que a él no le había pasado inadvertido. En el silencio del coche, mientras se dirige a un hotel donde seguirá estando sola, Lena se percata de lo mucho que ha cambiado en los últimos meses.

Quizá la soledad no fuera la acompañante ideal, pero sin duda se había habituado a ella y, durante años, no había echado de menos a nadie. Ahora, sin embargo, tiene que luchar contra una creciente sensación de añoranza que, si bien no le resulta desagradable, sí que la incomoda un poco. Lo está pensando cuando la pantalla del móvil se ilumina con el mensaje de un número desconocido, que ella abre de manera automática.

Buenas noches, señora Mayoral:

Me consta que no nos conocemos personalmente. Mi nombre es Luis Folguera y me dirijo a usted en primer lugar para expresarle mi admiración por su trabajo. Me gustaría, además, solicitarle una entrevista para un asunto que podría ser de su interés. Muchas gracias de antemano.

En el perfil del remitente aparece su nombre y la fotografía de un caballero ya entrado en años que a Lena le resulta vagamente familiar. El apellido tampoco le es del todo desconocido, pero no tiene ocasión de buscar más información porque en ese momento el coche se detiene delante del hotel, situado cerca de la plaza de Santa Ana. Llovizna de nuevo, y aun así, Lena se resiste a entrar enseguida en el Room Mate Alba. En su lugar, decide dar un corto paseo por la plaza para airearse un poco. Es entonces, al alejarse unos pasos del edificio, cuando cae en la cuenta de quién es Luis Folguera. El doctor Luis Folguera, para ser más precisos, se dice mientras teclea rápidamente en el móvil para confirmar su identidad.

Exactamente. La Clínica Folguera, situada en la Vía Augusta de Barcelona, es un reputado centro de medicina estética, y su fundador, ya jubilado, era uno de los más afamados cirujanos plásticos de España. Mientras se pregunta qué podría querer alguien como él de una persona como ella, Lena responde dándole las gracias por su mensaje y aceptando hablar con él dos días más tarde, cuando esté de vuelta.

La respuesta del doctor llega al instante.

No sabe cuánto se lo agradezco. Es muy importante para mí… para nosotros. Hay historias que nos absorben la vida y creo que ha llegado el momento de confiar la nuestra en alguien como usted.

Quizá sea la lluvia, que ha arreciado, o quizá el frío seco del otoño madrileño, pero Lena se estremece y decide poner fin al paseo y regresar al hotel. La calidez del vestíbulo la reconforta y, mientras camina sin pensar hacia el ascensor, tiene la inquietante sensación de que aquellos mensajes, aquella poco disimulada petición de ayuda, pueden arrastrarla a un terreno desconocido.

En cuanto se cierran las puertas, cae en la cuenta de que no ha usado la escalera, tal y como tenía previsto, y siente el impulso de salir. Se reprime y contiene la respiración, decidida a superar ese absurdo y nuevo pánico a los lugares cerrados. Cierra los ojos y va contando en voz baja —uno-dos-tres-cuatro…—, sin ser del todo consciente de que las piernas se le agarrotan y de que un sudor helado le acaricia la espalda.

El templo

5

Lo llaman el templo, aunque en realidad no tiene nada que ver con un lugar sagrado. El interior recuerda a un salón decimonónico, con pesados cortinajes oscuros y butacas tapizadas en terciopelo gastado, dispuestas en círculo, como si fuera a celebrarse una tertulia. Quizá lo que más recuerde a una iglesia sea el olor a cera procedente de los candelabros encendidos que constituyen la única iluminación del espacio. Hay dos en la mesa principal, de roble macizo, que queda a un lado de la sala, y unos cuantos más dispersos por los rincones, apoyados en taburetes altos, rodeando la zona de los asientos. Las personas allí congregadas se conocen de sobra y no necesitan verse las caras con detalle. Son una decena y han ido ocupando los silloncitos por orden de llegada, sin formalismo ni protocolo, aunque han dejado libre el sofá pequeño porque ese está reservado para el anfitrión.

Flota un rumor de conversaciones en voz baja y, de vez en cuando, alguien se dirige a la mesa principal para servirse más vino y regresa luego a su sitio. Uno de los invitados ha hecho ese trayecto en más ocasiones de la cuenta. No suele acudir a estos actos, porque él no forma parte de los Doce que son citados varias veces al año; le sorprendió tanto recibir una invitación especial que no fue capaz de rechazarla. Está inquieto, le gustaría saber por qué le han convocado. En cambio, los demás siguen charlando con las personas que tienen cerca y no se les ve preocupados. Tampoco le han hecho demasiado caso y eso le escama. Sin duda han debido notar su presencia, que no es en absoluto habitual, y no obstante, ninguno de ellos ha mostrado la menor curiosidad. «Como si fuera transparente», se dice. Mientras regresa a su butaca, junto a uno de los candelabros, contempla el sofá que sigue vacío. Él se había sentado allí dos veces: la primera como nuevo miembro, la segunda siete años antes. En ambas ocasiones estaba igual de nervioso, expectante... Y, con sinceridad, había esperado no tener que volver aquí nunca.

La señora que está a su lado, que no ha dicho ni una palabra durante todo el rato que llevan esperando, ahora lo mira fijamente. La mayoría de los presentes ronda los sesenta años, pero ella parece mucho mayor, seguro que debe de haber cumplido los ochenta. Lleva un vestido floreado y vaporoso, ridículo en una mujer de su edad, y tiene al lado un bastón con empuñadura de plata. Le observa ahora con tanta intensidad que él piensa que desea decirle algo y se inclina hacia ella para oírla mejor. Al hacerlo llega hasta él un olor espeso, penetrante, que se abre paso desde el cuerpo de la anciana a pesar de las ingentes dosis de colonia. Entonces la mujer le sonríe, mostrando unos dientes blanquísimos, perfectos, incongruentes en aquella cara plagada de arrugas, y luego le farfulla: «Hoy se retrasan. Y yo debo tomar mi medicina a las diez».

Faltan unas tres horas para las diez, así que él intenta tranquilizarla, aunque no tarda en darse cuenta de que la anciana no atiende a razones. Se agita un poco más, y sigue repitiendo la letanía del medicamento y del retraso hasta que un señor calvo, de complexión gruesa y tez muy pálida se acerca a ella y se agacha a su lado. Le susurra algo al oído y eso la sosiega. Es más, a juzgar por las carcajadas que suelta a continuación, también la divierte. Luego ambos miran hacia él de nuevo: la cara de la mujer recupera la expresión ausente que había tenido hasta entonces y el hombre se aleja enseguida, como si ese momento de atención hacia aquel inusual invitado hubiera sido un desliz que preferiría borrar.

Por fin se abre la puerta y todos, menos la señora del bastón, se levantan de sus asientos en señal de respeto. Él hace lo mismo y ve que el anfitrión no ha entrado solo: lo acompaña una mujer de mediana edad, que parece tan emocionada como él lo había estado hace años. Siente ganas de advertirla, de romper el silencio y decirle que aún está a tiempo, que se olvide de todo esto. No lo hace, claro, tan solo da un largo trago al vino y vuelve a sentarse cuando el anfitrión da la orden con un gesto. Está asombrado: desde que lo conoce no parece haber cambiado nada. Sigue siendo el mismo hombre maduro, de estatura media y maneras algo ampulosas que lo recibió en este mismo lugar. Recuerda su voz un poco aguda, desagradable al oído, que desentona con un atuendo impecable compuesto por un traje y una camisa oscuros, sin corbata.

—Queridas, queridos… Es un placer daros la bienvenida de nuevo a nuestro templo. En primer lugar, disculpad el retraso, por favor. Le estaba explicando a nuestra nueva amiga las reglas de nuestra organización. Todos sabéis la importancia que tienen y, por ese motivo, he preferido tomarme el tiempo necesario para exponer con claridad todos los detalles. Creo que hemos llegado a un acuerdo satisfactorio, ¿no es cierto, querida?

Ella asiente con la cabeza, visiblemente excitada. «Casi tiembla», piensa él. Se pregunta qué le habrán pedido a cambio, cuál será el «donativo» que esperan de ella. No obstante, está casi seguro de qué le han ofrecido, porque no ha variado desde que él estuvo allí por primera vez y se enfrentó al grupo de los Doce: contactos, éxito, alianzas, favores… Y algo más, claro: una fe transgresora, adaptada a los nuevos tiempos.

—Le he explicado también nuestro ritual de bienvenida. Aquel mediante el cual rendimos homenaje a nuestro Apóstol, injustamente vilipendiado por la historia sagrada.

En ese momento el anfitrión se pone de pie y se dirige a la audiencia a voz en cuello. El timbre de su voz se vuelve más estridente si cabe.

—Nosotros no aspiramos a la perfección, no creemos en milagros. Rezamos al Defectuoso, al Anómalo, porque es en él en quien podemos confiar. Los Evangelios necesitaban a un héroe y a un traidor, a un ser todopoderoso y a alguien corroído por la codicia. El martirio de Jesús y su posterior resurrección no existirían, si no existiera también un culpable. Pero, ¿acaso Dios podía ignorarlo? ¿Acaso el mismo Jesucristo no dio muestras de saber de antemano quién iba a traicionarlo? ¿Podemos confiar en alguien que usa a un pecador y lo condena a pasar a la historia como el mayor de los felones para así forjar su propia leyenda? Yo os lo digo. ¡No, no podemos!

Se oye un rumor de asentimiento y un coro de voces que repiten esa última frase. El orador reanuda su discurso y los asistentes siguen atentos, como niños escuchando un cuento que han oído ya cientos de veces.

—Desde aquí reivindicamos al Imperfecto, adoramos al Deshonrado, rendimos homenaje al papel que desempeña el pecador en la creación del mito. Y abrazamos nuestros defectos, porque son lo que nos hace humanos. Querida —dice entonces dirigiéndose a la mujer que permanece a su lado—, conoces bien la historia que nos han querido contar. «Al que yo besaré, ese es: prendedle», dijo Judas. Como si Jesús necesitara ser identificado, como si no pudieran reconocerlo sin esa traición explícita. ¿De verdad tenemos que creernos una patraña tan burda? Está claro que no. Por esta razón hemos convertido el beso de Judas en nuestro rito de bienvenida. Cuando llega un nuevo miembro, nos da un beso. Para aceptarnos en su vida, no para traicionarnos. Adelante, querida.

La mujer va desfilando ante los presentes, que se ponen de pie y aceptan su beso. Por alguna razón, cuando llega delante de él no se detiene; pasa de largo antes de que le dé tiempo de levantarse. «Mejor», piensa el hombre. Tal vez no habría podido evitar decirle al oído algo inapropiado. Aunque ya era demasiado tarde: esa mujer de aspecto anodino, seguramente llena de ambiciones y de esperanzas, había escogido su propio destino. O eso creía ella.

Cuando termina la ronda, el anfitrión le da un último beso en la frente y le susurra algo al oído. Ella baja la cabeza y se dirige a la puerta. Él espera a que salga para volver a tomar la palabra.

—Y ahora que hemos recibido como corresponde a nuestro nuevo miembro, pasemos a otra cosa... menos agradable. Todos sabéis a qué me refiero. Seguidme, por favor.

«Todos no», piensa él, y de nuevo se pregunta si su presencia en esta reunión no habrá sido un error. Busca con la mirada a quién preguntarlo, pero los asistentes ya se han levantado y se dirigen hacia la puerta principal. Algunos han cogido los candelabros para iluminar así el camino y él, que no tiene la menor idea de adónde se dirigen, se plantea la posibilidad de largarse. Tiene el coche aparcado fuera: no le costaría mucho escabullirse sin que nadie se dé cuenta. Sin embargo, cuando lo intenta, se percata de que va a ser imposible. Dos caballeros, a su espalda, le cierran el paso con una firmeza amable y le indican que avance y siga al resto, así que no tiene más remedio que ocupar su lugar en la comitiva que ahora atraviesa el jardín y se dirige a un antiguo establo. Se fija en la anciana del bastón, que camina con relativa ligereza, apoyada también en el señor calvo que había hablado con ella antes.

El líder del séquito abre una puerta corredera y todos entran tras él. El hombre lo sigue con la mirada mientras avanza hacia el centro del espacio. Unas vigas recias cruzan el techo y una vieja escalera de madera conduce hasta un altillo. «Aún huele a animal», piensa él mientras nota el suelo de tierra bajo sus pies. Los recién llegados hacen que el aire se llene de polvo en suspensión. Uno empieza a toser y él tiene que cubrirse la boca con la mano para ahogar la tos cuando el anfitrión habla de nuevo.

—Queridos, queridas… Hacía mucho tiempo que no pisábamos este lugar. Sin embargo, no nos queda otro remedio. Las circunstancias nos obligan a protegernos, bien lo sabéis. Por eso os hemos convocado aquí a todos. Los Doce deben estar presentes.

El hombre está a punto de hacerse notar, de señalar que su presencia en sea lo que sea esto debe ser un error, ya que jamás ha sido ni siquiera un miembro mínimamente relevante. Pero cuando todos levantan los candelabros y la luz que emiten ilumina el altillo, se le hace un nudo en la garganta.

Lo que ve es inconcebible. Una escena que parece pertenecer a otro lugar, a otro tiempo. Controla las ganas de gritar porque ahora preferiría pasar desapercibido, alejarse del grupo y buscar un rincón escondido que le permita bajar la cabeza y eludir esa visión siniestra.

No lo consigue, los hombres que antes le impidieron marcharse siguen ahí, detrás de él, convertidos en una barrera humana. Afables, pero firmes. Así que no tiene más opción que enfrentarse al horror.

6

En el altillo hay una figura, un hombre con los ojos vendados y con una soga alrededor del cuello que asciende hacia una de las vigas. Hay alguien más detrás, otra persona a quien no puede ver. Intenta observar las caras de los demás, quiere saber si están tan espantados como él. Lo que ve solo sirve para incrementar su desasosiego. La mujer del bastón, para quien alguien ha traído una silla, mira hacia arriba con una expresión casi alegre. El resto tiene cara de circunstancias, aunque en sus ojos se percibe un brillo que, tal vez, sea solo el reflejo de la luz de las velas.

—A lo largo de nuestra historia hemos sobrevivido a múltiples amenazas —dice el anfitrión—. Personas rechazadas que intentan vengarse, otros grupos religiosos que nos envidian, curiosos que se meten donde nadie los llama, y, por desgracia, incluso miembros que nos traicionan o nos engañan. Como sabéis, nunca hemos llegado a creer en la justicia divina. Estamos convencidos de que uno de los mayores errores de las religiones ha sido abandonar ese postulado. La gente ya no cumple con las reglas por miedo al infierno o para alcanzar un paraíso que nadie ha visto: la gente cumple las reglas por miedo a lo que le suceda en este mundo... Y el miedo solo se logra a través del castigo.

»Ya se os consultó por el caso que nos ocupa y dictasteis sentencia. Me alegra que fuese unánime, debo admitirlo. Sin embargo, tengo la obligación de preguntar si alguno de vosotros ha cambiado de opinión. Si alguien tiene algo que añadir antes de que prosigamos.

El silencio es absoluto. Solo se oye una carcajada ronca, procedente de la garganta de la mujer del bastón. Todos sonríen un poco y el anfitrión parece tomárselo con indulgencia.

—Está claro que nuestra querida amiga no tiene nada que objetar. En ese caso, ¡adelante!

Todos levantan la vista. Él también. No puede evitarlo. La voluntad del grupo se impone a la individual. Su mirada se posa en la figura que avanza vacilante, empujada por el individuo que tiene detrás, hasta que sus pies rozan el borde del altillo. Debe de estar drogado porque se deja guiar sin oponer la menor resistencia, dócil como una oveja.

Pero es un hombre. Y cuando un brusco empujón lo desplaza hacia el vacío, el crujido de su cuello resuena en las vigas de madera. Es un sonido seco, como el de una rama que se quiebra y deja en el aire un eco macabro, mientras el cuerpo oscila: primero con fuerza, luego cada vez más despacio. Es un péndulo hipnótico. El hombre que no se explica su presencia allí contempla la escena horrorizado, incapaz de moverse porque tiene los pies anclados al suelo. Ha notado en su propio cuello el mordisco de la cuerda, ha sentido el estertor del ajusticiado recorriéndole el cuerpo. Y cree oír su último suspiro, pero es imposible, porque el público ha prorrumpido en una cruel ronda de aplausos y exclamaciones que sofocan cualquier otro sonido. Cuando el cuerpo del ahorcado se queda quieto y sus esfínteres se relajan añadiendo una nota más de indignidad al horror, los asistentes que estaban aplaudiendo casi parecen lamentar que el espectáculo haya terminado.

Es entonces cuando él se da cuenta de que mientras estaba pendiente de aquel pobre desgraciado, los demás se han ido colocando en dos filas paralelas hasta dejarlo a él entre ambas, de cara al anfitrión, separados por unos tres metros de distancia.

Una distancia cada vez menor porque el hombre trajeado camina hacia él, muy despacio, con el candelabro en la mano.

—Creo que tenemos que hablar —le dice con aquella voz aguda e irritante.

Lo único que se le ocurre es postrarse de rodillas, pedir clemencia, pero sus piernas se niegan a obedecer. Son dos palos rígidos que solo sirven para sostenerlo, quizá porque su cerebro requiere toda su energía. Ahora comprende qué hace aquí hoy. Sabe incluso quién es el hombre que acaban de ahorcar. Lo que no termina de entender es por qué él está vivo y el otro muerto, aunque tiene la absoluta certeza de que su vida y la de los suyos penden de un hilo.

El anfitrión apoya una mano en su hombro. Por extraño que parezca, más que asustarlo el contacto le reconforta. Piensa en lo que dicen siempre: sus héroes son los pecadores, los imperfectos, los que se equivocan. Y desea con todas sus fuerzas que al menos eso sea cierto, porque es lo único que podría salvarlo. Una voz se abre paso entre el torbellino de miedos y pensamientos oscuros que ensordece su mente.

—Cuéntanoslo todo —le dice—. Aquí y ahora. Háblanos de Marta. Y de Daniel.

No sabe muy bien si lo que escucha a continuación es real o una alucinación fruto del pánico que le recorre todo el cuerpo. El hombre no se atreve a desviar la mirada del anciano que le contempla con una expresión de dureza en los ojos. Su corazón busca en ellos un rastro de compasión para seguir latiendo.

—Cuéntanoslo todo —repiten los otros una y otra vez, como si recitaran un salmo, sin lograr que todas las voces vayan a una—. Háblanos de Marta y de Daniel. De Marta y de Daniel. Marta. Daniel. Marta. Háblanos de Daniel. Daniel. Daniel. Daniel…

El valle

7

La casa se encuentra al otro lado de la carretera, encaramada en el monte, cerca del pueblo y a la vez aislada. El camino que lleva hasta ella da la impresión de no ir a ninguna otra parte, como si aquella vivienda de piedra fuera la única razón de su existencia, su principio y su fin. Pese a todo, más allá de esa ubicación solitaria, no hay nada en ella que despierte temor, al menos bajo la luz tibia de la tarde. Más bien inspira lástima, la sensación de que alguien debería ocuparse de ella, adoptarla como hogar para cuidarla y protegerla. Es algo que les sucede a las casas deshabitadas: la dejadez se apodera de ellas como lo hace la hiedra, les quiebra los vidrios y les da una pátina triste, como de animal viejo abandonado a su suerte.

Ya casi se ha puesto el sol cuando ellos llegan hasta la puerta. Son cinco, cuatro chavales y una chica. Es ella la que saca el móvil para hacer una foto. Retrocede unos pasos, se agacha y toma una instantánea de sus cuatro acompañantes de espaldas, parados frente a la fachada, que a contraluz se percibe casi negra. Es algo que Arlet hace a menudo: fotografía lo que tiene delante, ya sean rincones, caras o momentos… No se detiene a pensar en los encuadres u otros aspectos técnicos. Simplemente captura la imagen, la almacena en la memoria del teléfono y, a veces, cuando está de humor, convierte alguna de esas fotos en un dibujo: siempre a lápiz, siempre en blanco y negro. Tiene una carpeta llena y, pese a la admiración que despiertan entre los pocos que los han visto, ella no les da demasiada importancia. Para Arlet, dibujar es como respirar, algo que se hace sin pensar y que no tiene más mérito. De hecho, no suele enseñar el contenido de esa carpeta. Lo considera algo privado, un diario compuesto de imágenes en lugar de palabras. No le gusta que nadie husmee en sus cosas, aunque está segura de que su madre lo hace de vez en cuando. Ese es uno de los inconvenientes de tener quince años y de que tu madre haya decidido instalarse en un pueblo perdido: le deja mucho tiempo libre para indagar en la intimidad de su hija, sobre todo ahora que ha bajado el número de turistas y la crepería solo abre de viernes a domingo.

—Esto… ¿de verdad vamos a entrar? —Roger no parece dirigir la pregunta a nadie en concreto, pero todos saben que se la está haciendo a Quim Janer, el más alto de los cinco. No es que la altura le dé ningún poder especial sobre el resto, es solo que suele ser él quien toma las decisiones; también quien marca los goles decisivos y el que saca las mejores notas cuando le da por tomarse en serio el instituto.

—No, si te parece hemos subido hasta aquí para que Arlet nos haga una foto —le responde entonces Lázaro, antes de propinarle un empujón y añadir—: Claro que vamos a entrar, *mermao*.

Roger le responde con un puñetazo en el hombro y los dos se enzarzan varios minutos en una pelea que parece de verdad. «Son agotadores», piensa Arlet mientras observa la foto con los ojos entrecerrados. Arlet, que no ha tenido hermanos y que siempre ha convivido solo con su madre, tiende a pensar que los chicos son una versión primitiva del género humano que se comunica a base de golpes.

Como casi siempre, es Quim quien pone fin a la refriega con un chasquido de dedos y un «¡Parad ya!» al que los otros se resisten a obedecer. Aún intercambian un par de empujones, y uno de los manotazos le da de rebote en la cara al cuarto chico, quien lo encaja sin protestar. Es el más joven de los cinco, no cumplirá los quince hasta finales de diciembre, y esos meses de diferencia se notan todavía más porque Adrià aún no se ha desarrollado del todo. La exigencia de su padre de que le ayude en el taller mecánico que Adrià detesta con todas sus fuerzas, junto con las continuas broncas para que asuma su edad, más bien han surtido el efecto contrario: le han despojado de parte de su escasa seguridad en sí mismo. Adrià prefiere seguir refugiado en su papel de niño sabihondo, un poco redicho, antes que crecer y verse condenado a ensuciarse las manos de grasa de motor.

—Vosotros sabéis que entrar en una propiedad privada

es un delito, ¿no? —dice entonces mientras se recoloca las gafas.

—Es un delito si se entera alguien, listo —le dice Lázaro al tiempo que le guiña un ojo. Aunque a primera vista no tienen nada en común, y nadie habría pensado que pudieran congeniar, Lázaro, sin duda el más guapo de todos, un chaval de pelo oscurísimo y ojos casi negros, le tiene mucho cariño a Adrià, porque el chaval no puede evitar sentir afecto por cualquier criatura, humana o animal, que considera débil.

—Claro que vamos a entrar —interviene Arlet mientras se acerca a ellos—. No he venido cargada hasta aquí con esto para quedarme en la puerta.

«Esto» es el contenido de una mochila que lleva colgada al hombro y que parece bastante pesada. No es la única que lleva una.

Roger ha metido en la suya unas cuantas cervezas bien frías y de contrabando del bar de su padre. Sabe que cualquier día le caerá una bronca por eso. No le preocupa demasiado: es un chaval risueño, poco dado a comerse la cabeza, feliz en su papel de mejor amigo del líder. Desde niño tiene un mechón blanco natural que antes le daba un aspecto de duende travieso y que ahora, rebasado el metro setenta y cinco de estatura, no termina de encajar: un toque sofisticado en un aspecto de lo más corriente.

Adrià se había encargado de hacerse con un kit de herramientas del taller por si las necesitaban para forzar la puerta. Quim y Lázaro, en cambio, solo se han traído a sí mismos, aunque el segundo al menos guardó una linterna en la chaqueta del anorak, recordando sus tiempos de campamentos infantiles, cuando no les dejaban llevar teléfonos móviles.

Sin decir nada, Quim da un paso hacia la puerta. Lleva unos días raro, más callado de lo habitual, y todos saben que para él la aventura de hoy no es solo eso. Es el único de los cinco que había estado allí cuando era niño y todavía estaba habitada. Hace años de esto y aun así, cree que la recuerda. La cocina era grande y tenían un sofá viejo de color marrón oscuro en el comedor, frente a la chimenea, donde él y Daniel se sentaron a jugar con la consola un par de veces mientras su madre estaba arriba o atareada en la cocina. Marta no hablaba mucho y no era especialmente cariñosa con los amigos de su hijo; su cara se le habría borrado de la memoria después de tantos años de no haber sido porque fueron él y su madre quienes la encontraron tirada a los pies de la escalera. Quim supo que aquella mujer estaba muerta sin necesidad de que nadie se lo dijera y corrió escaleras arriba en busca de su amigo, desoyendo los gritos maternos que le instaban a quedarse con ella. No había ni rastro de Daniel, solo la cama deshecha y una mochila a medio cerrar. El robot envuelto con un suéter de lana azul.

Ese recuerdo termina de decidirlo a darle una patada a la puerta, que cruje, pero no termina de ceder. Se dispone a insistir cuando oye el ruido de un cristal al romperse. Luego le llega la voz de Adrià, que se escandaliza por el estropicio. Los demás están en la fachada posterior, así que Quim corre hacia ellos. Lázaro ha lanzado una piedra contra una de las ventanas traseras, concretamente la de la cocina, y ha conseguido pasar la mano por el orificio para abrirla.

Entrar por la ventana solo requiere de un salto y de tener cuidado con los fragmentos del vidrio roto. Quim es el último y en cuanto está dentro hace callar a los otros, que juegan a asustarse en la oscuridad.

—Parad, joder. No hemos venido aquí a hacer el idiota.

Lo deslumbra el foco de la linterna que Lázaro le apunta a la cara.

—Vale, papá —se burla Lázaro, riéndose.

—Yo he traído las velas —dice Arlet mientras abre la mochila—, y cerillas.

—Solo nos faltaría provocar un incendio —se lamenta Adrià con voz desmayada.

—No vamos a quemar nada —le tranquiliza ella—. Lázaro, ¿puedes enfocar la luz hacia otro sitio? Me estás dejando ciega, tío. Va, no nos vamos a quedar en la cocina, ¿no?

—Tiene que ser en el comedor, cerca del sofá —interviene Quim, y los demás se callan mientras avanza con paso firme.

Lázaro va con la linterna hasta el lugar en el que Quim se ha detenido. Roger y Arlet se reúnen con ellos y están buscando un hueco no demasiado sucio de suelo para sentarse cuando les llega por la espalda una corriente de aire que entra por la ventana rota de la cocina.

—¡Joder, qué frío! —exclama Roger—. Si lo llego a saber, habría pillado los guantes.

Adrià, que se ha quedado rezagado en la cocina, cierra la puerta para frenar la corriente, mientras Arlet, que ya se ha instalado en el suelo mirando a la escalera, va encendiendo las velas con la ayuda de Lázaro y de su linterna. Ha traído una para cada uno, todas de color morado, como indicaba el canal de YouTube de donde han sacado la mayor parte de la información. Las reparte y la sala se vuelve más acogedora.

—Está todo igual —murmura Quim al tiempo que camina de un lado a otro del salón. Como era de esperar nadie ha vuelto a vivir allí desde el crimen.

—Mejor —comenta Arlet—. Por lo que he oído, los espíritus se sienten más cómodos si nadie altera su antigua casa. Por eso a veces se enfadan con los nuevos propietarios, porque cambian el lugar que consideran su hogar.

—Tú no te crees esas chorradas, ¿verdad? —pregunta Roger, al que el frío siempre pone sarcástico—. Uh, mira… ¡El fantasma viene con la escoba!

Ella sonríe a medias.

—Pues hay gente muy seria que sí lo cree. ¿Por qué no lo probamos? De hecho, a eso hemos venido, ¿no?

—¿Y si primero nos tomamos una cerveza? Nos hará falta —replica él. Las va sacando de la mochila y al final extrae una lata de Coca-Cola para Adrià. Se la lanza con un suspiro de exasperación—. ¿Ves como me he acordado de ti? Aunque te he traído una birra también por si hoy te desmelenas.

Quim vuelve con ellos y se sienta al lado de Roger. Sus

ojos, de un tono castaño que en ocasiones toma matices verdes, brillan de interés.

—Saca la tabla —le pide a Arlet, y ella le pasa la vela a Lázaro para poder usar las dos manos. Lleva meses queriendo estrenarla, desde que se la compró por Wallapop a un chaval de Lleida.

—Aquí está —dice, y todos, incluso el escéptico Roger, miran la tabla con mucha curiosidad porque hasta ahora solo habían visto los tableros de ouija en las películas de miedo.

Lázaro da un largo sorbo a la cerveza y luego ahoga un eructo. Los otros se ríen. Arlet coloca la tabla en el suelo. Es de madera oscura, «De palisandro», le dijo el friki que se la vendió, y tiene un murciélago negro grabado en el centro, entre las letras del abecedario de la parte de arriba y los números, del cero al nueve, de la parte inferior.

Adrià, que ha sido el último en sentarse y está al lado de Arlet, siente un escalofrío al ver el tablero. Sus ojos se dirigen todo el rato hacia la escalera porque la luz de las velas no logra iluminar nada más que la zona del salón. Los escalones desaparecen en la penumbra como si todo fuera un dibujo que alguien ha dejado a medias. Arlet reclama su atención, así que no tiene más remedio que concentrarse en la tabla, en la *planchette* que se deslizará por la superficie para transmitir las respuestas de los espíritus, si es que se manifiestan hoy ante ellos.

Las velas iluminan cinco caras expectantes. Incluso el escepticismo de Roger parece difuminarse con ese resplandor tenue y su mechón blanco brilla más que nunca. Se oye un crujido procedente del piso superior; Adrià se sobresalta, pero Lázaro murmura algo sobre «la puta madera de estas casas viejas» y le sonríe para tranquilizarlo.

La casa parece acogerlos en su seno sin más protestas. Fuera empieza a llover.

8

Es la lluvia lo que termina de hacer que se decida a tomarse un café en el único bar abierto del pueblo antes de coger
el coche para volver a su casa. Necesita algo caliente, aunque sea sin cafeína, porque ha comido temprano y mal,
como muchos días. Maite Padilla trabaja en el centro del
Románico que está en Erill la Vall, pero a última hora ha
tenido que acercarse a la iglesia de Boí para supervisar el
avance de las tareas de conservación en las pinturas mu-
rales del ábside. A mediodía ha aprovechado para ir a ver
a su padre, que está ingresado desde hace meses en una
residencia de Pont de Suert. Las visitas a la residencia
siempre la deprimen y le cierran el estómago.

—*Bona tarda!* —le dice el dueño del bar, un tipo afable y con un ligero sobrepeso—. ¿Cortado descafeinado?

—¡Por favor! Estoy que me caigo. ¿No tienes nada
para comer? El cuerpo me pide azúcar.

—A estas horas, poca cosa ya. Te hago un bocadillo de
lo que quieras. Y me queda un croissant. —El hombre

mira la pieza de bollería con cara escéptica y la toca con las pinzas, como si fuera a atacarle con uno de sus cuernos—. Es de la mañana. Si lo quieres, te lo regalo.

—Lo que no mata engorda —replica ella, aceptándolo con una sonrisa cansada—. Por cierto, antes he visto a tu Roger. Iba montaña arriba, con todo el grupo. Está hecho un hombre ya, ¿eh?

El dueño del bar lanza un suspiro, que se mezcla con el silbido del vapor que calienta la leche.

—¡Está hecho un desastre! —dice él, aunque su tono quita importancia al insulto—. Y además se cree que soy tonto —añade mientras vierte la leche en el vasito del café.

—A su edad todos pensábamos que nuestros padres eran un poco tontos —dice ella.

«Hasta que de verdad pierden la cabeza —añade para sus adentros— y se convierten en viejos de mente caducada que no pueden sobrevivir solos». Trata de apartar el recuerdo sacudiendo con vigor el sobrecillo de azúcar.

—Ya. Si le cobrara todas las cervezas que me va sisando de la nevera para él y sus colegas podría tomarme un mes de vacaciones en una isla del Caribe.

—¿Y qué harías tú en una puta isla? —pregunta una voz masculina en tono jocoso desde la puerta.

—Echarte de menos, bandarra.

El recién llegado se ríe y frunce los labios en un gesto ridículamente coqueto. Lleva el uniforme de la guardia forestal y es un tipo alto, bastante atractivo, que no llega a los cuarenta. Según todo el mundo, Eric Tarrés es uno de los solteros de oro del valle y ha tenido tantas novias que hasta los más cotillas han perdido la cuenta. Demasiadas para no haber cuajado con ninguna, insinúan las malas lenguas. La madre de Maite solía decir que los tipos así tienen *un perdigó a l'ala*, un defecto oculto, aunque ella cree intuir cuál es el verdadero problema. Hay mujeres que son difíciles de olvidar para cualquiera que las haya conocido. Lo mismo le sucede a ella.

—Ponme una caña, anda. Y deja de rezongar, que te harás viejo antes de tiempo. Joder, si mi viejo hubiera tenido un bar cuando yo era joven, me habría hinchado a cervezas.

Maite y el padre de Roger sonríen. Ambos saben que si al viejo Tarrés le hubiera desaparecido una sola lata de ese hipotético bar, los alaridos habrían retumbado en todo el valle. Ya se oyeron alguna vez con mucho menos motivo. Es lo que tienen los pueblos: uno nunca se deshace del pasado, que siempre vuelve, como la nieve en invierno.

—¿Y adónde iban? —pregunta el del bar—. Me refiero a los chicos. La tarde no está para dar muchas vueltas.

—Pues no lo sé —responde Maite—. Eran los cuatro o cinco de siempre y subían camino arriba, por la montaña.

—Iban adonde no deben —sentencia una voz profunda desde el fondo del local, y los tres miran hacia allí extrañados.

Eric Tarrés respira hondo y da un buen trago a la cerveza sin responder. Maite intenta disimular su impaciencia: después de todo el día bregando con la vida, no está de humor para aguantar a Klaus Lemm.

Klaus Lemm llegó a la zona hace al menos diez años,

y en ese tiempo no había entablado amistad con nadie. Era una de esas personas que había adoptado el valle como residencia sin que nadie supiera muy bien por qué, era como si el destino lo hubiera abandonado a su suerte en esas montañas. Ahora debía de tener unos cincuenta y cinco años y nada en su cuerpo indicaba el menor síntoma de envejecimiento. Solo su rostro, con arrugas talladas por el sol y el viento, denotaba su edad, pero eso ya era así cuando llegó, igual que aquella barba poblada, salpicada de canas, que le cubría todo el cuello. Daba la impresión de haberse pasado la vida al aire libre, cortando leña y cazando animales. Era el mejor guía de senderismo del área, además de un esquiador experto, y se ganaba la vida con excursiones y clases de esquí. Quienes contrataban sus servicios se deshacían en elogios, pero luego pocas veces repetían. Su carácter adusto le convertía en un instructor magnífico en lo técnico, pero poco empático en lo personal, alguien necesario y luego prescindible. En temporada baja, solía pasarse por el bar alguna tarde que otra y se tomaba un número indeterminado de whiskies, más de los que cualquiera habría podido soportar sin caerse. Lo hacía en silencio, absorto en sus pensamientos, luego pagaba y se iba andando hasta su casa. Nadie lo vio nunca borracho, pero su hígado tenía que acusar aquellos excesos. A menos que estuviera hecho de hierro, como parecía el caso del resto de su cuerpo.

—¿A qué te refieres, Klaus? —pregunta el del bar, algo irritado.

El aludido se levanta de la silla y bebe el último trago del whisky.

—Iban a la casa. Ya sabes de cuál hablo. Tu hijo y los otros han estado rondando por allí. Los he visto varias veces.

De hecho los tres saben de qué casa está hablando. Solo una, en los ocho pueblos que conforman el valle, ha sido el escenario de un crimen. Desde entonces permanece aislada por un cerco de rumores y advertencias. No es que los lugareños piensen que la casa está encantada ni nada parecido, pero que siga deshabitada desde la tragedia la ha convertido en un lugar al que prefieren no acercarse.

—Luego hablaré con mi hijo —sentencia el dueño del bar antes de servirse una caña pequeña, lo único que se permite beber mientras trabaja.

Klaus Lemm asiente con la cabeza y por un momento actúa como si fuera a añadir algo. Al final no lo hace, probablemente porque todos los presentes miran hacia otro lado. Lo consideran alguien peculiar y digno de respeto, pero no tienen ganas de hablar de casas rodeadas de halos aciagos ni de crímenes en una tarde lluviosa.

La aparición de un nuevo cliente calado hasta los huesos interrumpe el silencio incómodo.

—¡Casi resbalo con estas condenadas piedras! —se queja.

Maite se alegra de oír a su compañero de la radio. Al contrario que Klaus, Miquel Soler suele ponerla de buen humor. Tan solo verlo vestido con su traje habitual, ahora empapado, le resulta agradable. Debe de ser el único residente en todo el valle que se viste todos los días como si fuera a una comida de negocios o a una tertulia decimonónica. Miquel se sienta a su lado y charlan un rato del tiempo, de las obras de la iglesia, de todas esas pequeñas cosas que, en los pueblos del valle, se convierten en noticia.

Eric Tarrés pide otra cerveza en la barra y sigue de cháchara con el dueño. De repente bajan la voz, por lo que Maite deduce que están cotilleando. «Luego dicen de nosotras», piensa ella. Lo ridículo es que intenten ocultarlo: Eric ha intentado ligar con todas las mujeres del valle, y cada vez que aparece una nueva, su antena masculina no tarda en detectarla. Pero, a juzgar por los gestos que distingue mientras sigue hablando con Miquel, su última historia tampoco termina de funcionar... Pobre Eric. Maite piensa en la época en que fueron rivales y ahora casi tiene ganas de acercarse a él para decirle que lo entiende. Que a ella le pasa lo mismo. Que no es sencillo olvidarse de alguien como Marta.

Una corriente de aire acompañada de un trueno lejano interrumpe sus pensamientos.

—*Collons!* —exclama el dueño del bar—. No cuesta tanto cerrar, ¿eh? Joder, este Klaus cada día está más volado.

—Mira, al menos no se le ha olvidado pagar —comenta Eric, que se ha levantado de la barra para cerrar la puerta; coge el billete de veinte euros que Lemm ha dejado sobre la mesa y lo agita en el aire—. ¿El dinero no es de quien se lo encuentra?

—¡Sí, hombre! Trae para acá, va… Que con eso no se juega.

Eric se ríe y finge guardarse el billete en el bolsillo. Tiene que empujar la puerta con ganas para vencer la fuerza de la tormenta ahora que la lluvia ha empezado a arreciar. También aúlla el viento.

9

Meses más tarde de ese jueves, 8 de septiembre, cuando ya no puedan volver a ser cinco nunca más, Arlet recordará esa noche en la casa como el principio de algo. O como un final. Es cierto que sus recuerdos serán borrosos, marcados por la espuria luz de las velas, por los crujidos de la madera vieja del suelo, por las risas sofocadas. Por el sabor a cerveza de los labios de Quim. Por la sensación de sentirse acompañada en una noche de tormenta y de apretar su cuerpo contra el abrigo del chico y aspirar el aroma de la lluvia. Pero, sobre todo, recordará el temor de estar adentrándose en la vida adulta, penetrando en un mundo de secretos deleznables y de misterios del pasado que nada tenían que ver con ella y que a partir de entonces empezaron a formar parte de su día a día.

Arlet, que había llegado al valle con su madre en el otoño de 2020, nunca había conocido a Marta Folguera ni a su hijo Daniel; ni siquiera había oído hablar del crimen del valle ni del niño que había desaparecido sin dejar rastro. En 2020, cuando Estela decidió cambiar su piso de Barcelona por una casa en un pueblo de montaña y la arrastró consigo, pese a sus incesantes e intensas protestas, Arlet ignoraba que dos años después el destino terminaría llevándola al epicentro de aquella tragedia. Y, por supuesto, ignoraba que la muerte empezaría a acecharla como una nube negra, a ella y a sus amigos, desde el momento en que colocó la tabla en el suelo y dijo: «Va, ya basta de chorradas. No seáis críos. Esto va en serio».

Los cuatro chicos la contemplan con respeto y, en el caso de Quim, también con admiración. Después de los codazos y las pullas, después de media cerveza derramada por Lázaro y de otro conato de pelea entre él y Roger, porque el segundo intentó asustar a Adrià acercándole la lata fría a la nuca, se hace un silencio sepulcral.

Arlet no es consciente de que las llamitas tenues de las velas dispuestas alrededor de la tabla iluminan su pelo rubio ceniza y resaltan el brillo grisáceo de sus ojos, un color melancólico, ensoñador. A Quim, que no puede dejar de mirarla pese a lo mucho que le atrae la tabla y lo que están a punto de hacer, Arlet le recuerda a una de esas vírgenes que ha visto en los retablos, esas jóvenes de caras pálidas y labios sonrosados. Ella es una virgen extraña, claro, siempre vestida de negro y con ese colgante que lleva siempre de un cuervo de alas desplegadas. En el instituto, situado en Pont de Suert, la llaman la siniestra y a ella no parece importarle. Su interés por lo esotérico, por lo macabro incluso, se manifiesta en sus dibujos y en algún trabajo escolar. En una clase de chicas risueñas y felices, Arlet destacaba por su aire taciturno, sus gustos oscuros y su desinterés general. Pero su trabajo ilustrado sobre un cuento de Edgar Allan Poe, elogiado por el profe de lengua, le llamó la atención a finales del curso pasado y, a lo largo del verano, la chica había empezado a ir con el grupo hasta convertirse en una más.

Adrià, con su lata de Coca-Cola en la mano, ha permanecido en silencio desde que han entrado. No sabe muy bien qué le está pasando: después de la inquietud inicial, con el paso de los minutos le ha ido embargando una serenidad extraña totalmente impropia de él, que suele sufrir por casi todo. La luz de las velas, los susurros y el repiqueteo de la lluvia de fondo le han hecho sentirse como un peregrino refugiado en la paz de una iglesia. Tiene la impresión de que el mundo ha reducido la velocidad, de que los gestos de sus amigos se han vuelto más lentos, y oye las explicaciones de Arlet como si estuviera escuchando una canción sin entender la letra. Cuando todos apoyan el dedo índice de la mano derecha en la *planchette* de madera, la guía que debe adentrarlos en las respuestas del más allá, él los imita con unos segundos de retraso.

—¿Hay alguien aquí? —pregunta Arlet en voz alta—. ¿Alguien que quiera hablar con nosotros?

Solo se oye la lluvia y el silbido del aire que entra por la ventana rota de la cocina y se cuela por las rendijas de la puerta. Si hay alguien, no parece estar de humor para entablar conversación.

Arlet sigue animando al espíritu a comunicarse a través de aquella tabla, hasta que tras varios intentos el dije de madera reacciona.

—¿Lo estás empujando? —murmura Roger a Lázaro, y este niega con la cabeza. De todos modos, la *planchette* se ha quedado en tierra de nadie, entre las letras, sin llegar hasta el YES que hay grabado en la esquina superior de la tabla.

Quim los hace callar y decide tomar la palabra.

—Daniel, ¿eres tú? Soy yo, soy Quim.

—¡Pero si ni siquiera sabemos si está muerto! —protesta Roger, y aparta la mano de la *planchette* para coger la cerveza—. La que podría hablar es su madre.

—¡Cállate! —ordena Quim.

—Pero es verdad —interviene Lázaro, en un tono más conciliador—. ¿Y si nos dirigimos a ella? Estamos seguros de que ella murió y además fue justo aquí, ¿no? —añade después de una pausa.

Todos conocen la historia, aunque solo Quim y Roger vivían en el valle cuando pasó. Lázaro llegó al año siguiente, y Adrià y Arlet bastante después, cuando ya casi nadie hablaba del niño perdido, la madre muerta y el crimen sin resolver. Pero Quim se lo había contado en más de una ocasión.

—Marta, ¿estás aquí? —dice Arlet.

Arlet repite la pregunta dos veces más, en un tono cada vez más alto. Y entonces todos perciben algo extraño, algo que difícilmente sabrán explicar luego. Es como si la casa entera exhalase su aliento, como si un suspiro profundo descendiese desde la planta superior con tanta fuerza que hiciera temblar el suelo. Este se agita, las velas se apagan y las patas del sofá repiquetean contra la madera. El fenómeno dura apenas unos segundos, es breve como un seísmo lejano, pero ninguno de los cinco puede actuar como si no hubiera pasado.

Lázaro enciende la linterna y apunta hacia el techo al mismo tiempo que un trueno reverbera en los vidrios de las ventanas. Arlet va a repetir la pregunta, pero Adrià se le adelanta. Su voz es cálida, amable, más profunda de lo normal cuando apoya un dedo con firmeza sobre el dije de madera y pregunta:

—¿Quieres decirnos algo, Marta?

La *planchette* se mueve, avanza con decisión hasta posarse en el YES.

Los chicos se miran atónitos. Lázaro enfoca la tabla con la linterna y todos se apartan un poco para que Adrià continúe.

—¿Está Daniel contigo? —pregunta este.

NO. El desplazamiento es recto, certero, inconfundible.

—Dinos qué pasó, Marta. Cuéntanoslo...

Ahí la *planchette* duda, tiembla un poco antes de iniciar un viaje menos directo sobre las letras que hay sobre la tabla, aunque unos instantes después recobra la decisión. Las letras J, U, D, A, van componiendo una palabra que parece terminar cerca de la s.

—¿Judas? —pregunta Quim—. ¿Qué coño significa eso?

Si no hubieran estado ahí, absortos en lo que estaba

sucediendo ante sus ojos, nunca habrían creído que la garganta de Adrià fuera capaz de emitir un rugido semejante. Algo le sacude ahora el brazo de manera incontrolable, como si una descarga eléctrica lo recorriera desde el hombro hasta la punta del dedo, aún apoyada en la *planchette*, que de nuevo es un trozo de madera inerte.

—Muerte —susurra, antes de seguir pronunciando una serie de sílabas que no parecen tener ningún sentido, ante el asombro de los otros cuatro—. Traición.

Adrià por fin se calla, respira hondo, echa la cabeza hacia atrás y cierra los ojos. Su cuerpo, absolutamente tenso, sigue invadido por un temblor que ya no afecta solo a su brazo sino que se ha extendido a todas sus extremidades. Lázaro, que lo tiene al lado, suelta la linterna para cogerle por los hombros. Ya no prestan atención a la tabla, ni a la lluvia, que restalla con más fuerza. Lázaro es el único que consigue oír lo que dice Adrià, pero su atención está volcada en controlar aquellos espasmos y no en discernir las palabras, que son solo fragmentos, otra retahíla confusa e incomprensible.

Poco a poco, Lázaro consigue tranquilizarlo. El temblor se va apaciguando y el cuerpo de Adrià se relaja, como si le hubieran administrado un narcótico y cayera en un sueño inducido. Lázaro tiene que sujetarlo con fuerza: lo abraza para sostenerlo sentado, mientras le murmura al oído frases como las que le diría a su hermana pequeña después de una pesadilla o a un perrito malherido que no se dejara curar.

Roger, que había contemplado la escena sin ser capaz

de reaccionar, suspira aliviado cuando ve que Adrià recupera la serenidad.

—¿Qué coño ha sido esto? —pregunta, con los ojos muy abiertos—. ¿Es así como suelen ir estas cosas?

Unos minutos después Adrià abre los ojos y aparta sin fuerzas a Lázaro, que seguía abrazándolo.

—¡Eh! ¿Qué haces? —exclama, confundido, pero con su voz de siempre. Mira a su alrededor extrañado de ser el centro de atención—. ¿Ha pasado algo?

En otro momento los demás se habrían reído. De hecho, empiezan a hacerlo por disimular que no saben qué responder, pero las carcajadas suenan falsas. Adrià, que tiene una sed feroz y nota la garganta en carne viva, busca el refresco que había dejado a medias en el suelo. Entonces se da cuenta de que el contenido de la lata se ha derramado y le ha mojado los bajos del pantalón. Los mira a todos de nuevo con mayor cara de desconcierto. Una expresión que se contagia al resto cuando ven que Arlet se levanta y dice:

—Hay… alguien. Aquí. Hay alguien arriba —añade, ya con más firmeza.

Quim enfoca la linterna hacia la parte alta de la escalera, que está completamente vacía, y luego la pasea deprisa por los escalones hasta detenerse al final. Después apunta hacia la puerta de la cocina.

La misma puerta que Adrià había cerrado para frenar la corriente de aire que penetraba a través de la ventana rota.

Esa puerta ahora está abierta de par en par.

10

Han salido corriendo a pesar de la lluvia, porque al agua sí que se sienten capaces de enfrentarse. Arlet cogió la tabla de ouija y la *planchette* y las guardó en apenas unos segundos, Roger agarró su mochila con las cervezas que quedaban y nadie se molestó en recoger los envases vacíos.

Adrià avanza con paso tambaleante, tropieza un par de veces y Lázaro, que va a su lado, lo sostiene hasta llegar a la carretera. Enfrente está el hotel, cerrado en esas fechas, pero el porche les ofrece un refugio más que bienvenido. Es allí donde el padre de Lázaro debe pasar a recogerlos a las ocho y media: a él, a Arlet y a Adrià, que también viven en Taüll. El padre de Lázaro, taxista del valle, que en verano lleva a los turistas hasta las cercanías del lago al que solo se puede acceder en los vehículos autorizados, se queja a menudo de ser el chófer particular de su hijo y sus amigos, aunque en realidad sabe que es la única manera de moverse entre los pueblos del valle. Los chavales han llegado treinta minutos antes de la hora acordada y no tienen la menor intención de moverse de allí. Roger y Quim podrían ir andando hasta sus casas, pero no lo hacen. Permanecen con los otros, sin hablar mucho, empapados hasta el tuétano, aún procesando lo sucedido en esa tarde extraña.

—¿Estás bien? —pregunta Arlet a Adrià, que asiente en silencio mientras ella le apoya una mano en el muslo—. ¿Qué te ha pasado?

Él no responde. Sus mejillas han recuperado levemente el color, pero sigue estando pálido. Niega con la cabeza, por una vez le faltan las palabras. Cierra los ojos un momento e intenta recordar. Piensa que intentó concentrarse en la tabla y olvidarse de la escalera; se estaba fijando en lo que hacían los otros, aunque sus ojos seguían pendientes de las velas dispuestas en círculo, al principio porque temía que alguna prendiera fuego a algo (un terror que le inculcó su padre en casa, cuando era muy pequeño, un día que lo pilló jugando con una caja de cerillas), y luego porque cada llama parecía oscilar siguiendo un ritmo propio. Después dejó de oír a sus amigos, sus voces, sus preguntas, y pasó a escuchar solo el eco de la lluvia, un rumor que creaba una música especial al compás del tímido vaivén de las llamas. El conjunto lo hechizaba y su mente, normalmente hiperactiva, se fue sosegando por momentos, como si no hubiera espacio para nada más, como si fuera un lienzo en blanco en el que flotaba esa combinación de música y movimiento, una especie de arrullo acogedor. Y de repente algo se abrió paso hacia su mente, una voz inaudible, una voluntad que no era la propia... Pero no recuerda nada más. Ahora se siente agotado, le duele mucho la cabeza y nota el estómago revuelto, como si fuera a vomitar, así que mantiene la boca cerrada e intenta controlar las arcadas.

—¿Y tú? —pregunta Roger a Arlet—. ¿Qué es lo que viste?

—Alguien bajó la escalera. Cuando Adrià volvió en sí, miré hacia allí y vi una sombra que se movía...

—La puerta pudo abrirse por el viento —replica Roger.

—¡Ni de coña! Adrià la cerró del todo —protesta ella—. Había alguien ahí...

Roger se pasa una mano por el mechón blanco y luego palpa la mochila en busca de alguna cerveza más.

—Oye, ¿y tu mochila? —pregunta Lázaro de repente, mirando a Adrià—. ¿No llevabas las herramientas y todo eso? No me digas que te la has dejado arriba.

Adrià palidece aún más. Había cogido las herramientas del taller de su padre, sin decirle nada, seguro de que las devolvería antes de que se percatara. En realidad son un juego que su padre le regaló hace tiempo, así que en teoría podía disponer de ellas. Sin embargo, como el hombre vio que su hijo no les hacía ningún caso, un buen día se las llevó al taller junto con el resto... Y lo que hay en ese lugar no se coge sin permiso, Adri aprendió esa lección de manera dolorosa ya hace tiempo.

Lázaro percibe su miedo, porque es el único de los cuatro que intuye por qué lo siente. Cada vez que ha estado en el taller mecánico del padre de Adrià, que repara la mayor parte de los vehículos del valle, ha notado esa tensión, ese malhumor agrio que le sale de las entrañas y que apenas reprime ante los clientes. Hay algo rencoroso y a la vez violento en ese hombre, en su tono y en sus maneras, aunque tal vez también influya que en esa casa vivan los dos solos. Padre e hijo. Lázaro no se imagina su hogar sin su madre, y, por extensión, le entristece pensar en una familia sin ella.

—No te preocupes. Voy a buscarla —le dice, y se enfoca la cara con la linterna. Sus ojos negros, que ya han seducido a más de una chica, brillan con fuerza—. ¡Si hay espíritus, que se preparen! —añade y suelta una risa forzada—. ¿Vienes, Roger? ¿O también te da miedo?

El aludido, incapaz de dejar pasar un desafío de ese calibre, exhala un suspiro, se sube la capucha y da un paso al frente.

—¡Venga, tira! —le dice—. Pero me debéis una los dos, *pesaos*.

Y ambos salen corriendo, bajo la lluvia, otra vez montaña arriba, hacia la casa a la que tan solo unos minutos antes se habían jurado no volver.

Quim los ve marcharse y por un momento le asalta la tentación de unirse a ellos, pero algo le retiene en el porche del hotel. No es el miedo; este se ha desvanecido con la carrera y la lluvia, dejando en su lugar una profunda sensación de fracaso, la misma que le invade después de haber jugado bien un partido y haber perdido en el último minuto. Le fastidia no haber dado lo mejor de sí mismo, no haber estado a la altura, y eso le enturbia el humor. Casi imagina la mirada decepcionada de su padre, que siempre ha sido para él una especie de superhéroe. Ricard Janer tiene una empresa de deportes de aventura en la zona y es, sin duda, el mejor esquiador del valle. Ama la montaña y ha intentado transmitirles a todos sus hijos el gusto por la adrenalina, por el riesgo controlado, por el aire libre y la naturaleza. También ha intentado inculcárselo a los amigos de su primogénito, con quienes sale a escalar de vez en cuando. Quim siente que el mundo (y su padre en particular) siempre espera de él lo máximo, como si el hecho de ser hijo de quien es implicara llevar la victoria impresa en el ADN.

Arlet lo observa desde el lugar donde está sentada, en el porche del hotel, y lo nota extrañamente lejos aunque solo los separa un metro de distancia. A su lado, Adrià ha cerrado los ojos y respira pausadamente, como si durmiera. Para no molestarle, se levanta con sigilo y se acerca a Quim. Sabe que el plan de esa noche para él no era una aventura ni un juego.

—Podemos volver a intentarlo —le dice en voz baja cuando llega a su lado—. Quizá con menos gente funcione mejor.

Él se vuelve y su cara se ilumina un poco.

—¿Tú crees? ¿Volverías a la casa conmigo?

Arlet sonríe.

—Claro. Aunque no puedo prometerte que la cosa salga bien.

Lo que sí que se promete a sí misma es indagar más

sobre el tema. No es que sea una fervorosa creyente en el espiritismo; se limita a mantener la mente abierta y, en el fondo, está convencida de que tiene que existir alguna manera de conectar con el otro lado. La intuición le impide creer que la muerte sea el final definitivo, que la vida, tan intensa y cargada de emociones, pueda quedar reducida a la nada en unos segundos. Este territorio desconocido la apasiona, despierta su imaginación y sus ganas de profundizar en el espiritismo, en los sitios e *influencers* especializados en lo macabro, a veces también en lo satánico, y descubrir personas que explican toda clase de experiencias y rituales.

—Te parecerá una exageración, ya lo sé. En plan, que nadie sabe qué pasó con Daniel. Quizá se lo llevaron los que mataron a su madre, quizá ya esté muerto también. Pero ¿sabes qué es lo peor? ¿Lo que más me molesta?

Arlet niega con la cabeza.

—Lo que más me jode es que ya nadie lo busca.

—Eso no lo sabes. Supongo que Daniel tendría más familia…

—Unos abuelos. Aunque aparecieron luego, no los había visto nunca nadie. Daniel jamás me habló de ellos. Por lo que recuerdo, solo estaban su madre y él. —Hace una pausa y menea la cabeza—. Creo que los abuelos lo buscaron durante un tiempo, pero tampoco lo tengo muy claro. Yo era muy pequeño. Ni siquiera lo conocían, ¿sabes? Yo era su mejor amigo, el único que lo siguió echando de menos cuando pasó el tiempo. Me jode pensar que si yo me olvido de él, será como si no hubiera existido nunca.

Y no es justo, ¿sabes? No lo es. Se merece que alguien lo recuerde.

Ella comprende. No dice nada, pero entiende las palabras de Quim. También piensa que es bonito que se haya impuesto una tarea que, a todas luces, le sobrepasa. Le sonríe, porque en ese preciso instante el deseo de gustarle la recorre entera y le asoma a los ojos. Quiere que él la elija. Que dé el paso que llevan semanas eludiendo y que ella presiente que es ahora o nunca. Las reglas de la atracción son así de caprichosas. Ella no las entiende, pero las intuye. Los libros románticos que ha estado leyendo los últimos meses a escondidas, porque su madre opina que son basura y a ella misma le dan un poco de vergüenza, dicen que si pasa el momento, no hay manera de volver atrás.

Por eso extiende la mano hacia él, un gesto absurdo dada su cercanía, pero el único que se le ocurre para que sus pieles se rocen. Quim la acepta, la encierra entre sus dedos fuertes, y luego inclina la cabeza para darle un beso en los labios. Aunque ya han besado a otras personas antes, los dos sienten que ese beso tan deseado significa algo más. El eco de la lluvia les acompaña mientras sus lenguas se buscan, al principio tímidas y luego atrevidas, libres. Arlet piensa que los labios de Quim saben a cerveza y él desliza sus dedos en aquellos cabellos rubios sorprendentemente suaves, e intenta acercar su cuerpo, más fuerte, más grande, al de ella. Necesita que el contacto se extienda más allá de sus caras, que los muslos se toquen, que el deseo se contagie.

Sentado en el banco del porche, Adrià finge dormir para no perturbar a la recién estrenada pareja. Una vez más siente que está al margen, que las vidas de los otros se alejan de la suya. Al mismo tiempo tiene la extraña certeza de que es mejor así, que esa prórroga de la infancia no elegida del todo le recompensa de otras maneras y le ahorra la obligación de enfrentarse a determinadas cosas. Está pensando en eso, cuando vislumbra una silueta que se acerca andando por la carretera. Alguien que camina tranquilo, como si no estuviera diluviando, y que luego se detiene al otro lado de la calle. La farola ilumina la figura y Adrià respira tranquilo al reconocerla.

—¿Ya os habéis cansado de jugar en casas ajenas? —pregunta desde allí el hombre que acaba de aparecer.

Quim y Arlet se separan al instante y Adrià se pone de pie al oír la voz inconfundible de Klaus Lemm.

11

Lázaro y Roger no han tardado mucho en llegar de nuevo a la casa. Sin embargo, antes de entrar por segunda vez, el primero apunta con la linterna hacia la ventana rota.

—Espérame aquí si quieres. Vuelvo enseguida.

Roger entiende lo que el otro no dice, «Espérate aquí por si se acerca alguien», y asiente con la cabeza. Mientras Lázaro se aventura hacia el interior, él se pega a la fachada para mojarse menos. Solo y a oscuras, Roger agradece haberse traído una cerveza para pasar el rato. Esta historia le pareció una idiotez desde el principio, desde el momento en que a Quim se le ocurrió recurrir a los espíritus para aclarar lo que los vivos no habían logrado desentrañar. Está claro que es por culpa de esa niñata con su rollo gótico, y de que Quim está colgado de ella. Lleva semanas dando la brasa con el más allá y ha empezado a vestirse de negro él también. Roger está seguro de que el rollo de comunicarse con los muertos no es más que un intento de Quim para llamar la atención de esa tía rara porque ha notado que todo lo que tiene que ver con crímenes y fantasmas la vuelve loca. Últimamente, cuando se reúnen los domingos en el piso vacío que los padres de Quim tienen en Barruera, no paran de hablar de apariciones e idioteces así. Y qué mejor que el misterio de la desaparición de Daniel para atraer a esa rubia de gustos morbosos. Él apenas se acuerda de lo que pasó, aunque la historia de ese crío fue una constante durante toda su infancia. El niño perdido. La madre muerta. La casa vacía. A estas alturas, para él casi se ha convertido en un cuento, en algo que nunca sucedió de verdad. Sin embargo, ahora, mientras espera bajo la lluvia, sí que tiene la impresión de que esa casa esconde algo extraño. Un misterio. Una presencia. Solo desea largarse cuanto antes y por eso asoma la cabeza por la ventana rota y grita:

—¡Va, tío, espabila! Me estoy calando aquí afuera.

Su voz resuena en el interior vacío. No hay respuesta. La luz de la linterna no se ve por ninguna parte y Roger insiste:

—Joder, tío, me estoy empapando. ¿Acabas ya o qué?

Nada. O al menos nada de lo que él espera. Porque de repente nota un movimiento a su espalda y, cuando se vuelve, vislumbra una sombra oscura que trepa montaña arriba, como un animal, en dirección contraria al pueblo. Intenta encender la linterna del móvil, pero con los nervios le cuesta, y cuando al fin lo consigue solo ve el suelo mojado, la noche que se cierra y un rayo que asoma tras las montañas, trazando una cicatriz en el cielo.

—¡Hostia, sales ya o me las piro! —grita, y su voz contiene una nota de miedo que consigue atravesar las paredes de la casa y llegar hasta su amigo.

Y es que Lázaro, en el último momento, había decidido subir al piso de arriba. Los escalones crujieron bajo el peso de sus zapatillas en cuanto los pisó. Una telaraña se le enredó en el pelo y él se la sacudió de un manotazo decidido a seguir. En ningún instante pensó que estaba allanando una propiedad privada, solo quería tener algo que contarle al resto. Se avergonzaba de haber huido como un crío asustado y esa era su manera de restaurar el ego maltrecho. Cuando llegó al piso superior enfocó la linterna hacia el cuarto de la izquierda y se encaminó hacia allí. De un vistazo supo que esa era sin duda la habitación principal. Una cama de matrimonio, dos mesitas, un armario grande. Todo muy sencillo, pero sólido, de madera recia. La cama estaba cuidadosamente cubierta con una colcha de color granate, como si alguien fuera a dormir allí en cualquier momento.

Había poco más que ver, así que salió y recorrió el pasillo hacia el otro extremo. El otro cuarto tenía la puerta cerrada. Se estremeció al rozar el pomo frío y tuvo que hacer un poco de fuerza para abrirlo. Convencido de que nada en la casa iba a revelarle secreto alguno, apuntó con la linterna hacia su izquierda nada más entrar en la habitación.

El espacio era una versión reducida del primero: cama individual, una sola mesita y un armario más viejo y pequeño. Lázaro, que había tenido siempre las paredes llenas de fotos de animales, recortes del *National Geographic* e incluso una camiseta de Messi firmada que le consiguió su padre, percibió algo triste en aquel cuarto infantil tan austero. Le hizo pensar en un cuarto de hospital o de orfanato, aunque jamás había pisado ninguno de esos lugares.

Un ruido estridente le sobresaltó y volvió la cabeza de un lado a otro buscando el origen. Era un pitido intenso y persistente, que no paró hasta que Lázaro localizó el despertador y lo apagó de un golpe con una risa nerviosa. «Puto Mickey Mouse», pensó, antes de proseguir con la inspección. Solo le quedaba el armario, así que fue hasta allí y lo abrió.

Se agachó a ver lo que había dentro: una mochila, algunos libros infantiles... Sonrió al descubrir un robot. Pero la sonrisa se le congeló dos segundos después, al reconocer lo que había justo al lado del juguete.

Era la mochila de Adrià. Y dentro estaban las herramientas.

El sobresalto casi le hizo caer al suelo justo en el mismo instante en que le llegaba el grito de Roger urgiéndole a bajar.

Claro que quería irse. Enseguida. Sin pensar y sin perder más tiempo.

Con la mochila en la mano, Lázaro vuela escaleras abajo y casi se cae en sus prisas por salir de la casa. Los crujidos de la madera ahora parecen burlarse de él. La casa entera se ríe de su miedo y una de las ventanas del comedor cede entonces a la presión del viento y se abre con decisión. La misma que pone Lázaro en dirigirse la cocina sin querer saber nada más.

El miedo es una fuerza incontrolable e irracional que él desconocía hasta el día de hoy. También es una emoción que entorpece los movimientos: no sabe muy bien qué hacer con la linterna y la mochila, así que lanza la segunda por la ventana antes de trepar a la encimera y saltar hacia fuera. El suelo embarrado le mancha la ropa y él busca con la mirada a Roger, sin verlo.

—¿Cómo has tardado tanto, cabrón?

Lázaro suelta un suspiro de alivio al oír a su amigo, que se había alejado unos pasos de la casa. No tiene ganas de pararse a darle explicaciones, solo le suelta un «vámonos», le da un golpe en el hombro y sale corriendo hacia el pueblo.

A sus espaldas, libre de los visitantes, la casa parece tranquilizarse. Y la tormenta también.

—Hola, Klaus —dice Quim, asumiendo que debe ser él quien tiene que responder. En parte porque ha sido él el instigador de todo y, sobre todo, porque Klaus y su padre han trabajado juntos en la escuela de esquí.

Lemm le contempla, impasible, como si no lo reconociera.

—No sé a qué te refieres, ¿de qué casas ajenas hablas? —añade el chico entonces, y sonríe haciéndose el inocente.

—¡Sí que lo sabes! —les grita—. Los tres entendéis de qué hablo. No os acerquéis a esa casa. No hay nada que hacer en ella. Es un sitio malo.

Quim va a insistir en su mentira, pero Arlet se le adelanta.

—¿Y a ti qué más te da? —pregunta en un tono desafiante—. Ahora está vacía, pero algún día la ocuparán. Alguien la comprará, vivirá en ella. No es un santuario. Y, además, tampoco es que sea tuya.

Klaus parece sorprendido ante el descaro de la chica. Los whiskies se le acumulan en el cerebro y le entorpecen la lengua, sin embargo, su tono es menos amenazante cuando dice:

—Es peligroso. Hay montones de sitios donde pasar el rato.

—¿Qué sabes tú de esa casa? —dice Arlet también en otro tono, más educado y cargado de curiosidad—. ¿Por qué te preocupa tanto que vayamos? No crees en fantasmas, ¿verdad?

Lemm entrecierra los ojos.

—Los lugares son como las personas. Sobre todo los hogares. Nacen, se hacen grandes… y también enferman. Esa casa está enferma.

Arlet se queda callada y Quim la rodea con sus brazos. La calle huele a lluvia y ella se pregunta si lo que dice Klaus Lemm será verdad: si se habrán contagiado de algo, de algún mal desconocido, mientras estaban allí. En este momento ella se siente protegida, arropada por el chico que la abraza y que le susurra al oído:

—Klaus es buen tipo, solo se le va un poco la olla de vez en cuando. —Y luego, en voz alta, añade—: Tranquilo. Estamos bien. No te preocupes por nosotros, Klaus.

Quim no puede evitar dirigir una mirada hacia el camino que sube a la casa, con la esperanza de que Lázaro y Roger vuelvan cuanto antes. En ese momento un taxi blanco se detiene frente al hotel. Las ruedas salpican de agua el porche. Es el padre de Lázaro, que viene a por ellos.

Quim y Arlet miran hacia el camino. No se habían planteado la posibilidad de que el coche llegara antes que el hijo del conductor y ahora no saben muy bien qué decir. Es Adrià quien, poniendo cara de niño responsable, se acerca a la ventanilla y explica que Lázaro ha ido a buscar algo que él se olvidó, que llegará enseguida, y aguanta impasible el suspiro de impaciencia del padre de su amigo.

—¿Qué quería ese? —le pregunta el chófer en referencia a Lemm, que ha aprovechado para marcharse.

—Nada —dice Adrià—. Pasaba por aquí.

—Es un buen tipo — interviene Quim—. Solo es un poco raro.

—Es raro de cojones —replica el padre de Lázaro justo antes de sacar el móvil para llamar a su hijo.

No le da tiempo a hacerlo: los dos chavales aparecen en el porche empapados. Roger lleva la mochila de Adrià en la mano.

Se despiden deprisa de Quim y Roger aunque todos saben que tienen cosas que contarse. Los tres que suben al coche realizan el viaje en silencio: Lázaro delante, al lado de su padre, y Arlet y Adrià en los asientos de atrás, él absorto en sus pensamientos y ella en su teléfono móvil, por el que ha empezado a intercambiar mensajes con Quim en los que él le relata lo que le está contando Roger. Su segunda aventura en la casa, la mochila encontrada arriba.

También le dice que la echa de menos.

12

El domingo 18 de septiembre es el cumpleaños de Inma, la madre de Quim. Los cuarenta son una cifra redonda que merece una celebración especial y a eso dedican gran parte de la mañana su marido y sus cuatro hijos. Ricard y los mellizos, de cinco años, le preparan un desayuno esmerado que ella disfruta tratando de no pensar en el estado en que habrán dejado la cocina. Ricard será un encanto, el mejor marido que ella podría imaginar (en realidad, el único hombre con el que nunca se ha imaginado casada), pero es de esas personas infinitamente hábiles para los deportes e inepta para todo lo demás. Incluyendo la contabilidad del negocio: si ella no supervisara las cuentas, serían una locura. La generosidad de Ricard Janer es expansiva y, si ella no pusiera un poco de orden, resultaría incluso peligrosa.

Aun así, la empresa funciona. El senderismo y los deportes de aventura en verano y el esquí en invierno, que conlleva el alquiler de materiales y la contratación de clases de todos los niveles, tienen una demanda estable. Gracias al entusiasmo de su propietario, Sports Janer ha terminado por convertirse en la empresa de referencia en el valle. Es el lugar al que todos los aficionados a la montaña acuden en busca de los materiales que necesitan y para contratar guías, porque su dueño y el pequeño equipo que trabaja para él han explorado el valle al milímetro y nada les gusta más que compartir ese conocimiento. Los lugareños siempre especulan entre bromas cuál de los dos centros de información atrae más visitantes, si el del Románico o Sports Janer.

La única amenaza que se cierne sobre la prosperidad de la familia procede del clima: la nieve se retrasa cada vez más y dura menos y el calor del verano alcanza temperaturas mucho más altas. Pero, de momento, las cosas funcionan mejor que bien, y la prueba es esta casa donde Inma desayuna ahora: la más nueva y bonita del valle, un lugar donde criar una familia numerosa sin que los niños lleguen a matarse y donde ella puede trabajar.

Además de dedicarse a sus cuatro hijos y de llevar las cuentas de la empresa, Inma Pujol inició hace unos años un negocio de mermeladas y galletas caseras. Lo que al principio era un hobby ha alcanzado un volumen más que aceptable gracias al boca oreja y a las posibilidades de la venta online. Sus perfil de Instagram, Recetas de montaña, le ha granjeado un enorme número de seguidores que comentan sus vídeos, que ya no se limitan a los dulces, sino que abarcan todo tipo de platos y también escenas de su vida personal. De hecho, ahora mismo acaba de grabarse disfrutando del desayuno que le han preparado sus niños y el vídeo ya lleva más de setenta comentarios en apenas un par de minutos. Por eso, cuando Ricard se queja de la escasez de nieve, ella le dice medio en broma que no debe preocuparse: la gente siempre comerá galletas.

Desde el comedor, Inma contempla su pequeño mundo. Son las nueve y media de la mañana y Quim no se ha levantado todavía. Ricard lleva un buen rato llamándolo para que baje a pesar de que ella ha insistido en que lo deje en paz. A Inma no se le escapa nada: sabe que lleva varias noches acostándose a las tantas, pegado al móvil, intercambiando mensajes con la niña de la crepería. No es que le guste demasiado: le parece demasiado flaca y sus atuendos son de todo menos favorecedores, pero la idea de que su primogénito esté perdiendo horas de sueño por una chica la enternece más de lo que habría sospechado. Cuando por fin el chico se digna a aparecer, está claro que su mente y su atención no están puestas en el cumpleaños de su madre. A ella le molesta un poco, aunque logra disimularlo durante la comida familiar en un restaurante cercano. Tiene que morderse la lengua para no hacer ningún comentario cuando él les anuncia, justo después de que ella sople las velas, que ha quedado con sus colegas. Quim se marcha rápido, casi sin despedirse, e Inma se siente repentinamente mayor. Comprende que empieza una nueva etapa, que su papel de madre ha empezado a cambiar, al menos de cara a su hijo mayor, y eso le duele. Por suerte, uno de los mellizos viene a abrazarla.

Quim y los otros se reúnen el domingo a las cinco de la tarde, como han hecho desde que el apartamento que los Janer tienen en Barruera se desocupó inesperadamente a mediados de agosto. En cuanto empiece la temporada de esquí volverán a alquilarlo. Hasta entonces, Inma les permite pasar el rato allí. A esa edad, disponer de un espacio propio es un lujo casi impensable, por eso Quim siempre insiste en que todo quede impecable cuando se marchan, porque está seguro de que su madre lo supervisa cada semana y no quiere arriesgarse a perderlo.

Hoy tienen mucho de que hablar. Lo sucedido en la casa días atrás los ha dejado a todos con sentimientos encontrados. Empiezan la conversación en el pequeño comedor, Quim y Arlet sentados en el viejo sofá y los otros en la alfombra.

—¡Yo no pienso ir más! —asegura Roger—. Y estoy seguro de que Adri tampoco tiene muchas ganas de volver, ¿verdad, *nen*?

Le aprieta los mofletes con fuerza, un gesto irritante al que el otro ni siquiera reacciona. Adrià está raro, aunque Lázaro es el único que se da cuenta. O, mejor dicho, el único que se preocupa. Los otros están demasiado emocionados con los mensajes de la tabla, la presencia que se manifestó y los sucesos del otro día. Incluso Roger, que a ratos reniega enfáticamente de todo el asunto, se resiste a abandonar el tema.

—El espíritu nos dijo que Daniel no estaba con ella, ¿lo

recordáis? —apunta Arlet pensativa—. Deberíamos haber cogido algo de la casa para poder usarlo aquí y ahora.

—¡Estábamos demasiado ocupados en huir! —exclama Roger.

—Podríamos probar otra cosa —dice Quim—. Arlet y yo lo hemos estado hablando estos días y...

—Podríamos cambiar un poco de tema —tercia Lázaro muy serio.

—Eh, ¿qué pasa? —pregunta Quim, molesto, mirando de reojo a Arlet.

Lázaro adopta un tono firme que le hace parecer más adulto. El hecho de que no le interese el liderazgo no significa que no tenga ideas propias. Sus ojos, de un negro profundo, adoptan una expresión desafiante cuando responde:

—Pasa que llevamos ya diez días con esto, tío. Y que ya está bien de casas poseídas, espíritus e historias de miedo. Hablemos de la escalada, de la salida que tenemos pendiente con tu padre, de lo que quieras... pero basta ya.

Arlet intuye que lo que acaba de oír tiene más que ver con Adrià que con el propio Lázaro, y por eso, en lugar de discutir con él, dirige su atención al pequeño del grupo.

—¿Estás bien, Adri?

El chico se encoge de hombros porque no quiere ni mentir diciendo que sí, ni tampoco admitir la verdad. Tampoco quiere confesar que desde muy niño ha tenido pesadillas, pero nunca habían sido tan intensas, tan vívidas y angustiosas como desde la noche en que visitaron la casa. Es más, esta mañana ha comprendido que el sueño que se repite cada noche va ganando en matices, como si la cámara de su cerebro lograra enfocar mejor la escena en la que se ve inmerso mientras duerme.

La primera vez la imagen era borrosa: solo veía unos escalones que desaparecían y tenía la sensación de contemplar el comedor desde arriba. A la noche siguiente la escena se aclaró un poco y se vio a sí mismo tirado en el suelo, mirando hacia la escalera, aterrado porque presentía una amenaza terrible y oía, muy de cerca, el aullido insistente de algo que parecía un lobo. Y en la pesadilla de la noche anterior había visto, o mejor dicho intuido, a un niño que lo miraba con el pánico impreso en los ojos. Luego descubría que el niño era él mismo y observaba desde lo alto, entre los barrotes de la barandilla, el ataque de una bestia feroz. Una vez despierto se había abrazado a la almohada para aferrarse a algo real y, de paso, para sofocar las lágrimas que salían en contra de su voluntad.

Y a todo eso hay que sumar la sensación de que no está del todo solo en su cuarto; de que hay alguien que intenta transmitirle un mensaje. Convive con eso desde el día de la ouija: la impresión de que lo vigilan. De que alguien lo acecha. Tampoco es la primera vez que le sucede, pero nunca de una manera tan aterradoramente real.

—He tenido pesadillas estas noches —se limita a decir, porque es incapaz de entrar en detalles. Lo último que le apetece ahora mismo es revivirlas.

—Por eso —interviene Lázaro mientras mira retador a

los otros—. Vamos a olvidarnos del tema por un día, ¿eh? Juguemos a algo, demos una vuelta… Lo que necesitas es que te dé el aire —añade dirigiéndose a Adrià.

Quim parece dispuesto a ceder. Es Arlet quien insiste, aunque lo hace con suavidad.

—Adrià, ¿no quieres contarnos esos sueños? A lo mejor te ayuda hablar de ellos.

El aludido niega con la cabeza.

—Hay poco que contar. Apenas los recuerdo. —Mentir es algo que se le da fatal y todos lo notan.

—He leído en alguna parte… —dice la chica.

—En el blog de un pirado —la interrumpe Roger.

—¡Era un libro serio que trataba de todo esto! —protesta ella—. Puedes cachondearte, pero hay ejemplos de lo que acaba de contar Adri. Algo raro le pasó en la casa, joder. ¡Lo vimos todos!

Lázaro se levanta de la alfombra para que su réplica tenga más fuerza.

—¡No le habría pasado nada si no te hubieras empeñado en usar esa puta tabla!

Él sabe que eso no es del todo justo, porque todos habían estado de acuerdo en hacer espiritismo. Lo que sucede es que Lázaro no puede quitarse de encima la sensación de pánico que sintió cuando encontró la mochila de Adrià en el armario de Daniel.

—Venga, dejadlo ya —murmura Adrià, que odia que discutan por su culpa.

—Fui yo quien insistió en todo esto —dice Quim muy serio—. Y creo que algo sacamos en claro.

—¿En serio? —se burla Roger—. Lo único que saqué de ese día fue un resfriado por esperar a este bajo la lluvia.

—El espíritu habló de muerte... —susurra Arlet—. De traición. De Judas.

Adrià se estremece al oírla. Su reacción es tan evidente que todos la perciben, incluso Roger, que no es exactamente muy sensible a las emociones ajenas. Sin embargo, Quim insiste:

—¿Qué decía ese libro? —pregunta dirigiéndose a Arlet.

Ella suelta un suspiro antes de responder, porque prevé que la respuesta no va a tener una gran acogida.

—Los autores explican que, después de una experiencia de esa clase, algunas personas tienen la sensación de que el espíritu sigue con ellas... Se les aparece en sueños y sienten su presencia cuando están despiertas.

Mira intensamente a Adrià y se da cuenta de que el chico palidece. Aun así, termina de contar lo que había leído.

—Con algunos se usó la hipnosis para acceder a su inconsciente y así saber si... —duda antes de pronunciar la palabra «posesión» porque incluso a ella le parece demasiado fuerte—. Bueno, para librarlos de ese mal rollo.

—¿Tengo... tengo que dejar que me hipnoticen? —pregunta Adri con voz temblorosa.

—¡Ni de coña! —ataja Lázaro—. Ya vale de todo esto.

—Oye, ¿por qué no le dejas hablar? No es ningún niño, ¿sabes? Puede decidir por sí mismo. —Quim se ha levantado del sofá y ahora se enfrenta a Lázaro directamente.

—Puede decidir siempre que te dé la razón y haga lo que tú quieres, ¿no? Como hacemos todos siempre.

El ambiente se carga de tensión al instante. Es Roger quien despeja la tormenta que se está formando. Se pasa la mano por el mechón blanco; es un gesto que hace siempre que se pone nervioso.

—Eh, tíos, ¿no tenéis sed? ¿Por qué no vamos a comprar unas cervezas? —propone—. Esta vez no he podido traer porque mi padre no me ha quitado el ojo de encima en toda la mañana y el bar cierra los domingos por la tarde. Además, está mosqueado desde el otro día. Así que, si queremos beber, habrá que ir a comprar.

Al final bajan los cinco porque necesitan despejarse. El piso se ha cargado de una energía extraña, turbulenta, y salir les permite dejarla atrás. Quim y Lázaro se quedan algo rezagados, hablando en voz baja; el segundo sigue preocupado por Adri, y Quim admite que, tal vez, todo esto se ha convertido en un agobio para el chico. Hacen las paces a empujones, bromeando, aunque el enfrentamiento ha tenido lugar y ninguno de los dos lo olvida del todo.

Unos pasos más adelante, Adrià respira el aire fresco de la tarde. El color va volviendo a sus mejillas. Acompañado por sus amigos, ya no se siente perseguido ni amenazado. Le emociona tanto darse cuenta que decide tomarse la primera cerveza de su vida, a pesar de que odia el sabor. Tienen que hacer una triquiñuela para comprarlas, pero también es verdad que nadie ve nada de malo en que cinco chavales se tomen una birra o dos. Forma parte de la adolescencia y, además, en los pueblos de montaña las tardes de domingo son lentas y perezosas.

Sopla un poco de viento, el suficiente para que Quim rodee a Arlet con los brazos mientras los otros se tumban en la hierba a orillas del río. Se quedan allí el resto de la tarde, oyendo de lejos a los niños pequeños que juegan en un parque cercano. Cuando ya empieza a anochecer, ven pasar a un compañero del instituto que ha salido a correr. Quim y Roger le jalean en broma para que acelere el paso. Oriol Martínez, el deportista quinceañero, les sonríe a distancia. Sus piernas, musculosas y blanquecinas, refulgen en la noche y los mirones se ríen un poco. El chaval no les hace ni caso y sigue con su carrera. Al cabo de unos minutos lo pierden de vista, pero después de haber pasado toda la tarde echados tienen un exceso de energía, así que todos menos Adrià, que odia esos juegos, se dedican a perseguirse como críos por la zona arbolada. Pasan un buen rato así, hasta que Arlet, fatigada, pide un alto y vuelve sola hacia la zona donde habían estado tumbados.

Ve las latas de cerveza vacías y el resto de sus cosas, pero no hay ni rastro de Adrià. Eso la inquieta un poco desde el primer instante, y la desazón crece a medida que pasan los minutos y el chico no aparece. Le manda un whatsapp al móvil y luego otro, y finalmente, llama a los demás.

Lo buscan durante un buen rato por parejas: Quim y Arlet se dirigen al apartamento mientras los otros dos peinan la explanada paralela al río. Lázaro empieza a ponerse nervioso porque se acerca la hora en que su padre irá a por ellos y porque no puede evitar sentirse responsable de ese chaval. Cuando estaba a punto de rendirse, divisa a Adrià a lo lejos.

Está de pie, frente al río, pálido como la luna. No sonríe al ver a su amigo, ni tampoco da la impresión de haberse perdido. Al revés, su voz suena firme, aunque inexpresiva, cuando dice:

—Esta noche volverán los lobos.

13

Sin lugar a dudas, al día siguiente en el instituto la desaparición de Adrià hubiera sido el monotema entre los otros cuatro, porque en cuanto le encontraron, tuvieron que salir a toda prisa para no hacer esperar al padre de Lázaro. Pero no fue así. El lunes 19 de septiembre se suspendieron las clases.

El rumor empezó tarde y se extendió por los móviles de todos los alumnos de cuarto de la ESO que residían en el valle como una luz fosforescente en mitad de la noche. Los padres de Oriol Martínez, residentes en Barruera y propietarios de una charcutería especializada en embutidos tradicionales, comenzaron a alarmarse más o menos a la hora en que Quim y Arlet iniciaban una de esas conversaciones por mensaje que se alargaban hasta la madrugada, cuando Adrià ya estaba en la cama, vencido por un cansancio extraño que achacó a la cerveza. Esa noche había encontrado la casa vacía, así que cenó solo y se acostó enseguida. Siempre era mejor no cruzarse con su padre, aunque los domingos no eran los días más problemáticos. Adrià sabía que a medida que avanzaba la semana, el trabajo y la rutina iban haciendo mella en el talante del hombre. Los jueves solían ser malos y los viernes era mejor no llevarle la contraria ni hacer nada que pudiera molestarle, aunque a veces un simple ruido podía desatar la tormenta. Los domingos, en cambio, normalmente estaba de un humor aceptable.

Roger estaba medio dormido dándole vueltas a la bronca que le había echado su padre. «Que sé lo de las cervezas del otro día y las que me hubieras mangado hoy si hubieras podido. Y a ver cómo va este curso, que me tienes harto ya con tanta tontería. Que no te veo estudiar nunca y estás por ahí todo el día con los colegas. ¿Qué coño hacíais en esa casa? A ver, que allí mataron a gente, chico, ¿estás tonto o qué?». Roger, que no tenía ni idea de quién le había ido con el cuento a su padre, se puso de bastante malhumor porque él tampoco sabía muy bien a qué hostias había ido a esa casa ni tenía la menor intención de volver, así que esa parte del sermón paterno estaba de más. Pero optó por aguantar la bronca para evitar dar explicaciones de más y acabar metiendo la pata. Además sabía que su padre hacía honor al refrán del perro ladrador y poco mordedor. Cenó rápido y se refugió en su cuarto, cual adolescente ofendido, y ya acostado, recibió el primer mensaje.

Sobre las once y media de la noche del domingo 18 de septiembre los móviles ya habían propagado el rumor, difundiendo retazos de información que, al margen de su exactitud, despertaron la inquietud de todos.

Al parecer, Oriol Martínez había salido a correr sobre las siete. No es que fuera un gran atleta, pero se esforzaba por aguantar cada día un poco más para perder los kilos que le sobraban. Solía regresar a casa unos treinta o cuarenta minutos más tarde. Esa noche ni sus padres ni su hermana estuvieron pendientes del reloj hasta que, poco antes de las nueve de la noche, al prepararse para cenar, se extrañaron de que Oriol no hubiera vuelto. Entonces empezó el tanteo, al principio entre los amigos más cercanos del chico y luego, a medida que aumentaba la desazón, por todas partes.

Horas después la alarma ya se había hecho pública y las patrullas peinaban los caminos por los que el chico solía salir a correr. Existía la posibilidad de que un accidente le hubiera dejado incapacitado para volver por sus propios medios y que se le hubiera roto el móvil en la caída, puesto que al llamarlo salía el mensaje de que estaba apagado o fuera de cobertura. En principio todo el mundo asumió que eso era lo que había sucedido, aunque los más pesimistas no descartaban un atropello, porque las carreteras oscuras eran peligrosas para correr de noche. Los padres del chaval insistían en que su hijo siempre escogía senderos libres de tráfico.

Esa noche interminable el nerviosismo se extendió por el valle, insidioso como la niebla. El padre de Roger entró en el cuarto de su hijo para hacer las paces con él, aunque sin admitirlo explícitamente: solo le habló del último partido del Barça e intentó hacerle reír, como si la reprimenda de antes no hubiera existido. Inma, la madre de Quim, se paseó por las dos habitaciones de sus chicos, como si quisiera asegurarse de que estaban allí. También estuvo especulando con Ricard, su marido, sobre la horrenda posibilidad de que algo les sucediera, hasta que él zanjó el tema con un afectuoso «Ya basta, ¿no? Los chicos están bien, y ese crío se habrá caído o estará perdido. No tiene sentido pensar en lo peor. Me he levantado a las ocho para hacerte el desayuno, amor. ¿Y si dormimos un poco?». Y el padre de Lázaro, que conocía bien a su hijo y lo había visto un poco raro cuando los recogió a todos esa noche, se dijo que hacía tiempo que no hablaba en serio con él. Esa noche en el valle fueron muchos los que no durmieron: los padres de Oriol, su hermana mayor, los mossos que llegaron de Pont de Suert y dedicaron horas al registro de los caminos más transitados, y los agentes forestales que los ayudaron, entre los que estaba Eric Tarrés. Habían empezado con bastante optimismo, pero a medida que pasaban las horas empezó a crecer en los agentes la preocupación inevitable, la que se despierta cuando las opciones lógicas van quedando descartadas. El chico no podía haber desaparecido sin más y resultaba altamente improbable que se tratase de una huida: nadie se escapaba de casa en pantalón corto y sin dinero, ni ropa.

Cinco horas después de que se diera la alarma, las unidades de los mossos que estaban de guardia esa noche se reunieron en la carretera para compartir su frustración y para despedir a los agentes forestales, agradeciéndoles el esfuerzo. El sargento Ramsés Crespo, al mando del grupo, se dirigió de nuevo hacia la casa de Oriol Martínez con el fin de recabar más información: cualquier detalle podía ofrecerles nuevas vías. Era la primera vez que investigaba un caso como ese; el valle era un lugar tranquilo, los chicos no desaparecían. De vez en cuando había alguna pelea un sábado por la noche, pero siempre eran los mismos y nunca había heridos ni daños. En su cabeza, la hipótesis de un atropello con fuga tomaba consistencia, y eso eran palabras mayores.

Eric cogió el coche y volvió a su casa, en Barruera, tan cansado que apenas podía pensar, lo cual no era necesariamente algo negativo porque últimamente su cabeza no paraba de darle vueltas a todo. A los treinta y cinco años, tenía la sensación de que su vida se hallaba atascada y de que era tan previsible como las estaciones que iban cambiando el color del paisaje. A la vez, sabía que no sería feliz en un empleo de oficina o en una ciudad donde su vista no pudiera perderse en la lejanía. El valle era su prisión, pero también su oxígeno. Se ahogaba en él y, sin embargo, intuía que en cualquier otro lugar le faltaría el aire.

«Lo que necesitas es follar más», se dijo con ironía. No era del todo falso. La energía sexual se le acumulaba y le embotaba el cerebro. Hasta hacía poco había tenido una ilusionante aventura con Estela, la dueña de la crepería, que se acabó cuando él sugirió que quizá podían pasar algún día juntos los tres, ellos dos y Arlet, la hija adolescente de ella. «Espera un momento —le dijo Estela muy seria—, porque tengo la impresión de que no te enteras. El tema está así: vienes, follamos, nos fumamos un peta y te vas relajadito para casa. Ni yo quiero un novio ni mi hija necesita un padre, ¿te queda claro?». A partir de ahí la cosa se había enfriado. Por las dos partes.

Al llegar al pueblo, Eric aparcó el coche en la carretera y se quedó dentro, contemplando el final de la noche mientras se fumaba un cigarrillo. Decidió que el cuerpo le pedía un porro: la nicotina no bastaba para llevarle al estado de relajación, casi de atontamiento, en el que el sueño por fin se aliaba con la fatiga.

En lugar de irse a casa, descendió hacia la iglesia para buscar un lugar donde sentarse mientras pensaba en los padres del chico. Los conocía bien, había comprado muchas veces en su tienda porque tenían buen género, y recordaba al chico de haberlo visto por allí estorbando más que ayudando. Poco a poco, medio recostado en un banco de piedra, su crisis existencial, sus dudas vitales y su remota añoranza por el cuerpo de Estela fueron desvaneciéndose. El ritual del porro actuaba para él como un sedante; sabía que era casi un placebo, pero a esas horas, bienvenidos fuesen.

La luz empezaba a abrirse paso. «Es la hora del lobo, la del programa de radio», pensó Eric, con una sonrisa espontánea. Él no les tenía miedo a los lobos, más bien al contrario, pero pensar en ellos le hizo mirar a su alrededor, y al aguzar la vista se fijó en que la puerta de la iglesia estaba entreabierta. Eso era raro. Todo el mundo sabía que las iglesias del valle, el patrimonio turístico del románico visitado por centenares de personas cada año, se cerraban por las noches. Llevado por un impulso, se acercó a la entrada y empujó la vieja puerta de madera.

Sant Feliu de Barruera no era una de las más espléndidas. Sin embargo, el sencillo interior, las paredes blancas, sin decoración alguna, y el crucifijo del fondo, apenas distinguible en la oscuridad, le conferían un aire sereno.

Los pasos de Eric resonaron en el interior y él se dijo que hacía años que no pisaba una iglesia. Se palpó los bolsillos en busca del móvil para encender la linterna, y se dio cuenta de que lo había dejado en el coche. Tuvo que parpadear para acostumbrarse a la falta de luz y avanzó a tientas hacia el altar, preguntándose si algún excursionista excéntrico habría decidido pasar la noche en aquel interior frío y duro.

Era poco probable, la verdad, aunque más improbable todavía era lo que le parecía estar viendo. Por eso durante unos instantes pensó que era una visión: una jugarreta de la vista o del cerebro, o del porro y de la falta de sueño. Luego, cuando la profesionalidad se impuso a la impresión, se dio cuenta de que no era así y se maldijo en voz alta por no llevar nada que le permitiera ver mejor.

Sobre el altar había un cuerpo medio desnudo. El torso, blanco y algo fofo, resplandecía en la penumbra, y una sábana blanca le cubría las piernas desde la cintura. El cuerpo estaba inmóvil como el de un santo de yeso y, por un momento, Eric albergó la esperanza de que todo aquello fuera una broma, una *performance* absurda, y que el cuerpo fuera el de un maniquí. Sin saber muy bien dónde diablos estaba la luz, Eric cogió uno de los cirios y lo encendió. Y fue así, con aquella luz, como salió de dudas.

Aquello no era una escultura ni un muñeco, sino el

cuerpo de un chico acostado de lado. Nunca se había encontrado un cadáver y lo único que se le ocurrió fue acercar los dedos a su cuello, rezando para percibir algún latido, un mínimo pulso, y al hacerlo notó el tacto áspero de la cuerda que ceñía su garganta.

Desoyendo cualquier precaución, intentó moverle la cabeza para iluminar sus rasgos porque tenía que saber quién era o, mejor dicho, certificarlo de manera fehaciente.

Entonces vio las marcas. Tres equis, grabadas en la frente fría y muerta de Oriol Martínez.

SEGUNDA PARTE

Mediodía

La ciudad

14

Lo último que esperaba Lena era que el doctor Folguera la citara en su casa de la playa, donde reside desde la jubilación junto con su esposa. La conversación telefónica había sido escueta y en ella el doctor, «Llámeme Luis, por favor, dejé la consulta hace ya tiempo», reiteró las gracias por su respuesta. El tono era seco, y, sin embargo, el sentimiento parecía sincero. Lena tuvo la impresión de que no era un hombre propenso a la emotividad y, mientras conducía hacia Altafulla, se preguntó de nuevo qué podía necesitar de ella aquel reputado médico.

Fuera lo que fuese, el día acompañaba para una excursión. Hacía una de esas mañanas otoñales en las que el cielo azul, sin rastro de nubes, invitaba a pensar más en la primavera que en un día de finales de septiembre. Lena, que tenía la costumbre de salir con tiempo de sobra por si surgían imprevistos, se encontró en el bonito pueblo de la costa de Tarragona una hora larga antes de la cita. Temiendo resultar inoportuna, decidió recorrer el paseo marítimo salpicado de casitas bajas y respirar el aire, cargado de un leve sabor a sal. Tras la caminata, se sentó en una terraza casi vacía y pidió un café, que se tomó mirando al mar, disfrutando del sol y de una extraña sensación de paz. Unos niños jugaban en la playa, Lena los observaba acercarse a la orilla a recoger arena mojada y luego salir corriendo, entre grandes carcajadas. Los padres, una pareja joven, andaban descalzos y cogidos de la mano. Parecían enfrascados en su conversación, aunque no dejaban de vigilar a los pequeños, que los llamaban continuamente para enseñarles los progresos de sus construcciones.

Lena se preguntó de qué hablarían. ¿De qué charlaban ella y David en esa clase de momentos? No lo sabía, porque lo importante no eran las palabras sino el momento y la compañía. Le escribió un mensaje rápido, con la excusa de decirle que había llegado bien, y sonrió al recibir como respuesta: «Te espero esta noche en casa, cocino yo. Y ni se te ocurra pensar en volver a dormir a la tuya, ¿está claro, doctora M?». Ella le mandó un guiño y un beso y luego, quizá para no quedar como una adolescente, añadió: «Espero que no tengas muchas intenciones de "dormir", subinspector J», lo cual, cuando lo pensó mejor, tampoco la hizo sentir más adulta. Era curioso cómo el lenguaje del flirteo la rejuvenecía hasta extremos ridículos.

La casa de los Folguera se encuentra algo alejada de la playa y también del pueblo, es una gran masía antigua en mitad del campo, la versión autóctona de esas mansiones inglesas que salen en las películas y que llevan nombres pomposos como Brideshead o Manderley. Lena busca una placa o algo que le indique el nombre de esta, pero no hay ninguna a la vista. Tampoco le da tiempo: como ya había anunciado su presencia en la verja exterior para acceder en coche a la propiedad, una señora de unos sesenta años abre enseguida la puerta principal.

Lleva un conjunto de aire oriental compuesto por un pantalón ancho y un kimono corto sujeto a la cintura por una tira de la misma tela, de un tono claro, casi blanco. Está bronceada, el tono de la piel se percibe en el cuello largo y en los brazos, que asoman por las mangas amplias; lleva el cabello corto, salpicado de mechas grises y blancas, que le confieren un aspecto elegante y despreocupado al mismo tiempo. Pero lo que más llama la atención de ella son sus movimientos: la espalda recta y el paso grácil, que a Lena le recuerda al de una profesora de ballet. Mientras le da la mano, renace en ella la sensación de ser una mujer torpe y vulgar, algo que ve reflejado en los ojos sagaces de su anfitriona. Su mirada de un color azul muy oscuro la evalúa en apenas unos segundos. Pasa de los zapatos deportivos a los vaqueros y de estos al suéter de color marrón claro sin poder evitar una leve sombra de decepción. También es cierto que ha combinado aquel rápido examen visual con una sonrisa afable, que tal vez habría conseguido despistar a alguien menos susceptible que Lena, quien, mientras la sigue al interior de la casa, se siente como si hubiera ido hasta allí para solicitar un empleo en el servicio.

—Mi marido la espera arriba. Tiene muchas ganas de conocerla.

La señora sube la corta escalera como si flotara en el suelo y vuelve a sonreírle al llegar a la planta superior.

—Lo normal sería tener el despacho en la planta baja, pero en verano siempre hay demasiado ajetreo. Amigas mías que entran y salen del jardín, gente que viene a traer cosas… Ya sabe. Así que Luis decidió convertir una de las habitaciones en despacho para estar más tranquilo. Tonto no es, se quedó con la que tiene unas vistas fantásticas. Creo que a los hombres les gusta mirar el mundo desde arriba. Como si así controlaran la extensión de sus dominios sin tener que mezclarse con lo que sucede en ellos, ¿no le parece? —añade pensativa.

Sigue hablando mientras empuja una puerta de madera blanca.

—Es algo casi feudal, si se piensa bien. El señor del castillo… Las mujeres, en cambio, preferimos el contacto, la interacción.

—Por el amor de Dios, ¿qué estás diciendo, cielo?

Lena reconoce la voz que habló con ella por teléfono y también al hombre que se levanta y se dirige hacia la puerta.

—No le haga el menor caso. Mi mujer tiene teorías peregrinas sobre casi todo, normalmente influenciadas por su última lectura o su último curso.

—Nunca es tarde para aprender cosas nuevas. Eso también es algo que nos diferencia. Los hombres os volvéis mucho menos curiosos a medida que pasan los años.

—Los hombres vivimos menos, querida. Tenemos que aprovechar más el tiempo —dice él mientras desliza un brazo por la espalda de su mujer y le dedica una sonrisa a la que ella responde con un beso fugaz—. Y, a todo esto, la señora Mayoral no ha venido hasta aquí a oírnos discutir.

—Claro que no. Tenéis café y té en la mesita. Haz el favor de ser un buen anfitrión, Luis. Yo voy a ocuparme de la comida mientras habláis. Vuelvo abajo... como una buena esposa —añade en tono malicioso—. Se quedará usted a comer, ¿verdad, señora Mayoral?

—Llámeme Lena, por favor.

—Ay, sí, claro. Y yo soy Núria. Antes se me pasó presentarme. Pues nada. Os dejo. Nos vemos en un rato.

Y al escuchar su nombre Lena cae en la cuenta de quién es. Tarda unos segundos en recordar su apellido. Núria Morey había sido una de las modelos más cotizadas en los años ochenta, cuando Lena era una niña. No recordaba los detalles de su carrera, pero sí que había logrado fama internacional y había desfilado en las mejores pasarelas del mundo.

—¿Le apetece algo? Ya ha oído a Núria: me reñirá si no la trato bien.

—Acabo de tomar un café, gracias. He llegado antes de la hora y he estado haciendo tiempo en el paseo.

Luis Folguera camina despacio hacia la mesa, que tiene orientada hacia el ventanal, y Lena se percata de lo alto que es. Pese a que los años le han restado envergadura, sigue siendo un hombre de al menos metro noventa. Ella piensa también que esa altura, que en su juventud debió otorgarle un porte imponente, ahora acentúa la fragilidad que transmite su delgadez extrema. «No puede pesar más de setenta kilos», se dice, fijándose en sus brazos esqueléticos mientras se sirve un vaso de agua con un pulso vacilante, como si la jarra pesara demasiado para sus fuerzas.

Algo incómoda, Lena desvía la mirada hacia el ventanal. La señora de la casa tenía razón: la vista es magnífica. En un día como ese, de un vibrante color azul, cielo y mar parecen fundirse, y cuatro nubes blancas, dispersas, combinan a la perfección con las velas desplegadas de unas cuantas embarcaciones. Lena piensa que podría pasarse horas apostada junto a esa ventana, llenando su mente con esa imagen idílica. Pero el doctor Folguera corre las cortinas y el paisaje se oscurece, como si de repente se hubiera nublado.

—Siéntese, por favor —le dice él—. Supongo que tendrá curiosidad por saber a qué viene todo esto.

—La verdad es que sí.

—Claro. —Él se lleva el vaso a los labios y da un sorbo minúsculo; aun así tarda unos segundos en tragar el agua—. Llevo días pensando en la manera de explicárselo todo y, ahora que la tengo aquí delante, me resulta difícil empezar. Quizá... quizá sea más fácil si le enseño esto.

Coge una fotografía enmarcada que descansa sobre el escritorio. Un retrato familiar tomado hace años, porque en él tanto Luis Folguera como su esposa aparecen en plena forma. Ella lleva el pelo más largo, sin rastro de canas, y él, vestido de blanco y azul, al estilo marinero, sonríe con la contundencia que dan el atractivo y el éxito. Sobre las rodillas del doctor hay una niña, claramente menor que sus dos hermanos, que están de pie, flanqueando a la pareja. Un chico de aspecto pensativo, con acné en la frente, y una joven de pelo corto que luce una mirada desafiante, quizá un pelín irónica o condescendiente.

—Le presento a mi familia: a mi esposa ya la conoce. La niña que está en mis rodillas, y que ahora es casi tan alta como yo, es mi hija pequeña. Está estudiando en el extranjero ahora mismo. A mi lado está Darío. Y ella… ella es, o mejor dicho era, la mayor. Marta.

Por el tono y el tiempo verbal, Lena comprende al instante que esa chica es el motivo por el que está aquí hoy. Sin saber muy bien qué decir, deja de mirar la foto y devuelve su atención al doctor.

—Sí. No se equivoca —dice él leyéndole el pensamiento—. Todo esto es por Marta. Y ahora me corresponde contarle lo que pasó… La parte que sé, claro, que desgraciadamente no es mucha. —El hombre carraspea y desvía la mirada hacia el ventanal, hacia esa marina ahora sombría—. Marta fue nuestra primogénita. Una chica brillante, segura de sí misma, incluso un poco arrogante, si le soy completamente sincero. Supongo que fue culpa nuestra… Verá, hemos sido unos padres exigentes, sobre todo con los dos mayores. Queríamos que fueran conscientes de su suerte, que aprovecharan los medios que les ofrecíamos para desarrollar sus ambiciones. No queríamos tener críos consentidos… Tanto Núria como yo fuimos unos luchadores. Aunque parezca mentira, nadie nos regaló nada. Empezamos desde abajo: estudiamos y trabajamos duro, progresamos mucho. Supongo que eso nos hizo creernos un poco mejores que el resto y nuestros hijos heredaron esa idea. Probablemente ahora actuaríamos de manera distinta. De hecho estoy seguro de ello: la pequeña tiene veintidós años y es mucho más inconsciente e infantil de lo que nunca fueron sus hermanos. Las cosas cambian, supongo, y no sé si merece la pena lamentar lo que se hizo y lo que no.

Lena asiente alentándole a continuar. Le cuesta poco: pese a que ahora no ejerce, sus años en consulta la han dotado de una capacidad de escucha casi infinita.

—Comprenderá que mi mujer y yo le hemos dado muchas vueltas a estas cuestiones a lo largo de los años. Pero nos engañaríamos si dijéramos que anticipamos el problema antes de que nos estallara en la cara. Marta era una estudiante excepcional. En esta foto tenía diecinueve años y cursaba segundo de Medicina. Apenas tenía amigas, eso es cierto, y pasaba horas encerrada en su cuarto o en la biblioteca de la facultad. Núria la animaba a que saliera un poco más, pero a mí me parecía bien la vida que llevaba. Dos años atrás había conocido a un chico, un estudiante de música que ha llegado a ser un gran pianista. Si es usted melómana, quizá haya oído hablar de él: Joan Marc Villalonga.

—¿Y qué pasó exactamente? —pregunta Lena para centrar el tema.

—Marta cambió. No fue de un día para otro, sino algo

progresivo, casi imperceptible. Pasó de estar dispuesta a comerse el mundo a apenas atreverse a vivir en él. Se encerró en sí misma. A los veinte años podía pasarse semanas sin salir de su cuarto y sin dejar que nadie entrara. Se alejó incluso del chico con el que salía, aunque no llegaron a romper. Él demostró una paciencia inmensa...

—¿Acudieron a algún profesional?

—¡Por supuesto! A la mejor que conocíamos, la doctora Gibert. Pero Marta se negó a ir. Tenía más de dieciocho años, no podíamos obligarla. Ella insistía en que estaba bien, en que la dejásemos en paz. A medida que pasaban los meses era evidente que no era así: comía poquísimo, perdió bastante peso. Y empezó a delirar... —El doctor sofoca un suspiro—. Decía cosas raras, sinsentidos. Y al final se fue.

—¿Se marchó?

—El 14 de junio, el día en que cumplía los veintidós. Hizo la maleta y se marchó. Llamó desde la estación y habló con su madre. Le dijo que comprendía que no estaba bien y que se iba para ponerse mejor. Era una adulta... no podíamos retenerla. Ni buscarla. La policía nos lo dejó muy claro. —Se calla y baja la cabeza, como si los recuerdos le pesaran—. No volvimos a verla viva.

—Lo siento mucho. ¿Se... se suicidó?

—No. A veces pienso que eso habría sido doloroso, pero coherente, no sé si me explico... No. A Marta la asesinaron en 2015. Once años después de que se marchara de casa.

Lena acusa la noticia. No puede evitar que se despierte

su interés profesional y se plantea si el doctor Folguera habrá diseñado su relato para que eso suceda. Ahora quiere saber más. Qué hizo Marta en esos años. Quién la mató. Por qué está ella aquí ahora.

La historia de Marta está más llena de espacios en blanco que de datos contrastados. Si es cierto lo que cuenta el doctor Folguera, y Lena no tiene por qué dudarlo, su familia le perdió la pista cuando se fue de casa y lo siguiente que supo de ella era que había muerto estrangulada en una casita del valle de Boí. Al trauma de la noticia le siguió otro: durante el tiempo en que no habían sabido de ella, Marta había sido madre y tenía un hijo de ocho años, que había desaparecido de la casa sin dejar rastro. Daniel.

—Los mossos investigaron todas las pistas, pero no lograron aclarar nada —explica Luis Folguera, y en su tono se advierte la impaciencia—. ¿Sabe lo que eso significa para nosotros? Ya habíamos aprendido a vivir con la ausencia de Marta, aunque siempre esperamos que volviera... Imagínese el impacto de saber que la habían matado y, a la vez, descubrir que había un niño. Un nieto.

—¿Nunca lo han encontrado?

—Nunca. Primero confié en la policía, estuve meses esperando noticias. Luego pasé por una fase de resignación que duró años. Intenté conformarme con la realidad, por dura que esta fuera, y casi lo conseguí. Pero, hace alrededor de seis meses, me rebelé... Me dije que había sido un cobarde por tirar la toalla y contraté a un detective privado del que me habían dado muy buenas referencias,

Hernán Iglesias. Pues bien, con sinceridad, creo que me ha timado y ahora ni siquiera se pone al teléfono, el muy cantamañanas. Tengo aquí parte de sus informes. Según él, Marta pasó unos años en una casa okupa, a las afueras de Madrid. Seguramente se quedó embarazada allí y también se marchó. Estuvo dando tumbos con la criatura, primero en Galicia, luego en el norte de Portugal, y finalmente volvió a Cataluña. Cuando el crío tenía unos cuatro años se instaló en el valle y allí vivieron hasta... hasta el final. Se dedicaba a limpiar habitaciones de hotel.

Dice esto último casi con estupefacción. Como si le resultara inconcebible que estando tan cerca hubiera preferido un trabajo como ese a pedir ayuda a sus familiares.

—Intento analizar qué hicimos mal, se lo juro, y no encuentro nada que justifique ese alejamiento tan radical. Era nuestra hija mayor. Núria la quería más que a nadie, y yo también. Antes de que ella naciera perdimos un bebé, un niño que falleció en el parto, así que cuando Núria se quedó embarazada de nuevo solo podíamos pensar en que todo saliera bien, en que el bebé naciera sano. Cuando la tuvimos con nosotros, mi esposa y yo nos sentíamos tan agradecidos que nos volcamos en ella. Núria ya había hablado de abandonar su carrera, pero tras su nacimiento no lo dudó. Se dedicó en cuerpo y alma a Marta, y luego a Darío, que nació cinco años después. Quizá no fuimos los mejores padres del mundo, tal vez la presionamos demasiado con los estudios o incluso en la elección de la carrera... No le mentiré, yo deseaba con todas mis fuerzas que fuera médico, porque había levantado un hospital y anhelaba que ella continuara con mi legado, pero habría entendido que Marta quisiera hacer otra cosa. A lo mejor no a la primera, es posible que me hubiera llevado una decepción y que lo hubiera expresado así... Al final habría acabado respetando su decisión, no tengo la menor duda de ello.

—Es posible que ese fuera el problema —aventura Lena—. Tal vez Marta no tenía tomada ninguna decisión, no sabía qué hacer con su vida y simplemente se dejó llevar...

—Puede ser. —Él parece súbitamente ausente, como si intentara encontrar algún indicio de lo que Lena acaba de decir—. Supongo que uno de nuestros errores fue pensar que acabaría entrando en razón.

Lena espera. Lo último que desea es añadir más motivos de inquietud a un hombre que, a medida que habla, percibe como alguien enfermo. Ya no es solo el leve temblor de las manos, ni la voz que en algún momento se pierde: Luis Folguera está enfermo también por dentro, su alma y su corazón han padecido los estragos de esta pérdida. Y ella se teme lo que vendrá a continuación, la petición que aflorará de los labios resecos y pálidos de ese hombre.

—Supongo que ahora se preguntará por qué está usted aquí —dice él después de una pausa larga en la que ha vuelto a beber agua con sumo cuidado, como si temiera atragantarse—. E intuyo que lo que voy a proponerle le parecerá un disparate. Estoy seguro de que ha adivinado que tengo poco que perder. No se preocupe: es bastante obvio que mi cuerpo está dando señales de agotamiento. No tengo ningún mal incurable, o eso dicen los médicos. Según ellos podría vivir diez años más, pero a mí me consta que no será así. Probablemente porque no quiero. No me apetece hundirme en la decadencia, me resulta indigno. Lo que sí me gustaría es irme con mi historia resuelta. Creo que merezco eso. Enterarme de lo que pasó, de quién mató a Marta y por qué. Y saber si tengo un nieto en alguna parte. Morirme sin estas dudas. No es mucho pedir, ¿no cree?

«Sin duda no lo es», piensa Lena, pero no acaba de comprender qué puede hacer ella para ayudarlo a alcanzar ese objetivo.

—Me he informado sobre usted. He leído sus libros, la he oído en la radio y en la televisión. En mi opinión usted entiende el mal mucho mejor que la policía. Creo que ver a un asesino en serie de cerca, estar en sus manos, la ha convertido en alguien capaz de...

—¿Se puede saber por qué estáis a oscuras? ¡Luis, por el amor de Dios, ocupas la mejor habitación de la casa y te pasas el día con las cortinas corridas, como si el sol fuera a hacerte daño!

Lena no había oído entrar a la esposa del doctor, que ahora camina con paso rápido hacia el ventanal y, con un gesto dramático, aparta la tela y deja que la luz vuelva a inundar el espacio. Por un momento, tanto ella como el doctor parpadean para acostumbrarse de nuevo a la claridad del cielo azul que los deslumbra.

—Estábamos hablando, Núria, amor...

—Lo sé. Pero Darío y su mujer acaban de llegar. Sí, se han presentado antes de lo previsto, ¿qué quieres que te diga? No querrás que los mande a dar vueltas por el pueblo, ¿verdad? Así que me temo que vais a tener que interrumpir la conversación. Lena, querida, ¿le importaría fingir que ha venido usted a vernos porque nos conocemos de un curso de psicología o algo así? Hago tantos que mis hijos no son capaces de retenerlos. Puede añadir que está pensando en alquilar algo por esta zona, lo que se le ocurra. No querría que Darío y Rebeca sospecharan nada. Me lo prometiste, Luis.

Él asiente con la cabeza y Lena se levanta, algo molesta. Sí que habían hablado de comer algo después de la entrevista, pero no se esperaba verse incluida en un almuerzo familiar. Los ojos del doctor Folguera le suplican que se quede y ella no es capaz de negarse.

Obedientes como niños, siguen a Núria escaleras abajo. Mientras baja la escalera, Lena sonríe para sus adentros al recordar el comentario de la esposa del doctor. «Puede añadir que está pensando en alquilar algo por esta zona». Debe de resultar obvio que, para alguien con el aspecto de Lena Mayoral, la compra no es una opción.

En el salón les aguarda la pareja. No le cuesta reconocer al chico de la foto, ahora un hombre. Resulta curioso que de dos progenitores como el doctor Folguera y Núria, altísimos, esbeltos y, cómo decirlo, armoniosos, el resultado sea un varón como Darío, que no debe de pasar del metro setenta y tiene un cuerpo compacto, no grueso, pero sin duda poco estilizado. Conserva la mirada despistada de la foto y la misma frente ancha, acentuada por el cabello peinado hacia atrás, en un estilo totalmente pasado de moda. Su mujer es algo más alta que él, su rasgo más llamativo es una melena rubia y lisa que le llega a media espalda y unas gafas de montura de pasta de un intenso color rojo. Viste de negro y se ha maquillado como si fuera a una fiesta nocturna en lugar de a un almuerzo familiar. Lena observa a su anfitriona y percibe en su mirada la misma desaprobación que notó al llegar.

—Darío, Rebeca... Os presento a Lena Mayoral. A lo mejor la habéis visto en televisión. Es una eminencia en asesinos en serie y esa clase de cosas, y tuve la suerte de conocerla en un curso de psicología. Lena, estos son mi hijo y mi nuera. Chicos, necesito que entretengáis un rato a nuestra invitada mientras termino de hacer la comida... Luis, ¿vienes conmigo un momento, por favor?

La pregunta es más bien una orden y el doctor la acata sin protestar.

Tardan un poco en volver, y durante ese tiempo Lena se entera de que Rebeca y Darío tienen una agencia de publicidad, al parecer bastante importante. Lena piensa en la Clínica Folguera, en lo que acaba de explicarle el doctor, y comprende que Darío no ha querido seguir los pasos de su padre en la medicina. Una nueva decepción para el doctor, tal vez. Ahora Darío está preparando unos vermuts y es Rebeca la que se dedica a darle conversación a la invitada. A pesar de su pose un poco altiva e impaciente, resulta bastante simpática: está claramente acostumbrada a las conversaciones con desconocidos. Tiene una mirada perspicaz que, de repente, se ilumina al tiempo que ella exclama:

—¡Ahora caigo! Sabía que tu cara me sonaba. Te he visto en las redes o en la prensa. Fuiste la que capturaste al Verdugo, ¿no? ¡Qué fuerte! Me fascina ese tipo.

Darío, que se acercaba con las bebidas, se detiene un segundo y Lena tiene la absurda sensación de haberse convertido en una celebridad de salón.

—No puedo hablar mucho de eso, la verdad —le dice—. Pero entiendo que te interese. Es un asesino fuera de lo común.

—Claro, perdona —replica Rebeca, aunque no parece lamentarlo en absoluto—. La gente que conoce mi suegra no suele ser tan emocionante... Gracias, *darling* —le dice a Darío—. ¡Brindemos!

Lena espera de todo corazón que no le propongan un brindis por los asesinos en serie y, por suerte, Rebeca y su marido tienen el buen gusto de no hacerlo.

Aun así, la conversación parece haberse quedado estancada y Darío, que se ha sentado al lado de su pareja, no es capaz de desencallarla. Por suerte, el doctor Folguera reaparece enseguida y su llegada anima la charla.

—¿Por qué no salimos a la terraza? Núria vendrá enseguida, a esta hora solemos hablar con Lucía, mi hija pequeña. Está al teléfono con ella.

—¿Cómo no nos habéis dicho quién era nuestra invitada? —pregunta Rebeca al tiempo que se levanta para salir—. ¡He tenido que concentrarme durante un rato para saber de qué la conocía!

—Eso va muy bien para el cerebro, querida —comenta el doctor en tono casual—. También es un músculo, hay que ejercitarlo de vez en cuando para que no se atrofie.

Y tras estas palabras salen a la terraza con las bebidas, dejando encerrado en el salón el eco de ironía de las palabras del doctor.

15

Los encuentros con su abogado se han convertido para Charlie en un tedioso trámite y sospecha que su interlocutor opina lo mismo. No le cabe ninguna duda de que el letrado aceptó llevar su asunto seducido por la popularidad del caso y ansioso de ver su propia cara y su nombre en los medios de comunicación. En ese sentido, no puede quejarse: ha dado varias entrevistas y en ellas se ha expresado con elocuencia, haciendo gala de un discurso contundente y asertivo. Escuchándolo cualquiera habría pensado que poseía una estrategia infalible y unos ases guardados en la manga que sacaría a la luz en el momento preciso para lograr la condena más favorable. En privado, sin embargo, es bastante más pesimista y en las últimas semanas se ha dedicado más a concienciar a su cliente de su aciago futuro que a contarle su plan de defensa.

Por eso Charlie sigue al funcionario hacia la sala sintiéndose como el paciente que ya sabe que su enfermedad es incurable y aun así debe pasar por el trago de escucharlo de boca del médico de turno. Si Arturo de Santis ha descubierto un remedio revolucionario, sus ojeras y los párpados caídos no dan fe de su eficacia.

«Debería haberme buscado un representante legal mínimamente atractivo —piensa Charlie con ironía—, habría sido igual de inútil, pero al menos me habría recreado viéndolo». Era difícil vislumbrar nada erótico en el señor De Santis, que bien podría haber servido de modelo para una pintura barroca: la del caballero adinerado junto a su joven y virginal esposa, condenada por la vida a posar junto a él en el cuadro y en el lecho. Claro que la razón para escogerlo no había sido su apariencia, sino su larga lista de casos difíciles y su reputación de marrullero.

Charlie se esfuerza por apartar esos pensamientos frívolos y toma asiento frente al abogado con la resignación de un pecador arrepentido. Ha estado cultivando el gesto —la cabeza baja, la mirada contrita, los hombros caídos— hasta llegar a lo que considera una buena encarnación del papel. Lo había empezado a ensayar con el director del centro y también con el psicólogo que evaluó su estado mental. Un aire pasivo, expectante, que pretendía desarticular la imagen del justiciero asesino. Se ha afeitado la barba para parecer más joven y cuando habla con ellos lo hace con el respeto y el temor que habría mostrado un huérfano dickensiano al enfrentarse al estricto director del orfanato. Y es ese el tono que intenta adoptar cuando el señor De Santis le pregunta:

—¿Cómo va todo por aquí, Charlie?

—Bastante bien. —Lo dice con convicción porque no

es del todo falso. No está bien, nadie puede estarlo en la cárcel, pero siente que las cosas podrían ir mucho peor.

—Me alegro. —El abogado carraspea—. Ya tenemos la fecha del inicio del juicio: martes, 13 de diciembre.

Está a punto de añadir que no es un día muy propicio. Se contiene a tiempo. Charlie se encoge de hombros, como si asumiera de inmediato que el resultado del juicio no va a favorecerle.

En diciembre se cumplirá un año de su detención. En esos días de 2021, él estaba eufórico, en su mente se desplegaban los planes de futuro: el viaje, la vida en otra ciudad… Estaba decidido a dejar atrás al Verdugo y lo habría logrado de no haber sido por aquella mujer. Lena Mayoral. Y ni siquiera había podido completar el trabajo. Lo ha pensado mil veces desde entonces: ¿qué habría sucedido si hubiera adelantado el viaje? La respuesta siempre es la misma: ella habría seguido investigando y habría terminado descubriendo la verdad.

En realidad, había hecho lo que tenía que hacer y las cosas no le habían salido bien. Esa era la única verdad. Carecía de sentido plantearse cualquier otra cosa.

—No será un juicio fácil ni corto —prosigue De Santis—, debes prepararte psicológicamente. En las semanas previas repasaremos tus declaraciones. Me consta que existen bastantes evidencias en tu contra, al menos del intento de homicidio de la doctora Lena Mayoral, del homicidio de Óscar Santana y de tu vinculación familiar con una de las víctimas…

Arturo de Santis parece tan abrumado que Charlie, ya

metido en el papel, casi se siente tentado a consolarlo. Lo observa de reojo, esperando que confirme lo que le anunció en su día.

—La acusación pedirá la prisión permanente revisable —dice por fin el abogado—. Lucharemos contra ello, claro...

La voz sigue hablando, intenta infundir alguna nota positiva al discurso y alude a otros casos que parecían perdidos, pero utiliza una jerga legal que Charlie no tiene ganas de esforzarse en entender. Apelaciones, recursos, artículos, precedentes. El señor De Santis debe de ser un buen orador, de hecho enhebra las oraciones con bastante solvencia y el discurso va cogiendo fuelle a medida que avanza. Él no le escucha, sin embargo. Deja que la mente le lleve hacia otro lugar, un sitio oscuro donde no se oye una voz insidiosa encantada de conocerse a sí misma.

Un lugar donde solo está él, en silencio, contemplando un jardín agreste y vacío.

Fue así como empezó todo. El pequeño Charlie se había portado mal otra vez, así que había acabado en el patio atado con la correa del difunto perro de su padre para que meditara sobre su mal comportamiento. En ese momento ni siquiera se había sentido humillado; había otras cosas que le daban mucho más miedo. Solo tenía que aguantar allí tirado y en silencio, sin llorar ni gritar, hasta que su padre se diese por satisfecho con ese castigo y lo desatase para ir a cenar y continuar con su existencia triste y patética. Solo que él entonces no la hubiese definido así. Era simplemente su vida, la que le había tocado.

Aquella tarde comprendió que las cosas no eran como él creía. Cuando Neil Bronte, el hijo mayor de los vecinos, saltó la tapia en busca de su pelota y se lo encontró atado como un perro, vio en sus ojos la compasión y sintió en sus carnes la vergüenza. La familia de Neil y de Tommy era distinta. Su padre decía de ellos que eran unos hippies pretenciosos y que estaban criando a dos hijos asilvestrados, que no sabían lo que era la disciplina porque nunca les ponían la mano encima.

Charlie adoraba a Neil, lo veía como el hermano mayor que habría deseado tener, y lo último que había querido nunca era hacerle daño. Pero no soportó ver que le daba pena... Neil se empeñó en soltarlo, a pesar de sus ruegos de que se marchara. Las cosas solo podían empeorar si su padre lo encontraba liberado de su castigo. Neil insistió en llevarlo a su casa, como si las cosas pudieran resolverse tan fácilmente. Como si él no hubiera imaginado mil veces que vivía en ese otro hogar del que solo lo separaba una tapia de ladrillo, que tenía otros padres y otro hermano. Otra vida...

El empujón le salió del alma. No para lastimarlo, solo para zafarse de unas buenas intenciones que sintió como una humillación insoportable, la exposición pública de su miserable vida. Nunca pensó que Neil se caería en el pozo que había en el jardín. Nunca pensó que matar a alguien fuera tan fácil.

Cuando supo a ciencia cierta que Neil estaba muerto, sucedió algo completamente inesperado: todos los miedos se desvanecieron de repente. Ya no era el pequeño Charlie

Bodman, un chaval asustadizo y apaleado, sino una especie de superhéroe capaz de devolver los golpes. Mientras esperaba a que llegase su familia o que alguien viniera a buscar a Neil, se refugió en otro rincón del jardín y dejó que el nuevo Charlie, ese que ya no tenía miedo, fuera apoderándose de él. Pensó que el pobre Neil lo había ayudado sin saberlo. Él quiso sacarlo de esa casa; en su lugar lo que hizo fue cambiarlo por dentro.

«Esto es lo que nadie sabe —piensa mientras De Santis prosigue con el discurso que tenía preparado—, y es mejor que siga así». Ha oído lo que dicen de él, lo que la doctora Mayoral anda soltando en las entrevistas, pavoneándose de su astucia: los hombres como él siempre seguirán matando. Monstruos, los llama. Irrecuperables. Esos psicólogos de pacotilla presumen de entender la mente humana cuando lo único que hacen es repetir lo que han dicho otros antes. ¿Acaso él no está demostrando que es capaz de dejar de matar? ¿No se esforzó en buscar a unas personas que mereciesen un castigo?

De repente, algo que dice el abogado penetra entre sus pensamientos y le hace reaccionar.

—Disculpe, ¿puede repetirlo?

El otro lo mira por encima de las gafas.

—Decía que por fin hemos encontrado a Thomas, a Tommy Bronte. Estaba en una isla australiana de esas que viven como en otro siglo. Estabas tan empeñado en esto que he pensado que te alegrarías —añade en tono optimista, como si fuera la única buena noticia que será capaz de darle—. Le hemos enviado dinero para el pasaje. Volará a

España la semana próxima. Se presentará ante la policía, por supuesto, pero podrás verlo si quieres. Y si él acepta, claro.

Charlie tiene que hacer esfuerzos para contener su entusiasmo y demostrar una satisfacción prudente y comedida, acorde con la imagen que desea dar. No tiene ni idea de cómo estará Tommy, hace años que no lo ve, pero su reaparición lo conecta de nuevo con el pasado. Abre una puerta hacia momentos duros de los que consiguió salir indemne y reforzado. Y a la vez abre una pequeña brecha hacia algo parecido a la esperanza.

16

Mientras conduce por la autopista de vuelta a casa, Lena intenta recapitular lo sucedido durante la jornada. Al final se le ha hecho más tarde de lo que pretendía: la comida y la sobremesa se prolongaron hasta pasadas las cuatro y cuando la pareja se marchó, el doctor y ella retomaron la conversación que había quedado a medias. Esa vez no subieron al despacho, de manera que Núria estaba con ellos.

El anfitrión fue al grano. Ya había contado la historia, así que tardó poco en exponer lo que quería de Lena Mayoral.

—Mire, es posible que todo esto le parezca un poco delirante. Yo solo puedo asegurarle que estamos cuerdos. O todo lo cuerdos que podemos estar con una sombra así sobre nuestras cabezas.

Se había sentado en el sofá, al lado de su esposa, y Lena los tenía delante a ambos. Atardecía, y la luz que antes bañaba el salón se había desvanecido, aunque no lo suficiente para que tuvieran que encender la luz. «La vejez se hace más evidente cuando se acerca la noche», pensó Lena. Incluso Núria, que había lucido un aspecto radiante durante todo el día, ahora se veía mayor y cansada, tanto que dejó que él llevara el peso del discurso, sin apenas intervenir.

—Como le decía antes, he leído con gran atención su último trabajo. Creo que consigue enfrentarse a los crímenes que narra con una mentalidad abierta y crítica. Diría... diría que los entiende, que entiende a esos asesinos jóvenes, y los retrata sin la menor condescendencia. No los juzga, pero tampoco los justifica ni los absuelve. Yo... nosotros...

Se calla un instante, como si esperara que su esposa le echara una mano en ese punto. Como ella no lo hizo se vio obligado a proseguir:

—Querríamos encargarle algo. Nos gustaría que investigase la historia de Marta. Le facilitaríamos los informes que tenemos sobre los años previos a su vida en el valle. Después de que Marta muriera, compramos la casa. Nadie lo sabe en el pueblo, y ha estado cerrada desde entonces. Podría usted instalarse allí, donde vivió ella sus últimos cuatro años, hablar con la gente y así quizá podría descubrir...

—Disculpe, doctor. No voy a negar que me siento muy honrada por su confianza... Sin embargo, tengo la impresión de que no terminan de entender en qué ha consistido mi trabajo en este libro. Esos casos ya estaban resueltos cuando empecé a escribirlos. Yo no soy investigadora. Puedo analizar los hechos, elucubrar sobre las motivaciones de los protagonistas y aportar mis conocimientos de psicología de la mente criminal, pero eso no tiene nada que ver con resolver un caso de asesinato. No, no puedo aceptar su encargo. Sería una irresponsabilidad por mi parte.

—Usted desentrañó el caso del Verdugo. Eso no puede negarlo.

Lena respiró hondo.

—Pese a lo que se dice en los medios, no es exactamente así. Tenía mis sospechas, sí, pero es muy posible que jamás hubiera llegado a ninguna conclusión si él no...

—Pero no le estamos pidiendo que logre alcanzar una conclusión. No buscamos pruebas. Solo le pedimos que lo intente —insistió—. Escuche mi oferta y luego decida. Cariño, ¿me traes un poco de agua, por favor?

Núria se levantó para atender la petición de su marido. Al volver ya no se sentó a su lado, sino que se quedó de pie al lado de la ventana, como si quisiera mantenerse al margen de la charla.

—Como le decía, soy consciente de que es muy probable que no encuentre nada más. Por eso mismo le ofrezco cincuenta mil euros solo por su tiempo y por escribir el caso de mi hija como si fuera uno de los que aparecen en su última obra. ¿Qué pueden ser? ¿Cincuenta páginas, sesenta? No le pido más.

Lena se quedó boquiabierta y, aun así, insistió en su negativa. Le parecía escandaloso aceptar esa cantidad de dinero por apenas unas páginas.

—En el caso de que llegase a descubrir algo, cualquier

pista que nos conduzca a saber lo que pasó, estoy dispuesto a doblar esa cantidad. Piénselo: serían cien mil euros a cambio de unas semanas de trabajo. Usted va allí, se instala en la casa, habla con la gente que la conoció y nos hace llegar un informe en el que expone con toda la libertad sus hipótesis. Por último, si llegase a descubrir qué les sucedió a mi hija y a mi nieto, recibiría otros cincuenta mil euros. Y nuestra gratitud eterna.

—Perdón, doctor... Luis. De verdad, no sé muy bien cómo decirles esto. Jamás me habían ofrecido tanto dinero y no niego que es una tentación y algo muy halagador. Pero no puede ser. Lo más probable es que no logre aportar nada a lo que ustedes saben y me sentiría fatal si pensara que me estoy aprovechando de una tragedia familiar.

—La tragedia ya sucedió —dijo Núria desde la ventana, interviniendo por primera vez—. Eso es irreversible. La propuesta de mi marido no es más que una manera de lidiar con sus consecuencias. Entiendo sus escrúpulos, pero, cuando lo piense, deténgase un momento a considerar lo siguiente: el precio de algo siempre depende de dos cosas, el valor del objeto y los medios del comprador. Sin duda ciento cincuenta mil euros es una cantidad de dinero considerable, pero la recuperaremos con la venta de uno de los pisos que tenemos en la ciudad sin que nuestra vida cambie lo más mínimo. Así que, por favor, no piense que se está aprovechando de un par de viejos chochos, porque no es así. Al revés, plantéese que su trabajo podría devolvernos una paz que tiene un valor incalculable. Paz y también justicia... Había un niño en esa casa. Un niño que desapareció y que, si sigue vivo, tiene derecho a conocer a su familia, ¿no cree?

—Por supuesto. Pero antes su marido me ha contado que contrataron a un detective, le acusó casi de haberlos estafado porque no había logrado encontrar nada. ¿Se dan cuenta de que eso es lo más probable? La policía también lo investigó, de eso no me cabe duda.

—Núria ha hablado de paz y de justicia. Y tiene razón —dijo Luis al tiempo que se ponía de pie y caminaba hacia su mujer—. Hay algo más, sin embargo. Hay algo que necesitamos, que al menos yo necesito para seguir viviendo, y es la esperanza. Que usted se encargara de esto, con rigor y honestidad, supondría una inyección de esperanza. La sensación de que no hemos tirado la toalla, de que todavía existe alguna posibilidad, por remota que sea, de reconstruir la historia de nuestra familia. De verdad, piense en todo eso a la hora de tomar la decisión.

Y a esto precisamente le está dando vueltas Lena de camino a Barcelona, debatiéndose entre sus escrúpulos y su sentido práctico. Incluso la menor de esas cantidades, cincuenta mil euros, que para los Folguera debe de ser una minucia, le quitaría parte de la hipoteca de su piso. ¿Y a cambio de qué? Había pedido una excedencia de tres meses en la universidad para dedicarse a la promoción de su libro, pero sin duda podría compaginar las entrevistas y presentaciones con pasar dos o tres semanas en un pueblo del Pirineo. Esa es otra de las cosas que la atraen de la propuesta: imagina un espacio abierto, con las montañas de fondo. Un entorno bonito y sosegado, sin el bullicio de la ciudad, que a ella ha empezado a resultarle hostil. Sobre todo, cuando busca aparcamiento en el centro un viernes por la noche. Debería haber dejado el coche en su propio parking y luego andar o tomar un taxi hasta casa de David.

Cuando después de un millón de maniobras consigue meter el vehículo en un espacio estrechísimo, Lena ha tomado la decisión de rechazar la oferta. Simplemente no está bien: no es razonable cobrar tanto por redactar un informe, ni es lícito alimentar las esperanzas de una pareja mayor y rica que cree que el dinero puede conseguir que averigüe lo imposible. Lena tiene serias dudas de que siete años después pueda salir a la luz nada nuevo.

No se sentiría cómoda haciéndolo, y está casi segura de que su abuela estaría de acuerdo con ella. «Casi», porque la anciana tenía una perspectiva bastante cínica ante los temas económicos. «Si pueden pagarlo, cóbraselo —oye que le dice desde el fondo del coche—. Alguien lo hará de todos modos, y al menos tú serás más honesta con ellos que la mayoría de la gente».

Aleja esa voz de su mente con premeditación y se dirige hacia el piso de David, pensando que tiene por delante un fin de semana perfecto.

17

En la cárcel no importa demasiado qué delito se ha cometido. En sus celdas, en el patio y en los pasillos se mezclan
convictos de todo tipo. Reincidentes y primerizos, tipos
con mala suerte, estafadores, corruptos de traje y corbata,
drogadictos de chándal y auténticos criminales con delitos
de sangre. Allí dentro lo que cuenta son otras cosas: la
capacidad de tejer alianzas, de fundirse con el fondo cuando es necesario o de echar una mano en un momento de
apuro. Y hay muchos momentos así entre esos muros. Periodos en los que la desesperación y la falta de esperanza
caen encima de los internos como una losa.

La depresión es como una araña que teje su tela alrededor de quien la padece y luego lo atrapa dentro, como
si fuera una mosca. A veces, mientras pasean por el patio,
los reclusos ven a alguien solo, en un rincón, gritando en
silencio. Suelen ser episodios breves, el instinto de supervivencia se impone o bien el entorno desarticula esa maraña de pensamientos suicidas. En otras ocasiones, la de-

solación se expresa de manera distinta, agresiva, en una constante búsqueda de pelea, algo que en ese contexto no es difícil de encontrar. Incluso los funcionarios comprenden que tantos hombres encerrados en un espacio tan limitado acabarán estallando. Unos puñetazos relajan la tensión, resarcen la masculinidad primitiva de los internos, que se sienten de nuevo hombres de verdad: recuperan la ilusión de vencer al contrincante y, en cierto sentido, también a las circunstancias.

Pero hay cosas que la cárcel no perdona ni siquiera en un módulo tranquilo. Una son los chivatos; otra, los morosos. Y la tercera, tal vez la peor, los delincuentes que los demás consideran despreciables. Seres abyectos con los que les cuesta compartir aire y espacio, tipos a los que les escupirían en la cara si se los cruzasen por casualidad por la calle y que ahí son una presencia constante. Su perversión les repugna y no soportan compartir castigo con ellos, por eso buscan la manera de convertir su estancia en la cárcel en un infierno, para demostrarles que no son iguales, que lo que han hecho rebasa las líneas de la indignidad.

Gustavo Calderón pertenece a ese grupo: el de la escoria humana. Ha corrido la voz de que los funcionarios están atentos a lo que pueda pasarle y de que los ciclados del gimnasio lo protegen, pero el deseo de imponerle un castigo mayor, de hacerlo sufrir, es generalizado. El aspecto del recién llegado tampoco ayuda. Si su avanzada edad podría granjearle compasión, su cuerpo débil y su talante sumiso generan un rechazo instantáneo que bordea la repugnancia. Luego está su ojo izquierdo, ciego e insolente, y esa sonrisa irónica que lleva impresa en la cara y que despierta unas ganas intensas de borrársela a hostias.

Por eso todos saben que lo inevitable acabará sucediendo. Es solo cuestión de tiempo. Sergio Blasco, que está contando los días para salir, espera que alguien le parta la cara al viejo antes de su marcha para poder verlo. Él lo haría si no fuera porque no quiere meterse en líos a estas alturas y porque está seguro de que alguien lo hará por él. Ni siquiera Armando y su batallón de ciclados podrán impedirlo, entre otras cosas porque no sienten el menor interés real en proteger a ese gusano. Así lo llaman los internos. Gusano Calderón. Los detalles de su historia han corrido como la pólvora: violó y mató a dos niñas que luego descuartizó; una tercera consiguió escapar después de que la violara y denunciarlo. Tras escuchar sus atrocidades, la condena del Gusano, la sentencia de sus pares, estaba dictada.

Charlie ha hecho todo lo posible por no acercarse a él, aunque cada vez que se lo ha cruzado, en el comedor o en los pasillos, ha tenido la impresión de que el viejo lo observaba con un interés que le resulta asqueroso. Por eso él es el primer sorprendido de lo que sucede en las duchas.

Lo primero que nota esa tarde al entrar en los baños es la tensión en el ambiente y un silencio cómplice que lo escama. Normalmente los internos se quejan de la presión del agua, del jabón, de la temperatura o de las putas toallas que ya son casi transparentes. Esa tarde nadie habla, todos parecen conformes, dóciles como escolares, hasta que uno aparece con una herida en el pie, un corte superficial que sangra mucho y que obliga al funcionario a acompañarlo a la enfermería.

Entonces el resto de los presos que se han quedado en las duchas se acercan al Gusano, que justo acababa de entrar. Una docena de hombres con ganas de pisotearlo como si fuera un bicho. Charlie los ve congregados rodeando a la víctima hasta ocultarla. Su intuición le dice que no puede hacer nada para salvarlo. De hecho, tampoco tiene muchas ganas de intentarlo. Pero el primer golpe que resuena en las baldosas húmedas le provoca un escalofrío. Nunca había asistido a una paliza, jamás había presenciado un acto de violencia colectivo, un linchamiento. Y los golpes siguen, entre insultos y débiles gemidos de dolor.

Luego no sabrá muy bien por qué lo hizo. Qué lo llevó a recorrer el espacio que le separaba de la turba y a apartar a un par de ellos, arriesgándose a recibir un puñetazo. Quizá el papel de chico bueno que representaba a todas horas lo llevó a actuar como si fuese el héroe de la película o quizá se imaginó, viejo y frágil, en un módulo peor que ese. En cualquier caso, de pronto se encontró allí, encarándose al grupo de atacantes para proteger al Gusano, que sangraba tirado en el suelo.

Era imposible saber qué habría sucedido a continuación, si no hubieran llegado en ese instante al recinto un par de ciclados, que hicieron llamar a Armando. Lo más probable es que hubiera acabado como el otro, apaleado y vencido.

La paliza colectiva terminó bruscamente, la ira fundida

con el vapor de las duchas abiertas. Unos no podían permitirse el lujo de que su poder en la cárcel quedara en entredicho. Los otros eran incapaces de enfrentarse a unos mastodontes. Charlie, venciendo toda su repugnancia, ayudó al Gusano a incorporarse mientras pensaba, una vez más, en lo fácil que sería quebrar aquel cuello esquelético y darle al viejo la muerte rápida que por supuesto merecía.

Buscó una toalla con la que taparlo para salir de la ducha y, al echársela por encima, se fijó en el tatuaje. Le extrañó que un hombre de su edad llevara uno, que además era raro, muy pequeño. Tuvo que mirarlo dos veces para discernir que eran tres equis entrelazadas y se preguntó con asco si harían referencia a las tres niñas que habían caído en sus manos.

18

La vida se empeña en tergiversar los planes. Lo que iban a ser dos días dedicados el uno al otro se torció el mismo viernes, de madrugada, cuando Jarque recibió una llamada urgente que lo hizo salir a toda prisa. Medio dormida, Lena notó su beso de despedida y entreoyó su explicación, algo relativo a una pelea entre bandas con heridos graves de arma blanca, e hizo cuanto pudo por volver a dormirse. Pero el sueño no llegó hasta el alba.

Cuando despertó, sobre las diez y media del sábado, David aún no había regresado. Tenía un par de mensajes en el móvil y una llamada perdida suya. Le mandó un whatsapp de respuesta y decidió preparar la comida, para lo cual bajó a comprar porque en la nevera del subinspector no había dos ingredientes que pudiera usar juntos.

Y así la encontró él, enfrascada en la preparación de unos tallarines con almejas que saborearon con placer... aunque David se durmió apenas terminada la comida con la promesa de que esa noche cenarían fuera. Lena pasó parte de la tarde buscando información sobre Marta Folguera en internet, por simple curiosidad, y no le sorprendió en absoluto que fuera una labor infructuosa. Obviamente debió existir una investigación, pero las noticias sobre el caso se reducían a un par de artículos breves en la sección de sucesos. Se dijo que tal vez la familia había hecho lo posible por mantener la discreción y, a la vista estaba, lo había logrado. No encontró ni una fotografía de ella ni de su hijo, aunque ambos artículos mencionaban la desaparición de Daniel. «Ahora debe tener unos quince años —pensó Lena—, si es que sigue vivo…».

Oyó la voz de David llamándola desde su habitación y se olvidó del tema durante un buen rato, en el que retomaron la sana costumbre de hacer el amor a media tarde. «Por lo que pueda pasar», dijo David, que había despertado de la siesta en plena forma. El tiempo de relación los había compenetrado mucho en ese aspecto. Ella sabía perfectamente lo que le excitaba y había aprendido a dejarse querer, a aceptar las caricias y los besos de ese hombre que se volvía dulce en la cama, mucho menos rígido de lo que parecía en su vida cotidiana. Sus relaciones amorosas eran lentas, pausadas, con espacio para los juegos eróticos. Ella pocas veces había sentido tanto placer, tanto bienestar. Siempre había tenido la sensación de no estar a la altura, de no ser lo bastante atrevida o lo bastante sexy. Con David, en cambio, todo fluía de una manera natural y gratificante para los dos.

Lena está duchándose para salir a cenar y por eso no oye el timbre. Sale del cuarto de baño envuelta en la toalla y se lleva la sorpresa de encontrarse en el comedor a una mujer que se deshace en excusas en cuanto la ve aparecer.

—No debería haber venido sin llamar. Lo siento... De verdad, no sé cómo se me ha ocurrido. Los chicos estaban fuera y he pensado que sería un buen momento para hablar contigo.

—Ali, por favor. Siéntate. Nunca hemos necesitado avisarnos para hablar. Y ya conoces a Lena.

—Claro. Disculpa, Lena. Sé que no son formas. Pero esto es urgente.

Lena advierte algo especial en la exmujer de Jarque. No es la primera vez que la ve, aunque apenas han intercambiado un par de frases de cortesía. Sabe por David que es periodista cultural, que suele tener una agenda social apretada y que es una mujer muy independiente que no ha querido iniciar otra relación desde que ella y su marido se divorciaron. En las otras ocasiones siempre iba muy arreglada, y había sido un poco autoritaria, con una nota de impaciencia en la voz y en el talante. Hoy, sin embargo, se ha presentado vestida con la ropa de casa, unas mallas y una sudadera fina, sobre la que claramente se ha puesto la primera chaqueta que ha encontrado.

—Voy a vestirme, ¿vale? —dice después de saludarla—. Así vosotros podéis hablar.

Lena se retira a la habitación intranquila y tarda bastante en salir. Se demora mientras oye sus voces, la de ella sobre todo, y se obliga a reaparecer cuando percibe un llanto femenino que la sobresalta. Vuelve al comedor y halla a Alicia refugiada en los brazos de su ex, asaltada por un llanto tan intenso que no parece tener consuelo posible.

Luego se lo cuentan. La palabra «cáncer» cae sobre ella como una losa. Apenas tiene tiempo de procesar todos los datos que Alicia va soltando de manera atropellada: el tratamiento previo, la eventual operación, las posibilidades de supervivencia reducidas a un número que no significa nada.

—Y hay que contárselo a los chicos, claro. Tenemos… tenemos que organizarnos: sería mejor que vivieran contigo, al menos en los primeros meses, no quiero que me vean hecha polvo.

A medida que la pareja toma decisiones de índole práctica, Lena va haciéndose más pequeña. No encuentra su lugar en ese piso, ni en esa conversación; ni en esa familia que se verá forzada a lidiar con algo para lo cual deben estar unidos. Tiene la impresión de que no pinta nada en esa parte de la historia, de que su presencia es un obstáculo añadido a una situación ya de por sí estresante. Por eso coge la chaqueta y, tras darle un abrazo a Alicia, con el que intenta transmitir todo su apoyo, se despide de David con una mirada.

Mientras camina hacia el coche, imagina lo que vendrá, la sucesión de momentos en los que ella se sentirá como una intrusa, como un estorbo. Y, de repente, la oportunidad de alejarse se convierte en una tentación difícil de resistir.

El valle

19

A primera hora de la mañana, cuando despunta el sol, la visión del valle sigue llenándola de un optimismo ilógico, casi irracional. Especialmente en los días soleados, cuando el fresco se atempera con el calor solar. La nieve de las cumbres, aún escasa, resplandece como si hubiera caído la noche anterior y las calles y los coches están cubiertos de escarcha que se deshace bajo los incipientes rayos. Cuando, después de un par de intentos fallidos, Maite arranca el coche, toma la carretera hacia Taüll y se pregunta cuánto tiempo ha pasado desde que ella e Inma se tomaron un café solas. Lo peor es que no consigue recordarlo.

En el valle es imposible no cruzarse varias veces por semana y eso enmascara muy bien el alejamiento. También es sencillo achacarlo a las responsabilidades de una y de otra —a su padre y a su trabajo, al marido y los hijos de Inma— sin faltar del todo a la verdad. «La vida está llena de medias verdades», se dice ella, lo cual significa que también lo está de medias mentiras.

Tal y como han quedado, Inma la espera en el aparcamiento de los taxis. Siempre ha sido de una puntualidad casi irritante, aunque también es cierto que pocas veces se quejaba de tener que esperar. En realidad, Inma pocas veces se quejaba de nada, al contrario que Maite, que solía protestar por varias cosas distintas a lo largo de un día.

Inma era una presencia apaciguadora, pero en más de una ocasión ella se rebelaba ante aquella paz de espíritu. «Las cosas no cambiarían nunca si nadie las cuestionara», le soltó una vez, cuando compartían piso en Barcelona mientras estudiaban en la universidad. El tema de discusión tenía poco de personal, era algo relacionado con el piso de alquiler donde vivían, una reparación que el propietario se negaba a asumir. Inma la miró muy seria y, tras reflexionarlo, le dijo: «Llevas razón. Tiene que haber gente como tú, que se indigne y actúe en consecuencia. Pero a mí nada me importa tanto, ¿sabes? Y no quiero estar siempre de malhumor, la tensión me roba la energía. ¿No crees que la vida es demasiado bonita para fijarse solo en las cosas desagradables?».

Por eso le extrañó el mensaje del día anterior, escrito en un tono poco acorde con aquella postura vital. Y le extraña más aún encontrarla distraída, con el ceño fruncido, arrebujada en su abrigo como si soplara un viento polar, con un grueso gorro de lana de color blanco y unos guantes a juego.

—Llevo unos días destemplada —le dice Inma al verle la cara de preocupación—. Igual estoy incubando algo. Uno de los mellizos ha estado en cama con fiebre y...

—Ya.

Inma vive volcada en sus cuatro hijos, todos varones. Primero llegó Quim, luego Gerard, y lo que fue un último intento de tener una niña se saldó con dos mellizos que ahora deben de tener cuatro o cinco años. La mayor parte de sus conversaciones, al menos las que mantenían antes de distanciarse, eran sobre anécdotas domésticas relacionadas con la maternidad. Maite lo entendía y al mismo tiempo le parecía francamente aburrido.

—¿Tomamos un café? Así entras un poco en calor —le propone ahora.

Inma parece dudarlo, pero se deja llevar sin oponer resistencia. Hay costumbres que no cambian. Maite ya llevaba las riendas cuando vivían juntas, aunque de eso hace ya veinte años. Y también es Maite quien esta mañana aborda el tema con su franqueza habitual. Después de sentarse en un rincón del bar alejado de la barra y de contemplar en silencio cómo su amiga revuelve el azúcar con la cucharilla durante varios minutos, despacio y sin decir nada, Maite le pregunta a bocajarro:

—¿Qué te pasa, Inma? Y no me digas que es la gripe.

Inma sonríe un poco.

—Estaba pensando en cuánto tardarías en soltarlo.

—Deja la cucharilla, por Dios. Debe estar mareada con tanta vuelta. Y se te enfriará el café.

—A veces pienso que deberías ser tú la que tuviera cuatro hijos… Hablas con tono de madre.

Maite no sabe si lo dice como un cumplido y prefiere no pensar en ello.

—Si estás pensando en endosarme a un par de los tuyos, ya te digo que ni de coña. Va, tómate el café y cuéntame qué te pasa.

Inma obedece. Coge la taza con las dos manos y se la lleva a los labios. Maite la mira y se plantea una vez más cómo es que nunca ha sentido la menor atracción por ella. Ni siquiera cuando vivían juntas y alguna noche volvían borrachas al piso de Gracia que compartían. Quizá sea porque Maite siempre ha preferido a mujeres fuertes y de rasgos oscuros, mientras que Inma, con sus mejillas redondeadas, sus ojos azules y su cuerpo pequeño y sinuoso le ha recordado siempre a una de esas ninfas frágiles de las leyendas.

—Anoche te escribí en un impulso… Te escribí porque tenía miedo.

Las palabras de Inma la dejan atónita e interrumpen bruscamente sus frívolas cavilaciones.

—¿Miedo de qué? —Se arrepiente de sus palabras en cuanto ha formulado la pregunta. Es bastante evidente de qué está hablando.

—Miedo de que lo de ese chico no sea un caso aislado. De que vuelva a pasar. De que sea solo el principio.

—Los mossos están investigando. No creo que sea bueno que nos lancemos a especular.

—¡Tú también! Intenté hablarlo con Ricard y me puso de exagerada para arriba. No soy boba, ¿sabéis? A lo mejor pensáis que la maternidad me ha atontado, pero no es así. Sé sumar dos más dos.

El sofoco parece haberla hecho entrar en calor de repente, porque por fin se quita el gorro y los guantes. Sacude la melena, que ahora lleva con mechas rubias y que antaño era una cascada de rizos dorados naturales. Maite trata de imaginarla discutiendo con su marido: los conoce a ambos desde la infancia y siempre han sido la pareja perfecta. Ni siquiera durante la carrera, lejos del valle, en esos años locos del piso compartido, tuvo la menor duda de que Inma y Ricard acabarían juntos. Su amiga es de las pocas personas que ha cumplido sus sueños de adolescencia: se casó con su primer novio y ha formado una sólida familia tradicional, quizá más numerosa de lo que esperaba. Y además, económicamente les va muy bien, así que le cuesta concebir un desacuerdo entre ellos.

—Nadie ha dicho que seas tonta, Inma. Yo desde luego no. Pero a veces nos dejamos llevar por el catastrofismo. Lo que ha pasado ha sido horrible.

—Esto no tiene nada que ver con ser catastrofista. —Inma baja la voz y mira a su alrededor, intranquila—. No es la primera vez. Ya pasó hace años y nunca se resolvió.

Maite acusa el golpe. De manera inconsciente, se estaba preparando para que sucediera, y aun así la referencia al pasado le produce una fuerte impresión.

—Lo de Marta fue distinto… —Es ella la que titubea ahora. Inma ha puesto sobre la mesa un temor que intentaba mantener oculto.

—Claro que fue distinto. Pero la verdad es que a ella también la asesinaron y que nunca hemos sabido quién lo hizo. La verdad es que no se encontró ni rastro del niño.

La verdad es que alguien llamó a la emisora de radio el otro día preguntando por Daniel y diciendo cosas rarísimas. Y la verdad es que alguien ha matado al pobre Oriol Martínez. Tenía solo quince años e iba a la clase de Quim... ¿En serio me vas a decir que estoy siendo catastrofista? ¿Que soy una histérica?

Maite entrecierra los ojos. Inma siempre ha tenido tendencia a hacer análisis reduccionistas, sin embargo, esta vez no puede negar que parte de su razonamiento tiene lógica. Una lógica demencial, pero coherente, al fin y al cabo.

—No hay nada que vincule lo que pasó hace años con el crimen de la iglesia, Inma.

—¿Y la llamada? Mencionó específicamente el nombre de Daniel Folguera.

—Incluso así... Inma, han pasado ¿qué? ¿Ocho años?

—Siete —puntualiza Inma con brusquedad—. No finjas que no te acuerdas.

—Siete años, ocho, ¿qué más da? Ha transcurrido el tiempo suficiente para que pensar que existe una relación entre ambos sucesos sea una locura.

—Ya. Pues yo no estoy loca, por mucho que os empeñéis en hacerme creer lo contrario. ¿Acaso tú no te preguntaste quién diablos llamó a la radio hace unas semanas?

Claro que Maite se lo preguntó en ese momento. Luego ha preferido olvidarlo, porque pensar en Marta la hunde en un pozo oscuro del que no le resulta fácil salir.

—Intentemos poner un poco de cabeza en todo esto,

Inma —dice por fin. Su voz no es tan firme como antes y en sus ojos también han asomado las dudas—. Hace siete años alguien asesinó a Marta y probablemente también a su hijo. —Levanta la mano para acallar a su amiga—. O se lo llevó. La policía no encontró al culpable. Tal vez perteneciera al pasado de Marta o tal vez fuera un loco que pasó por la zona y los atacó. Ahora un demente ha asesinado a ese pobre chico y ha dejado su cuerpo en Sant Feliu...

—No hay tantos locos —la interrumpe Inma—. Recuerda lo que pensábamos cuando Marta llegó. A todos nos parecía rara.

—¡Y lo era, por el amor de Dios! Tardó meses en relacionarse con nadie en el pueblo, y lo hizo porque no le quedó más remedio y porque aquí no hay manera de aislarse.

—Lo sé. —Inma coge la taza del café y mira el fondo, como si esperara encontrar alguna respuesta en los posos—. Yo fui la primera en hacerme su amiga, por así decirlo, su hijo y el mío se volvieron inseparables en el colegio. Jamás me contó nada personal o de su pasado. Me acostumbré, claro. La aceptamos así. Aunque nunca me cayó muy bien. No me malinterpretes, era buena tía, pero esa histeria constante con el niño... ¿Para qué te vienes a criar a un chaval a un pueblo de montaña si luego no soportas perderlo de vista ni lo dejas campar a sus anchas?

Maite desvía la mirada. Marta tampoco se abrió con ella y las pocas veces que se le había escapado algo no tenía mucho sentido. «Tal vez con Eric sí se sinceró», piensa ahora, por fin sin resquemor. Al fin y al cabo, ha pasado mucho tiempo desde que Marta lo eligió a él.

—¿Os ha interrogado la policía? —pregunta Inma de repente—. Sobre la llamada de la radio, quiero decir.

—No. Vinieron al centro para preguntar por los horarios de apertura de las iglesias y por las llaves. Pero no me hicieron más preguntas… Ignoro si han ido a ver a Miquel.

—¿No te parece que no están haciendo gran cosa? No sé, me consta que hablaron con los chicos de su clase, pero esperaba algo más. Y el sargento al mando parece otro crío. No debe de tener ni treinta años… Es tan perturbador, mira a tu alrededor, todo sigue igual, como si no hubiera pasado nada.

—Quizá sea una estrategia —dice Maite para sosegarla—. Deben de estar investigando con discreción. Estoy segura de que no están escatimando recursos.

—Tampoco escatimaron recursos con lo de Marta y nunca hemos sabido nada. Permíteme que dude sobre la efectividad de los mossos de por aquí. ¿Sabes una cosa? Tengo la impresión de que alguien quiere… castigarnos. Hacernos sufrir.

—Inma, si te digo que estás sacando las cosas de quicio te enfadarás conmigo, pero es lo que creo. De verdad. Entiendo que te haya afectado la noticia, a todos nos ha impactado. ¿Sabes cuántas veces he estado en esa iglesia? ¿Enseñándosela a los turistas o a los grupos escolares?

—Y en la charcutería —murmura Inma—. Han vuelto a abrir ya, pobres. Entré el otro día y parecía un velatorio.

Tuve que irme sin comprar nada, lo cual todavía quedó peor.

—Creo que debemos confiar en la policía. Ellos se ocuparán...

—¡Solo faltaría! El chico acababa de cumplir quince años, por el amor de Dios. Y dicen que lo encontraron desnudo en el altar. Porque esa es otra: ni siquiera nos han informado de cómo murió exactamente. Tenemos derecho a saberlo, Maite. ¡Tenemos derecho a protegernos!

—En cualquier caso, no podemos hacer nada aparte de esperar, ¿no crees?

Inma no parece convencida, pero sí un poco más tranquila, como si al desahogarse y ser escuchada se hubiera quitado un peso importante de encima. Maite aprovecha para desviar la conversación hacia temas más banales y le pregunta por su marido y por los críos. Por una vez prefiere oír batallitas domésticas que conspiraciones demenciales.

—¿Sabes que creo que Quim está enamorado? —le cuenta Inma sonriendo por fin—. De la chica esta que llegó hace poco al valle con su madre. Arlet, se llama. La madre abrió una crepería en Taüll y creo que no le va nada mal. Al menos en verano estaba lleno. Yo no he ido aún porque si tengo que alimentar a las cuatro fieras a base de crepes me va a salir por un riñón.

—¿Arlet es esa adolescente que dibuja tan bien? Hizo una serie de dibujos del interior de las iglesias, eran maravillosos. Los tuvimos expuestos en el centro.

—¿Ah, sí? No tenía ni idea. De momento mi papel es

fingir que no me entero de nada y que no me doy cuenta de que Quim se pasa horas cada noche colgado del móvil, enviándose mensajitos con ella. Pero bueno, me das una alegría si dices que tiene tanto talento —dice Inma riéndose.

Maite sonríe también.

—Si ahora suelto lo de «juventud, divino tesoro», sonaré como una abuela, ¿verdad? —dice en tono irónico, y automáticamente piensa en el otro chico, que también era joven y ahora está muerto.

Y entonces cae en la cuenta de que tanto Quim como el malogrado Oriol tienen quince años, los mismos que habría cumplido ahora Daniel.

20

Maite no es la única que piensa en Oriol Martínez. El sargento Ramsés Crespo no ha podido apartar la imagen de su mente desde que vio el cuerpo del chico. Dentro de aquella iglesia fría y con olor a cerrado, tuvo la sensación de que se hallaba frente a frente con un mal absoluto. Inexplicable desde parámetros lógicos.

Y ahora que tiene el informe completo de la autopsia se estremece de nuevo. Al igual que cualquier policía, Ramsés Crespo acepta el crimen como un resultado inevitable de vivir en sociedad. Comprende la codicia, los celos, la venganza y admite que la violencia forma parte del mundo. Lo que no consigue asumir, lo que le desvela por la noche desde la madrugada que vio el cadáver, es la maldad sin sentido, la perversidad de matar a alguien inocente y de hacerlo, además, con aquel ensañamiento cruel.

La autopsia ratifica lo que se intuía a primera vista. El chico había opuesto resistencia: tenía marcas en los nudillos y restos de piel bajo las uñas. Un cardenal en el pómulo derecho y algún otro rasguño indicaban que el asesino había tenido que reducirlo a golpes antes de rodearle el cuello con la soga y apretar con fuerza hasta estrangularlo. Después llevó el cuerpo hasta la iglesia y ya muerto el agresor le marcó la frente con lo que parecían tres pequeñas equis. Le enfurecía especialmente ese detalle, que al asesino no le bastara haberle quitado la vida, sino que además se hubiera recreado para dejar un mensaje: un símbolo que representaba la incógnita en matemáticas, repetido tres veces, como si pretendiera burlarse del desconcierto que despertarían en quienes lo encontrasen.

Sin embargo, precisamente esas incisiones son la única vía de investigación que se perfila con claridad, ya que según el informe forense parece que fueron efectuadas no con un cuchillo o unas tijeras, sino con un instrumento fino y de extremo romo. Un destornillador o un objeto similar. Por eso no son trazos limpios, sino de una especie de punteo que va conformando la forma de la letra. En medio de la nada, tener pistas sobre una de las armas del crimen no deja de constituir un hallazgo.

Crespo vuelve a observar las tres equis y se redobla su indignación ante la voluntad de hacer daño y de humillar. El lado retorcido de la mente humana lo asquea profundamente y le provoca una furia que se esfuerza en ocultar.

Hace cuanto puede por dejar de lado sus sentimientos e intenta visualizar lo que pasó. El chico había salido a correr, no había indicios ni testimonios que apuntasen a que debía encontrarse con alguien, aunque tampoco podía descartarse de momento. Su recorrido habitual bordeaba el río Noguera de Tor, por el llamado Camino del Agua, o bien iba en dirección norte o hacia el saucedal de Barruera. Según sus padres y su mejor amigo, Oriol combinaba la carrera con paradas para hacer flexiones, abdominales y ejercicios por el estilo hasta completar el mínimo de una hora diaria de deporte que se había fijado. Un grupo de chicos lo había visto tomar el sendero del río sobre las siete. Era imposible saber si el día de su muerte optó por variar el recorrido de vuelta: al parecer, había comentado alguna vez que el habitual se le estaba quedando corto.

Quizá había ascendido hacia la carretera para aumentar la intensidad del ejercicio. Eso tenía bastante sentido. Y hacía más factible que alguien, conocido o no, se hubiera acercado a él con algún pretexto, o que se encontrara con un coche parado en el arcén o pasando lentamente a su lado. Según todo el mundo Oriol era un chico muy amable y se habría detenido a contestar cualquier pregunta. La gente del valle apreciaba a los visitantes: al fin y al cabo, gran parte de su economía derivaba de ellos.

El sargento proyecta en su mente la escena: un coche que aminora la velocidad, el chico que también frena el paso, la pregunta sobre una dirección o lo que fuera. Por mucho que se esforzaba, no conseguía visualizar al chaval entrando en el vehículo de un desconocido, no tanto por precaución, sino porque había salido a hacer deporte y se lo tomaba en serio. Así que el vehículo tuvo que detenerse, o tal vez estar ya parado, fingiendo una avería por ejemplo.

Oriol no era un chico débil. En realidad, era de esos jóvenes corpulentos que estaban acomplejados por el nuevo canon que exigía a los chicos un cuerpo esculpido y esbelto, por eso cuidaba su dieta y hacía ejercicio. Por supuesto, alguien que lo pillara por sorpresa sería capaz de reducirlo: tampoco era un chico agresivo. Había intentado defenderse, aunque había sido en vano. Una o más personas debían de haberlo arrastrado al interior del coche, probablemente inconsciente.

Ramsés Crespo se da cuenta de que le ha estado dando vueltas a una idea todo este tiempo. Salvo que el agresor hubiera abordado al chico muy cerca de la iglesia, era difícil que una sola persona hubiera podido hacerlo todo sola. Oriol Martínez pesaba unos setenta y cinco kilos: llevarlo hasta el interior de la iglesia sin ayuda era una tarea aparatosa, y más si se quería hacer rápido.

Existe otra posibilidad. El sargento la anota porque al escribir el flujo de sus pensamientos cobraba más lógica. Había un murito de piedra cerca de la iglesia. No era del todo descabellado que Oriol se hubiera detenido allí al terminar la carrera. Quizá lo hubiera usado para hacer unos estiramientos o simplemente para descansar un poco. El agresor podría haberle esperado allí, quizá porque conocía esa costumbre o porque ya había hablado con el chico alguna vez... Incluso podría haberlo atraído hacia el interior de la iglesia con cualquier pretexto. Esas hipótesis apuntaban más hacia alguien del valle: una persona a quien Oriol conocía y que no le despertaba ninguna suspicacia. Una vez dentro, a puerta cerrada, el golpe, un conato de lucha, la cuerda preparada... Y algo con lo que realizar esas marcas.

Se percata entonces de que le están llamando y levanta la vista del papel. Cuando se concentra desconecta por completo del mundo exterior, ahora mismo estaba en la iglesia, cual testigo en la penumbra, y le cuesta regresar al presente.

—Lo siento —balbucea una joven agente—. No quería interrumpir. El jefe le espera en su despacho. Dice que le ha llamado al teléfono...

«Mierda». El sargento no suele decir tacos, pero los piensa a menudo. ¿Cómo puede aislarse tanto? Le sucedía de pequeño y lo fue controlando a medida que cumplía años. Su mente viaja y desconecta de la realidad. Contempla el teléfono extrañado: lo tiene en la mesa. ¿Cómo es posible que no lo haya oído?

Se levanta deprisa y se dirige al despacho. Lleva consigo el informe de la autopsia porque está seguro de que la llamada tiene que ver con el caso. Desde que pasó, todo parece tener que ver con el chico de la iglesia.

Lo esperan su superior, el subinspector Almeida, y una mujer a la que el sargento Crespo no conoce. El subinspector parece impaciente y transmite la noticia con más brusquedad de lo habitual. La desconocida es la subinspectora López Serret, enviada desde la central de Lleida. Ella llevará el caso de Oriol Martínez y tanto el sargento como los demás agentes deben ponerse a sus órdenes.

Ramsés Crespo disimula como puede la decepción y se vuelve hacia la recién llegada para saludarla.

—¿Eso es el informe de la autopsia? —pregunta la mujer sin responder al conato de saludo.

—Sí, señora.

—Pues démelo, sargento. Llevo un buen rato pidiéndolo. ¿Hay café decente en esta comisaría? Si es así, ¿le importaría acompañarme? Tenemos mucho de que hablar.

21

Por mucho que le habían hablado de él, Arlet no se esperaba que el lugar le resultase tan fascinante. Los demás están acostumbrados a ese paisaje, llevan años yendo de excursión por el valle, pero para ella, que lleva menos tiempo allí, pasear por el bosque de Carlac es una experiencia indescriptible. Hay algo melancólico en esos troncos de haya centenarios que se esfuerzan por sobrevivir aferrados a la pendiente, en esas ramas que se alzan retorcidas, como brazos momificados de seres muertos de sed. Comprende por qué dicen que el otoño es la mejor época para ir: los caminos están tapizados de hojas secas que crujen bajo sus pasos; la luz casi grisácea confiere al conjunto un aire épico, como de bosque mitológico; el sonido uniforme del río y la extensa gama de colores, desde el verde casi negro hasta el amarillo refulgente, se combinan para ofrecer una intensa impresión sensorial, sobre todo cuando los tímidos rayos del sol se posan en la frondosa extensión que se despliega a ambos lados del sendero por el que avanzan.

Arlet recuerda que su clase hizo esta excursión al bosque de Carlac, en el vecino valle de Arán, el año pasado. Ella prefirió quedarse en casa, despotricando sobre lo horrible que le parecía pasarse el día andando por en medio de un puto bosque enfangado. Doce meses atrás era casi una recién llegada, apenas tenía amigos y detestaba su nuevo entorno. Y, sobre todo, el pasado otoño no habría podido hacer el camino que recorre el bosque, de más de dos horas de duración, de la mano de Quim.

Acaban de visitar la tumba de Teresa, la joven a la que el párroco negó sepultura cristiana porque había vivido en pecado con su novio a principios del siglo XX, una historia con aires de leyenda que Arlet ha retenido en su memoria. Piensa que en algún momento dibujará esa sepultura aislada y solitaria, misteriosamente adornada con flores frescas. Sabe que es una de esas historias que su madre aborrece y adora a la vez, porque le reconfirman todas sus teorías. Casi puede oírla protestando porque el amante varón, que vivía en el mismo pecado, seguramente fue enterrado en el cementerio, como mandan los cánones, porque los hombres nunca pagan las consecuencias de esa clase de faltas. Y no es que ella no opine lo mismo, es solo que, en las últimas semanas, le está costando mucho no hablar con su madre de sus sentimientos por Quim. No lo hace porque no quiere oírla; no necesita sus consejos ni escuchar su desprecio por todo lo que huela a romanticismo. Arlet solo quiere pasear por ese bosque fantasmal de la mano de Quim, sentir su cercanía, buscar un momento para darle un beso. Le gustaría que hubieran ido hasta allí solos, en lugar de con toda la clase, un par de profesores e incluso Klaus Lemm, que les hace de guía por el sendero y les va hablando de la fauna y la flora, cosas que a ella le importan bien poco.

Por fin se detienen a comer en una gran explanada. Su grupo y ella buscan un rincón algo alejado, donde poder estar solos. Desde que fueron a la casa lo hacen a todas horas, porque no se les va de la cabeza lo que sucedió allí. Que todo pasara pocos días antes del asesinato de Oriol Martínez parece conectar ambos hechos de una manera inexplicable, y aunque hoy les falta Adrià, que no ha ido a la excursión, saben que el tema de su conversación será el crimen de la iglesia. Nadie habla de otra cosa.

—Supongo que esta salida es para levantar los ánimos —dice Lázaro, que ha estado alicaído durante los últimos días—. Pues vaya mierda. Como si una excursión bastara para que dejáramos de pensar en Oriol.

—«Esta noche volverán los lobos»… ¿os acordáis de lo que dijo Adri? —pregunta Arlet.

—¡Adrià está empanadísimo! —exclama Roger, y por una vez están de acuerdo con él.

—Algo le pasó en la casa —sentencia Quim—. Primero las pesadillas, luego lo del río… Después no se acordaba de nada, como la tarde de la ouija.

Arlet asiente. Con el paso de los días se ha ido convenciendo de que el estado de Adrià no puede deberse a ninguna otra causa y se ha convertido en una firme creyente en el más allá.

—¡El puto fantasma! —interviene Roger mientras mastica el inmenso bocadillo que ha traído—. Yo sigo sin creérmelo. Adri siempre ha sido raro. Igual la cerveza le sentó mal.

—¿Por qué te empeñas en negar lo evidente? —protesta ella—. Lo que pasó es que alguien se comunicó con nosotros, alguien quiso decirnos algo. De hecho nos advirtió del peligro y luego...

—Ya. Luego pasó lo de Oriol, ¿no? ¿Estás intentando decirme que el fantasma lo sabía? ¿O que liberamos a un ser de ultratumba que lo hizo? —El tono de Roger no puede ser más irónico, pero todos saben que, en el fondo, él también lo ha pensado.

Ella mueve la cabeza en sentido afirmativo. Finge una seguridad que está lejos de sentir.

—Algo sucedió ese día en la casa —interviene Quim—. Eso está claro.

—¿Y si estáis tan seguros de eso por qué no se lo contáis a la poli? —pregunta Roger.

—Como le contemos a la poli que entramos ilegalmente en la casa, tu padre te va a dejar sin birras durante un año —dice Lázaro dándole un codazo en las costillas.

El otro se atraganta.

—Joder, tío, para, que estoy comiendo.

—Pues no digas gilipolleces. Yo sigo con lo mío. Pasemos un momento de la tabla y de la presencia o no del espíritu: alguien cogió la mochila de Adrià y la guardó en el armario. Y no fuimos ninguno de nosotros.

—Bueno, a lo mejor el espíritu tiene TOC —suelta Roger—. Igual está hasta los huevos de que todo el mundo que pasa por allí le desordene el chiringuito.

Se ríen todos, incluso Arlet. Quim le da un beso rápido en la mejilla porque le encanta verla reírse y eso no sucede a menudo. Muchas veces se pregunta en qué estará pensando, porque la ve seria, casi ausente, aunque siempre responde a sus besos y a su contacto. Ahora también lo hace, apoya una mano en su brazo y lo recorre con los dedos despacio hasta llegar a su mano. Quim siente la caricia y se excita al instante. En su cerebro conviven dos deseos opuestos: seguir hablando de la casa, de Daniel, del espíritu y del crimen posterior, y el de refugiarse con ella en un rincón íntimo del bosque para apretarla contra su cuerpo y meter las manos bajo su ropa, entre sus muslos. Es lo único que han llegado a hacer hasta el momento, una gozosa masturbación compartida que desata su imaginación y su anhelo de ir más allá.

Intenta sacudirse el deseo con un trago de agua. Unas gotas salpican la mano de Arlet y ella se las seca contra su muslo, provocando una erección instantánea contra los vaqueros que casi le duele. Busca algo que le distraiga porque no está seguro de poder controlarse mucho más.

—Oye, ¿y Adrià por qué no ha venido hoy?

—Ni idea —dice Lázaro—. Me dijo que no podía. Estoy bastante rayado, la verdad. ¿Conocéis a su padre? Siempre me ha dado mal rollo. Adri me contó un día que su madre se marchó cuando era muy pequeño, que apenas la recuerda. No paro de pensar que a lo mejor le pasa algo que no se atreve a contarnos...

—Va, dilo. ¡Está poseído por el *fucking ghost*! —exclama Roger al tiempo que se levanta para sacudirse las migas.

Pero esa vez ninguno de los cuatro se ríe.

En ese preciso momento, Adrià está frente al río, esperando. Contempla el fluir del agua y los pequeños brotes de espuma que se forman cuando choca con las piedras. Siempre quedan junto al mismo árbol de ese parque de Pont de Suert, no muy lejos del instituto. Le da rabia que la cita haya coincidido con la excursión al bosque de Carlac; aunque lo ha visto docenas de veces, le gusta ir. Se ha pasado la mañana en un aula prácticamente vacía, con un par de castigados y una chica que olvidó la autorización firmada. Los profesores han ido pasando una hora tras otra, bastante molestos por tener que ocuparse de cuatro gatos en lugar de aprovechar el tiempo para otra cosa, y él se ha dedicado a mirar por la ventana mientras contaba los minutos que, hoy más que nunca, parecían durar siglos y pensaba en que habían pasado meses desde la última vez que pisó el parque donde se halla ahora.

Él ya se ha acostumbrado a no saber nunca cuándo podrán verse. También a hacerlo a escondidas de todo el mundo, incluso de sus mejores amigos. En alguna ocasión ha estado a punto de decírselo a Lázaro, porque está seguro de que él no se lo contaría a nadie, pero al final siempre ha optado por no hacerlo. Por mucho que sea su amigo, Lázaro no llegaría a entender las implicaciones de todo esto ni él tiene demasiadas ganas de explicárselas. «Es mejor así —piensa—. Lo que no se sabe no se puede contar. Lo que no se cuenta no puede llegar a oídos de nadie. Sobre todo a los de mi padre».

Mira la hora en el móvil, impaciente. Diez minutos tarde. Esta clase de retrasos siempre le pone al borde de las lágrimas. Coge una piedra y la lanza contra la corriente, y luego otra, con la que llega aún más lejos. Se está agachando por tercera vez cuando una voz risueña exclama:

—¡Adri!

Con la piedra aún en la mano, él se da la vuelta, emocionado. Le brillan los ojos cuando corre a abrazarla con tanto ímpetu que casi la tira al suelo. Ella se ríe, lo estrecha entre sus brazos. Él se deja apretujar y siente la calidez de su contacto; las pesadillas no han desaparecido y necesita a alguien a quien contárselas, alguien que le consuele aunque ya no sea un niño. Da lo mismo.

Adri siempre será su hijo. Ella siempre será su madre.

La excursión está a punto de terminar y se dirigen al autocar que debe llevarlos de vuelta al valle. Quim y Arlet andan rezagados, susurrándose cosas al oído, en una burbuja que los aísla y transforma el bosque en su jardín privado, uno que solo les pertenece a ellos. Absortos el uno en el otro, casi no oyen la voz de Klaus cuando se dirige a ellos.

—¡Eh, chicos! —los llama con aquel acento sonoro y profundo.

Cuando se vuelven hacia él, ven que Lemm no parece enojado. Tampoco sonríe —Quim se dice que nunca le ha visto hacerlo—, los observa con el rostro serio y con una expresión que recuerda bastante a una de disculpa.

—Perdonad por lo del otro día. Estaba de mala leche y había bebido de más. No debería haberos abroncado así.

Lo ha soltado todo seguido, como si fuera un discurso ensayado. Cuando el guía está a punto de apretar el paso para volver a dejarlos solos, Arlet le pregunta:

—¿Por qué te importaba tanto que hubiéramos ido a la casa? Dijiste algo de que eran como las personas. Que enfermaban...

Klaus Lemm asiente con la cabeza, despacio, como si le pesara haberlo dicho.

—Es verdad —admite—. Al menos eso creo yo. La maldad es una energía que no se disipa fácilmente. En ese lugar ocurrió un suceso horrible y luego quedó abandonado. Nadie se ha preocupado de curarlo, de recargarlo de vida, de alegría... Por eso el horror sigue pegado a sus paredes, encerrado, esperando la oportunidad de salir.

Arlet se estremece. Ella y Quim tienen planeado volver, aunque todavía no han encontrado el momento. Lo que dice Klaus suena al delirio de un demente, pero, a la vez, no se aleja demasiado de lo que ella misma percibió. Lo está meditando aún, preparándose para formular la siguiente pregunta, cuando el propio Lemm interrumpe sus pensamientos.

—¿Notasteis algo ese día? ¿Alguna presencia?

Quim le aprieta la mano a Arlet, y la joven comprende

que el chico no tiene ganas de contar lo que pasó. Tampoco ella: expresarlo en voz alta, fuera del círculo de quienes lo vivieron, podría darle una dimensión distinta. Sobre todo teniendo en cuenta lo que sucedió poco después.

—No hace falta que contestéis —dice entonces Lemm—. ¿Veis como tenía razón?

—¡No pasó nada, Klaus! —exclama entonces Quim—. No deberíamos haber entrado, pero no hay nada que contar. Hicimos el tonto un rato y nos marchamos. No tuvo la menor importancia.

El hombre los mira con incredulidad antes de dar media vuelta y caminar a paso rápido hacia el autocar.

Quim y Arlet se miran. Esta vez el concepto de casa enferma ha calado en ambos. Arlet se pregunta si las pesadillas que sufre Adrià serán fruto del contagio de ese mal. Quim respira hondo, llena sus pulmones del aire puro del bosque, antes de susurrar:

—¿Volvemos mañana?

22

—¿De verdad sus padres le pusieron Ramsés? ¿Así, sin más? ¿No es una tradición familiar?

La subinspectora López Serret suelta esta clase de comentarios de vez en cuando y el sargento Crespo ha empezado a acostumbrarse a ellos. También es cierto que su nombre de pila es poco común, y él lo sabe. Lleva aguantando las bromas desde pequeño.

—Soy el primer Ramsés de la familia —dice al tiempo que intenta sonreír—. Y espero que el último.

—¡Ah, no! Usted debería iniciar una larga saga. ¿Tiene hijos, sargento?

—Aún no.

—Cuando llegue el momento, piénselo. Sería divertido que existiera un Ramsés Segundo —dice ella, en ese tono entre serio e irónico que él no logra descifrar todavía—. Bueno, centrémonos en esto. ¿Qué más sabemos?

Se encuentran en un pequeño despacho de la comisaría que se ha convertido en el centro de reuniones. La subinspectora se quejó amargamente de la falta de espacio, pero tuvo que resignarse. Era eso o desalojar al subinspector Almeida, y este no tenía ninguna intención de permitirlo.

El sargento Crespo odia verse obligado a admitir que no saben mucho más. Las dos teorías siguen abiertas. Él se inclina por alguien que no sea del valle porque le cuesta imaginar a uno de sus habitantes cometiendo un acto tan atroz. Aitana López Serret, en cambio, lleva un par de días sosteniendo lo contrario.

—Siempre es más fácil pensar mal de los de fuera —ha dicho ya varias veces—. No se puede descartar, pero es poco probable… ¿Cómo conseguiría alguien ajeno a la zona la llave de la iglesia?

—Tampoco sabemos cómo pudo hacerlo alguien de aquí.

—Ya, pero siempre le resultaría más fácil, ¿no cree, sargento? Las llaves de todas las iglesias están en el centro del Románico, que tampoco es que sea una fortaleza inexpugnable…

—Recientemente han estado de obras en la iglesia de Boí. La cerraron al público para…

—Ya. Y usted y sus agentes hablaron con los restauradores, ¿no? ¿Alguno le pareció un loco homicida?

Ramsés niega con la cabeza, apesadumbrado. Le fastidia la falta de progresos. Se lo toma como un fracaso personal.

—¿Sabe una cosa, sargento? —pregunta ella—. Creo que estamos perdiendo el tiempo si buscamos a un psicópata con fijación por los adolescentes o con alguna obsesión religiosa. Si en el valle hubiera alguien de esas características no habría pasado desapercibido.

—Por eso sigo opinando que tuvo que tratarse de alguien de fuera...

—Ya. Lo sé, me lo ha dicho antes. Y antes de antes. —El tono de ella es cortante ahora—. A lo mejor tiene razón, no se lo voy a negar. Pero el instinto me dice que estamos ante otra clase de crimen...

—¿A qué se refiere?

La subinspectora respira hondo antes de proseguir.

—Me refiero a los chicos. A sus compañeros del instituto, por ejemplo.

—No hay nada que indique eso. Ni rastro de *bullying*, ni nada parecido.

—Ya... —admite ella—. Esto no tiene nada que ver con el acoso escolar de todos modos. Los capullos que lo practican se molestan en grabarlo todo para subirlo a las redes y echarse unas risas.

El sargento asiente con la cabeza.

—No. Yo hablo de otra clase de chavales. Los que enloquecen con las ciencias ocultas, los que sienten una curiosidad malsana por lo macabro. Los que un día deciden experimentar con una víctima de verdad por cualquier razón disparatada que, en sus cabezas, tiene todo el sentido del mundo.

—Nadie ha sugerido nada de ese estilo, subinspectora. Hemos hablado con el colegio, con el personal docente y con los chavales de su curso.

—Bueno. Ahora se lo estoy sugiriendo yo, sargento.

Y, como dicen los que me conocen, mis sugerencias son órdenes —añade ella sonriendo—. Pregunte a los profesores, a ver si alguno de los chavales ha estado haciendo cosas raras últimamente. Mire a ver si encuentra algo de eso y manténgame informada.

23

Arlet y Quim han vuelto. Lo han hecho al mediodía, porque ninguno de los dos se atrevería a entrar de noche. Esta vez han ido solos, sin contárselo a los otros, como si fuera una prueba a la que no desean arrastrar a nadie.

Les ha dado más reparo colarse en la casa a la luz del día. La primera vez la oscuridad y la lluvia camuflaban sus actos; hoy no es que luzca el sol, pero llegan voces desde el pueblo y se oyen coches en la carretera. Por suerte, la cocina está en la parte trasera de la casa, de cara a la montaña, y logran saltar por la ventana sin ser vistos.

De día la casa parece exactamente lo que es: un lugar dejado y frío, aunque no tan inhóspito. Arlet, con la mochila a cuestas, recuerda el comentario de Klaus y se dice que no hay nada enfermo en ese espacio. Nada que resulte inquietante. Deprimente, tal vez, porque es obvio que ya en su día la vivienda estaba equipada solo con lo imprescindible.

—¿Era así cuando venías de pequeño? —pregunta ella de repente.

Quim hace memoria antes de responder.

—Juraría que sí. No recuerdo cuadros ni nada que me llamara la atención. Solo los muebles, tal y como siguen. Claro que entonces había juguetes por la alfombra y el ruido de la tele… Supongo que por eso lo noto tan distinto ahora. Por el silencio.

Esta vez se sientan a la mesa de la cocina antes de sacar de nuevo la tabla. No tienen grandes esperanzas de conseguir nada, pero colocan el tablero, sacan dos velas de color morado, las encienden y apoyan las manos en la *planchette*. Después de varios minutos de fingida concentración, tras varias preguntas, Quim se levanta de la silla con un bufido de exasperación y mira la tabla con resentimiento.

—Deberíamos haber traído a Adri.

Ella asiente.

—Ya te lo dije. ¿Adónde vas? —pregunta Arlet extrañada al ver a Quim al pie de la escalera.

—Arriba. No sé… ya que hemos entrado, veamos qué hay, ¿no? Está claro que los espíritus no quieren comunicarse con nosotros.

Arlet sube detrás de él y, al llegar al pasillo que lleva a las habitaciones, se para un momento y mira desde allí hacia la planta de abajo. Cierra los ojos e intenta concentrarse de nuevo en ese más allá que se resiste a acercarse y tres segundos después se siente como una absoluta imbécil.

—Quim, ¿nos vamos?

Como él no le responde, Arlet se dirige al cuarto que

está a su izquierda, el de matrimonio. Quim no está allí, así que va hacia el otro sin llegar a entrar en el que supone que debía de ser el de la madre. Ve al chico agachado delante del armario, trasteando con lo que hay dentro.

—¡Mira esto! —dice él emocionado—. Era el juguete favorito de Daniel. Se lo regalamos por su cumple.

Es un robot de plástico. Es probable que tuviera su gracia para un crío de ocho años. A Arlet, en cambio, no le dice nada.

—¿Por qué no nos marchamos? —insiste ella.

—Espera un momento.

Quim parece fascinado por el contenido del armario: ropa infantil, la cartera del colegio...

—Hostia, qué pasada... —Se vuelve hacia ella. Le brillan tanto los ojos que Arlet no puede evitar sonreír. Quim sostiene en las manos una libreta.

—Era su diccionario particular —le explica mientras la hojea—. Daniel era un loco de las palabras. Flipaba con eso. Las iba anotando para no olvidarlas y para tener un registro de sus favoritas. «Incandescente». «Cernícalo». «Vertebrados». «Deslumbrante».

Ella se acerca y mira el cuaderno por encima del hombro de él. La caligrafía infantil la remueve por dentro. Se pregunta si ese niño que escribía palabras sigue vivo en otro sitio o si murió esa noche, asesinado como su madre. La idea le provoca un escalofrío.

—Quiero irme, Quim —susurra—. Esto no va a servir de nada.

Pero él parece estar en otro mundo, absorto en las páginas del cuaderno. De repente mira a Arlet a la cara y murmura, en voz muy baja:

—Esta no es su letra. Mira.

Entonces ella se agacha a su lado. Sus dedos se rozan cuando él le pasa el cuaderno abierto por la última página escrita. En ella hay solo cuatro palabras:

—Los Hijos de Judas —lee Arlet—. «Judas», como nos dijo la tabla cuando estuvimos aquí.

Quim lo mete todo en el armario y se guarda el cuaderno en el bolsillo del anorak. Entonces se da cuenta de que ella está temblando, no sabe si de aprensión o de frío, y le pasa el brazo sobre los hombros para atraerla. Se besan. No con la misma excitación o la ternura de otras veces, sino embargados por unas emociones distintas. Es un beso largo, profundo, casi serio, teñido de una mezcla de deseo y de temor. Las manos de él se deslizan por su cuerpo y buscan la cinturilla de sus tejanos.

Arlet se aparta. El lugar le da escalofríos y no tiene la menor intención de hacer nada en el ambiente opresivo de esa casa. Entonces se le ocurre otra cosa, algo en lo que lleva días pensando. Baja corriendo a la cocina, mete la ouija y lo demás en la mochila y vuelve a la carrera a la habitación del niño.

—Ahora que tenemos un objeto que perteneció a Daniel vamos a probar una cosa —dice en voz baja mientras extrae de la mochila dos velas de color negro y un trozo de tiza con el que traza un pequeño círculo entre la cama y el armario, justo donde Quim y ella estaban agachados antes.

Cuando ella termina, Quim enciende las velas con un mechero que llevaba en el bolsillo.

—Deja el cuaderno en el centro del círculo —le indica ella—, y dame las manos. Cierra los ojos y piensa en Daniel, intenta recordar algún rato con él. Llámalo, pero no con la voz. Llámalo con el pensamiento...

Ambos se concentran. Las llamas de las velas negras parpadean y el cuaderno permanece inmóvil.

—¿Quieres tu cuaderno, Daniel? —pregunta ella—. Es tuyo, ven a por él...

No hay respuesta, solo silencio. De día la casa no parece alterarse por nada. La madera no cruje, las puertas no se mueven. Solo se oyen sus respiraciones, casi acompasadas. Arlet inspira hondo y repite la pregunta. Ella sigue con los ojos cerrados; él, sin embargo, los ha abierto un poco. Por eso no se asusta tanto como ella.

—¿Qué coño estáis haciendo aquí? —La voz, masculina, potente y desconocida, resuena en el cuarto.

Alguien más sube la escalera.

—Joder, lo que nos faltaba. ¿Queréis provocar un incendio o qué?

Ni ella ni Quim saben muy bien qué hacer ante aquellos dos hombres vestidos con ropa de trabajo. Él apaga las velas de un soplido y recoge el cuaderno del suelo. Arlet intenta levantarse rápidamente.

—¿De verdad no se os ocurre nada mejor con lo que pasar el rato, pareja? —se burla el primero que ha llegado.

—Marchaos de aquí, venga —dice el otro—. Y mejor

que no volváis. Alguien se va a instalar aquí dentro de una semana y hasta entonces estaremos nosotros poniendo la casa a punto, así que ni se os ocurra volver.

—¡Tendríais que haber aprovechado el tiempo para echar un polvo! —remata el otro con una carcajada.

24

Maite ha visto cientos de veces cómo el interior de la iglesia de Sant Climent de Taüll cobra vida gracias a la utilización de un vídeo mapping que consigue recrear los frescos originales que había en el ábside mayor y el presbiterio de la nave central. Las paredes se llenan de vivos colores, exactos a los originales, dibujando el Pantocrátor sobre el fondo azul del cielo, rodeado de ángeles, por encima de unos apóstoles que van apareciendo mágicamente antes de que el conjunto se tiña de un precioso color dorado. La música contribuye a realzar la transformación de esas paredes lisas en las de un suntuoso templo románico. Está acostumbrada al asombro de los turistas y escolares al descubrir el aspecto que esta iglesia tenía en el siglo XII, cuando los fieles del pueblo entraban en ella. Cuando todos creían en el poder de Dios. Cuando los muros estaban llenos de deslumbrantes pinturas que parecían hechas por los propios ángeles.

Se oye un suspiro de desilusión cuando la proyección

se acaba y la iglesia recobra su aspecto actual, tan sobrio y enormemente alejado de lo que fue en la Edad Media. Maite se dirige a la puerta para despedir al grupo que está de visita y desde allí ve a Eric Tarrés, que está tomando una cerveza solo, sentado en el patio del bar que queda justo enfrente del lateral de la iglesia. Aunque lleva años esquivándolo, ese día se decide a cruzar la calle y acercarse a él.

Entra antes en el local y pide dos cervezas, porque ha visto que Eric estaba a punto de terminarse la suya. Cuando sale y las deja en la mesa, él le sonríe, sorprendido.

—¿Esto qué es? ¿La birra de la paz?

—Más o menos. ¿Te importa que me siente?

Él le señala la silla vacía.

—Adelante. Pues brindemos, ¿no? Por el armisticio.

—Tampoco exageres —dice ella—. Nunca fuimos enemigos. En todo caso, rivales.

—¡Siempre tan precisa! —Él da un sorbo largo y deja la copa encima de la mesa. Luego saca un cigarrillo—. Y dime, ¿a qué viene este repentino gesto de reconciliación? ¿No tendrá que ver con que fui yo quien encontró el cuerpo de ese chico? La gente de por aquí parece deseosa de entablar conversación conmigo últimamente.

Ella se sonroja y, como no sabe muy bien qué decir, le pregunta:

—¿Te importa invitarme a un cigarro?

—No sabía que fumaras.

—Solo fumo de vez en cuando. —Ella misma se lo enciende con el mechero que le tiende Eric y automáticamente siente el picor del humo en la garganta. Después de un par de caladas, cuando ya ha tenido tiempo de pensar un poco, añade—: No es exactamente por eso. Si te digo la verdad, el otro día estuve hablando con Inma.

—¿La supermamá? Desde que es rica me mira por encima del hombro.

—No seas tonto. Inma es un encanto, siempre lo ha sido. Ella estaba muy afectada por lo del chico muerto. Y, de repente, nos pusimos a hablar de... Ya sabes. De Marta. —Se queda observándolo antes de proseguir—. Tú también lo has pensado, ¿verdad?

—¿El qué?

—Venga, Eric. —Se calla un momento porque piensa en que hay algo que él quizá ignora—. Hace unas semanas llamaron a la radio. A *La hora del lobo*. Un hombre preguntaba por Daniel, insistía en que lo teníamos en el valle, que debíamos devolverlo o pasarían toda clase de desgracias.

Por primera vez, él parece desconcertado. Está claro que no se cuenta entre los oyentes del programa. Ella aprovecha que al fin tiene su atención para continuar.

—No puedo dejar de pensar en si existe alguna conexión entre la muerte de Marta, la desaparición de su hijo, la llamada y el asesinato de ese pobre chico que dejaron en la iglesia.

—No sabía lo de la radio. —Se cierra la cremallera del anorak, como si de repente tuviera frío—. ¿Y los mossos qué dicen?

—De momento nada, que yo sepa. Tampoco me han

preguntado por ello. Y me siento un poco idiota si voy a decírselo... Al fin y al cabo, es una mera suposición.

—¿Y has venido a hablar conmigo para que se lo cuente yo? ¿Acaso piensas que van a hacerme más caso?

—¡No! —Ella apaga el cigarrillo, que se había casi consumido solo—. La verdad es que he venido a preguntarte si Marta te contó algo alguna vez. Vivía asustada, eso era evidente, aunque debo admitir que yo pensé que eran paranoias suyas... hasta el final.

Él la mira a los ojos con algo parecido a la comprensión.

—Yo también. Supongo que por eso me mandó a la mierda. Intenté sonsacarle qué le pasaba y se puso histérica. Casi violenta.

Se calla para coger otro cigarrillo con el que juguetea sin llegar a encenderlo.

—Pero lo que vi en la iglesia... —prosigue—. No puedo hablar de ello. No sé la razón, porque seguro que se acabará sabiendo. Lo que sí puedo decirte es que no era una escena común. Había algo perverso. Lo que le hicieron a ese chico no se parece en nada a lo de Marta. Este tenía un punto... no sé cómo decirlo, un punto teatral.

Se lleva el pitillo a los labios y lo enciende por fin. Maite desearía insistir, pero intuye que él no va a contarle nada más. De repente Eric se vuelve hacia ella y dice, en voz baja:

—Yo no soy ningún experto en esto. Lo mío son los bosques, no los crímenes. Pero te digo que me extrañaría mucho que este fuera un caso aislado. Normal que Inma tenga miedo. Yo también lo tendría si tuviera hijos.

—¿Qué quieres decir?

Él fuma, como si necesitara un estímulo para atreverse a continuar.

—Quiero decir que la escena de ese crimen parecía demasiado elaborada, demasiado cruel. Que desde esa madrugada pienso si ese será tan solo el principio...

Mientras lo ve vestirse, Estela se dice que, para lo que esperaba encontrar en un conjunto de pueblos perdidos, lleva ya un par de amantes bastante potables y, además, francamente atractivos. Lástima que el primero empezase con la matraca de siempre y tuviera que ponerlo en su sitio. A los hombres no les gusta que les digan que su única función en la vida de una es follar, lo cual es curioso, dado que llevan siglos colándoles ese discurso a pobres tías enamoradas y dejándolas con los ojos arrasados en lágrimas cuando comprenden que han sido un mero pasatiempo.

Es algo que intenta explicarle a su hija: el amor, tal y como se ha vendido desde los tiempos más ancestrales, no es más que un timo para que los tíos follen y las mujeres sufran. Y que ha tenido la suerte de nacer en el siglo XXI y de contar con una madre como ella que aprendió desde hace años a prescindir de las figuras masculinas en cualquier lugar que no sea la cama. Un placer al que no piensa renunciar.

Sobre todo, cuando la vida le pone delante ejemplares tan espléndidos como ese. Eric no estaba mal, tenía un cuerpo fuerte y natural, sin esos músculos marcados de gimnasio que ella detesta, y sin la barriguita de los cuarentones que aborrece más aún. Pero el que tiene hoy aquí, y no por primera vez, es de un nivel superior. Los hombros, la cintura, las piernas… Y un culo granítico, tan bien colocado que es irresistible incluso con vaqueros.

Él se vuelve entonces y la mira. Debe de gustarle lo que ve porque a sus ojos asoma de nuevo esa mirada voraz y se sienta otra vez a su lado, medio vestido, para darle un mordisco suave en el cuello.

—¡Eh, para! —exclama Estela riéndose—. ¿Qué pasaría si yo hago lo mismo? ¿Quieres volver a casa con un chupetón? ¿Cómo se lo ibas a explicar a tu mujer y a tus cuatro hijos?

Él se ríe. Y por si acaso transforma el mordisco en un lametón. Le gusta Estela. Le atrae su cuerpo, su aire distante y esa boca grande de labios jugosos. A veces sueña con azotarla, una fantasía que pocas veces se ha atrevido a practicar. Desde luego no con Inma. Tampoco tiene claro si Estela estaría dispuesta, aunque nunca se sabe. Lo que es evidente es que sabe lo que quiere y que es mucho más desinhibida que otras amantes que ha tenido. Envalentonado por la mirada ávida de Estela, se lanza:

—Me preguntaba si te gustaría…

Estela se ríe y susurra:

—Podemos discutirlo la próxima vez. Pero no me vengas con historias muy elaboradas, ¿eh? No tengo paciencia para jugar a las enfermeras ni nada parecido.

—¿Deduzco entonces que te apetece volver a verme?

—¿Tú qué crees? —Ella le acaricia la mejilla pensando

que, además del cuerpo, tiene unos rasgos bonitos y cara de hombre honesto... lo cual significa que las apariencias engañan. Siempre—. Elemental, querido Richy.

—¡Nadie me llama Richy! —protesta él—. Es ridículo.

Ella mira al techo, fingiendo hastío.

—Pues para mí tienes cara de Richy. El chico pijo de las montañas. Va... no te enfades. Usaré siempre Ricard a partir de ahora si quieres.

—Llámame como quieras. Pero llámame, ¿vale? —le dice él con un guiño—. A una hora prudente, claro. No cuando estoy en casa.

—Ya, ya. No sufras, Ricard —dice ella levantándose de la cama y buscando algo que ponerse—. Lo último que deseo es crearnos problemas. Ni a ti ni a tu mujer. Esto es lo que es. Un desahogo, un rato de diversión. Algo que hacer para pasar el tiempo en este pueblo perdido. Nada más que eso.

Inma tiene otra clase de preocupaciones. Mientras está en la cocina, llenando tarros con mermelada casera que luego guardará en la despensa para vender o regalará a sus amistades, lo último que sospecha es que Ricard no esté trabajando, ni mucho menos que esté engañándola con otra. Lo que inquieta a Inma, lo que sigue desvelándola y rondándole por la cabeza a todas horas, tiene que ver con el asesinato de la iglesia. Con el crimen de hace años. Con la desaparición de Daniel.

No le importa que Ricard la tome por loca. Ni que

Maite le asegure que esos dos sucesos no tienen por qué guardar ninguna relación. Ella recuerda la histeria de Marta un día en que los niños se ausentaron un rato. Y no es que se perdieran, se fueron del parque sin que ellas se dieran cuenta y cogieron uno de los caminos de la montaña. Por suerte, regresaron enseguida y Marta se calmó un poco, pero por un instante ella temió que llegase a pegarle al niño. En aquel momento su pánico le pareció excesivo y fuera de lugar.

No, Marta nunca le había gustado del todo. Ni en su faceta de madre ni como amiga. La manera en que jugó con Eric y Maite en paralelo se le antojó casi indecente... Inma no tenía ningún prejuicio con las vidas sexuales ajenas. Había compartido piso con Maite, la había visto (y oído) con sus novias. En el mundo había heterosexuales, lesbianas, gays, y sí, también bisexuales. Lo que le costaba aceptar era lo que hacía Marta: una noche con Eric y otra con Maite, y luego los dos siguiéndola con cara de corderos degollados y ella sin comprometerse del todo con ninguno. No, esas cosas no se hacían, no estaban bien. A Inma no le gustaba ver sufrir a sus amigos, ella los quería mucho, tanto a Eric como a Maite. Luego el tiempo los había distanciado... si es que una puede distanciarse mucho en este valle.

Inma contempla los tarros de mermelada con la satisfacción de haber terminado una tarea y se dispone a meterlos en la despensa. «Ojalá el resto de las cosas fueran tan simples», se dice mientras limpia con un paño húmedo unas manchas de la encimera.

Pero la vida no es así, ni mucho menos. La vida está llena de oscuros vericuetos, y aunque ella ha seguido un camino bastante recto y luminoso, alguna vez se ha aventurado por atajos desconocidos.

Ahora presiente que está a punto de volver a hacerlo. Lleva días meditándolo y ha tenido el teléfono móvil en la mano en más de una ocasión, sin llegar a marcar de nuevo ese número que conservaba en los contactos, el que había sacado de un anuncio que leyó por casualidad en la prensa.

Se dice que ha llegado el momento. Sabe que no dormirá tranquila hasta que dé ese paso. En parte espera que el número esté desconectado, que ya no exista, que quien le contestó lo haya cambiado y así pueda olvidarlo para siempre. Porque ahora no lo consigue. Aunque sabe que hacerlo es cruzar otra vez una raya prohibida, la tentación es demasiado potente.

Así que aprovecha que la casa está bañada por el sol del mediodía, que ella está cómoda y a salvo, sola, sin nadie que pueda oírla, y coge el móvil decidida a marcar el mismo número al que llamó siete años atrás para decirle al desconocido que había puesto el anuncio que ella estaba al tanto de dónde vivía Marta Folguera, aunque en el valle la conocían con el nombre de Marta Morey.

La ciudad

25

Defender al Gusano en las duchas le había granjeado un respeto distinto, incluso entre quienes querían atacar al viejo. Eso también era propio de la cárcel, tanto en una prisión moderna de Barcelona como en las más atroces del tercer mundo: la valentía se valoraba porque en un entorno hostil siempre era mejor tener al lado a un individuo capaz de actuar que a uno que se agazapaba en un rincón sin dar la cara. Aquel día Charlie lo sacó de las duchas, magullado pero sin heridas graves, y lo dejó en manos de los funcionarios sin decir una palabra. Su silencio también fue apreciado.

El problema es que, desde ese momento, el viejo no ha parado de seguirlo, aunque sea con la mirada, cada vez que comparten espacios comunes. Se sienta frente a él en el patio, frecuenta la biblioteca y, como dice Sergio Blasco, se comporta con Charlie como «un puto can a distancia». Él ha optado por ignorarlo, por difícil que sea a veces huir de esos ojos pequeños de reptil al acecho de sus gestos. Aunque Gustavo Calderón se comporte como un perro agradecido, él no tiene intención de adoptarlo. Es más, tanta atención le resulta irritante; empieza a comprender la atmósfera de violencia contenida que se crea en la prisión. En un espacio cerrado y atestado de personas con las que uno está obligado a convivir, una molestia constante acaba despertando los instintos más agresivos. Incluso él, que ha adoptado esa máscara de condescendencia, siente a veces el impulso de ir a zarandearlo, de apartarlo a patadas. Como a un puto perro.

Eso es lo que le está sucediendo ahora mismo, en el patio de la cárcel, mientras charla con Blasco y un par de tipos más. El Gusano se ha sentado enfrente, solo y acobardado. Y sin dejar de mirarlo con el único ojo que le sirve de algo.

—Ya lo tenemos ahí —masculla Blasco—. Es como una puta serpiente, coño. Solo le falta sacar la lengua. Porque me quedan cuatro días aquí, que si no… No me extraña que le dejaran *chosco*. ¡Ya podrían haber rematado la faena, *carallo*!

—Ni caso —le dice Charlie.

—¡Te observa como si fueras el puto Jesucristo, joder! A ver si nos haces un milagro y lo dejas *cego* del todo.

—Pasa de él —tercia otro de los cuatro del grupo—. Concéntrate en lo que harás cuando salgas, Blasco.

—¡Dos semanas! —exclama el gallego—. La madre que me parió: se me están haciendo más largas que los seis años juntos.

Charlie piensa en lo que hará él cuando Sergio no esté. No lo necesita tanto como al principio, pero le reconforta tenerlo cerca. Tampoco está seguro de que el otro no acabe volviendo. Allí o a otra cárcel. Los tipos como el gallego solo conocen una forma de ganarse la vida.

Mientras reflexiona sobre esto y sobre la conversación que aún no se ha atrevido a mantener con él, no se percata de que ese día el Gusano no se está limitando a observar. En un arranque de atrevimiento está cruzando el patio y acercándose al grupo.

—¿Puedo hablar contigo? —pregunta en voz baja y en tono sumiso.

Los animales distinguen a los enemigos por el olor. Los humanos quizá hayamos perdido esa facultad con el paso de las generaciones. Lo que no hemos dejado atrás es el filtro visceral con el que juzgamos al resto de nuestra especie. Charlie siente asco. Si estuvieran en la jungla, atacaría o huiría. Allí no puede hacer ninguna de las dos cosas, así que se parapeta en un silencio adusto.

—Por favor, atiéndeme —insiste el viejo—. Eres el único que me ha ayudado aquí. Y creo que tengo algo que podría interesarte.

Otro de los instintos naturales del hombre es la curiosidad. Al fin y al cabo, no somos gatos y estamos seguros de que no puede matarnos.

Han buscado un rincón algo más privado en un lugar minado de cámaras. Durante un par de meses Charlie vivió obsesionado con ellas; ahora ya se ha acostumbrado: sabe bien dónde están colocadas y cómo evitarlas. No le sorprende que Gustavo Calderón controle ya ese espacio: sin duda los años de internamiento en distintos centros le han convertido en un experto en esquivar al ojo de cristal que todo lo ve. Se sientan en un banco aislado y, aun así, bajan la voz, como si las paredes del patio tuvieran oídos.

—Quería expresarte mi agradecimiento. Nadie suele salir en mi defensa —le dice el viejo.

Charlie no responde. Si el hombre se cree que esta charla puede ser el principio de una larga amistad, pronto va a sacarlo de su error.

—Has dicho que tenías algo para mí —dice en tono cortante.

—Sí, sí. No te precipites. —Por primera vez, Calderón esboza algo parecido a una sonrisa—. Primero quería dejar constancia de mi gratitud.

—Pues ya está hecho. ¿Qué más?

—¿A ti también te doy tanto asco? —pregunta, y Charlie no sabe si lo está diciendo con ironía, porque hay algo reflexivo en su tono—. Debe de ser contagioso… Lo entiendo en los demás. Al fin y al cabo no son más que delincuentes de baja estofa. Unos desgraciados sin ningún interés.

—¿Y tú te crees más interesante? —replica, él sí, con la voz teñida de burla.

El asombro que se dibuja en la cara de Calderón parece genuino.

—Desde luego. ¿Tú no? Es insoportable tener que estar encerrado con esta gentuza. Drogadictos, traficantes, estafadores…

—Diría que eso es precisamente lo que ellos piensan de ti.

El viejo baja la cabeza y apoya las manos en los muslos.

—Ellos me odian porque no me entienden. En realidad me tienen miedo. Nos tienen miedo —añade.

—Tú y yo no tenemos nada en común —dice Charlie conteniendo las ganas de empujarlo fuera del banco.

Gustavo ladea la cabeza como si estuviera escuchando una voz que procede de su izquierda, al otro lado de donde se encuentra Charlie.

—Uno no debería negar su auténtica naturaleza —susurra por fin, sin mirarlo—. Eso te pudre por dentro. Yo pasé muchos años en esa cárcel. Es peor que esta. Y lo que es aún más terrible es estar metido en las dos.

—*Fuck you, man.* Yo jamás habría tocado a un niño. De hecho...

—De hecho matabas a gente como yo, ¿verdad? ¡Le hacías un bien al mundo! —Se ríe, y la suya es una risa ahogada, hacia dentro—. Lo sé, Charlie. Seguí tus andanzas. ¿En serio crees que los matabas para hacer justicia? ¿No quieres admitir que matar es para ti una obsesión? ¿Un fin en sí mismo? ¿Una necesidad incluso?

Charlie se levanta de golpe, dispuesto a irse.

—Vaya, te he ofendido —murmura el viejo—. De acuerdo. El nuestro es un viaje individual y cada uno tiene sus propios tiempos. Creía que ya habías recorrido un trecho mayor de ese camino. Ahora veo que no. Lo siento por ti. Es un proceso que nadie puede forzar. Debes hacerlo a tu ritmo.

Charlie se aleja un par de pasos con menos decisión de la que le habría gustado mostrar. «Este hombre es como una pintura negra de Goya», piensa mirándolo de reojo, un monstruo amoral y deforme del que, sin embargo, cuesta apartar la vista.

—¿De verdad no te interesa esto? —le pregunta el viejo en voz baja, con la misma entonación tentadora con que una alcahueta habría vendido a su ahijada de corta edad.

En esas manos aparentemente frágiles que manosearon y mataron al menos a dos niñas sostiene ahora algo que en la cárcel constituye una de las posesiones más preciadas.

Un teléfono móvil.

26

Por una vez, Charlie acude al locutorio con paso ligero, animado ante la perspectiva de encontrarse con alguien que no sea su abogado, el locuaz pero pesimista señor De Santis. En el último año, y dejando aparte a sus nuevos compañeros y a De Santis, sus únicas conversaciones han sido con el psicólogo que le evaluó. Tampoco cuenta los larguísimos interrogatorios del inicio, reconvertidos por consejo de su abogado en monólogos policiales. No había sido fácil aguantar el tipo y mantenerse callado, no para alguien como él, y Charlie estaba muy orgulloso de haber salido airoso de la experiencia.

El encuentro de ese día es distinto. Ha pasado mucho tiempo desde la última vez que vio a Thomas Bronte. Coincidieron cuando vendieron sus respectivas casas para la construcción de un hotelito con encanto. Sin embargo, apenas guarda ningún recuerdo de Thomas como joven adulto. Para Charlie, Tommy se quedó estancado en la infancia. Como su hermano. Se detiene un segundo al pensar en Neil. Está seguro de que nadie ha sabido nunca lo que pasó en el jardín de su casa. A ojos de todo el mundo, Neil fue víctima de un desgraciado accidente y nadie receló en su día de un niño de seis años. Esperaba que lo sucedido recientemente no hubiera despertado ninguna sospecha en Tommy. En su recuerdo era un chaval dulce, ingenuo, más bien apocado, y cruza los dedos para que los años no lo hayan cambiado mucho. En teoría, él tiene algo de ventaja. De Santis no solo ha encontrado a Thomas, también ha averiguado bastantes cosas sobre él.

Charlie avanza hacia el locutorio que les han asignado sintiendo la mirada del funcionario en el cogote. Se le olvida en cuanto toma asiento y contempla a través del vidrio al hombre que le espera con cara de desconcierto. Charlie está casi seguro de que el bueno de Tommy no ha pisado una cárcel en su vida. Ahora está ahí, frente a él, intentando aparentar una normalidad que está lejos de ser real. Charlie piensa que Tommy y él siempre han estado cerca, aunque en lados opuestos. Primero fue la tapia de sus respectivos jardines; ahora, el cristal que separa a las visitas de los reclusos. Siente un conato de rabia ante la constatación de que siempre le ha tocado a él ocupar la zona de peligro. Intenta sofocar esa furia súbita enseguida porque es lo último que necesita y observa a su visitante durante unos segundos antes de descolgar el teléfono para decir:

—*Hi, Tommy.*

Entrecierra los ojos intentando ver al niño que recordaba, el mismo al que él envidió durante toda su infancia.

Había sentido celos de sus padres, de su casa, de su hermano... de la inmensa suerte que el imbécil de Tommy Bronte no era consciente que tenía. Incluso después de la muerte de Neil, cuando la familia se hundió en una tristeza absoluta, sus padres siguieron siendo cariñosos con el único hijo que les quedaba mientras que los suyos continuaron citando versículos de la Biblia para justificar sus castigos ejemplares. «*Spare the rod and spoil the child*», decía el cabrón de su padre a menudo y, desde luego, nadie pudo acusarlo nunca de no obedecer ese precepto evangélico que alentaba a usar la vara de corrección para no malcriar a los niños. Lo único bueno fue que al final los golpes ya no surtían ningún efecto. Como a tantas otras cosas, el cuerpo también se acostumbra al dolor.

Siente una oleada de alivio cuando Tommy le responde. Es obvio que no ha superado aún la sorpresa, que se debate entre la curiosidad y la desconfianza, pero se esfuerza por imprimir a su voz un tono amable al contestar:

—*Hey, Charlie. How are you, buddy?*

Han sido cuarenta minutos de viaje al pasado; o, mejor dicho, de saltos temporales entre los recuerdos compartidos y un presente inesperado para ambos. Si una vida no puede resumirse en poco más de media hora, mucho menos dos. Gracias a su abogado, Charlie ya sabía bastantes cosas sobre qué había hecho Tommy Bronte en esos años que llevaban sin verse. Según los informes de Arturo de Santis, Tommy había dilapidado la discreta fortuna que obtuvo de la venta del hogar familiar con tanto entusiasmo como desacierto. Charlie se había aprendido de memoria los datos, aunque eran solo eso, información pura y dura, carente de matices.

Thomas Bronte, treinta y ocho años, divorciado, de profesión «inversor», aunque en los últimos dos años había optado por un retiro sabático, primero en Sídney y luego en una paradisíaca isla de arenas blancas que respondía al absurdo nombre de Magnetic Island. A lo largo de su vida había residido en Londres, Nueva York, Atlanta, Bangkok, Singapur y, por último, en Australia. Sus inversiones, siempre fallidas en mayor o menor grado, se habían centrado en negocios de hostelería y ocio nocturno hasta que en 2020 la pandemia puso freno a su actividad y decidió tomarse un tiempo para repensar su futuro.

Nada que ver con las expectativas que debieron de albergar sus padres, el pintor y la ceramista. Seguro que en sus cabezas habían visualizado un destino más artístico para su único vástago. Charlie piensa que quienes pueden desafían los futuros que otros tratan de imponerles. Él debería haber sido un empleado mediocre en una fábrica de Mánchester y luego desahogarse en escapadas de fin de semana a los pubs gays de Londres para echar un polvo rápido, en lugar de ir a la universidad y tener una galería de arte en una ciudad como Barcelona.

«Ahora convertida en la galería de una cárcel», se corrige a sí mismo con ironía mientras se dirige al comedor al salir del locutorio. Es casi la una y cuarto y la charla con Tommy le ha abierto el apetito. Afortunadamente nunca ha sido muy maniático con las comidas: crecer en Inglaterra es un salvoconducto para que cualquier cosa te resulte aceptable.

Necesita comer y luego pensar. En ese orden. Reflexionar sobre sus posibilidades, sobre su futuro inmediato. Sobre las alianzas que ha ido tejiendo en ese tiempo y las que puede enhebrar aún. No es que tenga un plan claro y definido; es apenas un esbozo, una nube densa que él intenta atravesar, como si pudiera desgajarla, reducirla a unos ligeros jirones blancos sin fuerza para enturbiar el cielo azul. Satisfecho, se dice que su presente anterior a la cárcel era infinitamente más satisfactorio que el de Tommy Bronte. Es un consuelo tonto, pero tampoco es que tenga muchos más de los que echar mano para apuntalar su ego.

La fila del comedor está formada cuando llega. Los sábados hay menos gente, los permisos de fin de semana se notan y la cola avanza con relativa rapidez. Ya con la bandeja en la mano, busca con la mirada un lugar donde sentarse. Blasco está fuera y sus otros compañeros habituales se han repartido en distintas mesas.

A un lado del comedor, completamente solo, está el Gusano. Ir hacia él supone una declaración de principios que Charlie Bodman evalúa en apenas unos segundos antes de cruzar la sala y ocupar uno de los asientos vacíos que rodean al viejo formando una especie de cordón de seguridad.

Charlie sabe que se la juega, que un paso en falso puede desbaratar la imagen que ha construido, pero hay veces en que la necesidad se impone. Y también, por qué no decirlo, el interés por masticar el asco que le provoca ese pederasta asesino, por tragárselo con cada cucharada de esa crema de verduras de un color que no ha existido jamás en ningún alimento de la naturaleza.

Por llenarse las entrañas de las ganas de partirle el puto cuello algún día.

27

Lena habría preferido salir más temprano, pero al final son más de las cuatro de la tarde cuando termina de meter el equipaje en el coche y emprende el trayecto hacia el valle de Boí. Son unas tres horas y media de camino, lo que significa que habrá anochecido cuando llegue a la que será su casa durante las próximas semanas.

Se da cuenta, una vez sentada al volante, de que no ha pensado mucho en cómo será ese lugar. El doctor Folguera le aseguró que contaba con las comodidades básicas y que se había ocupado de que todo estuviera a punto para que ella pudiera instalarse. Solo ahora, al salir de la ciudad, empieza Lena a plantearse qué es lo que la espera allí.

Tardó unos días en marcar el número del doctor Folguera para comunicarle que quizá estuviera interesada en el encargo y, a partir de ese momento, su mente, siempre metódica, diseñó los pasos siguientes. En primer lugar, leer los informes del detective privado que había llevado el caso y buscar toda la información disponible; después, organizar un encuentro con el propio investigador, Hernán Iglesias. Intuía que en un informe destinado a los padres de una víctima siempre se excluían detalles no concluyentes o escabrosos. Y, en tercer lugar, entrevistarse en Barcelona con las personas relevantes en la vida de Marta, antes de que se fuera. Si bien el misterio radicaba en su desgraciado final, no podía dejar de sentir curiosidad desde un punto de vista profesional por el inicio de aquella deriva inesperada: a la fuerza la ruptura con la vida familiar once años antes de su asesinato debía ser un factor importante. El doctor Folguera había mencionado a un novio músico, pianista. Efectivamente, su nombre aparecía en los informes: Joan Marc Villalonga.

El repaso a fondo de todo lo que había entregado Hernán Iglesias no arrojó mucha más información que la que le había resumido el padre de Marta. A pesar de las quejas de su cliente, el detective había sido exhaustivo: había conseguido establecer contacto con algunos de los miembros de la casa okupa donde ella vivió desde 2004 hasta principios de 2007. Ninguno aportó datos relevantes. La mayoría había dejado atrás esa etapa y, como constataba Hernán Iglesias, «pagaban ahora un alquiler o una hipoteca como todo hijo de vecino». La gente de la casa okupa, situada en un barrio de Vallecas, iba y venía. Marta, en cambio, permaneció allí casi tres años, y la recordaban por sus conocimientos médicos, que habían resultado útiles en más de una ocasión. «La doctora», la llamaban, sin llegar a entender qué hacía una chica como ella en un lugar como aquel.

A juzgar por las fechas, la chica había abandonado la casa en cuanto supo que estaba embarazada. Nadie sabía dónde había vivido entre la casa y su siguiente destino conocido: un domicilio en un pueblo de Orense, donde residió poco tiempo. Luego constaba otro en el norte de Portugal, en Río Caldo, un diminuto pueblecito al que se había trasladado ya con un niño de aproximadamente un año para ocuparse de una casa reconvertida en apartamentos de alquiler. Allí vivió otros dos años y, también, como de todos los lugares anteriores, desapareció sin dejar rastro. Los informes laborales de Marta Folguera (para ellos, Marta Morey) eran absolutamente irreprochables. Según Iglesias, su empleador portugués había lamentado mucho que se fuera, y se había sentido desconcertado por su súbita partida.

El patrón se repetía. Como si alguien o algo la persiguiera, Marta huía. De un día para otro, sin dar demasiadas explicaciones, aunque sí las suficientes para que no la buscaran. De Madrid a Galicia y al pueblecito portugués, y de ese a otro emplazamiento entre montañas: el definitivo, en el valle de Boí, donde vivió los últimos cuatro años.

Fue al insertar el nombre del pueblo en un buscador cuando leyó por primera vez la noticia. «Hallado el cuerpo sin vida de un joven en el valle de Boí», rezaba el titular, tras el que venía una somera descripción de los hechos que le llamó la atención precisamente por la falta de detalles. Según el artículo, el cadáver de un varón de quince años del cual no se daba el nombre había sido encontrado en las inmediaciones de la iglesia de Sant Feliu de Barruera a primera hora de la mañana del pasado lunes 19 de septiembre. Su cuerpo presentaba evidentes signos de violencia. Los mossos seguían investigando.

Había algo extraño en el texto. No morían de forma violenta tantos jóvenes de esa edad para que el diario diera la noticia de una manera tan escueta y, como era de esperar, enseguida se explicitaba que el juez había dictado el secreto de sumario. Lena prosiguió con su búsqueda, aunque el dato se le quedó grabado a fuego. Más tarde pilló en la televisión un breve reportaje sobre el caso, también sucinto, en el que se repetía lo anterior e intercalaba las declaraciones de algunos vecinos de la zona desolados y atónitos ante lo acontecido.

Mientras adelanta a una procesión de camiones en la autopista, Lena se dice que las respuestas emocionales ante el crimen suelen ser siempre las mismas. Primero están el horror, la sorpresa, la tristeza; luego llegan la rabia y la desconfianza, una mezcla tan intensa como peligrosa. No ha oído ni leído nada más del caso del chico de la iglesia, pero está segura de que los residentes del valle estarán alterados. Ella también lo está, aunque intenta rodearse de una coraza de ánimo para que la noticia no la haga replantearse su decisión de instalarse allí. Piensa que no son las mejores circunstancias para alguien que llega nuevo a la zona y, además, con la intención de hacer preguntas sobre otro crimen acaecido años atrás. Seguro que Hernán Iglesias lo tuvo más fácil...

A todo esto, hablar con él había resultado una misión

imposible. El doctor Folguera tenía razón: no respondía al teléfono, ni al móvil ni al de la agencia. Después de varios intentos, Lena decidió acercarse a su oficina el martes de esa semana para ver si así conseguía forzar un encuentro con él.

La sede física de A.I. Detectives se hallaba en la calle Alcolea, no muy lejos de la plaza de Sants, en una escalera de vecinos normal y corriente. Se intuía que el piso era su vivienda particular y su oficina. En la puerta del inmueble, Lena se preguntó si el doctor Folguera habría llegado a visitar aquel lugar alguna vez. Era probable que no. Lena pensó que si ella hubiera sido Hernán Iglesias, habría preferido desplazarse al domicilio de un cliente rico en lugar de citarlo en una finca modesta, de portería estrecha con un *hall* de decoración setentera, lo único que podía atisbar desde la puerta.

Lena llamó al timbre que anunciaba la agencia con una pegatina arrugada. Nadie contestó, así que esperó un rato, sintiéndose un poco tonta. Insistió una vez más, tanto al timbre de la puerta como al teléfono móvil de Iglesias. Se separó unos metros de la puerta cuando bajó un vecino, un chaval joven con un patinete; le habría preguntado por el detective, pero el chico iba con los cascos puestos y partió con tanta rapidez que ella se quedó con la palabra en la boca. Estaba a punto de tirar la toalla e irse, cuando una mujer relativamente joven, pelirroja y bastante guapa, se acercó a la portería y tocó el mismo timbre al que ella había estado llamando.

—Disculpa —le dijo entonces—, ¿conoces al señor Iglesias? Había quedado con él y no consigo localizarlo.

La chica la observó, primero con un aire escrutador, desafiante, que fue transformándose en una mirada de desolación. Lena entendió de inmediato que no era la única que buscaba al detective.

—Mi nombre es Lena Mayoral —dijo—, y necesito localizar a Hernán Iglesias por un tema profesional que ha estado llevando. No sé si usted trabaja con él…

—¿Con Hernán? —preguntó la mujer en tono irónico—. Ni hablar. Me gusta cobrar cuando trabajo y con él no ganaría ni para pipas.

La pelirroja se calló y miró a su alrededor, como si estuviera dudando antes de tomar una decisión. Lena percibió esta vacilación y también distinguió un matiz de inquietud mal disimulado tras una máscara de mal humor. La pelirroja tomó aire, y halló la determinación que le faltaba para seguir hablando, quizá porque en el fondo ella también buscaba respuestas.

—Hernán y yo… Bueno, supongo que salimos juntos. Que salíamos juntos, al menos. Ahora hace un par de semanas que no me coge el móvil ni responde a los mensajes, ni nada de nada.

Acompañó la última palabra con una ligera patada contra el suelo y luego continuó:

—Al principio me mosqueé bastante, pensé que estaba pasando de mí, así que me hice la digna y dejé de escribirle. Luego me pareció raro. Mis amigas me han dicho que los tíos son así, que es un *ghosting* de manual… Pero lo de

Hernán es un poco más raro —añadió y Lena comprendió que la chica estaba haciendo esfuerzos para conservar la calma—. Es que ni siquiera ha aparecido en los sitios que frecuentaba. Yo vivo en el barrio, y Hernán es de los que siempre se toman un par de cañas al terminar el curro: ya sea en la zona de Mercat Nou o por la plaza d'Osca. Nadie lo ha visto por allí. Es como si se hubiera pirado en serio.

—¿Y no has pensado en ir a la policía? ¿O preguntar en los hospitales? Quizá le haya sucedido algo.

La chica suspiró.

—Bueno, tampoco es que seamos tan, tan novios. Ni siquiera tengo llaves de su casa. Ni él de la mía —puntualizó para salvaguardar su dignidad—. Llevábamos unos tres meses viéndonos.

—¿Sabes si andaba trabajando en algo?

—No hablaba de eso conmigo. Decía que eran temas confidenciales y no sé qué historias. Lo único que sé es que había estado por el Pirineo varias veces y que estaba muy emocionado por algo. La última vez que nos vimos me contó que si las cosas le salían bien, podría tomarse unas vacaciones de puta madre. Y me invitó a ir con él. —La chica hizo una mueca—. Supongo que se lo pensó mejor y se llevó a otra. Ya me dijo mi compañera de piso que no debía fiarme de los cincuentones amables… Pero a mí me gusta —confesó con sinceridad—. Es un desastre de tío y, aun así, se hace querer. No me cuadra que se haya largado sin más, sin tan siquiera hacerme una llamada…

—¿Sabes si tiene familia? ¿Hijos? ¿Amigos?

—Que yo sepa no. Un par de ex locas que ni siquiera viven en Barcelona. Él había llegado aquí hace poco, ¿sabes? Se había mudado desde Madrid por algún mal rollo con la agencia en la que trabajaba y estaba montando su propio despacho aquí. Según decía, en Madrid había llevado casos guays, de gente con pasta; presumía de tener buena fama y estaba seguro de que sus antiguos clientes harían correr la voz. Pero, de momento, más de una cena la tuve que pagar yo, que trabajo en una oficina de seguros del barrio.

—¿Estás segura de que no quieres presentar una denuncia? Por lo que me cuentas, ha pasado tiempo suficiente para hacerlo.

—¿Y quién les digo que soy? —preguntó con una mezcla de amargura e impaciencia—. ¿Su follamiga? Y si luego resulta que se ha ido de viaje con otra pava, yo quedo como una histérica.

Lena comprendía la postura de la chica. Si Iglesias había cobrado un extra o un adelanto por un caso, uno lo bastante sustancioso como para tomarse unas semanas libres, seguro que no había sido del doctor Folguera. Antes de despedirse, se presentaron e intercambiaron los números de teléfono, por si una de las dos tenía noticias de él. Se llamaba Carla, Carla Correas. Lena le facilitó también el nombre del subinspector David Jarque, diciéndole que era un buen amigo suyo que haría lo posible por ayudarla.

Localizar a Joan Marc Villalonga, el único novio conocido de Marta Folguera antes de que ella se marchara de casa, había sido bastante más sencillo, piensa ahora mientras se detiene a repostar en la última gasolinera antes de salir de la autopista. Y la conversación con él, pese a las reticencias iniciales, resultó bastante reveladora.

28

En opinión de Lena, el que había sido la pareja de juventud de Marta Folguera era lo que su abuela habría descrito como «un señoritingo estirado con pintas de no haber doblado el lomo en su vida». Y habría estado equivocada. Joan Marc quizá no se había levantado nunca al alba para trabajar en el campo, pero sin duda había tenido que practicar mucho para alcanzar el grado de virtuosismo al piano que le había granjeado su excelente reputación como músico.

Villalonga residía en Barcelona con su esposa y su hija. Viajaba con frecuencia: Lena había leído que había tocado, entre otras, con la Sinfónica de Chicago o la Filarmónica de Viena. Como él le aclaró en persona, había tenido suerte de pillarlo en casa, descansando entre dos de sus conciertos internacionales.

—Estoy un poco cansado de hablar de Marta —le confesó después, cuando ya habían salido a la espaciosa terraza del piso del paseo de la Bonanova donde vivía. A pesar de que era otoño, el frío en la ciudad se resistía a llegar—.

Perdone que la reciba aquí fuera. No quiero que la niña nos oiga. Es muy curiosa y bastante impresionable. No me apetece hablar de este asunto con ella cerca.

Lena asintió, comprensiva.

—En realidad, no he venido a comentar los detalles de su muerte. Más bien lo contrario: me interesa la Marta que usted conoció…

—Tutéame, por favor. —Joan Marc se dejó caer en una silla de la amplia terraza y con un gesto la invitó a sentarse. Era un hombre alto y de constitución muy delgada, aunque no enfermiza. Las gafas redondas le daban un aspecto ligeramente bohemio. Después de sentarse, miró al horizonte, como quien busca en él los recuerdos perdidos, y suspiró—. Creo que la Marta que conocí tiene poco que ver con la que encontraron muerta en aquella casa. Pero puedo hablarle de la que salió conmigo durante casi tres años, claro. Visto en perspectiva, fue mi primera novia de verdad, aunque en el momento ninguno de los dos lo habría definido así. Marta era… bueno, atractiva, no demasiado cariñosa, bastante seria… Vaya —frenó de golpe—, dicho así suena terrible. Entonces yo no me daba cuenta. Me parecía una chica interesante, decidida y con las cosas claras. Me gustaba su pasión por la medicina porque era comparable a la mía por la música. Ella estudiaba muchas horas y yo ensayaba sin descanso. Supongo que para el resto éramos un par de muermos.

Joan Marc se permitió una sonrisa y Lena observó que el gesto lo convertía de repente en un hombre más atractivo.

—¿Y qué crees que pasó? ¿Por qué se fue?

Él extendió los brazos. Ella se fijó en sus manos, que eran ciertamente bonitas. Su delgadez terminaba en la muñeca: a partir de ahí surgían una palma ancha y unos dedos largos, fuertes. Sin ser las manos de un jornalero, tampoco tenían esa languidez que Lena detestaba.

—En su momento le di muchas vueltas. Me rayé a tope... ¿lo dicen así todavía o ya estoy desfasado?

—No tengo ni idea. Yo seguro que lo estoy.

—Algo tuvo que pasarle —prosiguió él después de que ambos intercambiaran una sonrisa de complicidad—. No fue súbito, ni brusco. Simplemente fue cambiando poco a poco. No nos veíamos mucho porque siempre andábamos ocupados: ella con su carrera y yo con la mía. Pero el lapso de tiempo entre los encuentros fue dilatándose. Pensé que se había aburrido de mí, y con razón. Pero luego he comprendido que se había ido distanciando de todos: familia, compañeros de clase...

—No has mencionado a los amigos.

Él pareció sorprendido.

—Porque no los tenía. No amigos en serio. Yo tampoco tengo muchos, si te soy sincero. El piano puede ser una obsesión. Por eso no quiero que Clara se aficione demasiado: te roba la vida. Y, hablando del diablo...

Una niña de unos seis o siete años había aparecido al otro lado de la puerta de vidrio y empañaba la superficie con el vaho de su aliento. Les sonrió desde allí y Joan Marc la invitó a salir.

—¿Ya has terminado los deberes? —preguntó mientras la abrazaba.

—¡Hace una hora! —protestó ella dejándose coger en brazos y sin apartar la vista de Lena.

—Papá está ocupado, cariño. Vuelve adentro.

—Terminaremos enseguida —le prometió Lena y la niña se quedó mirándola con expresión muy seria, como si no se fiara de sus palabras. Luego se fue, muy despacio, sin dejar de observarlos de reojo.

—Sí que deberíamos ir acabando. Paso tanto tiempo fuera por temas profesionales que odio no aprovechar los pocos ratos que tengo libres para ella.

—Claro. Y disculpa por esta intrusión. Solo estoy tratando de hacerme una idea de quién era Marta antes de su huida.

Él asintió.

—Lo entiendo. Y comprendo también que sus padres necesiten respuestas. Lo que pasa es que yo me quedé muy atrás en su historia. Se fue sin decirme nada.

—Eso debió de ser desconcertante.

—Fue una putada. Por primera vez en mi vida el piano me daba igual, era incapaz hasta de ensayar. Intenté ponerme en contacto con ella. Rogué a sus padres que me informaran de su paradero, pero tampoco tenían ni idea.

—¿Marta nunca te habló de problemas con sus padres? ¿Desacuerdos familiares o cosas así?

Joan Marc negó con la cabeza.

—Nada destacable. No era una gran fan de la clínica de su padre. Decía que la cirugía estética no era su vocación. Sin embargo, dudo que se lo confesara a él. Lo respetaba demasiado para criticarlo a la cara. En cualquier caso, ella se fue sin decirme adiós —comentó con una media sonrisa—. Quizá fue lo mejor para mí. Sufrí, lloré… y luego olvidé. Puesto así parece la letra de un bolero. Con el tiempo conocí a otra mujer y, como en las pelis románticas, volví a enamorarme. No supe nada de ella hasta que me enteré de su muerte.

—Y de que había tenido un hijo.

Él asintió despacio.

—Disculpa, me queda una última pregunta. Has dicho que Marta amaba la medicina; que era su pasión, no solo una carrera o un futuro trabajo. ¿No encuentras raro que abandonara la carrera también?

—Mucho. Entonces no, claro. Solo pensaba en cómo había podido dejarme a mí. —De repente se puso serio—. ¿Quieres que te diga la verdad? Creo que Marta estaba enferma. Y no por el estrés ni la presión ni nada parecido. Juraría que tenía los primeros síntomas de un problema mental, una especie de paranoia. Una de las últimas veces que nos vimos se marchó del bar porque estaba convencida de que alguien nos seguía. Recuerdo su mirada… Era… no sé… agreste. Como si estuviera perdida en una jungla y pudieran atacarla en cualquier momento.

Un sollozo les hizo volver alarmados la cabeza. No encontraron a nadie llorando, Clara estaba en pleno ataque de risa, satisfecha de haber llamado su atención. A su espalda apareció una mujer casi tan alta como Joan Marc. Este las presentó antes de acompañar a Lena a la puerta. La psicóloga estrechó la mano fría de Ángela y pensó que pocas mujeres le habían causado una antipatía tan inmediata. Debió de ser mutuo porque la esposa de Joan Marc devolvió al instante su atención a la niña, sin pronunciar ni una palabra.

«A nadie le gusta que su pareja se dedique a recordar antiguos amores —piensa Lena ahora mientras toma las primeras curvas de la carretera que asciende hacia los Pirineos—. Pero tampoco hace falta que se note tanto».

Y, de repente, asoma una añoranza que va embargándola a medida que oscurece, a medida que se interna en el valle. A medida que piensa en David Jarque.

29

David también tiene a Lena en la cabeza. Todavía está en la comisaría y, excepcionalmente, piensa en ella más por su perfil profesional que por el privado. Le habría gustado contar con su inteligencia esa tarde mientras interrogaba a Thomas Bronte, y además está seguro de que a ella también le habría encantado asistir a la conversación.

Después de meses de búsqueda, Jarque había empezado a perder la esperanza de encontrar a Thomas. Su presencia no era imprescindible para instruir el caso contra Charles Bodman, pero averiguar su paradero e interrogarlo sí era de interés porque podía arrojar luz sobre el perfil del asesino. Las razones por las que Bodman usurpó la identidad de su vecino de la infancia podían aclarar los aspectos más oscuros del caso, los que fascinaban a las personas como Lena. Para él, se trataba de añadir una pieza que faltaba. Le importaba poco la niñez desgraciada de Charlie, en la que prefería no pensar. Simplemente, no le gustaban los huecos en los puzles; siempre le habían parecido inquietantes, una muestra de descuido o de vagancia. Existía además la posibilidad de que Thomas Bronte estuviera muerto o desaparecido, y eso era algo que no podía pasar por alto.

Lo habían buscado a través de la Interpol durante meses sin éxito. Motivo por el cual le había extrañado tanto que el individuo en cuestión se plantara en la comisaría, como si nada, justo esa misma tarde, cuando Lena había salido ya hacia esa casa de los Pirineos. Jarque está seguro de que ella lamentará mucho haberse perdido la oportunidad de verlo. Él también lo lamenta. Además se da cuenta de que ya ha empezado a añorarla.

La buena noticia era que Bronte no había muerto ni desaparecido, estaba sano y salvo. Al parecer había optado por alejarse del mundanal ruido durante el último año, en el que residió en lo que describía como una idílica isla australiana. A Jarque le irrita sin saber muy bien por qué. Quizá porque considera irresponsable largarse al culo del mundo. O quizá porque, después de ver fotos de Magnetic Island, ha comprendido que se trata de un lugar de ensueño que, con su sueldo, resulta tan inalcanzable como una excursión a Marte.

David Jarque no es un hombre envidioso y hasta hace poco estaba razonablemente satisfecho con sus hijos, su trabajo y su nueva pareja. La noticia del cáncer de Alicia lo ha cambiado todo. En primer lugar, su relación con ella. Nunca ha dejado de querer a la mujer con quien había vivido durante años, la madre de sus dos hijos, y su enfermedad le entristece profundamente. No quiere imaginarse un mundo sin Alicia y se rebela ante la injusticia de que alguien como ella, todavía joven y con un largo y brillante futuro por delante, se vea de repente inmersa en un proceso aterrador. Tampoco puede ignorar el efecto que la situación está teniendo en sus hijos y en su relación de pareja.

Por eso la idea de retirarse a un paraíso tropical, de tomarse un respiro de su propia vida, se le antoja a la vez irresponsable y seductora, un placer culpable que nunca podrá ser capaz de permitirse. A sus cincuenta y cuatro años, empieza a darse cuenta, con cierta rabia contenida, de que hay muchas cosas maravillosas que nunca llegará a hacer. De todas esas otras vidas para las que ya no habrá tiempo, ni dinero. «Sobre todo dinero», se dice antes de cerrar los ojos para concentrarse en la conversación que ha mantenido hace apenas una hora.

Si existía alguna duda de que Charles Bodman y Thomas Bronte poseían personalidades distintas, esta se había disipado a los pocos minutos de conversación. Thomas, Tommy, era un tipo abierto que cultivaba la empatía y sentía una curiosidad enorme por todos los detalles. Le había causado una profunda impresión que su amigo de la infancia, «más bien mi vecino», aclaró con la ayuda de la traductora, se hubiera convertido en un asesino en serie que, para más inri, había adoptado su nombre y su pasado. El brillo de sus ojos, de un color verde claro, destacaba en un rostro bronceado y de sonrisa fácil. A Jarque no le pasó desapercibido que la traductora, una chica bastante joven, estaba fascinada con él. El magnetismo de aquel individuo era obvio y resultaba casi molesto para un subinspector de mediana edad. Tommy Bronte, que aún no había cumplido los cuarenta, era alto e iba un poco despeinado. Con la camisa medio desabrochada sobresaliendo de unos vaqueros desteñidos, podría haber sido la imagen de uno de esos artículos de revistas masculinas que los hombres como Jarque no leen nunca y que llevan titulares como «Date un respiro», «Aprende a relajarte» o «No dejes que la vida decida por ti». Por lo que el subinspector fue averiguando de él, daba la impresión de que su aspecto y su vida encajaban a la perfección. Thomas había dado la vuelta al mundo, había residido en las urbes más vibrantes y había terminado tomándose un año sabático. «Liquidé todos mis negocios y me largué para empezar de cero», tradujo la chica, absolutamente rendida al protagonista de aquella peripecia vital.

No había vuelto a Hebden Bridge ni había tenido más noticias de Charlie Bodman, el hijo de sus antipáticos vecinos, desde que vendieron al mismo comprador sus propiedades. Y no tenía la menor idea de por qué Charlie había decidido usurpar su nombre y su historia ni tampoco sabía que se había instalado en Barcelona, donde había tenido una galería de arte antes de convertirse en el Verdugo.

«¿De verdad compró los cuadros de mi padre?», preguntó atónito. Casi se sonrojó al admitir que él había preferido dejar atrás su infancia, prescindir de los objetos que le recordaban un hogar cariñoso, sí, pero triste desde que su hermano Neil falleciera en un accidente. «Se cayó a un pozo, ¿saben? —explicó Tommy—. En el jardín de los Bodman precisamente».

David Jarque no quiso revelarle más detalles ni aventurar teorías. Solo le pidió que permaneciera unos días más en Barcelona para repetir su declaración ante la jueza de instrucción. Tommy accedió sin poner pegas. Se interesó por la psicóloga criminalista que había atrapado a Charlie y Jarque sonrió para sus adentros. En cuanto Lena Mayoral supiera que Thomas Bronte había aparecido, querría hablar con él, le aseguró. «No tardará en llamarlo», le advirtió a través de la traductora.

—Señor Bronte —le dijo cuando el interrogatorio llegaba a su fin—, aunque no tenemos ninguna duda de que Charles Bodman es el hombre que asesinó a seis personas entre 2020 y 2021, entre ellas a su propio hermano Derek, ejecutándolas con un garrote vil, quedan detalles por esclarecer. Si recordara algo, si de repente le viniera a la mente algún detalle de los años en que se trataron más…

—*Wait, did you just say that he killed Derek?*

Jarque asintió y Thomas Bronte dijo algo que el subinspector, con su inglés de academia, casi llegó a entender.

—«Eso no es algo que nadie pueda reprocharle» —dijo la traductora, antes de que Thomas Bronte añadiera, en tono muy serio:

—*Nobody's going to say a prayer for Derek.*

«Nadie rezará por Derek», repite Jarque solo en su despacho, a punto de irse a casa. De camino pasará por una iglesia que suele frecuentar, a pesar de que nadie lo entienda. Sentarse allí le proporciona la paz necesaria para enfrentarse al mundo. Otros lo logran en la montaña o en islas remotas. Él se conforma con la atmósfera silenciosa y vacía de esa parroquia. No le importan demasiado los mandamientos ni la fe; solo desea un rato de recogimiento para recuperar el ánimo. Y, tal vez, para llegar a entender por qué Charles Bodman parece despertar más piedad que algunas de sus víctimas.

—Yo no pienso rezar por ti, Charlie —sentencia en voz alta mientras se pone la chaqueta para salir.

Y en ese momento suena el teléfono. Jarque nunca ha sido capaz de dejar una llamada por contestar, aunque a veces desearía poder hacerlo. «Seguro que Thomas Bronte es capaz de controlar mejor estos impulsos», se dice mientras vuelve hacia la mesa.

La mujer pelirroja que se ha presentado en el despacho de David Jarque está nerviosa. Aunque intenta disimularlo, la voz le tiembla y se ha sentado muy erguida en la silla que él le ha ofrecido hace unos minutos. Desde entonces no ha parado de hablar y el subinspector tiene que hacer un esfuerzo para seguir el hilo de lo que le está contando Carla Correas.

—Ella, Lena me dijo que se llamaba, fue la que lo mencionó a usted… el otro día. Nos encontramos por casualidad, en la puerta de la casa de Hernán… Yo no quería denunciar nada. A lo mejor se ha ido por alguna razón. Pero es muy raro todo, en serio…

Y poco a poco Jarque va recomponiendo la historia.

Hernán Iglesias Ponce, cincuenta y cinco años, detective privado, desaparecido desde hace al menos tres semanas. Lo que ignora es qué tiene que ver Lena Mayoral en todo esto, aunque supone que debe de guardar relación con la historia que le contó antes de irse. Jarque no quiere pensar en eso ahora mismo y se concentra en el relato de la joven que ha ido a verlo.

—Tiene que cumplimentar una denuncia por desaparición —le dice cuando ella termina por fin de exponer todos los detalles de la ausencia del detective—. La acompañaré junto a uno de mis agentes y él la atenderá.

Carla Correas le sigue hasta la mesa adecuada y él la deja allí, no sin prometerle que seguirá personalmente su caso.

Cuando por fin sale a la calle, ya es tarde, así que decide pasear hasta su casa. Anochece en Barcelona y la perspectiva de llegar a un piso colonizado por dos chavales nerviosos le ralentiza el paso. Había apoyado a Lena en su proyecto; había comprendido que en las siguientes semanas, o incluso meses, él iba a tener que volcar toda su atención en sus hijos y en todo lo que tuviera que ver con la enfermedad de Alicia. Sin embargo, la noche se le vuelve fría sin Lena y, por primera vez en más de un año, mientras camina hacia casa se siente solo.

30

Ese es uno de los peores momentos del día en la cárcel. La cena se sirve a las siete y cuarto, absurdamente temprano, y luego los internos proceden a la limpieza del comedor y las zonas comunes. A las ocho y media se cierran las celdas, forzando a un montón de hombres adultos a seguir unos horarios desesperantemente infantiles. Al menos para Charlie, que no logra dormirse nunca antes de la medianoche. El encierro es un castigo asfixiante. Se conformaría con pasear por el patio o refugiarse en la biblioteca, cualquier cosa que le diera una mínima sensación de libre albedrío.

Para colmo, su compañero está nervioso. Las últimas semanas de condena se le están haciendo eternas y se remueve en la cama como si estuviera infestada de chinches. Charlie se esfuerza por no irritarse con tanta agitación. Intenta aislarse de esa tensión, que no encuentra una vía de escape en ese espacio cerrado, leyendo *Trilogía de Nueva York*, de Paul Auster, una novela que había disfrutado muchos años atrás. Pero, tras una decena de páginas, las líneas se le mezclan, las palabras se difuminan en su cerebro como si fueran garabatos sin sentido, y su mente abandona el Nueva York de Auster para trasladarse al locutorio, a su conversación con Thomas Bronte.

Oh, my God, what a moron! Bueno, no exactamente imbécil, solo ingenuo y bastante pagado de sí mismo. Al parecer, desde que sus finanzas fueron cuesta abajo, se había entregado a la vida fácil, como si tuviera diecisiete años en lugar de treinta y ocho. Aún conservaba la ropa cara y un reloj que debía de haberle costado un riñón, pero renegaba del ejecutivo que fue y, según le dijo, «buscaba algo a lo que mereciera la pena dedicar su vida, algo con sentido, que fuera más allá de ganar dinero». Debería haberlo pensado cuando era rico. Solo los que tienen pasta pueden entregarse al altruismo y, según le había dicho su abogado, Tommy Bronte, a pesar de su aspecto de portada de revista, estaba sin blanca.

Charlie puso toda la carne en el asador. Evocó la niñez de ambos, fabricando una relación de amistad que solo existía a través del filtro de la nostalgia. Él y Tommy nunca fueron realmente íntimos, entre otras cosas porque a Charlie no se le daba muy bien hacer amigos ni cumplir con los rituales sociales. El Charlie niño no estaba dispuesto a que nadie metiera las narices en su hogar. Sin embargo, Tommy tenía que saber lo que pasaba al otro lado de la tapia. Por eso, apelar a su comprensión no había sido muy difícil. Como todos los adultos que han vivido una infancia feliz, Thomas Bronte se mostraba especialmente sensible a los traumas infantiles ajenos, sobre todo ahora que venía de la isla imbuido de puestas de sol y *good vibrations*.

Apenas habían hablado de por qué Charlie se encontraba entre rejas. Ambos parecían más cómodos evocando el pasado y los cuarenta minutos pasaron rápido. Lo que sí había percibido él era la curiosidad de Tommy. «¿Por qué quisiste usar mi nombre y mi pasado?», se atrevió a preguntar casi al final, con genuina sorpresa. «*I always wanted to be you*», respondió Charlie sin faltar a la verdad, y añadió que «tal vez sonara tonto o difícil de entender, pero el hecho de teneros al lado me abrió los ojos cuando era niño. Comprendí que existían vidas distintas a la mía, vidas más sanas, más felices. Además, siempre quise tener un hermano como Neil». Y Tommy asintió, casi emocionado. «Tienes que ir a la policía —le dijo Charlie—. Pero no les digas que te he pagado el viaje, por favor. Lo he hecho porque necesitaba ver a una cara amiga, a alguien del pasado que no me vea como un monstruo. Porque no soy ningún monstruo, Tommy. Te lo juro. Te digan lo que te digan, sigo siendo el mismo Charlie... Solo te pido que te quedes por aquí un tiempo. Mi abogado te ayudará con los gastos y yo intentaré llamarte de vez en cuando». Thomas le facilitó su teléfono, pronunciando una serie de cifras que él memorizó y que anotó en cuanto llegó a la celda en el móvil que le había regalado el Gusano como prueba de agradecimiento.

«Espero que pases buena noche —le escribe ahora en inglés—. No sabes cuánto me consuela que estés aquí».

Y Charlie no miente. Al menos no en la segunda frase. Pero Tommy no le responde y eso le irrita.

Lena sabe que nunca olvidará su llegada al valle. No porque esta haya coincidido con un crepúsculo hermoso en las montañas ni con ningún otro evento destacable, sino porque, con el coche ya aparcado delante de aquella casa sombría, la ha invadido una tentación casi irrefrenable de dar marcha atrás. De escapar de ese lugar, de ese pueblo, de ese paisaje.

Para no ceder a ese impulso inesperado se decide a bajar del vehículo. Mira la fachada durante unos segundos y respira hondo. A su espalda, reluce la iglesia de Santa María de Boí e incluso ella, fervorosa atea, siente una especie de paz que emana del pequeño templo iluminado. Hace frío, así que se decide a entrar. Avanza unos pasos, mete la llave en la cerradura de la vieja casa y empuja la puerta. Busca enseguida el interruptor de la luz, y lo que ve la tranquiliza un poco.

No es un alojamiento lujoso. Sin embargo, es agradable, más acogedor de lo que preveía gracias a una manta de colores que han colocado para cubrir el sofá y al detalle de una cesta de fruta que distingue encima de la mesa de la cocina. No hay ni una mota de polvo y alguien ha prendido la calefacción, con lo que el ambiente cálido contrasta con el frío del exterior. Casi le da pereza salir a buscar la maleta y lo pospone mientras se dedica a explorar la casa.

Sube la escalera y visita las dos habitaciones. La grande, más o menos del mismo tamaño que la de su piso en Barcelona, y luego la otra. La habitación del niño. Un escalofrío la recorre en cuanto abre esa puerta, y la cierra enseguida, como si aquella camita vacía la inquietase.

Luego vuelve a bajar y se propone ir en busca del equipaje. Camina hacia el coche y se dispone a abrir el maletero cuando ve una figura que la observa desde la carretera. Una silueta oscura que se interpone entre ella y la iglesia. Lena saluda con un gesto, pensando que eso es lo que suele hacerse en los pueblos, pero la persona que tiene a unos veinte metros de distancia no se inmuta, como si estuviera tallada en piedra. Ella solo distingue que es un hombre, de complexión fuerte, con una poblada barba canosa.

Tiene la impresión de que la juzga, de que la condena... O tal vez de que la advierte.

«Déjate de pensamientos absurdos», se dice, casi en voz alta. Se concentra en el equipaje: saca la maleta, una bolsa con comida y el maletín con el ordenador, y cuando vuelve a levantar la vista, la carretera está vacía. El merodeador se ha ido. Lena se apresura a arrastrar la maleta hacia el interior con una mano mientras intenta llevar el resto de sus bártulos con la otra. Lo consigue y, ya en la puerta, tras dejarlo todo en el recibidor, se gira de nuevo.

Hay tardes en las que no se pone el sol. Las nubes llevaban rato ocultando el atardecer y la luna parece haber surgido de repente, tan misteriosa y elegante como una novia fantasma. Su luz encaja a la perfección con los contornos del valle. Lena contempla el paisaje e intenta contagiarse de la serenidad que emana de las montañas ahora plateadas y de la torre de la iglesia, pero no lo consigue del todo a pesar de la belleza del entorno.

Luego comprenderá por qué.

En el valle, incluso en las noches con luna, el auténtico rey es un silencio que resulta demasiado perturbador para los recién llegados.

El templo

31

Al mediodía, en una jornada luminosa y clara como la de ese día, el templo pierde parte de su aspecto imponente. Por eso las reuniones se celebran de noche, cuando el juego de luces y sombras permite crear la atmósfera adecuada para subyugar la atención de los asistentes. No es nada nuevo: en la tradición católica, las velas de las iglesias o los coloridos rosetones siempre han cumplido la función de transmitir un mensaje, ya sea de vibrante esperanza o de tenebrosa condena, a los fieles que se congregan en sus templos. La luz forma parte de la liturgia porque afecta directamente al espíritu: lo enaltece o lo abruma, lo confunde o le muestra el camino a seguir. Lo mismo sucede con las imágenes sacras, con esos cristos dolientes, llagados de pies y manos, la frente perlada de sangre y la cruel corona de espinas encajada en la cabeza: su visión está pensada para impresionar a los creyentes.

«La atmósfera lo es casi todo», piensa el Apóstol. Por eso ellos, desde los inicios, han apostado por interiores oscuros, por sombras huidizas proyectadas en las paredes. La intención no es tanto asustar como convertir a los fieles en seres vulnerables y, así, alcanzar sus almas.

Este año él se ha impuesto una tarea largo tiempo postergada: escribir la historia de su culto, desde sus inicios hasta la actualidad. No con el fin de que sea leído por ojos ajenos, sino más bien para ordenar lo que se sabe e indagar en las lagunas que, indefectiblemente, se encuentran de vez en cuando.

Es un trabajo laborioso, ya que los inicios se remontan a la Antigüedad, aunque no fue hasta finales del siglo XIX, con el auge del satanismo, cuando el grupo adoptó un nombre para diferenciarse tanto de los seguidores de Jesús como de los, por otra parte ridículos, adoradores de Satán.

Él puede afirmar con orgullo que su filosofía descartaba de manera tajante ambos extremos, que parecían expresamente diseñados para pueblos ignorantes que todavía vivían atrapados en esa dualidad histórica, en el épico combate entre el bien y el mal. La propuesta que ellos defendían dejaba de lado esa lucha pueril para centrarse en una figura mucho más compleja y más humana. No les hacían falta querubines sonrosados y asexuales flotando en un cielo vaporoso, ni calderas humeantes en un infierno de fuego eterno. Bastaba con adorar y temer al hombre, en toda su extensión, porque en su naturaleza estaban tanto el pecado absoluto como la redención más loable.

Bastaba con adorar y temer a Judas Iscariote.

Porque todos somos como él, leales y traicioneros, idealistas y codiciosos, espirituales y humanos. Todos hemos adorado y vendido a alguien, ya sea por amor, pasión o dinero, porque este mundo es demasiado complejo para lograr mantener la pureza.

Todos somos Judas.

El Apóstol quiere relatar la historia, trasladar al papel las ideas que tan bien conoce y con las que comulga a ciegas. Sin embargo, hoy no consigue concentrarse en su labor, y eso que las mañanas suelen ser su momento predilecto para la escritura. Piensa que cuando el presente nos altera, el pasado se torna superfluo, prescindible. Completamente irrelevante. Volver la vista atrás para concentrarse en los periodos de esplendor o de pesar supone una pérdida de tiempo y eso es algo que él no puede soportar.

No obstante, ha hecho el intento de sentarse a escribir, porque, como los antiguos monjes de los monasterios, también cree en la disciplina y el hábito. No en la pobreza ni en la castidad ni en otros muchos valores ridículos de los que, por suerte, los suyos han ido despojándose. Por ejemplo, la Iglesia católica ha acumulado riqueza y poder, en una flagrante contradicción con sus principios, pero ellos, los Hijos de Judas, se enorgullecen de los logros materiales y los aceptan sin reparo alguno. No hay contradicción. Es más, el suyo no es un culto para pobres, al menos desde mediados del siglo XX, cuando las guerras mundiales azotaron el planeta. El dinero había sido importante en el mito de Judas y ellos lo asumieron sin el menor recelo. El dinero como fuente de poder, el poder como origen del cambio. Esos eran sus lemas y también sus desafíos.

Retos reales que se oponen a otros, de índole más simbólica, como el que lo desasosiega estos días. Toda religión consta de rituales y de sacrificios, de instantes trascendentes en las vidas de sus adeptos. Él había defendido con ardor la recuperación de todo ese corpus. De lo contrario corrían el riesgo de que su fe quedara reducida al mero materialismo, cuando en realidad se trataba de un culto mucho más elevado y menos hipócrita que los preceptos que conformaban muchas otras religiones.

Por eso los ritos eran importantes, incluso en el siglo XXI, y después de una pandemia que había asolado al mundo entero. Ahora más que nunca necesitaban cohesión interna, simbolismos adaptados a los tiempos que no perdieran de vista la tradición que los había unido.

Por eso Daniel Folguera debería estar muerto.

Una de sus mayores contradicciones, en la que él prefería no pensar a menudo, era que, a pesar de su adoración por el Judas traidor, llevaban muy mal que alguien los traicionase a ellos. Era un pecado letal, porque al no tener los privilegios de las religiones establecidas, era primordial conservar la unión de sus miembros para sobrevivir, y eso solo se lograba con leyes férreas y castigos ejemplares.

El hombre suspira y se levanta de la mesa. El sol del exterior le baña la cara cuando se acerca al ventanal, señal de que son ya las doce pasadas. Su visita se está retrasando, algo comprensible dados su cargo y responsabilidad. No le molesta esperar, tiene toda la mañana para ello; sin embargo, ansía saber, y la demora le perturba.

Cuando ve aparecer el coche respira hondo para disimular su impaciencia. No es bueno mostrarse inquieto ni vulnerable. La persona que viene a verlo es consciente de la importancia de su papel, no es necesario que sus nervios le otorguen más poder. Él sonríe al pensar en ella. Hay un dicho que afirma que se deben tener amigos hasta en el infierno, y aunque ellos abominan de la cultura popular, él debe admitir que a veces acierta.

El infierno en este caso es el cuerpo de los Mossos d'Esquadra, y el amigo, o mejor dicho amiga, es la subinspectora Aitana López Serret.

TERCERA PARTE

Tarde

El valle y la ciudad

32

Algunos lugares parecen acogernos, nos acomodamos en ellos como quien se pone una chaqueta cálida que había quedado relegada al fondo del armario. Lena lleva tres días en el valle y siente que el lugar le está sirviendo para hacer una cura de sueño. La primera noche el cansancio acumulado se alió con el silencio sepulcral y durmió más que en sus mejores épocas. Ni un leve ruido perturbó su descanso: la casa respetó su fatiga y estuvo en la cama hasta bien entrada la mañana, cuando se despertó sobresaltada al notar la luz del sol que se colaba a través de una cortina de lana tosca, de cuadros rojos y verdes, que por un momento le hizo pensar en la casa de su abuela.

Las dos noches siguientes se repitió el sortilegio y hoy incluso se ha echado una siesta breve después de comer. Es evidente que el cuerpo le pedía reposo y que ha logrado que su mente le diera una tregua. Ahora, a las cuatro y media de la tarde, Lena decide darse una ducha rápida y salir a tomar un café al bar del pueblo, el único que está abierto a diario. En los dos días anteriores ha visitado alguna iglesia románica, ha dado un par de paseos largos para ir familiarizándose con el valle y se ha dedicado a releer el informe que entregó Hernán Iglesias. El detective habló con la gente del hotel de Taüll donde trabajaba Marta Folguera y con la mujer que encontró el cadáver, una amiga de la víctima llamada Inma Pujol, así como con un hombre con quien Marta había mantenido una relación: Eric Tarrés. Volver a contactar a esas personas le resultará un poco incómodo, pero es ineludible. Si tiene que escribir algo coherente sobre los últimos años de Marta y de su hijo, por fuerza deberá recurrir a quienes más la trataron, por muy hartos que estén de que aparezcan desconocidos preguntándoles por ella.

Se esfuerza por sacudirse la laxitud que se ha apoderado de su cuerpo y que la retiene dentro de la casa, y sale sobre las cinco, poco antes de que suban los niños del colegio. Le hizo mucha gracia comprobar que algunos llegaban compartiendo taxi, como adultos en miniatura, y luego caminaban cargados con sus mochilas hasta la plaza de Boí donde los esperaban sus padres. El centro escolar estaba a pocos kilómetros, en Barruera, y sobre las seis de la tarde, el parque se poblaba de una veintena de niños que aprovechaban que el fresco de octubre aún no era plenamente invernal.

Lena se figura que hace casi siete años Daniel, el hijo de Marta, se subía en esos mismos columpios, y le asaltan las preguntas a las que nadie ha dado respuesta. ¿Qué fue de él? ¿Acabó secuestrado por la misma persona que mató a su madre? ¿Por qué razón se lo llevaría? Pudo tratarse de su padre. Alguien de quien Marta había decidido separarlo... Pero Iglesias no había llegado a descubrir la identidad del padre biológico. A todos los efectos, Daniel era únicamente hijo de ella.

Entra en el bar, medio vacío antes de que lleguen las madres con sus retoños para la merienda. Hoy prefiere pasar un rato a solas con el dueño del establecimiento, que como sabe por el informe de Iglesias lleva abierto más de quince años. Parece simpático y a ella no le cabe duda de que estar detrás de la barra lo tiene al corriente del presente y del pasado de los vecinos del valle.

—*Bona tarda* —la saluda él sin sonreír—. ¿Qué le sirvo?

—Un té, por favor —dice ella temiendo que la cafeína y el montón de horas dormidas conspiren para condenarla de nuevo al insomnio.

—Usted es la que ha alquilado la casa de la cuesta, ¿verdad? —se interesa él mientras calienta el agua.

—Es más bien un préstamo, pero sí.

El hombre menea la cabeza sin llegar a ocultar su extrañeza.

—No sé si es muy buen sitio para pasar una temporada... —dice crípticamente.

—¿Lo dice por el crimen que tuvo lugar allí? —pregunta Lena mientras se acomoda en un taburete de la barra. Es una pregunta retórica, porque está segura de que el comentario va por esos derroteros.

—Bueno... a mí no me gustaría vivir ahí —responde él haciendo una mueca—. Claro que ahora tenemos otro crimen del que preocuparnos —añade en tono más sombrío—. Ese chico iba a clase con mi Roger. ¡Hace ya casi tres semanas y nadie nos cuenta nada!

En los cuatro días que lleva en el valle, Lena se ha enterado de la identidad de la víctima de la iglesia, Oriol Martínez, el hijo de los dueños de una charcutería de Barruera a la que entró a comprar sin saber nada. A pesar de que no era la única clienta, el silencio en el local y la expresión ausente del charcutero la incomodaron, y a la salida oyó a dos señoras que cuchicheaban sobre la desgracia de esa familia.

—Seguro que los mossos están haciendo su trabajo —afirma ella, más por lealtad que por otra cosa.

—Sí, sí, seguro… —dice él en tono irónico—. Incordiar a los chavales, ¡eso es lo que hacen! A mi Roger y a sus amigos les han hecho un montón de preguntas, y todo porque tuvieron la puñetera mala suerte de cruzarse con ese pobre chico horas antes de que lo mataran. Vaya, aquí viene Inma. Seguro que a tu Quim también le han estado dando la lata —comenta dirigiéndose a ella.

Lena se vuelve y ve a una mujer rubia, más o menos de su edad. Se pregunta si será la misma Inma que fue amiga de Marta. La aludida entra con paso rápido y pide un cortado «que no queme, los mellizos están a punto de llegar del cole, pero si no me espabilo no llego a la noche».

—Pues sí, los mossos no paran de rondar por el instituto. ¡Cualquiera diría que sospechan de los críos! Ya podrían buscar en otro lado… —admite apesadumbrada, acodada en la barra, sin sentarse.

—Lo que le decía —asevera el del bar—. Me tiene mosqueado, la verdad. Pasa un loco y se carga a un crío, y a la policía lo único que se le ocurre es tocar las narices a sus compañeros de clase.

—Perdone —dice Lena a la mujer que acaba de llegar—, ¿es usted por casualidad Inma Pujol?

—Sí —responde la mujer rubia en tono dulce, pero sorprendido—. ¿Nos conocemos?

—No, no se preocupe. Me llamo Lena Mayoral. Soy psicóloga criminalista…

Sus dos interlocutores la contemplan con visible desconcierto. Si Lena creía que su nombre les diría algo, se equivocaba, lo cual le supone un baño de humildad. «Obviamente mi fama no ha escalado montañas», piensa con ironía.

—Bueno, supongo que no tiene sentido mantener el secreto. Además de mi trabajo como psicóloga criminalista también he publicado varios libros sobre crímenes reales —explica Lena—. Los padres de Marta Folguera me han prestado la casa para que escriba sobre el caso de su hija.

Su confesión genera reacciones distintas: el hombre del bar parece francamente interesado, y a Inma, en cambio, se le borra la sonrisa amable de la cara y se toma el cortado casi de un trago

—Creo que usted y ella fueron amigas —continúa Lena.

Inma asiente con la cabeza. Es un gesto seco que Lena entiende a la primera.

—Sí, lo fuimos. Pero ya le conté al detective que estuvo por aquí en verano que no sé nada que pueda ayudar a esclarecer su muerte.

—Sí, me consta. Aunque yo no he venido a escribir sobre eso. Me gustaría averiguar detalles de ella: cómo era, con quién se relacionaba... Esa clase de cosas.

Inma se encoge de hombros.

—No hay mucho que contar. Ahora mismo tengo prisa, la verdad. Ya hablaremos en otro momento, ¿vale? ¡Luego te pago esto! —dice en voz alta mientras avanza hacia la puerta.

—¡Tranquila! —Y cuando Inma ya se ha ido, añade—: Sí que eran amigas. Bueno, al menos sus hijos lo eran. Quim, el mayor de los Janer, y el niño de Marta.

—Daniel.

—Daniel —repite el hombre—. Fueron Inma y su hijo quienes la encontraron. Supongo que por eso no le gusta hablar de ello.

—Usted también la conoció, ¿verdad?

—Bueno, aquí nos conocemos todos. Pero no era una clienta habitual. Por lo que yo sé, iba de casa al trabajo y poco más. No se relacionaba mucho... ¡Y debía tomarse el café en su casa, porque aquí dentro apenas recuerdo haberla visto! También me consta que tuvo algún tipo de relación con Maite Padilla, una de las guías de las iglesias, pero poco más.

Lena asiente. Todo el mundo ratifica que Marta Folguera llevaba una vida reservada, así que no por primera vez se pregunta si podrá averiguar algo que dé sentido al encargo. «Si no encuentro nada, no pienso cobrar», se dice. Es algo que decidió antes de aceptar, aunque no se lo ha dicho a nadie, ni a los Folguera ni tampoco a David. Tiene ganas de oír la voz de Jarque, así que se termina el té, lo paga y sale a la calle.

Tiene el teléfono en la mano para llamarlo cuando le llega un mensaje en inglés y su añoranza se desvanece al instante y la sustituye por una repentina excitación. La misma noche en que se instaló en la casa, habló con Jarque antes de acostarse y este le contó que Tommy Bronte había aparecido. «Lo buscaba la Interpol y el tío ha viajado desde Australia hasta aquí sin que se entere nadie —le dijo contrariado—. Me ha dicho que está dispuesto a charlar contigo y estoy seguro de que a ti también te apetece, ¿me equivoco?».

No, no se equivocaba. Lena lleva esperando que el exvecino de Charlie Bodman, el hermano de Neil, se pusiera en contacto con ella desde entonces. También le da mucha rabia que ese hombre por el que siente tanta curiosidad haya aparecido justo cuando ella está a más de tres horas de Barcelona. Piensa proponerle quedar en la ciudad para verse en persona, y así pasa un rato con David. Thomas accede, aunque, por alguna razón, no termina de concretar una fecha, como si no quisiera comprometerse. Le dice que no hay prisa, que tiene la intención de pasar unas semanas en Barcelona, que ya la llamará otra vez dentro de unos días. Lena le contesta, sigue escribiendo mientras cruza la carretera, sin prestar mucha atención al tráfico casi inexistente, y se para en seco sobresaltada cuando oye el agudo sonido de un claxon.

Va a pedir disculpas cuando se da cuenta de que el hombre que ha tenido que frenar la furgoneta es un individuo de rasgos marcados y una densa barba. Parece extranjero y la contempla con la cara muy seria. Ella hace un gesto de disculpa antes de darse cuenta de que es el mismo tipo que merodeaba cerca de la casa la noche de su llegada. Ahora sigue mirándola como si no tuviera claro si había hecho bien deteniéndose o habría preferido arrollarla.

Lena acelera el paso y toma la cuesta para volver a ese hogar prestado. Es extraño pero la siente así. Ella tiene la impresión de que aquella casa vieja y abandonada parece echarla de menos, como un perro que ha sido traicionado otras veces y que ya no se fía de que su amo vuelva. Entre sus paredes se siente protegida y tranquila, a salvo de algo que no termina de identificar... Se pregunta si esta noche volverá a disfrutar de ese sueño reparador que la había abandonado hace meses sin saber que no será así, aunque no por culpa de sus temores ni por las pesadillas.

La noche del jueves 6 de octubre serán pocos los que puedan dormir en el valle.

33

Arlet está en su habitación tumbada en la cama dibujando con los cascos puestos. Le gusta sentir que la música es para ella sola. Su condición de hija única de una madre soltera la ha habituado a la soledad y, de hecho, la disfruta. Sobre todo en esos momentos en que su atención se divide entre lo que oye y lo que va plasmando el lápiz en el papel. Trabaja en un esbozo del bosque de Carlac. Le gustaron esos árboles tristes, de tronco sólido, firmemente enraizados en la pendiente, con sus ramas desnudas que gritaban hacia el cielo pidiendo luz.

Estela entra en el cuarto para despedirse. Los jueves de fuera de temporada no suele abrir la crepería, pero esta noche tiene una celebración para un cumpleaños de una familia del valle. Arlet le dice adiós con un gesto y su madre se marcha sin molestarla. En eso se entienden muy bien: ambas respetan los silencios. No sucede lo mismo con la privacidad. Estela aprovecha los ratos que su hija está en el instituto para echar un vistazo a sus dibujos o revisar su habitación: si alguien le preguntara, diría que es su obligación materna, y más ahora que hay un chico a la vista. A Estela no le preocupa en absoluto que su hija mantenga relaciones sexuales; es más, está convencida de que ya es hora de que lo haga. Lo único que desea es que no se deje llevar por las fantasías estúpidas de las adolescentes enamoradas. Y para eso está ella, para devolverle los pies al duro suelo.

Arlet sigue enfrascada en su dibujo hasta que la concentración empieza a fallarle y su atención se dispersa hacia el móvil, que lleva más de una hora en silencio. Eso sería raro cualquier otro día, puesto que Quim es un adicto a los mensajes y no para de enviarle cosas, pero hoy tiene entreno de fútbol.

Se levanta de la cama, se estira como un gato y luego va hacia la cocina a ver si su madre le ha dejado algo listo para cenar. Aunque aún no son las nueve, nota el estómago vacío porque a mediodía apenas ha comido nada. Quim y ella habían estado juntos después de clase y se les pasó la hora de comer. Está claro que, en contra de lo que dicen las novelas románticas, los besos no alimentan, porque en este momento atracaría la nevera como si hubiera estado días en ayunas.

Por suerte, Estela le ha dejado una lasaña y la está poniendo a calentar en el horno cuando le llega un whatsapp. No es Quim, que sigue en fútbol, sino Adrià.

Puedo ir a tu casa?

Claro. Pasa algo?

No. No sé... Tengo que hablar contigo

Ven. Mi madre no está

Ya. He visto la crepería abierta

No estás en casa haciendo deberes? ;-)

No. Tenía que irme. No paro de oír... no sé.
No son voces.
Es como si lo supiera...

Saber qué?

Que esta noche volverán los lobos

Lázaro también debería haber ido al entreno de fútbol, pero tuvo que saltárselo porque tenía que cuidar a su hermana pequeña. La ha llevado al parque, la ha consolado cuando se ha caído y han vuelto a casa hace un rato, cuando empezaba a anochecer. Su madre no tardará y él podrá liberarse de la cháchara incesante de la niña, que parece tener una batería de preguntas interminable acerca de todas las cosas. Le duele la cabeza, literalmente, después de casi tres horas oyendo su vocecita y dando explicaciones improvisadas para satisfacer su abrumadora curiosidad. «¿Por qué no te callas un ratito?», piensa sin dejar de sonreírle mientras intenta que se distraiga con vídeos de YouTube.

Además, hoy está inquieto. El sargento Crespo se ha presentado en el instituto por tercera vez, y él y los otros han tenido que salir de clase para repetir por separado lo que ya habían declarado juntos. Es decir, que vieron a Oriol corriendo, que luego le perdieron la pista y que no saben nada más. Lázaro presiente que al sargento no acaba de cuadrarle algo en esa historia. Por unanimidad, habían decidido omitir que Adrià se había perdido un rato y, cuando el relato llegaba a ese punto, las versiones se embrollaban un poco. Contarlo tenía el riesgo de que terminara saliendo a la luz su irrupción en la casa, algo que, como el propio Adri había advertido en su día, era una actividad ilegal, así que se han aferrado a ese pacto, aunque él no está seguro de que todos hayan dicho exactamente lo mismo.

Su madre llega un poco antes de lo esperado y Lázaro no puede ocultar un suspiro de alivio. Sobre las ocho y media, ansioso por tener un rato a solas para pensar, sale con la excusa de pasear al perro, que es ya tan anciano que vive las salidas como una tortura. Lázaro casi no recuerda su hogar sin ese animal, lleva toda su vida con ellos, y se va preparando para decirle adiós. Mientras espera el temido momento, lo saca una vez al día, casi a rastras, para que haga un poco de ejercicio.

Anda sin rumbo, porque el animal detesta alejarse mucho del punto de partida, y en su camino pasa por delante del taller de Rafael Vilas, el padre de Adri. Deben de tener poco trabajo porque el señor está solo, fumando en la puerta. La primera intención de Lázaro es saludarlo de lejos, más por educación que porque tenga ganas de hacerlo, pero el tipo le llama con un gesto y un «¡Eh, tú!» que tiene poco de amistoso.

—¿Se puede saber en qué andáis metidos? —le suelta el hombre sin molestarse en saludar.

El chico no sabe muy bien qué contestar.

—Te pregunto por los líos que os traéis, tú y los otros, con mi Adrià —insiste al no obtener respuesta a la primera.

—No estamos metidos en ningún lío, que yo sepa —dice Lázaro, y su perro, aunque mayor, subraya su frase con un gruñido.

—Mira, a mí no intentes tomarme el pelo, chaval, que hace mucho que tengo canas en los huevos. Adrià está más raro de lo normal. Hasta me han llamado del instituto. ¿Por qué coño no fue a la excursión? A mí me dijo que había ido... Que por eso llegaba más tarde, porque el autocar se había retrasado, y luego me entero de que se pasó el día en clase. Supongo que después estuvo varias horas dando tumbos por ahí, porque no ha habido forma de que me dijera qué había hecho.

La sorpresa de Lázaro es genuina.

—No tengo la menor idea. Yo sí que fui al bosque de Carlac. ¡Todos los demás estuvimos allí!

—Pues él no. ¡Y os sigue a todas partes como un perro faldero! —El hombre da una patada al suelo y los gruñidos del perro se vuelven más intensos.

—¿Y si se lo pregunta a su hijo? —replica Lázaro, y retrocede cuando su interlocutor avanza un paso hacia él.

—A mí no me digas lo que tengo que hacer, ¿está claro? Si te lo pregunto a ti es porque quiero que me contestes tú. De momento estoy preguntándoos por las buenas... —Hace una pausa y lo mira con una mueca desdeñosa—. ¿Tú no eres su amigo? Pues o me lo explicas tú o le aconsejas a mi hijo que me cuente lo que pasa antes de que se me revienten los cojones. Dile que se me está acabando la paciencia y que no estoy para aguantar gilipolleces. ¿Lo pillas?

En cuanto el hombre alza la voz, el viejo animal empieza a ladrar, con un vigor inesperado. Lázaro intenta calmarlo, y aunque siente la tentación de decirle cuatro cosas a ese individuo, la prudencia le lleva a evitar la discusión.

—Se lo diré —afirma al tiempo que retrocede un poco más, tirando del perro—. ¿Está en casa ahora?

—Pues no. He subido un momento y se había largado. Pensé que andaría contigo hasta que te he visto.

Por primera vez en toda la charla, Lázaro nota algo paternal en el hombre que tiene delante. Pese a su tono y sus formas, la manera en que ha dicho la última frase denota algo que no es del todo enfado, sino preocupación.

—No lo he visto desde que llegamos del instituto —le asegura, y comprende que el mecánico le cree—. Le mandaré un mensaje a ver por dónde anda...

—Dile que tire pitando para casa, ¿está claro? —Es una orden, pero también un ruego. Hay algo patético en aquel hombre, que parece incapaz de mostrar su temor abiertamente y que ahora enciende otro cigarrillo con los dedos manchados de grasa de motor.

Lázaro asiente. De golpe, él también está preocupado. Se aleja a un paso demasiado rápido para el perro, que trota despacio aunque con dignidad, orgulloso de haber cumplido la función de apoyar a su amo, y saca el móvil cuando está a una relativa distancia del taller mecánico. Justo en ese momento recibe un whatsapp de Arlet.

Puedes venir a casa? Adri está fatal

No sabe muy bien qué es lo que va a encontrarse en casa de Arlet, así que finge no oír las protestas de su madre cuando pasa a dejar al perro y vuelve a salir corriendo. Arlet no suele alarmarse, o al menos no recurre a él cuando le pasa, así que Lázaro deduce que la cosa debe ser grave.

Su amiga le abre la puerta. Es la primera vez que Lázaro pisa esa casa y ella lo guía hasta el comedor. Sentado en el sofá, con la mirada perdida y visiblemente nervioso, está Adrià.

Lázaro se arrodilla en la alfombra, frente a él.

—Ha llegado hace un rato. —El tono de Arlet delata que está superada por la situación, algo que no es habitual en ella, siempre tan segura y autosuficiente—. No para de decir cosas raras.

—¡Adri! ¿Qué te pasa? —pregunta Lázaro mientras le da golpecitos suaves en el muslo—. Eh, tío… Oye, acabo de cruzarme con tu padre y está un pelín mosqueado, ¿sabes? Va, bro, dime algo…

La cara de Adrià ha adoptado la palidez del mármol y sus manos parecen tener la misma temperatura. La voz de su amigo le hace reaccionar y exhala un gemido, al que acompaña un estremecimiento, como si se hubiera abierto una ventana y una corriente helada le recorriera la espalda.

—Lleva un rato repitiendo lo mismo —explica Arlet en voz baja—. Al principio sonaba más normal. Me ha dicho que tenía miedo, aunque no sabía muy bien de qué. Y después me ha dicho que estaba seguro de que iba a pasar algo malo, que siente como si una voz se lo dijera al oído, o como si ya hubiera sucedido y solo él lo supiera. Luego ha empezado a soltar un rollo sobre los lobos…

—Es que van a volver esta noche —la interrumpe Adrià, y no hay el menor rastro de duda en su voz—. Igual que cuando mataron a Oriol.

—¡No fueron los lobos, Adri! —exclama Lázaro.

—¿Y tú cómo lo sabes? —le responde y luego susurra—: Están al acecho, vigilándonos a todos, hasta que uno de nosotros se quede solo. Y entonces le atacarán.

Lo afirma con rotundidad y después cierra los ojos. Su cuerpo, aunque sigue sentado, se tambalea un poco.

—Tenemos que llamar a su padre —sugiere Arlet.

—No creo que sea lo mejor —dice Lázaro y unos segundos después se levanta del sofá y se sienta al lado de su amigo, que sigue meciéndose; y, al tocarlo, siente un frío extraño. La piel de Adrià está helada como la pared de piedra de una iglesia—. ¿Puedo coger la manta del sofá?

Lo hace antes de que la chica conteste. Se la echa por los hombros y le frota los brazos para que entre en calor.

Permanecen un rato así y, poco a poco, el color vuelve a las mejillas de Adrià. Lázaro y Arlet cuchichean, ella le ofrece algo de beber y él le cuenta la conversación que ha mantenido en la puerta del taller mecánico. De vez en cuando llegan whatsapps de Quim, preguntando cómo va el tema de Adri, y alguna broma de Roger, que para no variar se lo está tomando a cachondeo. Lázaro va mirando el reloj: no puede retrasarse mucho más o también él se meterá en un lío en casa. Sin embargo, no puede dejar así a su amigo ni llevarlo junto a un padre que da tan mal rollo. Llama a los suyos para pedir permiso para llegar más tarde, pero estos no ceden: lo quieren de vuelta ya. Los adultos no soportan la idea de que los chicos anden por la calle estos días cuando ya es de noche.

—¿Y si hablas con el padre de Adri y le dices que dormirá en tu casa? —sugiere Arlet—. No le extrañará tanto... Puede quedarse aquí, tenemos una habitación libre. Lo acostamos y así puedes marcharte a cenar.

Lázaro niega con la cabeza. Adrià es asunto suyo y no quiere delegar esa responsabilidad en ella. Pero tampoco encuentra una solución mejor, aparte de confiar en su familia y contarles lo que está pasando. Está a punto de llamar de nuevo cuando Adrià susurra, aún envuelto en la manta.

—Vámonos...

—¿Adónde? ¿A casa?

El chico niega con la cabeza. En sus ojos se percibe una determinación parecida a la de aquella tarde a la orilla del río. Se despoja de la manta y se pone de pie. Luego coge el anorak y se dirige hacia la puerta.

—Espera, te acompaño —dice Lázaro.

—Como quieras —susurra Adrià antes de abrir la puerta—. Ya es tarde.

Arlet y Lázaro lo siguen a la calle ateridos por el contraste de temperatura con el interior. Adrià toma el camino hacia la iglesia y avanza sin vacilar, como si supiera perfectamente dónde va y por qué se dirige allí. Los otros van detrás. No hay nadie en la calle a esas horas y sus pasos resuenan sobre la acera. El eco de sus pisadas parece retumbar en todo el valle. Tampoco hay luna esa noche, solo nubes y una de esas nieblas que ocultan las montañas.

Cuando llegan a la puerta de la iglesia, Adrià la empuja con decisión. Lázaro querría impedir que Arlet entrara, pero no se atreve a decírselo; ella no tiene la menor intención de quedarse atrás.

Luego le pesará, deseará no haber dado ese último paso y no podrá evitar soltar un grito de angustia cuando Adrià, sin decir una palabra, avance hacia el altar y se vuelva a mirarlos desde allí, con expresión consternada.

—Os lo dije —murmura—. Sabía que esta sería otra noche de lobos.

Aunque está tan oscuro que apenas se distingue nada, tanto Lázaro como ella intuyen lo que les oculta el cuerpo de su amigo. Y por un instante rezan para que nadie encienda las luces, para que lo que yace sobre el altar siga permaneciendo en la sombra, exactamente igual que el Pantocrátor que decora la pared del ábside del templo. Para que en sus mentes no se aloje la imagen de un chico muerto.

34

Esta vez los detalles más macabros del crimen no han podido quedar ocultos, por mucho que los mossos lo intentaran. La noche del hallazgo, el padre de Lázaro acudió a la llamada de su hijo y tuvo que disimular el horror para reconfortarlo. Fue él quien avisó a la policía, aunque antes de que llegara, ya se habían congregado a las puertas de la iglesia algunos vecinos. Todos vieron el cadáver, la cuerda en torno a su cuello y las cruces grabadas en la frente. El padre de Adrià también se presentó, bastante más tarde, y aunque era bastante obvio que había bebido, nadie hizo comentario alguno. Al menos entonces.

La atención general estaba volcada en los chicos: en los vivos que habían encontrado el cuerpo y en el muerto. Fue Adrià el primero en identificarlo como Fredy Batlló cuando todavía estaban los tres solos, y Arlet recordó al instante que la reserva especial en la crepería de su madre era a ese nombre. Más tarde se supo que Fredy Batlló, el hijo mediano de la familia, tenía que asistir a la cena de cumpleaños de su tío. No era un chico muy sociable y los eventos familiares lo aburrían mortalmente, así que, justo cuando su familia iba a salir, les dijo que no le apetecía, que tenía el estómago revuelto y que prefería cenar en casa. A eso le siguió una discusión breve, que se saldó con el acuerdo de que al menos se acercara a la crepería a saludar y que luego se volviera a su casa, que estaba muy cerca. Y eso hizo: fue con ellos, felicitó al homenajeado y poco más tarde se marchó, sobre las ocho y media. Nunca llegó a su destino, y lo más terrible, lo que sus parientes tardarían mucho en asumir, fue que ellos aún brindaban con cava cuando su hijo ya yacía en el interior de la iglesia.

Fue el inicio de una noche que tenía visos de no acabarse nunca, en especial para los chicos. Por mucho que insistieron los adultos, el sargento Crespo y la subinspectora López Serret los retuvieron allí para tomarles declaración mientras un grupo de agentes acordonaba la iglesia y alejaba a los curiosos. A unos pasos de distancia, presenciaron la llegada del forense y de la jueza de instrucción, asistieron consternados al momento en que apareció el matrimonio Batlló, con parte de su familia, y fueron sintiendo cómo el frío nocturno les penetraba en los huesos al mismo tiempo que las preguntas de los agentes les laceraban los oídos.

«¿Qué hacíais en la iglesia?». «¿Cómo se os ocurrió entrar?». «¿Dónde estuvisteis antes?». «¿De dónde veníais?». «¿Por qué bajasteis hasta aquí?».

Tuvo que aparecer Estela Segarra, la madre de Arlet, para que el interrogatorio terminara en seco. Se encaró con el sargento, afirmó que su hija y los demás estaban agotados, que ni siquiera habían cenado y que eran menores, además de meros testigos cuyo testimonio sería igualmente válido al día siguiente. Hasta entonces, Arlet se había mantenido pegada a Lázaro, cogida de su mano porque necesitaba notar el contacto de otra persona. Adrià, en cambio, se mostraba extraordinariamente sereno. Su declaración fue la más coherente de las tres. Según él, como sabía que le esperaba bronca en su casa (frase que acompañó con una mirada de soslayo a su padre), había demorado su regreso tanto como le había sido posible y, cuando Lázaro había dicho que él se iba porque le esperaban para cenar, había querido prolongar más el tiempo obligándolos a dar un rodeo pasando por la iglesia. La pregunta obvia, para la que nadie tuvo una respuesta rápida, fue por qué los acompañaba Arlet, que estaba en su casa. Tenía poco sentido que lo hiciera para luego verse obligada a volver sola. La chica zanjó el tema con lo primero que se le ocurrió: se apoyó más en Lázaro, apretó con fuerza su mano y dijo que los había acompañado porque pensaba pasarse por la crepería para ayudar a su madre. Sonó a excusa, por supuesto, pero la mentira, acompañada de una mirada de enamoramiento al chico que tenía al lado, alcanzó el rango de lo plausible. Y, más o menos cuando repetían por tercera vez las mismas respuestas, más fatigados y a la vez más seguros de una versión que interiorizaban cada vez mejor, apareció Estela Segarra y puso fin al interrogatorio.

—Le he dicho que mañana, sargento —repitió con una

contundencia a prueba de cualquier tipo de autoridad—. Mi hija se viene conmigo y los otros chicos también se van. Los llevaremos a comisaría a primera hora si hace falta, no se preocupe. Ahora ya está bien. Son unos críos, han pasado por un momento horrible y necesitan estar con sus familias, comer algo y dormir.

Arlet miró orgullosa a su madre. Iba a acercarse a abrazarla cuando notó que la mano de Lázaro la retenía un poco más de lo necesario. Se volvió a mirarlo y percibió una corriente de complicidad en sus ojos negros. Sin pensarlo, le dio un beso en la mejilla, que rascaba más que la de Quim, y el cosquilleo de esa barba incipiente no le desagradó.

Lena ha visto pasar los coches de policía por la carretera, en dirección a Taüll. El reflejo de sus luces azuladas se había colado en el comedor, dejando un rastro de inquietud pegado a las paredes. Se pregunta qué habrá pasado: no tiene a quién recurrir en busca de respuestas. Permanece un rato más despierta, invadida por la vaga sensación de que ha sucedido algo grave. Por primera vez desde su llegada se nota alerta y decide husmear en las redes para ver si encuentra alguna información. Termina volviendo a leer las noticias del crimen del valle, pero se detiene un poco más. Piensa en lo extraño que resulta que el cadáver de Oriol Martínez apareciera en una iglesia y se desespera por la falta de datos de los brevísimos reportajes. ¿Qué había dicho el del bar? «Pasa un loco y se carga a un chico y la policía se dedica a molestar a nuestros hijos», o algo parecido. Ella se repite la palabra, «loco», puesto que indica que para los vecinos del valle no se trató de un simple crimen, sino que creen que el acto no tenía una explicación lógica. No era que el chico se hubiera metido en una pelea ni nada parecido.

Decide acostarse, aunque está segura de que el sueño no la visitará enseguida esta noche. Por la ventana de su dormitorio oye el ruido de más coches que suben por la carretera y eso la convence de que, sea lo que sea lo sucedido en el pueblo vecino, no es un asunto banal. Recuerda que se ha traído un par de novelas y escoge una. Es uno de los últimos premios prestigiosos que se dan en el país. Lena no es una lectora muy exigente, pero el libro le resulta lento: una historia con tintes románticos mil veces vista, escrita con una prosa tópica y cansina. Lo deja en la mesita y lo cambia por el móvil. Aunque es tarde, se lanza a escribirle un mensaje de buenas noches a David. Cuando hablaron por la tarde, le contó que había acompañado a Alicia al hospital. Lo notó abrumado y triste, pero con el optimismo de siempre. Había francas posibilidades de recuperación, le dijo, y a eso se aferraba él porque era un hombre acostumbrado a plantarle cara a todo. Apaga la luz y deja el teléfono sobre el libro en la mesita de noche esperando que se ilumine con una respuesta. Pero no es así, con lo que, un poco frustrada, se da media vuelta e intenta relajarse.

No sabe cuánto tiempo ha pasado cuando llega hasta ella el primer ruido. Es un rumor sordo, lento, que no sabe identificar. Poco a poco se espabila y la asalta la sensación de que hay alguien en la casa. Intenta apartar esa idea, achacarla a esos miedos que la asaltan a veces sin explicación. Lena se incorpora en la cama y palpa el aire en busca del interruptor de la lamparita, que no logra encontrar. «Tal vez sea mejor así», piensa. Encender la luz revelaría que está despierta. Permanece inmóvil, a la espera y, al no oír nada más, se levanta muy despacio y anda de puntillas hacia la puerta.

Se queda allí, con la mano en la manija y el corazón disparado. Ahora no se percibe el menor ruido, por lo que Lena empieza a dudar. El ruido podía formar parte del sueño del que ha despertado de repente. En cualquier caso, no se atreve a abrir ni tampoco a regresar a la cama.

El silencio del valle pesa más que nunca cuando se presiente una amenaza, es un vacío absoluto, una falta total de esperanza. A oscuras, agazapada en su cuarto, Lena intenta calmar la respiración. Y, cuando ya se ha convencido de que la mente le ha jugado una mala pasada, haciéndole confundir el sueño con la vigilia, se dice que debería acostarse de nuevo y dejar que el descanso borre esos momentos de desasosiego. Sin embargo, su ansiedad se resiste a desaparecer y Lena comprende que no estará tranquila hasta haberse cerciorado de que no hay nadie allí. Toma aire, para infundirse el valor necesario, y abre la puerta.

Sale al pasillo que comunica las dos habitaciones y que da al salón gritando para anunciar su presencia, pero la casa está tan vacía como la dejó al acostarse. Su mirada se posa en el otro cuarto, en la antigua habitación de Daniel.

No es capaz de recordar si esa puerta estaba cerrada, aunque habría jurado que sí. Ahora está entornada y Lena se dirige hacia allí dispuesta a verificar que todo sigue en orden. Allí tampoco hay nadie. Lena exhala un suspiro de alivio y recorre la casa entera. Enciende todas las luces, escudriña los rincones, incluso se asoma a la ventana de la cocina para comprobar que la propiedad está libre de merodeadores.

Un poco irritada e impaciente con esta nueva Lena que tiende al pánico por cualquier nimiedad, entra en el cuarto de baño. Espera encontrarse con el reflejo de la Lena irónica, la que se burla de ella cuando le pasan cosas así. Pero su mirada no halla su reflejo sino otra cosa. El impacto la sorprende tanto que consigue sofocar los restos de miedo. Este llegará después, a medida que el cerebro procese lo ocurrido. En el espejo hay una frase, escrita con su propio pintalabios. Son cinco palabras, perfectamente claras, que conforman un mensaje que también podría ser un ruego:

BUSCA A DANIEL, POR FAVOR

35

«A una noche sin dormir solo puede seguirle una mañana para olvidar», piensa el sargento Ramsés Crespo. La comisaría de Pont de Suert amanece rodeada de periodistas, la mayoría procedentes de Lleida, pero también algunos desplazados desde Barcelona y del resto de España, porque los crímenes de las iglesias (o los asesinatos del valle, en función del medio) son ya la noticia de la mañana. Dos chicos de quince años, dos cadáveres estrangulados con una soga y abandonados en los altares de dos de las joyas del románico catalán con apenas tres semanas de diferencia, las equis en la frente grabadas a cuchillo (porque nadie les ha informado aún de los resultados forenses, gracias a Dios): la historia tiene todos los elementos necesarios para desatar el interés periodístico. El secreto de sumario ha saltado por los aires, puesto que nadie puede evitar que los vecinos que se acercaron a la iglesia la noche anterior comenten lo que vieron.

No es solo la atención mediática lo que incomoda al

sargento. Durante las diligencias percibió otro sentimiento entre los vecinos de Taüll, una emoción que, a buen seguro, ya se habrá contagiado por los pueblos del valle. La desconfianza hacia ellos, los reproches por no haberles advertido de que el crimen de Oriol Martínez podía repetirse, la exigencia de unos resultados que están lejos de lograr. Las palabras del padre de Fredy Batlló, la segunda víctima, acusándolos de haber engañado a los residentes y puesto en peligro las vidas de sus jóvenes todavía resuenan en su cabeza. Eran fruto del dolor, sin duda, pero la aquiescencia muda de los otros vecinos le confirmó la solidificación de un resentimiento que costaría tiempo desarticular. Lo peor de todo es que no puede decir con sinceridad que no se esperara otro crimen, porque lleva temiéndolo desde que encontraron el cuerpo del primer chico.

—Ya los tenemos aquí —anuncia la subinspectora López Serret, que acaba de entrar en la comisaría.

«Podrán reprocharnos muchas cosas —piensa Ramsés Crespo—, pero no la dedicación al trabajo». Ella había ido al hotel a primera hora para darse una ducha y en cincuenta minutos ha vuelto al servicio. Si está fatigada, apenas se le nota. Exuda la misma energía que demostró anoche en el interrogatorio y en las órdenes que fue dando a los técnicos forenses. La misma con la que retuvo a la jueza de instrucción para comunicarle, en privado, algunas hipótesis.

Se encierran en el despacho del subinspector Almeida, que ya los esperaba, y es ella quien toma la palabra al instante.

—Tenemos que investigar a fondo a esos chicos —afirma contundente, y el sargento no se sorprende al oírla—. Fueron los últimos en cruzarse con la primera víctima y ahora han encontrado el cadáver de la segunda. Algo huele a podrido en Dinamarca...

—¿Qué? —pregunta Almeida.

—Es de *Hamlet*, pero da lo mismo. Ese grupito me da mala espina. Y mienten. Mienten como bellacos.

A pesar de que no comparte las sospechas de López Serret, Ramsés se ve obligado a asentir.

—Parecen ocultar algo, sí. Aunque eso no tiene por qué significar nada más —se atreve a apuntar.

—Yo no estaría tan segura, sargento. Andaban cerca del río la tarde del 18 de septiembre. Podían haberse quedado en ese apartamento de los padres de Quim Janer, como haría cualquier pandilla de adolescentes con un piso a su disposición, pero les dio por salir y pasar la tarde en el parque. Vieron a Oriol Martínez y luego, según ellos, estuvieron todos juntos hasta que se marcharon. Pero no es verdad porque se hicieron un lío con sus declaraciones: Roger Fontanals nos dijo que él y Lázaro Cantero fueron a dar un paseo, río abajo, y el de la tienda vio a Quim Janer y a Arlet Segarra andando en dirección al apartamento, los dos solos, y salir de nuevo un rato después. El quinto chico, Adrià Vilas, fue cambiando su versión. Primero dijo que había acompañado a los dos amigos y luego que se había quedado solo donde estaban esperando a que volvieran. La niña, que, por cierto, vaya pintas tremendas, insinuó que Quim y ella querían tener un rato de intimi-

dad… Una excusa parecida a la que intentó colarnos anoche, pero con el otro chaval, Lázaro Cantero, para apoyar
el relato del niño enclenque. Perdón por mi lenguaje.

Hace una pausa y enseguida prosigue:

—Yo no estoy afirmando que signifique nada en particular, lo único que digo es que mienten. El día del río pasó
algo y se separaron. Y anoche los tres nos cascaron un
cuento totalmente increíble sobre que se pusieron a dar
vueltas poco antes de las diez de la noche. Ni Adrià ni Lázaro tenían por qué bajar a la iglesia para llegar a sus casas
ni tampoco para ir a la crepería como dijo Arlet Segarra.
Estaban allí por algún motivo. Ah, y hay algo más. Hablé
con los profesores del instituto: es obvio que Adrià Vilas…

—¿Ese cuál es…? —pregunta Almeida.

—El enclenque. El que tiene cara de empollón, si pre-
ferís. El que no sabía dónde estuvo la tarde del río. Según
su tutor, ha estado actuando de manera extraña justo desde hace ya unas semanas, y su padre, que anoche iba un
poco pedo todo sea dicho, estuvo despotricando y queján-
dose de que a su chaval lo llevaban por el mal camino. No
paraba de repetir que alguien tenía que meter en cintura a
esos chicos.

—El padre de Adrià, Rafael Vilas, es el dueño del taller
mecánico de Taüll —intervino Crespo para que el subinspector terminase de ubicarlo—. No es el habitante más
sensato del valle, todo hay que decirlo.

—Sensato o no, yo lo oí perfectamente. Y al menos ese
punto de la declaración de su hijo encaja: temía llegar a
casa porque le esperaba una bronca.

—Sí —confirma Crespo—. Pero ¿de verdad pensamos que ellos, ya sean todos o una parte del grupo, han asesinado a dos de sus compañeros de clase? ¿Que los estrangularon con una cuerda y luego les grabaron esas marcas en la frente? ¿Por qué iban a hacer algo así?

—Pues no lo sé, sargento. Y ahora mismo el porqué es algo absolutamente secundario. Lo importante es que los podemos ubicar a todos en los escenarios de los dos asesinatos. Que conocían a las víctimas. Que obviamente mienten en sus relatos sobre las horas previas de ambos crímenes... —Aitana López Serret toma aire antes de continuar, en un tono más bajo aunque igualmente firme—. Los adolescentes pueden meterse en líos muy turbios, señores. Ya sea por curiosidad, por aburrimiento o por puro morbo. O porque a uno se le va la olla y arrastra a los otros. Y, no se engañen, a veces también porque son unos hijos de puta. Guapitos, con cara de inocentes, y por dentro unos cabrones que se creen que pueden tomarnos el pelo a todos.

—De acuerdo —dice el subinspector Almeida—. Pero tengan en cuenta que son menores. Mucho cuidado con eso —advierte deteniéndose en cada una de las palabras.

López Serret asiente para mostrar su conformidad.

—Por supuesto. Tenemos que ser muy discretos. E ir de buen rollo —añade enseguida—. Ya lo hablé anoche con la jueza. Todo tiene que ser muy sutil o aparecerá la fiscalía de menores antes de tiempo y nos lo joderá todo. Si descubrimos algo más tendremos que llamarlos, pero de momento mejor que seamos amables. A usted se le da bien eso, sargento. Diríjase a ellos en plan colega, tranquilice a los padres. En resumen, haga de poli bueno. No le va a costar mucho.

Un tumulto procedente del exterior los distrae de repente. No cabe duda de que ha aparecido alguien que despierta el interés de la prensa. Aitana López Serret se acerca a la ventana.

—Vaya por Dios. Lo que nos faltaba.

—¿Quién es? —pregunta Almeida, que ha ido hacia ella y observa también cómo dos o tres periodistas intentan entrevistar a una mujer.

—No recuerdo su nombre —dice la subinspectora—. La psicóloga que capturó al Verdugo, la que escribe libros sobre la mente de los psicópatas y cosas de esas. La entrevistaron en la tele hace poco.

—Se llama Lena. Lena Mayoral —puntualiza Crespo.

—¿Y qué diablos está haciendo aquí? —pregunta Almeida.

—Lo que hacen todos los psicólogos, subinspector. Meterse donde nadie los llama y tocar los cojones a la gente —remata ella.

Ha hecho lo posible por evitar a los reporteros, pero en cuanto una periodista la reconoció porque había cubierto también el caso del Verdugo, el resto se abalanzó sobre ella con preguntas que pretendían relacionarla con los crímenes del valle. No ha servido de mucho que ella les dijera que su visita a la comisaría no tenía nada que ver con eso, que simplemente estaba pasando unos días en la zona y que la gestión se debía a un motivo personal. Para la prensa, el nombre de la criminóloga Lena Mayoral había quedado asociado a asesinatos bizarros y, tras un par de negativas, ella ha desistido de convencerlos de lo contrario y ha dado por concluida la entrevista.

El agente que la recibe en comisaría está tomando nota de sus datos cuando se abre la puerta de un despacho y por ella sale otro hombre, de unos treinta y pocos años, que se presenta como el sargento Crespo. Es evidente que la reconoce y que, si la intuición no le falla, algún superior lo ha enviado a tantear el terreno. A Lena no se le ocurriría inmiscuirse en una investigación sin que nadie se lo pida, pero entiende que el resto del mundo no tiene por qué saberlo.

Crespo lleva el pelo muy corto, casi rapado, y tiene unos rasgos exóticos, como si hubiera en sus ancestros algún mulato cubano que dejó en herencia unos labios gruesos y unos ojos inmensos y algo melancólicos. A ella le cae bien al instante y, dado que él se ha ofrecido a atenderla, decide exponerle el motivo de su visita y despejar cuanto antes cualquier malentendido.

—Anoche alguien entró en mi casa —explica, sentada a la mesa del sargento—. Bueno, no es exactamente mía, me la han prestado durante una temporada.

Luego le enseña las fotos del espejo del cuarto de baño que ha tomado con el teléfono móvil. Percibe que él la cree, por suerte, y a la vez que no tiene ni idea de a quién se refiere el Daniel del mensaje o en este momento no lo recuerda. Por su cara, el sargento está bastante cansado… Ella se lo cuenta, en versión resumida, y añade también el porqué de su estancia en Boí.

—Ignoro si el allanamiento y el mensaje tienen algo que ver con el caso que… que ha traído a toda esa prensa a sus puertas —concluye ella—. Lo único que se me ocurre es que las dos víctimas tenían quince años. La misma edad que tendría ahora Daniel Folguera.

No tuvo que investigar mucho para averiguar ese dato. A primera hora de la mañana, cuando bajó al bar del pueblo a tomar un café, los cuatro clientes allí reunidos no hablaban de otra cosa: del pobre Fredy Batlló, un chaval de solo quince años, como Oriol Martínez, y de lo loco que se tenía que estar para cometer un crimen así.

—¿Está sugiriendo que existe alguna relación entre la desaparición de ese crío hace siete años y los asesinatos actuales? —pregunta él.

—En absoluto. No me corresponde hacer conjeturas, sargento. Yo solo quería denunciar que justamente anoche alguien entró en mi casa y que apareció este mensaje pintado en un espejo. Es evidente que hace referencia al crimen que nunca se resolvió y a la desaparición de un niño que sigue siendo un misterio. Las conclusiones deben sacarlas ustedes.

Él asiente con la cabeza, pensativo, demostrando un interés evidente. Por un instante, ella percibe la indecisión en su mirada y piensa que quizá le cuente algo más sobre el crimen de anoche. Su pregunta siguiente, sin embargo, la devuelve a su papel de denunciante.

—¿Tiene alguna sospecha de quién puede haber entrado en su casa?

—La verdad es que no. Llegué aquí el lunes y en realidad no conozco a nadie. Lo único que puedo decir...

—¿Sí?

—Había un hombre merodeando cerca de casa el día de mi llegada. Un sujeto barbudo, con aspecto extranjero. Inglés o alemán. Lo vi también ayer tarde. Estuvo a punto de atropellarme. —Se da cuenta de que eso suena fatal y se corrige enseguida—. En realidad fue culpa mía. Crucé la carretera sin mirar y él frenó en seco. Pero luego se quedó mirándome... No sé, igual fueron imaginaciones mías, no quiero acusar a nadie.

Ramsés conoce a pocos extranjeros barbudos en el valle y anota un nombre en su cuaderno sin que ella lo vea.

—Sargento, no quiero quedar como una histérica. Quienquiera que entró en la casa lo hizo sin forzar ni la puerta ni las ventanas. No entró a robar, porque mi portátil y el bolso estaban en el comedor, intactos; tampoco quería agredirme. En apariencia, solo lo hizo para escribir eso, que guarda una estrecha relación con el motivo que me ha traído hasta aquí y que parece más bien una petición que una amenaza. Los padres de Marta Folguera desean lo mismo, que alguien encuentre a su nieto Daniel.

Aunque su voz suena calmada y su exposición razonable, no había pasado así el resto de la noche anterior. Al despuntar el alba, estaba decidida a hacer la maleta para instalarse en uno de los hoteles del valle. La idea de que alguien hubiera podido entrar sin obstáculo alguno, como comprobó tras hallar el mensaje, le producía un profundo desasosiego y se prometió a sí misma que sería la última noche que pasaría en la casa. Sin embargo, a medida que la luz inundaba el valle, empezó a dudar. La frase escrita en el espejo establecía, en cierto modo, una conexión con alguien que le pedía algo, alguien que tal vez tenía información relevante. Abandonar el lugar podría verse como una rendición. Por otro lado, más allá de violar su intimidad, el intruso no había intentado hacerle el menor daño... Pero no fue solo eso lo que la decidió a quedarse a pesar de que el sentido común le indicaba lo contrario. Fue la propia casa, que esa mañana soleada adoptó su mejor cara para retenerla allí. Era algo que no sabía explicar y que a la vez sentía con fuerza. Su miedo se fue mitigando, aunque eso no evitó que acudiera a la comisaría para informar del hecho.

—Ah, le he traído el pintalabios —dice ahora mientras saca una bolsita de plástico y la deja encima de la mesa—. Supongo que no habrá huellas, pero nunca está de más comprobarlo.

Ramsés Crespo permanece en silencio. En su cerebro ha empezado a enhebrarse un hilo distinto, del mismo color que ese lápiz labial, que atraviesa el tejido gris y uniforme de la trama de los chicos muertos.

36

Aunque parezca extraño, bastantes internos prestan atención a las noticias, quizá para seguir sintiendo que perte-
necen a este mundo, para no desconectarse por completo
de lo que sucede fuera de los muros de la cárcel. Cuando
algún titular copa los noticiarios, luego se comenta en el
patio o en las zonas comunes. A Charlie le resulta curioso
comprobar que los debates de la calle se reproducen dentro. También le sorprende lo conservadores que pueden
llegar a ser algunos presos en temas políticos. Como Sergio Blasco, sin ir más lejos.

Charlie no suele meterse en esa clase de discusiones.
Prefiere escuchar y se ampara en su condición de extranjero para no opinar. Ha comprobado que sus críticas al
sistema no son bien recibidas y no hay nada que le importe lo bastante como defender sus posturas acaloradamen-
te. Le da igual quién gobierne el país, ya sea una banda de
rojos bolivarianos, como dice Blasco, o sus adversarios,
tanto en España como en Inglaterra. Tampoco le preocupa

el fútbol ni ningún otro deporte, así que suele dedicarse a leer en la sala común sin prestar atención a los telediarios. Hasta que Sergio, que sigue la actualidad con avidez, reclama su atención.

—Oye, tú, inglesito, ¿esa no es la cometarros que declarará en tu juicio? —le pregunta, y Charlie aparta la vista del libro para dirigirla a la tele.

Ciertamente. Es Lena Mayoral, intentando apartar a varios periodistas y a un cámara. Charlie se fija en la noticia. «Hallado otro chico muerto en una iglesia románica del valle de Boí», lee en la pantalla. Por lo que escucha, se trata de la segunda víctima, otro chaval de quince años. La emisión continúa con unas breves declaraciones de un tipo de aspecto insulso que lee un comunicado y con varias entrevistas a residentes en la zona. La periodista en cuestión, micrófono en mano, salpica su discurso de adjetivos como «macabro», «espeluznante» y «trágico», y no tiene ningún reparo en dar detalles sobre el *modus operandi* del asesino. Habla de estrangulamiento, de unas marcas en la frente de las víctimas, tres equis grabadas *post mortem*, algo que le resulta ligeramente familiar, aunque no cae por qué. Lena Mayoral no vuelve a aparecer en pantalla, pero él se queda con esa imagen, la de ella entrando en la comisaría, y no consigue quitársela de la cabeza.

Analiza sus emociones al recordarla y llega a la conclusión de que lo que más le molesta es que siga con vida. Estuvo muy cerca de ponerle fin con sus propias manos y verla allí, sana y salva, le produce una desazón incómoda. Su odio crece todavía más si piensa en las declaraciones que ha hecho recientemente. Detesta esa clase de análisis que lo sitúan al mismo nivel que cualquier otro psicópata, como si todos fueran iguales: unos tarados sin remedio. En nombre de una supuesta ciencia, Lena Mayoral y los demás criminólogos establecen leyes que afectan a las vidas de las personas como él, condenándolas sin paliativos. En sus mentes no cabe el cambio ni la posibilidad de redención.

«Ese hombre volverá a matar —dicen—. Debemos asegurarnos de que permanezca encerrado».

«Incluso una institución tan retrógrada como la Iglesia católica cree en el perdón», se dice Charlie, mientras que esos pseudocientíficos, sin más criterio que el que han heredado de otros de su misma cuerda, sientan cátedra sobre las mentes ajenas. ¿Cuánto tiempo debería pasar él sin matar para que ella admitiera que estaba equivocada? Seguramente toda la vida. Cuarenta años entre rejas, si le daban la máxima pena que se podía cumplir en España. Por mucho que los funcionarios o sus compañeros hablaran bien de él, la doctora Mayoral seguiría empeñada en su diagnóstico sin tomarse la molestia de revisarlo bajo ningún concepto. Para esos supuestos expertos en mentes criminales, Charles Bodman era un monstruo, un peligro para el mundo. Una fiera voraz y enferma a la que debían apartar de la sociedad para siempre.

«*Fuck off, doctor*», murmura él. Falta apenas media hora para que tengan que subir a las celdas y Charlie ve a Shafiq que pasea por la sala exhibiendo ante él su cuerpo joven y deseable. Hace días que no se encuentran a solas y él nota que empieza a necesitar ese desahogo. El sexo, por rápido que sea, significa una descarga que le ayuda a concentrarse mejor. Y está claro que le urge concentrarse...

Finalmente, Tommy le respondió, aunque en un tono menos amistoso. Es obvio que ya está al tanto de los crímenes cometidos por su vecino de la infancia y que duda a la hora de mantener el contacto. Charlie decide que volverá a escribirle esta noche. Desea conservarlo de su lado, y eso es difícil de conseguir a través de simples mensajes. Su carisma personal, ese que le ha convertido en alguien respetado en la prisión, no tiene el mismo efecto a través de unas pocas frases en un servicio de mensajería.

Aún le está dando vueltas a ese tema cuando el Gusano surge de la nada. Tiene esa costumbre: parece capaz de arrastrarse bajo tierra y emerger a voluntad. Al verlo Charlie recuerda el episodio de las duchas, su heroica acción y el tatuaje que aquel viejo lucía en su raquítico hombro derecho.

—¿Cuándo te hiciste eso en el hombro? —le pregunta Charlie, en tono casual, al día siguiente.

Desde hace unos días, él y Calderón comparten turno en la lavandería, una labor tediosa pero que al menos permite un rato de descanso mientras las máquinas están funcionando. Los internos esperan sentados y luego se ocupan de sacar la ropa y colocarla limpia en los enormes canastos. Charlie aprovecha el momento para indagar. Sin embargo, en contra de lo habitual, el Gusano no tiene ganas de charla.

—Te vi el tatuaje en la ducha —prosigue él—. Me llamó la atención.

Calderón se levanta del banco sin abrir la boca y mira al grupo de internos que hay al otro lado del cuarto. Después vuelve a sentarse, más cerca de él. Charlie se aparta un poco: la proximidad extrema con aquel tipo le pone nervioso.

—Es mejor que no lo sepas —le dice—. Me lo hice y ya está.

Charlie se encoge de hombros. «Tampoco tiene ninguna importancia», se dice. Ni siquiera sabe si el dibujo es el mismo y, aunque lo fuera, las cruces no son raras ni en los tatuajes ni en los delirios de los psicópatas.

—Viste las noticias anoche, ¿verdad? —pregunta el viejo en voz muy baja.

—¿Qué tiene eso que ver ahora?

Gustavo Calderón sonríe. Lo hace como el maestro zen que acaba de enseñar una lección importante a su nuevo pupilo. Es una mueca que va dirigida a sí mismo, no al mundo exterior.

—Yo también las vi. Los chicos de las iglesias… —La sonrisa se hace más amplia, y a Charlie le entran ganas de borrársela de un puñetazo—. Y la psicóloga que te atrapó. Al parecer tenemos un nuevo colega.

—*Bullshit*. Yo no tengo nada que ver con ese mataniños.

—Ya, ya, claro. Tú eres puro, un asesino en serie mejor

que los otros. Se me había olvidado... Podríamos decir entonces que es solo colega mío. O al menos eso quieren hacer ver.

—Mira, tío, tenía curiosidad por el tatuaje, nada más.

—¿Cómo lo has dicho? ¿*Burshit*? A mí no puedes engañarme.

El Gusano lo mira a la cara fijamente, lo cual aumenta el contraste entre sus dos ojos. Uno despide un poco de brillo mientras que el otro, semicerrado, carece completamente de luz. El ruido de las lavadoras, que centrifugan a destiempo, sofoca un poco su voz y Charlie tiene que hacer esfuerzos para oírlo.

—¿Qué dices?

El otro sigue hablando en el mismo tono y él prácticamente tiene que leer los labios para lograr entenderlo del todo.

—Decía que es raro que no haya ningún componente sexual en esos crímenes.

—No todos son depravados como tú.

El Gusano ni siquiera se inmuta.

—Víctimas jóvenes, aunque ya no sean niños —prosigue en un tono falsamente pensativo—. Los dos ahorcados con una cuerda. Abandonados en el altar de una iglesia. Las marcas en la frente como rúbrica del asesino. El montaje perfecto para que la policía busque a un psicótico con delirios religiosos.

—Bueno, quizá lo sea, ¿no? Uno de esos que oye las voces de los arcángeles o algo parecido.

El viejo se levanta otra vez. Ahora tiene la mirada fija

en la máquina que tienen delante, que sigue girando a toda velocidad.

—Claro. Podría ser —admite, y esa odiosa sonrisa de superioridad aflora de nuevo—. Aunque no lo creo. No tengo la menor idea de qué aspecto tenían esos chicos, pero pondría la mano en el fuego por que no guardan ningún parecido.

—¿Y qué?

—Mis niñas eran bastante similares, ¿sabes? No muy delgadas, de piel muy blanca... el color del pelo me daba igual, la verdad, aunque en mi cabeza siempre eran más bien rubias. No pienses que eran obesas, ¿eh? Yo las definiría como rollizas, niñitas de carne blanda y piel suave...

Charlie se levanta y le propina un empujón que sienta al viejo de nuevo en el banco.

—Eres un hijo de puta repugnante —le dice.

—Solo estaba analizando los escasos hechos que conocemos y me he dejado llevar por la nostalgia. La gente no consideraba muy agraciadas a mis niñas, ¿sabes? Por eso era tan fácil atraerlas: la sociedad no aprecia mucho el sobrepeso y ellas anhelan que alguien las encuentre guapas.

Charlie desearía cerrarle la boca a golpes y al mismo tiempo seguir oyéndolo. Porque hay algo hipnótico en aquella maldad que ni siquiera tiene la decencia de esconderse. Así que se calla y cierra los ojos mientras a su cabeza vuelven las caras de sus víctimas. También él las había escogido con cuidado, aunque por motivos radicalmente distintos.

—Eran buenas crías, deseosas de complacer. Tan solo querían un poco de atención. Yo era una especie de tío simpático, como un pariente al que ves de vez en cuando y del que guardas un buen recuerdo.

—¿Cómo pudiste hacerles eso, cabrón?

El viejo se humedece los labios.

—Yo no quería, en realidad. Trataba de evitarlo. Me conformaba con llevarlas a casa y acariciarlas. Pero algunas se ponían rebeldes. Dejaban de ser dóciles y obedientes, y eso me excita…

—¡Basta! O te callas o te rompo los dientes aquí mismo.

Charlie ha levantado la voz. Y lo que acaba de decir no es una simple amenaza: en ese instante toma conciencia de que un día no muy lejano matará a ese viejo violador. Eso si no se le adelanta alguien.

—Vale, vale —continúa ahora el Gusano conciliador—. Entiendo que te resulte molesto. No suelo hablar de ello. Lo de esos chicos me ha soltado la lengua.

—¿Qué tienen que ver esos chicos con tus fantasías?

—Nada. —Se calla unos instantes justo después para que la idea penetre en la cabeza de Charlie y luego añade—: Absolutamente nada. Aparecieron desnudos pero sin ninguna señal de abuso sexual. De lo contrario, los periodistas lo habrían dado a entender. Los estrangularon con una cuerda en lugar de con las manos, lo que significa que la persona que lo hizo no quiso ni tocarlos. Y luego está esa marca en la frente…

—¿Qué es lo que no me estás contando? ¿Qué significa el puto tatuaje?

Por un momento, el Gusano parece nervioso, incluso atemorizado. Se remueve en el banco y baja la cabeza.

—De eso es mejor que no hablemos —dice entre dientes—. Mejor para mí y mejor para ti.

Charlie, que sigue de pie, lo agarra de la pechera y le aparta la ropa en la zona del hombro. Los internos de la sala empiezan a prestarles atención, así que lo suelta enseguida.

—¿Qué coño son esas equis?

—Son la marca de un grupo muy especial —responde Gustavo Calderón—. Ninguno de sus miembros pronuncia su nombre en voz alta. Nunca sabes quién podría oírlo. Acércate y te lo diré al oído.

Charlie cierra los ojos para vencer el asco; se inclina un poco y nota ese aliento cálido y venenoso en la mejilla.

El viejo cumple su palabra y susurra una frase, pronunciando bien cada una de las palabras para no tener que repetirlas:

—Es la marca de los Hijos de Judas.

En ese momento paran las máquinas y el silencio hace resonar sus palabras.

37

En el aula de cuarto de la ESO hay dos asientos vacíos que contagian de tristeza a todos los que se encuentran allí. Son un clamor doloroso, la ausencia materializada de los dos chicos que apenas hace un mes los ocupaban. Oriol Martínez se sentaba al final de la primera fila, no muy lejos de Adrià y delante de Lázaro. Frederic Batlló, Fredy para todo el mundo, prefería el fondo de la clase, la misma hilera de sillas que ocupa siempre Arlet y a la que Quim se ha trasladado desde que salen juntos, dejando a Roger un poco en tierra de nadie, sin su amigo del alma.

Los profesores se empeñan en retomar las clases con normalidad y los alumnos no tienen la energía suficiente para desafiarlos. Reina un silencio extraño, incluso mientras hacen ejercicios, y, de vez en cuando, las miradas de algunos se dirigen a los huecos. Los veintitantos chavales que llenan el aula tienen solo quince años, ninguno había vivido de cerca la muerte de nadie, y desde luego no de alguien tan joven como ellos. El impacto de esos crímenes se une con otra emoción más egoísta y plenamente coherente, que es el miedo. Porque ahora ya nadie tiene ninguna duda de que, hasta que no se atrape al culpable, los chavales del valle están en peligro.

Alguien llama a la puerta del aula y eso provoca un sobresalto general, incluso en la profesora de Lengua Castellana, que estaba explicando las características de los comentarios de texto. El jefe de estudios asoma la cabeza y pronuncia un nombre, Adrià Vilas, y este se pone de pie sin disimular un suspiro. Mira de soslayo a los otros, a Lázaro, sobre todo, quien le responde levantando el pulgar para darle ánimos. Ayer fue su turno y el de Arlet, y ambos contaron luego que el sargento Crespo había sido de lo más enrollado con ellos, que habían terminado hablando de música, de series y de sus planes de futuro. Adrià, sin embargo, no se fía ni un pelo de ningún adulto. O quizá sea que tiene más cosas que ocultar que el resto y los secretos le pesan. Se mueve, pues, despacio, como si arrastrara una losa, una lápida pesada que se ha convertido en su mochila habitual.

—Hola —le dice el sargento Crespo, que le esperaba en la sala donde se realizan las charlas individuales junto con el tutor del curso de Adrià—. Pasa, por favor. No te robaré mucho tiempo, enseguida podrás volver a clase.

—Vale —murmura él al tiempo que se sienta muy erguido y mira, nervioso, a su alrededor.

El tutor se retira a un extremo de la estancia, no sin antes recordarle a Adrià que está allí si lo necesita. Ramsés asiente con la cabeza y le agradece que les conceda un mínimo de intimidad. Luego sonríe a Adrià.

—Ayer hablé con tus amigos. Supongo que ya te lo han comentado. Esto es solo una charla, para aclarar un poco los hechos.

Adrià piensa que lo dice para tranquilizarlo. De todos modos, no funciona. Hace muchos días que no sabe lo que es la calma.

—A ver —comienza el sargento, abriendo un cuaderno de notas—, según declarasteis el día de los hechos, llegaste a casa de Arlet Segarra sobre las ocho. ¿Es correcto?

Y así siguen durante un rato, puntualizando horarios, detallando lo que hicieron y lo que no. Adrià se aferra a su versión, igual que hicieron los otros, y su interlocutor da la impresión de aceptarla sin la menor duda. Incluso añade algún dato más, llevado por la expresión de confianza del sargento. Calcula que están a punto de terminar cuando ve que Crespo cierra el cuaderno y le sonríe.

—Oye, y esto no tiene nada que ver con lo anterior: en tu casa vivís tu padre y tú solos, ¿verdad?

Adrià asiente con la cabeza.

—Eso debe de ser duro a veces. Mi madre siempre se ponía de mi lado cuando había bronca —comenta el sargento sonriendo—. Porque eso dijiste, ¿no? Que estabas evitando ir a casa porque sabías que tu padre te iba a echar la bronca por algo...

El chico suelta un suspiro.

—Tenía que ir a una excursión y no fui. No me apetecía. Me quedé en el instituto, después estuve dando vueltas y se me fue la hora. Le dije a mi padre que el autocar se había retrasado y luego...

—Luego se enteró de que no habías ido y quería saber dónde habías estado todo el día. Ya lo pillo. ¿Y qué hiciste? Ese día, me refiero.

El chico desvía la mirada. Se le da mejor mentir cuando tiene una respuesta ensayada o en una situación de estrés, sin embargo ahora siente que está en un entorno amable y ante alguien que parece interesarse sinceramente en él.

—Nada, en realidad. Me entretuve por ahí.

—¿Tú solo? Los demás habían ido al bosque.

—A veces me gusta pasear solo. Pienso…

—¿Y no podías contárselo a tu padre? Tampoco me parece tan grave.

Adrià suelta un bufido lento, intentando ganar tiempo.

—Mi padre no me entiende. Él… bueno… trabaja mucho y eso le pone de malhumor a veces.

Ramsés Crespo apoya los antebrazos en la mesa y se inclina hacia él.

—Adrià, ¿tú eres consciente de que yo podría ayudarte si estuviera pasando algo en casa que te hace sentir mal? —susurra—. No serías el primero. Los padres a veces no saben tratar a los chavales, sobre todo cuando empezáis a haceros mayores. Lo que quiero dejarte claro es que puedes recurrir a mí si lo crees necesario.

Adrià niega con la cabeza, pero no puede evitar sentir que el nudo de congoja que le constriñe el pecho se deshace un poco. Teme que se suelte del todo y que ascienda por la garganta, llenándole los ojos de lágrimas.

—¿Echas de menos a tu madre? —susurra el sargento.

—Ella se fue hace mucho, yo era muy pequeño.

—Bueno, podrías añorarla igual.

—Supongo que sí —confiesa él.

Está a punto de añadir que, desde hace un tiempo, a veces la ve, pero no se atreve a hacerlo.

El sargento lo observa con una expresión seria y a la vez amable, sus ojos le piden que confíe en él y Adrià presiente que si la conversación dura unos minutos más, se derrumbará. Le contará al sargento que la noche en que encontraron el cuerpo de Fredy en la iglesia, su padre lo abofeteó en cuanto cruzaron el umbral de su casa. Que, aunque no es algo que suceda con frecuencia, tampoco es la primera vez que lo hace. Que lo que sí es frecuente es que le insulte, que lo tache de inútil, que lo zarandee o que se burle de él. Le dirá también que solo se lo ha contado a su madre y que ella le entiende, porque ella se fue por eso mismo. Le revelará que en cuanto sea posible, se irá a vivir con ella.

Si empezara, ya no podría parar, porque lleva demasiado tiempo reteniendo esa historia y esta empuja para salir, como si fuera un chorro lleno de verdades ocultas.

Adrià piensa que, incluso si le confesara todo eso, no estaría siendo absolutamente sincero, porque en su cabeza hay más cosas y no encuentra la manera de ponerlas en palabras. Ya no se trata solo de los sueños, de esa escena repetida en la que él contempla desde lo alto de una escalera el asesinato de una mujer a manos de algo que a veces tiene aspecto de lobo y otras de monstruo sin rostro. Es que además hace días que la realidad también se ha llenado de imágenes extrañas, como hace un rato, cuando salía del aula y Oriol Martínez, con una mano apoyada en el cuello para ocultar las marcas de la cuerda y la frente marcada por las tres equis, le ha susurrado al pasar por delante de su silla vacía: «Qué suerte tienes, tío, vas a librarte de este rollo de clase».

—¿Crees que nos dejarán en paz ya? —pregunta Arlet y Quim se encoge de hombros.

Están en la casa de ella, en su habitación. Estela los vio llegar y se limitó a saludarlos. Un rato después, la oyeron salir y arrancar el coche, así que saben que tienen la casa para ellos. Arlet se ha tumbado en la cama y él se ha sentado a su lado y le acaricia la pierna.

—Me tienen harta, siempre con las mismas preguntas. Esperando que alguno meta la pata. ¿Te has fijado en Adri cuando ha vuelto? Parecía a punto de llorar.

—Olvídate de eso —le dice él con dulzura.

—Joder, no es tan fácil, tío. Tú no estabas esa noche. No viste cómo se puso Adrià. Ni viste a Fredy…

Él chasquea la lengua. Le molesta el comentario, porque está acostumbrado a tener un papel importante cuando pasan las cosas. También le mosquea que Arlet tuviera que inventarse un rollito con Lázaro para justificar qué hacía allí con ellos. Quizá por eso mueve la mano del muslo a su rodilla, intensificando el contacto, y luego acerca sus labios a los de ella.

—Ahora sí que estoy —susurra en tono juguetón.

Arlet lo mira a los ojos. Son distintos que los de Lázaro, más claros, más traviesos, como los de un cachorro.

Desliza el dedo índice por su mejilla. Quim apenas tiene barba, su piel es suave al tacto. Nunca se le había ocurrido fijarse en eso y, sin embargo, en los últimos días, lo hace. Algo arrepentida, es ella la que lo besa ahora, y él interpreta el hecho como una invitación a seguir.

—¿Quieres? —susurra él, y Arlet tarda unos segundos en responder.

Hace tiempo que sabe que sucederá y está segura de que debe ser con él. Lo que no tiene tan claro es que tenga que ser hoy. Ahora. Pero el roce del cuerpo de Quim le gusta tanto que asiente con la cabeza y, acto seguido, se quita la camiseta negra.

Él se sonroja, todo su interior hierve y, de repente, le sudan las manos. Nunca ha estado tan excitado: se ha despojado del suéter y se baja los pantalones con torpeza mientras ella se levanta para desnudarse. Arlet se nota nerviosa y, a la vez, súbitamente excitada, insegura y al tiempo plagada de curiosidad. La chica se lanza enseguida a sus brazos y siente el corazón de él latiendo como un caballo al galope. Sus pieles se tocan. Se tumban en la cama, Arlet se echa a reír porque Quim le hace cosquillas con los dedos de los pies, y porque se da cuenta de que en un arranque de timidez se ha dejado el slip puesto y su erección sobresale por la cinturilla.

Es ella quien se lo quita; tiene las manos frías y él se estremece al notarlas. Tienen que detenerse un momento para que él vaya a buscar el condón que se quedó en el bolsillo del anorak. Arlet lo ve tan nervioso, tan agobiado, que decide ayudarle a ponérselo. Su inexperiencia le da tranquilidad: le asegura que es la primera vez para ambos. Y por ello, ya dispuesta a todo, se lanza y toma las riendas. Le sujeta las manos, colocándose encima de él. La cara de Quim, su gloriosa expresión de placer, la hace sonreír y se dedica a besarlo por todo el pectoral, descendiendo con los labios hasta llegar justo encima de la cintura. Él la deja hacer, aunque en el fondo teme adelantarse, no aguantar lo suficiente, e intenta dejar la mente en blanco, lo cual es absurdo porque está llena de las sensaciones del momento. Es como si todo su cuerpo gozara y le doliera a la vez, desde los dedos de los pies hasta la nuca.

Siguen un rato así, entregados al placer mutuo, observándose y sintiéndose. Explorándose. Descubriendo los recovecos de sus cuerpos que los enloquecen. Arlet se encuentra cada vez más segura, más cómoda, más excitada. Improvisan y se besan, se acarician y ríen ante el gemido de placer del otro. Y cuando Quim la avisa con la mirada de que no va a resistir mucho más, ella se ríe para sus adentros porque sabe que podría haber continuado durante horas. Pero no le importa. Ya llegará su momento. Ahora se conforma solo con pensar que él va a ser su primer amante, tal y como ella quería, y, en el momento crucial, cuando cierra los ojos y percibe que su cuerpo húmedo se abre para recibirlo, siente una punzada de dolor que intenta mitigar evocando los ojos oscuros de Lázaro y la fuerza de su mano cuando quiso retenerla.

Luego piensa: «Ya está. Ya no soy virgen».

Y la invaden unos deseos abrumadores de quedarse sola.

38

Puesto que la tentativa de hablar con Inma Pujol no tuvo demasiado éxito, Lena ha quedado con Maite Padilla, y para ello se acerca a Erill la Vall, un pueblecito cercano, y va al centro del Románico donde trabaja. Deja el coche en un aparcamiento que hay a la entrada del pueblo y continúa a pie: es aún más pequeño que Boí, pero el aspecto del lugar, su enclave a los pies de la montaña, es encantador. La torre de la iglesia de Santa Eulalia, la más alta de todo el valle, sobresale cual rascacielos en un entorno de casitas bajas, solo desafiado por algún edificio de apartamentos de reciente construcción. Lena se pregunta si llegará a ver ese paisaje cubierto de nieve, como una postal navideña. De momento, a mediados de octubre, el frío vespertino arrecia y ella se ha tenido que poner los guantes y la bufanda. Llega un poco antes de las siete, la hora en que cierra el centro, y se entretiene visitando la iglesia de Santa Eulalia, que está desierta. Como todas las de la zona, es muy pequeña. Tras el altar, apoyado en una tabla que va de pared a pared, hay una escultura que representa el descendimiento de la cruz. Cristo, en el centro, aún crucificado, y cuatro figuras, dos a cada lado. La que tiene a su derecha lo agarra de una pierna y la de la izquierda ha logrado desclavar uno de sus brazos. Lena sabe que es una réplica, como en tantos otros casos los originales se encuentran en el Museo Nacional de Arte de Cataluña. Pero verla allí, entre aquellas paredes de piedra, hace que lo falso parezca más genuino que la pieza auténtica.

Se sienta en uno de los bancos de madera e intenta entender lo que David le ha explicado varias veces sobre la paz de las iglesias. No lo consigue. Más bien al revés: el frío interior la destempla, las imágenes de la crucifixión la aterran desde niña y el silencio la perturba. Sin poder evitarlo recuerda lo que ha leído sobre los chicos muertos y su mente la traslada al pequeño altar cubierto por una tela blanca que tiene delante. Y, de repente, siente la necesidad de salir. Hacía días que no le pasaba: se imagina la puerta de madera atrancada y se ve encerrada en esta especie de sepulcro de piedra. A llegar a la puerta se ve obligada a forcejear un poco con el grueso pestillo, tal vez por los propios nervios. Está claro que el episodio del intruso ha terminado con la paz mental que había recuperado cuando llegó al valle.

Ahora, a la salida de la iglesia, la noche se ha apoderado del cielo y el viento ha empezado a jugar con los árboles. Lena se sube la cremallera del anorak y se dirige al centro del Románico. La calle está absolutamente vacía, tanto como la iglesia.

Cuando hablaron por teléfono, Maite Padilla le pareció una mujer muy agradable y ahora, en persona, confirma que es una persona educada y resolutiva. A Lena le recuerda un poco a sí misma, antes de que en su vida apareciera Jarque. Maite no parece tener ninguna prisa ni da la impresión de que nadie la espere en casa y, aunque es bastante obvio que el nombre de Marta Folguera le trae recuerdos dolorosos, se la ve dispuesta a asumir la tarea de hablar de ella sin muchos remilgos.

Cuando entran en el único bar abierto a esas horas la señora que hay detrás de la barra les dice, entre disculpas, que esa tarde tiene que cerrar pronto. Lena y su acompañante se miran, sin saber adónde ir y es entonces cuando Maite Padilla le dice con timidez:

—A lo mejor te suena raro, pero nunca he vuelto a su casa… Donde vivió Marta y donde te alojas tú ahora. ¿Te importaría…?

—No, claro —asegura Lena, aunque la insinuación la ha pillado un poco por sorpresa. Corrige el tono enseguida para no parecer desagradable y dice—: Tengo café, té, o alguna botella de vino, si lo prefieres. Allí podremos hablar tranquilas.

En realidad, recibir a alguien en casa no le molesta. Al revés, la soledad de las últimas horas de la tarde es la más difícil de sobrellevar y le apetece pasarlas en compañía.

Maite Padilla la ha seguido con su coche y Lena la espera en la puerta para entrar.

Se deciden por el vino y Maite se ofrece a descorchar la botella mientras elogia su buen gusto. Lena, que lo escoge siempre en función del precio (lo bastante caro para que sea bueno sin que el precio llegue a ser un escándalo) y no entiende nada de uvas, acepta los comentarios de su invitada mientras busca copas en la alacena de la cocina.

—Marta no las guardaba aquí —comenta Maite—. Las tenía en el mueblecito del comedor.

—Conoces mejor la casa que yo —dice Lena, sintiéndose como si la invitada fuera ella.

Maite debe de haberse dado cuenta porque se encoge de hombros.

—Disculpa. En su día vine a menudo, sí. Marta no era mucho de salir y a mí me gustaba estar con ella, así que pasé muchas horas aquí.

El informe de Hernán Iglesias apenas mencionaba a Maite Padilla y, ahora, al oír sus palabras y verla sonrojarse un poco, Lena comprende que la amistad entre ambas mujeres quizá era algo más que eso.

—Pues nada, ponte cómoda —le dice, sonriente—. Voy a enjuagar las copas.

Se reúne con ella en el sofá, donde Maite ya se ha sentado, y deja que su invitada le sirva el vino.

—Cuéntame —empieza después de beber un sorbo—, ¿hay algo que puedas decirme de Marta Folguera aparte de que era una mujer muy reservada? Con perdón, es lo único que dice de ella todo el mundo.

—No era solo reservada. Era casi paranoica —confiesa Maite—. Relacionarse con ella era muy difícil. Primero debías superar una barrera de silencio y ganarte su confianza. Y, aun así, siempre tenías la impresión de que estaba… alerta. Supongo que eso la volvía interesante. A todos nos atrae un poco de misterio.

—¿No hablaba del pasado? ¿Del padre de Daniel?

—Jamás. Fue lo primero que nos preguntó la policía. Era lógico pensar que, si estaba huyendo de alguien, fuera del padre del niño. No me lo mencionó nunca.

—¿No le preguntaste sobre el tema?

Maite sonríe.

—Si la hubieras conocido, lo entenderías. Marta dejaba muy claro que la curiosidad no era bienvenida. Esas eran sus reglas y no había más opción que acatarlas.

—¿Y tú lo hiciste?

—Yo la quería. —Da un buen trago al vino, y luego otro, más mesurado—. No pienso emborracharme hablando de ella, no te preocupes. ¿Hay algo más patético que los amores no correspondidos? —pregunta al tiempo que se ríe con amargura de sí misma.

—Si te sirve de consuelo, todas hemos tenido alguno.

—Supongo que sí. Lo que pasa es que… Bueno, yo la quise mucho. Más de lo que me convenía. Quizá porque la veía muy sola, intentando cargar con todo, sin pedir nunca ayuda. O tal vez porque la que de verdad se sentía sola era yo, vete a saber. No monté ningún drama, no creas. Acepté ser su amiga sin más en cuanto ella me dejó claro que no le iban las mujeres. Debería haberme alejado, haberla dejado en paz y, de paso, haberme protegido. —Eleva la copa, como si estuviera a punto de proponer un brindis por sus malas decisiones, pero no llega a hacerlo—. No lo hice, me gustaba demasiado verla, pasar tiempo con ella y por eso tuve que ser testigo de su historia con Eric Tarrés.

—Debió ser duro para ti.

Maite se ríe.

—¡Una tortura! ¿Sabes una cosa? Hoy no voy a hacerlo, pero en esa época me bebí más de una botella de vino, en mi casa, sola como un hongo, sintiéndome como una auténtica imbécil.

—Pero Marta y Eric también cortaron.

—Debo admitir que fue mi único momento de satisfacción en esa época. Cuando Marta puso fin a la historia y Eric fue el que empezó a beber solo. La envidia te vuelve mala persona —añade con franqueza al tiempo que se sirve más vino.

—¿Y con el niño? ¿Cómo era Marta con Daniel?

Maite Padilla toma aire y luego lo expulsa despacio.

—Estoy segura de que Daniel era lo único que le importaba, su única razón para no mandarlo todo a la mierda. Aun así, no puedo decir que fuera una buena madre. La obsesión por no perderlo de vista, la preocupación constante... Creo que lo dejaba ir al colegio porque no tenía otro remedio. De haber podido, lo habría educado en casa. Y no porque pensara que había algo malo en la escolaridad convencional, sino porque sufría todo el tiempo en que no lo tenía controlado. Intenté en varias ocasiones hacerla entrar en razón, pero fue inútil. Y, por lo que yo sé, la pelea definitiva con Eric fue porque tuvo la ocurrencia de ir a buscar a Daniel al colegio y llevárselo a merendar o algo así. Cuando llegaron los taxis sin el niño, Marta se puso histérica. Eric le había enviado un whatsapp avisándola, pero no sirvió de nada. Aunque en su momento me alegré, fue algo muy injusto. El pobre Eric solo pretendía hacer de novio enrollado, estrechar lazos con el chaval. Esas cosas que hacen los tíos.

Lena asiente y, al beber otro sorbo de vino, nota un escalofrío.

—Hace frío aquí ahora —comenta, y se levanta del sofá para dirigirse al radiador más cercano—. Juraría que había dejado la calefacción puesta.

—Tienes una chimenea fantástica —dice Maite—. Y leña.

—¡Soy demasiado torpe! Te vas a reír de mí, pero no me he atrevido a usarla.

Su invitada suelta una carcajada y se pone manos a la obra.

—Necesitarás la calefacción para las habitaciones, pero aquí, en el comedor, no hay nada como un buen fuego.

Está claro que Lena se encuentra ante una experta porque en poco tiempo los troncos arden y las llamas incipientes empiezan a desprender calor.

—Hay algo que quiero contarte —dice Maite, aún de rodillas frente a la chimenea—. Tú has colaborado con la policía en otros casos, ¿verdad?

—Sí.

—Supongo que has oído lo de esos chicos muertos. —Se vuelve hacia la mesa para coger la copa, pero sigue de pie, junto al fuego—. Yo no hubiera caído, pero Inma y sus miedos han conseguido intranquilizarme. Hace un mes y medio, a finales de agosto, alguien llamó a un programa de radio en el que colaboro de vez en cuando. Era un hombre y... no sé cómo decirlo, nos exigía o nos rogaba, no estoy muy segura, que le entregáramos a Daniel. No llegaba a amenazar, solo parecía un delirio, alguien desesperado.

Lena se sorprende al oírlo. Es la primera vez que alguien parece creer que el chico sigue vivo y además en el valle.

—Cuando mataron a Oriol Martínez, Inma me dijo que ambas cosas podían estar relacionadas. Yo lo descarté: lo de Marta ocurrió hace mucho tiempo... ¿Por qué iba alguien a sacar el tema de su hijo ahora?

Lena no responde. En su memoria flotan las palabras de Carla Correas, la novia del detective. Según ella, Hernán Iglesias esperaba recibir una buena suma de dinero, que bien podía ser la recompensa por haber encontrado a Daniel Folguera. «Y luego desapareció», se dice, sin saber muy bien qué pensar sobre ese suceso. BUSCA A DANIEL, POR FAVOR, rezaba la pintada en el espejo, hecha la misma noche en que mataron al segundo adolescente.

—Ya sabes que la familia contrató a un detective hace poco —dice por fin, muy despacio—. Quizá eso removió el caso —añade en voz más baja.

—¿Crees que debería acudir a los mossos? —pregunta Maite—. Al fin y al cabo no es más que una llamada telefónica que tal vez no tiene ninguna relación con esos pobres críos.

—Yo diría que sí, Maite. Esté relacionada o no, te quedarás más tranquila si lo haces, ¿no te parece?

Un par de horas después, ya sola, Lena contempla el fuego, tapada con una manta. La calefacción, que había funcionado a la perfección los días previos, parece estar agotada e ir solo a medias, así que ella no se ha movido del sofá, aprovechando el calor del comedor. Tiene la cabeza a mil después de la charla con Maite Padilla. Por un momento sintió la tentación de llamar a la novia del detective, averiguar si había tenido noticias suyas, pero no lo hizo. Tampoco ha hablado con David esta noche. Él le envió un audio diciéndole que había tenido un día duro y ella se limitó a desearle buenas noches para no molestar.

Sobre las diez de la noche, el teléfono vibra y ella va a cogerlo. Se da cuenta de que, después de que la visitante se fuera, ha seguido bebiendo y que apenas ha cenado. Por eso se deshace de la manta y se lleva el móvil hacia la cocina, donde busca algo rápido que comer. Hacía años que no recibía un mensaje de texto y está segura de que debe de tratarse de publicidad, porque además lo envían desde un número oculto.

Jugando a los detectives de nuevo, doctora?

La he visto por la televisión.

Si le escribo es por una buena causa. Para
echarle una mano.

Creo que puedo ayudarla a pillar al tipo ese
que está matando niños.

De verdad

Quién eres?

Prefiero no decírselo. En su lugar le hablaré
de esas 3 X.

Le interesa?

Ella no contesta y el teléfono enmudece. Pasados unos
minutos, apoyada en la mesa de la cocina porque el vino
se le ha subido un poco a la cabeza, escribe:

Sí

;-) Me lo imaginaba… Hay gente que las
lleva tatuadas

Tatuadas dónde?

En el hombro, en el brazo, muy pequeñas.
Les identifica como miembros de un grupo.
Una secta, podría decirse

Creo que deberías hablar con la policía,
no conmigo. Insisto, quién eres?

No puedo decírselo y no me gusta la policía.
Confío más en usted. Buenas noches, Lena.
Que duerma bien

Tras la despedida no llegan más mensajes. Ella está
helada y regresa hacia el fuego; acerca las manos a las
llamas para entrar en calor. Afortunadamente, como si la
casa notara su estado, la calefacción se pone en marcha de
nuevo y poco a poco va caldeando el espacio. Lena vuelve
a mirar los mensajes y se detiene en el último. ¿Por qué
diablos confía en ella ese desconocido? Si la ha visto en las
noticias, debe de pensar que colabora con la investigación,
algo que no es en absoluto cierto...

La sensación de que esa persona la conoce y el tono
educado de toda la charla la perturban bastante. Y eso es
lo último que le hace falta para enfrentarse a la noche.

39

El sargento Crespo sabe que su superiora tiene buenas noticias con solo verla entrar en la comisaría a primera hora de la mañana. «Aitana López Serret nunca sería una buena jugadora de póker», se dice, porque el brillo de sus ojos la delataría siempre que tuviera una buena mano.

—¿Cuánto sabe de destornilladores, Ramsés? —le pregunta con una sonrisa de satisfacción en la cara—. Debo confesar que a mí me parecían todos iguales... hasta ahora. Ha llegado el informe de la autopsia del segundo chico. Mire.

Él coge los papeles y lee la parte que la subinspectora le señala. Al parecer, las equis grabadas en la frente de Frederic Batlló han aportado un dato más a la investigación. Por la forma de los puntos, el forense encargado del caso plantea la posibilidad de que el instrumento utilizado sea, como ya había indicado anteriormente, un destornillador. Pero no uno cualquiera.

—Llevo un rato buscando destornilladores en Google

—comenta ella—. Según parece, hay muchas probabilidades de que el que usó el asesino en ambos casos sea uno tipo Allen absolutamente nuevo, dice el informe. En las lesiones no se han detectado restos de óxido ni de ninguna otra sustancia.

Él levanta la vista del informe y la mira sin entender del todo su buen humor.

—Esta clase de destornilladores —prosigue López Serret— es bastante común, lo cual no nos ayuda demasiado. Sin embargo, por lo que he leído, se usan especialmente en el mundo de la automoción...

Ella espera a que el dato cale en la mente del sargento y luego añade:

—¿Qué le parece si vamos a visitar el taller mecánico del padre de Adrià Vilas?

Lo hacen sin demorarse para aprovechar que la prensa no madruga tanto como ellos. La marabunta de periodistas de la primera mañana se ha reducido bastante, aunque todavía quedan algunos alojados en un par de hoteles de la zona, a la espera de noticias. Mientras tanto, rellenan las conexiones con sus respectivos medios con entrevistas a vecinos e imágenes repetidas hasta la saciedad de las iglesias de la zona.

El taller se encuentra a la salida de Taüll y ya está abierto cuando llegan. Rafael Vilas no será el mejor padre del mundo, pero sube la persiana de su negocio a las ocho en punto y permanece allí hasta la hora del cierre. Trabaja solo. Ramsés había oído que en algún momento había contratado a un aprendiz, pero que el chaval se despidió enseguida harto del malhumor de su jefe. Vilas y su hijo llevan bastantes años en el valle, y la opinión general que el sargento ha recabado es que el tipo tiene mala sombra, que bebe más de lo aconsejable y que, además, lo hace en su casa. Apenas visita los bares de la zona ni hay nadie que diga ser su amigo.

En cuanto lo ve, vestido con el mono azul, inclinado sobre el capó abierto de un coche, recuerda la charla que mantuvo con Adrià y le embarga la misma frustración que sintió después. Si en ese momento estuvo casi seguro de que el chaval tenía algo más que contar sobre la relación con su padre, ahora, ante la mirada hostil del señor Vilas, el sargento no quiere imaginarse cómo debe de ser cuando está enojado.

La subinspectora lleva el peso de la conversación y el tipo responde, en un tono más bien escéptico, que los destornilladores Allen no son nada raro, que él tiene muchos y que si quieren pueden revisarlos todos.

—Y si les apetece echarme una mano con esto, adelante —añade con una media sonrisa.

Pese a su fama de asocial y de borracho, Vilas mantiene el taller bastante organizado. Las herramientas están bien ordenadas por tamaños y utilidades y tan limpias como pueden estarlo teniendo en cuenta el uso que se les da.

—¿Ya están contentos? —les espeta el mecánico—. Porque yo tengo trabajo... Y diría que ustedes también, ¿no?

—Perdone, Vilas, ¿puede decirme qué es esto? —dice la subinspectora señalando una funda negra pequeña que hay al fondo de una caja de herramientas.

—Una gilipollez. Se lo regalé al chico, para ver si le entraba el gusanillo de los motores, pero creo que no lo ha abierto nunca. Ahí está, muerto de asco.

—¿Puedo? —pregunta ella, y sin esperar respuesta abre la cremallera de la funda.

Es un juego de herramientas nuevo y en apariencia, como ha dicho Vilas, intacto. Los destornilladores y las llaves están colocados de mayor a menor en uno de sus lados. Por eso es fácil advertir la existencia de un hueco vacío, en el lugar que le correspondería a uno de los destornilladores más pequeños.

—¿Tiene alguna idea de por qué falta este? —pregunta López Serret.

«Vilas tampoco sería un buen compañero de póker», piensa Crespo. Ni siquiera es rápido a la hora de buscar una excusa. Se limita a menear la cabeza, demostrando su más completa sorpresa.

Pese a tener la vista puesta en el hombre, el sargento presiente que no están solos. Mira de soslayo hacia la puerta a tiempo de intuir la sombra de Adrià. Debía de pasar a decirle algo a su padre antes de ir a clase y ahora se aleja a toda prisa.

—Está claro, ¿no? —dice Lázaro, apoyado en la verja del instituto—. Se acabó, no podemos seguir mintiendo.

Adri acaba de contarles lo que ha oído desde la puerta del taller y Lázaro ha sido el primero en reaccionar.

—¿Y qué les vamos a decir? —replica Roger—. ¿Que entramos en una propiedad privada? ¿Que hicimos espiritismo? ¿Que este *atontao* se dejó allí las herramientas y que luego, cuando fuimos a buscarlas, alguien las había cambiado de sitio? ¿En serio piensas que eso va a colar?

—Tampoco sabemos por qué buscaban el destornillador —interviene Quim en tono razonable.

Adrià siente un fuerte escalofrío, porque él sí lo intuye. Y Fredy Batlló, que lo mira a unos metros de distancia, con la espalda recostada en la verja, igual que Lázaro, parece asentir con la cabeza. Luego se toca la frente y esboza una sonrisa triste.

—Nos crean o no, ya basta de mentir. ¿No veis que nos estamos metiendo en un marrón cada vez más grande? —pregunta Lázaro.

—A ver, pensemos —dice Quim—. Ese no debe de ser el único destornillador del valle, ¿no? Joder, en todas las casas hay uno. Confesar la verdad da la impresión de que hemos estado mintiendo y de que ahora nos sacamos este cuento de la manga porque estamos acojonados.

—Es que hemos mentido todo el tiempo. Y, no sé tú, pero yo estoy acojonado —responde Lázaro.

—Yo también —susurra Adrià.

—Tú vives acojonado —suelta Roger.

Arlet no ha dicho nada. Ha dejado que los chicos hablaran y después de reflexionar un poco, se decide a intervenir.

—Creo que es Adri quien debe decidir qué hacemos. Al fin y al cabo, esto le afecta más a él que al resto.

—¡Nos afecta a todos! —dice Roger.

Adrià no parece por la labor de pronunciarse. Tiene la cabeza demasiado llena de imágenes y, cuando dirige la mirada hacia donde estaba Fredy en busca de respuestas, este ha desaparecido.

—No… no sé —dice meneando la cabeza.

—Pues yo sí —afirma Lázaro—. Se acabó. Si vuelven a preguntarme les diré la verdad. Me importa una mierda lo que digáis.

—Oye, ¿qué pasa? ¿Ahora vas por libre? —pregunta Quim con rabia—. ¿Te la suda lo que digamos? ¿Por qué no votamos?

Lázaro suspira, resignado. Es obvio que Quim y Roger votan por seguir igual. Él y, por fin, también Adri se decantan por contarlo todo. La decisión final queda en manos de Arlet, que, sin decir nada, se aleja de su chico y se coloca junto a Lázaro.

—¿Te pones de su lado? —pregunta Quim, abiertamente enfadado.

—¿Has pensado que contar la verdad podría ayudar a la policía a pillar al que está haciendo todo esto? —Es una pregunta y a la vez una acusación—. Han matado a dos chicos, Quim. Lázaro tiene razón: hay que ir a la policía, tenemos que contarlo todo.

40

Si había alguien a quien Lena no esperaba ver en el día que se cumple una semana del segundo crimen, es al sargento que la atendió en comisaría. Ha subido expresamente hasta su casa con la vaga excusa de asegurarse de que estaba bien y de que ningún intruso había vuelto a molestarla, algo que podría haber resuelto con una llamada. Ella se dice que o bien la policía del valle es más cumplida que cualquiera que haya tratado nunca, o bien el motivo real de su visita va por otro lado.

Tarda poco en confirmar que se trata de lo segundo. Ramsés Crespo representa su papel, inspecciona la casa y revisa las puertas; vuelve a preguntarle si alguien más tenía llaves, ya que, como ella le dijo, no parece haber rastros de que hayan forzado ninguna de las cerraduras.

—¿De verdad duerme tranquila aquí? —pregunta él con sinceridad.

Ella se encoge de hombros. Es difícil explicar que no

del todo y que a la vez siente que debe quedarse. Ni siquiera ella misma lo entiende.

—¿Cómo va su caso? —No lo dice solo para cambiar de tema, aunque ahora mismo dé esa impresión—. Si es que puede hablar de eso, claro.

Él la observa, dubitativo. Al igual que en la comisaría, Lena percibe que ese joven sargento confiaría en ella y que hay algo, tal vez la prudencia o las órdenes que vienen de arriba, que se lo impide.

—¿Le apetece dar un paseo? —propone él, y ella acepta.

Toman uno de los senderos que sale del aparcamiento y que, si lo siguieran hasta el final, terminaría en Barruera. Lena tiene la sensación de que su acompañante está buscando un lugar tranquilo y solitario, a salvo de miradas curiosas. Charlan mientras van caminando, despacio, rodeados de bosque, y ella nota el olor de la montaña, de la tierra húmeda de la lluvia de esa mañana. El sargento le habla de su formación, de su vida en Lleida, de esa añoranza a la que parecen condenados los residentes del valle cuando se alejan de él.

—Al final decidí pedir el traslado y me lo concedieron. No somos tantos los que queremos vivir aquí —le explica—. Y no es raro: lo comprenderá cuando llegue la nieve —añade sonriendo.

Lena, que no se ha sentido nunca de ningún lugar en concreto, siente un poco de envidia por esas raíces firmes, por el apego a un paisaje. Ella sabe que nunca experimentará esa sensación, quizá porque se trata de un sentimiento que suele surgir en la infancia y la suya no fue exactamente feliz. El tiempo la ha reconciliado con una abuela adusta y poco cariñosa, pero no con un entorno insulso del que solo quiso irse desde que tuvo uso de razón.

Ramsés Crespo se detiene aprovechando un espacio donde el sendero se ensancha. Toman asiento en un tosco banco de madera. Lena piensa que el lugar invita a las confidencias y no se equivoca.

—Seguramente no debería contarle esto —empieza él—. Pero creo que puedo confiar en usted.

—Entonces trátame de tú, por favor. Me haces sentir como si fuera tu profesora.

El chico tiene una bonita sonrisa. «Debería mostrarla más —piensa ella—. Y a lo mejor lo hace, pero con chicas más jóvenes».

—He estado mirando su… tu último libro. *Jóvenes asesinos*. —El sargento respira hondo—. Así que además de inspirarme confianza, sé que eres una experta.

—La mente criminal es un tema que me interesa, y le he dedicado muchas horas de estudio, sí. No sé si esto me convierte en una autoridad en este campo, pero lo que es seguro es que soy la única que anda por aquí.

—Yo he llegado a la misma conclusión —dice él, y la sonrisa vuelve a asomar. Tiene sin duda algo caribeño, la boca grande y los dientes blanquísimos—. Antes me preguntaste por el caso. Y, bueno, es posible que tengamos algunas pistas. Otra cosa es que yo esté convencido.

Crespo se lo cuenta todo, o al menos da la impresión

de no guardarse nada. Le habla de esos cinco chicos que se han visto vinculados con las escenas del crimen de ambas víctimas y de los sucesivos hallazgos que parecen conectarlos aún más con ellas. Admite que sabe que están ocultando algo y se muestra brutalmente honesto cuando da su opinión final:

—No acabo de entender la obsesión de la subinspectora, casi desde el inicio. Aquí nos conocemos todos. Nunca he oído nada de esos chavales: son adolescentes normales y corrientes. A tres de ellos los he visto muchas veces jugando al fútbol. Su entrenador es amigo mío.

—¿Y los otros dos? —pregunta ella con perspicacia.

—Apenas sé nada de la chica, salvo que se viste siempre de negro, que es buena dibujando y que, según sus profesores, le interesan los temas macabros y la literatura de terror. Y Adrià... Ese chico me preocupa. Parece estar al borde del colapso nervioso.

—Eso podría indicar algo, ¿no crees?

—Claro. Y lo he pensado. En realidad es por él por quien te estoy contando todo esto. Intuyo... intuyo que una profesional podría llegar al fondo de su historia, o al menos acercarse a él. Yo lo he intentado, pero no lo consigo.

—¿Me estás pidiendo una evaluación psicológica de ese chico? ¿Oficialmente?

Ramsés Crespo estira los brazos y se lleva las manos a la nuca, como si necesitara aliviar una contractura.

—No puedo hacerlo de manera oficial —responde.

—Ya. ¿A la subinspectora no le caigo bien?

—Supongo que no es nada personal. Más bien una desconfianza genérica hacia los criminólogos.

—Eso es muy poco original —dice Lena sonriendo.

—Lo más extraño es que, desde que se hizo cargo del caso, su interés se ha centrado en esos chavales. Hay un montón de posibilidades que no estamos explorando...

Y es ahora cuando Lena decide que la confianza que ha depositado en ella el sargento bien merece ser correspondida: le habla de los mensajes que recibió de un número desconocido, de lo que ha averiguado desde entonces, que es más bien poco. Por mucho que ha buscado, no ha logrado dar con ningún grupo que tenga tres equis como símbolo. El sargento la escucha con atención y allí, al amparo de los árboles, llegan a un pacto. Lena le echará un cable en el tema de Adrià y Crespo indagará sobre la secta. Sellan su acuerdo de colaboración mientras en el valle se hace de noche.

41

«No hay nada mejor que empezar un lunes por la mañana acudiendo a la escena de un crimen», piensa Jarque. Luego se dice que, por suerte, es de los que desayunan solo un café y no come nada hasta media mañana, lo cual en días como ese resulta providencial. El aviso hablaba de un varón, de entre cincuenta y sesenta años, hallado muerto con signos de violencia en un callejón de Ciutat Vella, y dado que el subinspector no vivía muy lejos, pasó por allí de camino al trabajo. A su llegada, los agentes ya habían cortado el pasaje, una tarea sencilla puesto que se trataba de una vía peatonal que, a juzgar por el olor a pis de gato, había sido ocupada por una colonia de felinos callejeros que no siente el menor temor ni por la policía ni, desde luego, por el muerto. El forense aparece después de él y contempla la escena con horror, no por el cadáver sino por los gatos.

—¡O los sacan de ahí o no entro! —exclama—. Tengo una alergia brutal. Y además los odio.

Mientras espantan a los animales, el subinspector recaba los datos de la pareja de agentes, un hombre y una mujer, que se personó en el callejón en primer lugar.

—No es un vagabundo, señor —dice ella—. Aunque la ropa está destrozada, era relativamente cara. Por el estado del cuerpo diría que lleva bastantes días muerto.

Jarque se acerca al cuerpo junto con el forense, que ha conseguido vencer su fobia lo suficiente para entrar en el callejón. Lo primero en que se fijan ambos es en las marcas que el cadáver presenta en torno al cuello, abrasiones de una soga o una correa ancha.

—¿Sabemos quién es? —pregunta Jarque.

—Sí. Llevaba cartera, con todos los documentos. Entre ellos el DNI y una licencia de detective privado, ambos a nombre de Hernán Iglesias Ponce.

Jarque reacciona ante el nombre y piensa en la mujer que se presentó en comisaría días atrás. Odia dar malas noticias a buenas personas. De inmediato piensa en Lena y en lo que le contó antes de irse, y se aparta del grupo para llamarla.

Lena cuelga el teléfono después de hablar con David e intenta procesar la información que acaba de recibir. Hernán Iglesias, el detective contratado por los Folguera, ha aparecido asesinado. Y su mente va componiendo la imagen de alguien que hace unas semanas le dijo a su novia que estaba a las puertas de ganar una buena suma de dinero. Eso no tenía por qué estar relacionado con Marta, pero algo en la manera que lo explicó Carla daba esa impresión. ¿Y si había sido Iglesias quien llamó a la radio? ¿Y si algún oyente le había dado información sobre quién mató a Marta o sobre el paradero de Daniel? Las fechas coincidían: sus halagüeñas expectativas económicas se habían puesto de manifiesto después de la llamada al programa de radio. Y luego desapareció hasta esta mañana de mediados de octubre en la que se le ha encontrado muerto en un callejón con marcas de ligaduras en el cuello.

Inevitablemente ha conectado enseguida este último detalle con los chicos muertos del valle. Le ha preguntado a Jarque si el cuerpo tenía una marca en la frente, y este ha dicho que no. Aun así, la composición mental que se está haciendo es perturbadora. Si Iglesias obtuvo información sobre Daniel y eso le costó la vida, ¿qué pasará con ella?

BUSCA A DANIEL, POR FAVOR, decía la pintada del espejo. Lena empieza a temer que tratar de responder a ese ruego ponga su vida en riesgo. También vuelve a leer los mensajes que recibió aquella noche del misterioso remitente del que no ha sabido nada más. Tampoco Crespo ha vuelto a dar señales de vida. Ella está dispuesta a conversar con el chico, pero espera que sea el sargento quien organice los detalles.

Quien sí ha vuelto a ponerse en contacto con ella ha sido Thomas Bronte. Lo hizo anoche, anunciándole que, después de unos días fuera de la ciudad, estará en Barcelona la semana próxima y quedan para verse. Sigue sintiendo una enorme curiosidad por él y por lo que puede contarle sobre Charlie. Sin embargo, el caso del Verdugo ha pasado a un segundo plano porque lo que está sucediendo reclama mucho más su atención. Aun así, mientras espera a que se haga un poco más tarde para llamar al doctor Folguera y darle la mala noticia sobre el detective, vuelve a recordar a Charlie Bodman. Nunca es agradable pensar en él, pero lo es aún menos con esa sensación de peligro que la rodea. El día amanece nublado, como si ni siquiera el sol acudiera en su ayuda.

Hay despedidas que significan mucho más que un simple adiós. Charlie no suele cultivar emociones como la nostalgia. La vida le ha enseñado que la gente viene y va, y lo que más lamenta es que él está atascado en un lugar, sin posibilidad de ser quien hace la bolsa, si no es para su traslado hacia otro centro similar.

Sabe que echará de menos a Sergio Blasco. Aunque en los últimos días haya pasado con el Gusano más tiempo del que a su compañero de celda le habría gustado y así se lo ha dicho, porque Blasco es de los que no se callan nada. Ahora, cuando la separación es inminente, Charlie pone toda su atención en la última charla que tendrá con el gallego allí dentro.

—¿Irás a ver a mi abogado? —le pregunta al alba de su último día. Ninguno de los dos ha dormido mucho. Blasco, por los nervios; él, porque ha estado exponiéndole los pormenores del plan que va perfilándose en su cabeza. Ya se lo había contado antes, pero necesita asegurarse de que el otro está dispuesto a cumplir con su parte.

—Que sí, *pailán*, que sí. Que no soy lerdo, coño. Ni que sea por la pasta el Sergio no te dejará tirado. ¿Acaso no te fías, joder?

Charlie no es tendente a la confianza, ni con Blasco ni con nadie, pero las situaciones desesperadas requieren medidas desesperadas y él no cuenta con demasiadas opciones. Además, como dicen los *coaches* modernos que Tommy Bronte debe de leer con fruición, en ocasiones hay que salir de la zona de confort. En su caso consiste en pedir y aceptar ayuda. Necesita amigos, o en su defecto cómplices a quienes persuadir con su encanto o con dinero. Desvelar su plan ha significado cerrar los ojos y lanzarse al vacío. Solo espera que, cuando los abra, ese abismo no se haya convertido en un foso sin fondo.

De momento ha comenzado a tirar sus redes en distintas direcciones. En primer lugar, hacia Blasco, a quien ha puesto al corriente de una parte de lo que tiene en mente. También hacia Tommy, aunque sigue sin estar seguro de poder contarlo como un miembro de su bando. Le facilitó el teléfono de Lena Mayoral como si con eso le estuviera devolviendo la inversión de haberlo traído hasta aquí. Establecer contacto con ella no era algo que tuviese previsto, pero llevarlo a cabo le encantó y piensa seguir haciéndolo. A lo mejor, algún día, ella reconoce su ayuda y él puede apuntarse un tanto. Si para ello debe aguantar al Gusano, podrá resistirlo. Debe admitir que las horas en la cárcel son mucho menos tediosas desde que empezaron los crímenes en los Pirineos. Hace un recuento mental de las cosas que le ha contado Calderón y distribuye los datos en mensajes telefónicos. Estuvo tentado de firmar el primero, o de añadir algo que le diera una pista de su identidad; luego se arrepintió a tiempo de borrarlo. «Debes luchar contra tu ego», se dice, a sabiendas de que es difícil combatir contra uno mismo. Sobre todo si sabes que tu cerebro es superior a la media.

—*Stay cool* —murmura, satisfecho y excitado a la vez.

Y, mientras pasea la mirada por la celda, a la espera de que se abran las puertas para el recuento de la mañana, piensa con ironía: «*Life can only get better*».

42

Cae la tarde y las calles de los pueblos del valle están hoy más vacías que nunca. Llevan así doce días, desde que el segundo cadáver confirmó que existía una epidemia criminal que se estaba cobrando la vida de los jóvenes. Los padres han instaurado un control férreo sobre los horarios de sus hijos adolescentes. Van a buscarlos al instituto y casi los encierran en casa. Una situación que amenaza con empeorar cuando cambie la hora y anochezca todavía antes.

Pero hoy existe otra razón que explica la creciente quietud. Una multitud se ha congregado delante de la comisaría de Pont de Suert, cortando la carretera que asciende hacia el valle. Han ido llegando, en silencio, y han esperado a que anochezca para encender los cirios que llevaban. Es una concentración tranquila, sin gritos ni pancartas, encabezada por los padres de las dos víctimas: los de Oriol Martínez y el señor Batlló. Su esposa, la madre de Fredy, no ha sido capaz de salir de casa.

Los cuatro periodistas que aún quedan por la zona tienen por fin algo distinto que mostrar a sus audiencias. Pese a todo, tienen el buen gusto de no intervenir. Dejan que los manifestantes cumplan con la tarea que ellos mismos se encomendaron. Una hora sin moverse, sin decir palabra, para que la policía y cualquiera que los vea, allí o por la tele, sean testigos de su muda indignación. Incluso los conductores de los coches que se han quedado atascados en la carretera asumen la espera con relativa paciencia y apagan las luces, uniéndose así a aquella procesión de duelo, que se dispersa a las nueve en punto, sesenta minutos después de su inicio, tal como estaba previsto.

Entre los vehículos parados se encuentra la furgoneta de Klaus Lemm. Para él, el silencio no es nunca una molestia. Aguarda sin inmutarse hasta que los coches arrancan y continúa su camino por la carretera que sube hacia el valle, despacio, porque está colapsada por el atasco que se ha formado. No le importa: hace muchos años que desterró de su vida la prisa.

Pese al tiempo que lleva en la zona, pocos saben de dónde procede exactamente y él prefiere no pensar en el pasado, en su vida anterior al valle, pese a que fue bastante más intensa de lo que es ahora. Sí que recuerda la sensación que tuvo al llegar la primera vez: aquel lugar solitario, entre montañas, le ofrecía anonimato y paz, las dos cosas que andaba buscando. Nunca pensó que se quedaría allí, invierno tras invierno, tan perenne como uno de esos árboles de raíces gruesas que viven ajenos a lo que sucede alrededor. Tampoco se figuró que el valle le concedería, no solo un hogar, sino una razón para seguir viviendo.

Abandona la carretera principal y se interna en un camino que casi ningún turista se atrevería a tomar y que él, a estas alturas, podría recorrer con los ojos cerrados. Al llegar a su casa, una antigua construcción de piedra que había quedado abandonada y que él mismo rehabilitó, aparca la furgoneta y baja del asiento trasero las bolsas de la compra. Suele ir una vez cada quince días al supermercado, siempre los martes, porque es un hombre de rutinas fijas.

Hoy, como siempre, lo primero que hace al entrar en casa es quitarse las botas. Como cada dos semanas, distribuye los alimentos, los mete en la nevera o en la despensa, dejando en la mesa unas botellas de vino que suele almacenar en la bodega que se construyó en el sótano, y saca del frigorífico la última cerveza fría que le quedaba. Se la bebe deprisa mientras se maldice por hacerlo. Ha luchado contra muchas adicciones en su vida y, a su manera, ha logrado vencerlas, pero el alcohol se le resiste y ya tiró la toalla hace tiempo. Al fin y al cabo, tampoco tiene la intención de llegar a viejo y la muerte no le quita el sueño. Se conforma con seguir aguantando un poco más, mientras sea necesario.

Cuando ha terminado, coge las botellas de vino, camina hacia el centro del comedor y aparta la alfombra raída. Una manija de hierro abre un rectángulo en el suelo de madera y Klaus se dispone a bajar la vieja escalera que da a la bodega. Sabe que no debería hacerlo con más de una botella en las manos, porque alguna vez le ha fallado el equilibrio y no ha tenido cómo agarrarse, pero correr ese estúpido riesgo es también una costumbre arraigada.

Esta vez desciende sin ningún problema; coloca las botellas con cuidado en el estante destinado para ellas y luego avanza unos pasos a su izquierda, hacia la parte más amplia de ese sótano, la que arregló en la medida de lo posible hace siete años, cuando una madrugada de noviembre se topó con un niño solo, aterrado y muerto de frío en uno de los caminos del valle.

—Buenas noches, Daniel —dice al tiempo que enciende la luz.

CUARTA PARTE

Crepúsculo

El templo

43

Aunque en el salón del templo parece de noche, fuera el sol aún lanza sus últimos rayos. Antes de que lleguen los invitados, alguien ha corrido las cortinas y ha encendido las velas de los candelabros para crear la atmósfera solemne que suele presidir las reuniones comunes. Sin embargo, este encuentro no es una de esas reuniones. Hoy acudirán los escogidos, cuatro entre los doce, además del Apóstol. Conforman el núcleo duro del culto y se llaman a sí mismos los Evangelistas: Mateo, Marcos, Lucas y Juan. En contra de la costumbre, han sido ellos, concretamente Lucas, quienes han convocado al Apóstol. Pese a que de momento nada los conecta a los crímenes del valle, la noticia está en boca de todo el mundo y ha causado un enorme desasosiego entre los Doce, que, en su mayoría, querían dar por zanjado el asunto. En una reunión que se celebró sin conocimiento del Apóstol, los Doce encargaron a los Evangelistas que ahora están a punto de llegar al templo la tarea de expresar sus conclusiones ante la máxima autoridad.

Como sucede a menudo, el primero en hacer acto de presencia es el que viene de más lejos. Marcos ha cogido un AVE a media mañana y ha desconectado el teléfono en cuanto ha llegado a Barcelona. Su cargo de asesor político, siempre en la sombra y a la vez alerta, comporta un aluvión de llamadas difíciles de ignorar y no quiere que nada lo distraiga de lo que tendrá entre manos esta tarde. Serán apenas unas horas: su intención es volver a Madrid en el último tren, aunque no descarta la posibilidad de pernoctar en la ciudad.

Poco después llegan Mateo y Lucas, los dos juntos. Un juez del Tribunal Superior de Justicia de Cataluña, ya a punto de jubilarse, y un actor de mediana edad que, con la ayuda del culto, consiguió dar el salto del prestigio teatral a la popularidad de las series de televisión, con el beneficio económico que eso comportaba. Su función es mantener controlado el sector cultural, siempre turbulento ideológicamente y empobrecido en lo económico. Hubo quien planteó sus dudas cuando fue escogido como miembro de los Cuatro, venciendo en la votación a un célebre escritor, que se consoló enseguida con varios sustanciosos premios literarios y una campaña que lo convirtió en el autor más vendido de los últimos años, pero Lucas ha demostrado una dedicación que le ha valido el respeto general.

Es él quien, después de saludar a Marcos y de servirse una copa de vino, dice:

—No sé qué opinaréis vosotros, pero yo hoy no estoy de humor para esta parafernalia.

Su voz, acostumbrada a proyectarse hasta el rincón

más remoto del patio de butacas, resuena en la sala. Camina hasta la cristalera y descorre las cortinas mientras Marcos, el asesor político, apaga los cirios y enciende la lámpara.

—Al Apóstol no le gustará —comenta el juez, irónico.

—Bueno, al menos no tiene que preocuparse de la factura de la luz —replica en tono burlón alguien desde la puerta—. La pagamos entre todos. ¿Me servís una copa de vino o qué?

Juan, el recién llegado, es uno de los perfiles más versátiles de este grupúsculo de elegidos. Pasó de la política catalana al mundo empresarial, aunque ha regresado a la primera de manera ocasional cuando le ha parecido conveniente. Hay quien murmura a sus espaldas que vive atrapado en un bucle de puertas giratorias. Eso sí, cada vez que sale de una lo hace en una planta más alta del rascacielos del poder.

—Por cierto, ¿dónde está nuestro amado líder? —pregunta Juan a continuación, tras dar un buen trago.

—Nos está haciendo esperar —dice el juez.

—Era previsible —interviene Marcos—. Aún debe de estar mosqueado por la reunión. Es su manera de hacérnoslo pagar.

Lucas vuelve la cabeza hacia la puerta. Es el más joven de los cuatro y el más decidido a poner fin a esa historia. Por eso se sirve más vino, convencido de que el alcohol aumenta el coraje. Se está llevando la copa a los labios cuando aparece el Apóstol. Si le molesta el cambio de iluminación de la sala, lo disimula bien.

—Bienvenidos. Sentaos, por favor —les dice, pasando por alto que dos de ellos ya lo habían hecho.

—¿Sigues sin beber, Apóstol? —pregunta el juez elevando su copa.

—Me temo que sí. Prescripción médica, ya sabéis.

—¡Putos matasanos! —exclama Marcos—. Me quitaron el tabaco hace dos años y aún lo echo de menos. No hay quien aguante el Congreso sin nicotina.

—No fueron ellos nada más. ¿Ya no recuerdas el amago de infarto, querido? —El Apóstol lo mira con esa condescendencia afectuosa que ha empezado a mostrar en los últimos tiempos. Como si fuera un Papa estricto y cariñoso a la vez.

—Intento olvidarlo, pero siempre hay alguien dispuesto a mencionarlo.

El Apóstol se ríe en voz baja, satisfecho como si hubiera sido él quien ha hecho el chiste.

—Y bien, decidme. ¿A qué viene esta reunión convocada con tanta premura? ¿Acaso ha sucedido algo? —pregunta el anfitrión.

Juan, que ha sobrevivido a demasiados terremotos políticos y empresariales, escudriña al Apóstol con escepticismo. ¿De verdad va a representar el papel de monarca ingenuo? Es imposible que no sepa por dónde sopla el viento. Un segundo más tarde, el escepticismo se transforma en preocupación. En la asamblea de los Doce no faltaron insinuaciones de que el líder podía estar perdiendo la cordura. De confirmarse, eso sí que sería un problema grave.

Lucas se adelanta al resto.

—Supongo que ya estarás al tanto de lo que se ha ido comentando entre los Doce.

—Difícilmente puedo estarlo si no se me invita a las asambleas…

—Fue algo improvisado, Apóstol —tercia Marcos—. El interés del público está volcado en los dos crímenes que han tenido lugar en los Pirineos. Nadie parece relacionarlos con nosotros, pero no deja de suscitar preocupación.

Lucas, que traía el discurso ensayado, aprovecha el momento de vacilación de su colega para exponerlo:

—Este asunto está tomando unas dimensiones que no preveíamos cuando votamos a favor de la búsqueda de Daniel y, con franqueza, tememos que escape a nuestro control. No es necesario que señale las consecuencias que eso podría tener para nuestro grupo y para nosotros mismos, eres tan consciente como el resto. Nuestro poder radica en el anonimato. Tú mismo lo has defendido muchas veces.

—Es curioso que seas tú quien lo diga. Aunque lo has hecho en el tono correcto, querido Lucas. Muy shakesperiano. Tienes razón, por supuesto. Debemos seguir pasando desapercibidos y, desde luego, mantenernos al margen de cualquier acto delictivo. Pero nuestro poder no radica solo en el anonimato. La fuerza que nos sostiene nace de los símbolos. De la tradición. De la Promesa.

Juan, que mantenía la mirada firme y una sonrisa cínica en la cara, no puede permanecer callado más tiempo.

—Deja ese sermón para los nuevos, por favor —dice—.

Y para las bases. Esto es la primera división. Y, hablando de tradiciones, existía otra solución al caso que ha dado pie a todo esto. La Promesa podría haberse cambiado fácilmente...

—Soy yo quien decide lo que puede o no hacerse, Juan. Y no finjas que estáis tan por encima del resto, por favor. Te recuerdo que vosotros también pasasteis por ese trance. Igual que lo hice yo. Todos intentamos olvidarlo, pero a la vez no podemos renegar de su trascendencia. La Promesa es el secreto que nos une. Nuestro pecado original. No quieras reducir nuestra fe a un simple intercambio comercial, porque sabes que no es cierto.

Los Cuatro parecen incómodos. En las altas esferas nunca hablan de la Promesa. No es necesario, resulta casi de mal gusto mencionar algo con lo que han aprendido a convivir. Muchas veces hasta logran creerse que no sucedió. Que no ofrecieron a un ser querido a cambio de su pertenencia a un culto que les prometía el éxito, la fama y el poder.

—Admito que tenéis razón en una cosa —concede el Apóstol—. Estamos expuestos y debemos ser cautos. No os lo voy a discutir. Pero, como líder del grupo, os digo que si ignoramos ese símbolo acabaremos como cualquier otra religión de nuestros días… Desnortada. Frágil. Hueca.

»La muerte violenta forma parte de nuestro credo y todos la asumimos desde que ingresamos en él. No somos simples hombres de negocios.

—Entiendo lo que dices. —Marcos, que ha asesorado

a figuras relevantes de la política en momentos cruciales, piensa una vez más que, cuando los líderes se convencen de su trascendencia y se dedican a pontificar, su estrella empieza a apagarse—. Pero aquí hemos venido a decidir cómo parar esto antes de que sea demasiado tarde. Antes o después alguien relacionará las muertes de esos chicos con la de Marta Folguera, y quién sabe si también con la del detective al que ahorcamos en el establo.

—Tengo la investigación bajo control.

—Aquí el único que está bajo control eres tú, Apóstol —interviene Juan mirándolo directamente a los ojos—. Nuestro control. Te recuerdo que eres un cargo electo, no vitalicio.

—¿Me estás amenazando?

—Estoy subrayando cómo son las cosas. Y te sugiero que olvides un rato el título de Apóstol para pensar como el hombre que eras antes de retirarte a vivir aquí, mantenido por nosotros. Baja del pedestal y lo verás todo más claro.

Cuando termina de decirlo piensa que, incluso antes de ascender al cargo, el Apóstol tampoco llevaba una vida muy normal. Un académico viudo y sin más familia que una sobrina lejana… Quizá ese había sido el error de base: escoger como líder a un intelectual, un erudito, alguien poco ducho en las cuestiones prácticas de la vida.

«Este silencio podría ser el que se respiró en la última cena», piensa Lucas, experto en pausas teatrales.

—Muy bien —cede el Apóstol con semblante hosco—. Decidme qué pasará si abandonamos el valle sin haber encontrado a Daniel Folguera. Sabemos que está allí. Quienquiera que lo esconda tiene que estar al tanto del peligro que corre el chico, y más ahora. ¿Hasta cuándo va a permanecer callado si no acabamos con él? Ideamos un plan arriesgado, pero coherente. Tenemos a un cabeza de turco que cargará con los asesinatos sin abrir la boca, por la cuenta que le trae. Y si, con todo esto, la persona que cuida de Daniel se pone nerviosa y da un paso en falso que permita identificarla, nuestro asesino podrá terminar con los dos. Así tendríamos un psicópata que ha matado a varios chavales y podríamos añadir discretamente al desaparecido Daniel y a su molesto ángel de la guarda. ¿A alguno de vosotros (un hombre de negocios sin el menor escrúpulo, un periodista sin talento reconvertido en asesor de corruptos, una estrella de series mediocres y un juez que se ha vendido al poder) se le ocurre algo mejor?

Una muerte más: ese ha sido el resultado de horas de debate en las que la tensión escaló bastante más de lo que había previsto ninguno de sus participantes. Un adolescente más debía morir para así aumentar la presión sobre la persona que protegía a Daniel Folguera y, si no lograban el efecto deseado, tendrían que tomar otra determinación para zanjar el tema.

Ahora, fatigado por una velada que se ha prolongado hasta bien entrada la noche, con la mente algo embotada por el cansancio, el Apóstol se dice que pese al mal sabor de boca que le ha dejado el encuentro, el acuerdo salvaguarda sus principios y, a la vez, minimiza el peligro.

Nadie podría acusarle de no haber defendido a capa y espada sus propósitos y la tradición que está obligado a preservar.

Nadie podría tachar sus actos de cobardes o indolentes.

Y nadie les acusaría nunca de asesinato. De eso ya se ocupaba él.

Lo que ignora el Apóstol es que hay cuatro hombres poderosos que se sienten profundamente ofendidos. Y también, pese a todo lo que el dinero puede comprar, bastante intranquilos.

El valle y la ciudad

44

Durante la puesta de sol, la casa empieza a llenarse de sombras. Lena se ha acostumbrado ya al tránsito en que la oscuridad se convierte en la reina del valle. Sin embargo, hasta ese día no había podido captar el instante preciso en el que las cumbres nevadas de las montañas refulgen antes de perder el color. En el valle dicen que esos días de frío y cielos limpios de nubes son el momento de esplendor del otoño.

Tras el atardecer, el interior se convierte en un refugio. Ella piensa en las familias de la zona: en el miedo que les acelera los pasos antes de que anochezca, en la desconfianza que empieza a flotar entre la gente como jirones de niebla; en la solidaridad hacia aquellos que han perdido a sus hijos, no exenta de una cierta sensación de culpa. Porque, por mucho que estos sucesos inquieten a todos, la desgracia ha recaído en solo dos chavales y, aunque el resto de los padres puedan acompañar a las familias en el dolor y en el llanto, sus lágrimas nunca serán igual de amargas. Las de la gran mayoría también tienen un regusto muy parecido al alivio.

La temperatura cae en picado y el frío únicamente le da ganas de apoltronarse en el viejo sofá mirando a la chimenea, donde ahora arde un fuego que ella se encarga de avivar. Está añadiendo un par de troncos a la lumbre cuando el móvil suena.

—¡David! —dice al responder—. Iba a llamarte dentro de un rato.

—Eso me dices siempre —responde él en tono cariñoso.

—Porque es la verdad. Te adelantas a mis actos, Jarque.

—¿Será porque estamos sincronizados mentalmente?

—Supongo que sí. —Lena se ríe—. Ya sabes que los psicólogos leemos las mentes en nuestros ratos de ocio. ¿Los polis también?

—Mi mente es un libro abierto para ti... Pero ahora no te llamaba para que me leyeras nada, más bien al revés. Tengo las conclusiones preliminares de la autopsia de Hernán Iglesias.

—Dime.

—Pues murió desnucado. Pero no solo eso. Antes recibió unos cuantos golpes bastante duros: tenía laceraciones en la espalda y marcas en la cara y el abdomen. Según este informe preliminar, fue golpeado a conciencia y luego ahorcado con una soga dura. Fue un ahorcamiento a la antigua: lo lanzaron desde algún lugar elevado. La muerte fue casi instantánea.

«Los chicos fueron estrangulados con una cuerda», piensa ella. Y su memoria salta sin querer al Verdugo y a su método de ejecución. El garrote había sustituido a la horca en los ajusticiamientos públicos, aunque no había nada que recordara a eso en los casos de los chicos. No puede evitar estremecerse al pensar en la muerte violenta de esos chavales.

—No quiero sonar paternalista, pero no estoy tranquilo, Lena. Por lo que sabemos, Iglesias llevaba meses dedicado en exclusiva al caso de Marta Folguera y ahora está muerto. —Jarque se calla porque ambos saben que no necesita decir más, el mensaje está claro. Aun así, no puede evitar añadir—: Creo que deberías volver.

—Al detective no lo mataron aquí, David. No veo por qué correría más peligro en los Pirineos que en el centro de Barcelona.

Él suspira.

—Preveía que me saldrías con ese argumento. Pero conmigo no cuela, doctora. Y menos con lo que está pasando en el valle. Dos chicos muertos y ahora este hombre… Aunque el orden es inverso. A Hernán Iglesias lo mataron hace casi dos meses.

«Lo mataron porque descubrió algo que iba a cambiar su economía», piensa ella. Y de repente, al pensar en las fechas, se le ocurre algo.

—Es posible que Iglesias fuera el autor de una llamada a un programa de radio de aquí. La grabación está colgada en su página web. ¿Podrías pasárselo a su novia a ver si reconoce la voz?

—Claro. —El subinspector toma nota de lo que ella le indica.

—Y hay otra cosa. —Lena no quiere provocarle más desazón, así que obvia los mensajes que recibió en el móvil hace unas cuantas noches—. ¿Tenéis algún registro de sectas o cultos?

—¿Qué?

Ella le habla del tatuaje de las tres equis, tal y como señalaba el mensaje anónimo que recibió, quizá las mismas que aparecen grabadas en las frentes de los cadáveres y, como si fuera idea suya, lo conecta con el tema de la secta.

—Lena, ¿estás colaborando con la policía de allí en esto?

—No oficialmente. Es complicado… Creo que la subinspectora a cargo no tiene ningún interés en contar conmigo, pero hay un sargento que me aprecia un poco más.

—¿Debo ponerme celoso?

Ella se ríe.

—Yo diría que sí. Es bastante guapo, la verdad. Y unos diez años más joven que yo.

—¡Acabo de decidir que tienes que volver! —exclama él en broma.

—De hecho, no tardaré mucho en regresar, aunque solo por un par de días. He quedado con Thomas Bronte. —Y añade sin pensarlo—: Y necesito verte a ti. Te echo de menos.

Se produce un silencio y ella casi lo oye sonreír.

—Yo también —susurra Jarque—. Todos los días.

Hay palabras y tonos que reconfortan tanto como el fuego de la chimenea. Siguen hablando un rato más sobre Alicia, sobre sus hijos, sobre los días que llevan sin verse. Lena comprende que él la necesita de verdad y ese pensamiento la hace quererlo aún más y despreciarse un poco a sí misma.

—No debería haberme marchado —le dice.

—No te has ido, Lena. Yo te siento siempre aquí, conmigo —murmura él.

Está subiendo a acostarse, con pocas ganas de retomar la novela aburrida que empezó la otra noche, sonriendo ante los fingidos celos de Jarque. Por guapo que sea el sargento Crespo, nadie podría ocupar el lugar del subinspector. Por otro lado, está segura de que ese joven mosso tiene candidatas mejores que una mujer casi diez años mayor que él que, ni en sus mejores años, fue nada especial. En su día, la falta de esos atractivos canónicos la deprimió bastante. Hoy se alegra de que esa etapa de su vida esté superada y decide darse una ducha antes de meterse en la cama.

Los mensajes la esperan cuando sale del cuarto de baño, ya con el pijama puesto. De nuevo, un número que no usa WhatsApp.

Buenas noches, doctora. Ha averiguado
algo de la secta?
Debería tomarse esto en serio.
Me dicen que, si no lo hace, morirán más chicos

y usted no querrá que esto suceda, verdad?

Piense en lo que significan las tres equis.

Y en las iglesias. Y en la cuerda.

Piense, doctora, piense.

Usted es más brillante que la policía. Todos
lo sabemos.

Con mi ayuda, podrá resolver esto y evitar
que más jóvenes mueran.

Haga su trabajo, doctora. La gente de esos
pueblos confía en usted.

Busque esos tatuajes

La relajación de la ducha se desvanece al instante. Es
extraño cómo unos simples mensajes de texto pueden provocar tal desasosiego, tal sensación de vulnerabilidad. En
un acto reflejo, Lena mira a su alrededor, como si temiera
la presencia de alguien en el interior de la casa. «Estúpida
—se dice—, no es de dentro de donde proceden, sino de
fuera». De alguien que la conoce y que tal vez disfrute
provocándola. ¿Podría tratarse de alguien del valle? Piensa en las personas que tienen su número: Maite Padilla,
Eric Tarrés e Inma Pujol. Ha intentado sin éxito ponerse
en contacto con los dos últimos varias veces. La mujer no
ha contestado a ninguna de sus llamadas y Tarrés, el exnovio, al menos tuvo la cortesía de responder al teléfono
y decirle que no tenía nada que añadir sobre el tema de
Marta y que, por tanto, no veía mucho sentido a quedar
con ella.

Además, el tono de los mensajes le hace pensar en alguien mucho más soberbio, más condescendiente, que disfruta jugando al gato y al ratón...

Aún con el móvil en la mano nota que ha bajado la temperatura del comedor y mira hacia la chimenea. El fuego que ardía alegremente está apagado por completo, como si alguien le hubiera echado un cubo de agua encima. Está tan asombrada que se acerca a tocar la madera. En el hogar hay solo cuatro troncos carbonizados, negros. Tan lúgubres y fríos como el cielo nocturno que se ve al otro lado de la ventana.

45

—Cuéntame más sobre esa panda de locos, sobre esos Hijos de Judas —susurra Charlie sentado a una de las mesas de la biblioteca de la cárcel.

El Gusano no parece dispuesto a hablar del tema. Finge que lee. Que ni siquiera le oye. Como si el ojo ciego hubiera contagiado su incapacidad a los oídos. Pasa las páginas de un libro, aunque Charlie, que lleva un rato observándolo, deduce por su expresión que no está leyendo.

—*Come on*, esto está vacío. Nadie te oye aquí.

Su curiosidad por esa secta ha ido en aumento, entre otras cosas porque el mutismo del otro le genera ganas de saber. Necesita la información para seguir con ese baile a distancia que ha iniciado con Lena y al que ella se resiste. Se imagina su cara de desconcierto, la aprensión que uno suele sentir cuando se cuela la turbación en casa a través de un objeto inofensivo. Charlie quiere respuestas para poder formular preguntas; desea que Lena esté pendiente de esos mensajes, que llegue a esperarlos para avanzar en el descubrimiento de la verdad. Tal vez así, algún día, ella tenga a bien cuestionarse la idea de que es un monstruo sin redención.

Sin embargo, arrancarle las palabras a Calderón está siendo un trabajo arduo. Hace caso omiso de su interés, del mismo modo que los buitres ignoran a los vivos. A lo mejor ha percibido sus ansias y ha encontrado una manera de castigarlo. O simplemente tiene miedo, pánico de verdad, del que te anuda la lengua y te revuelve el estómago.

—Cuéntame al menos cuándo te uniste a ellos. ¡Y no digas su nombre si eso es lo que te asusta! —dice Charlie en un falso tono irónico.

Por fin el Gusano levanta la vista del libro.

—No deberías mofarte —murmura—. Tienen más poder del que imaginas.

—¿Seguro? Pues viéndote aquí juraría que no se toman muy en serio lo de proteger a sus adeptos.

Calderón sonríe. Charlie ya se ha acostumbrado al gesto y le resulta menos irritante.

—Tienen poder, pero también reglas —puntualiza el viejo.

—¡Vaya! Así que lo que hiciste les parece tan repugnante como a mí y han dejado que te pudras en la cárcel. *Nice guys*… empiezan a caerme bien.

—Tú no puedes entenderlo. ¿Eres creyente, Charlie?

—No mucho. Podemos decir que Dios no vino en mi ayuda cuando lo necesité y luego decidí no preocuparme por él.

—Eres tan egoísta como todos los ateos. Solo buscas que Dios te ayude sin ofrecerle nada a cambio. En eso radica la diferencia con...

El Gusano percibe el brillo de la curiosidad en los ojos de su compañero de encierro y titubea. Una fuerza interior le empuja a callar y otra, igual de potente, a demostrarle a ese joven arrogante lo mucho que se equivoca. Gana la segunda.

—Los Hijos de Judas no confían en que ese ser omnipotente no pida nada a cambio de sus favores. La Promesa simboliza precisamente eso: es un donativo, la ofrenda de algo valioso que te haga ganarte la admisión en el grupo.

—¿Un sacrificio? —pregunta Charlie.

—Podría llamársele así. Escucha —prosigue bajando aún más la voz—, en nuestra religión no creemos en el valor de un individuo que muere a sabiendas de que su padre lo hará resucitar. Nuestro auténtico héroe es aquel a quien tanto Dios como su Hijo condenaron para toda la eternidad al papel de traidor: un ser humano al que convirtieron en sinónimo de vileza para brillar ellos. Judas es Nuestro Señor. Y, a la vez, todos somos Judas.

Charlie se esfuerza por asimilar la información y hacer preguntas rápidas para animar al otro a que siga hablando.

—¿Qué coño significa eso de que todos sois Judas?

—Somos imperfectos. Vulnerables. Débiles de voluntad. Rasgos que están en la naturaleza humana porque ese Dios de los católicos, que es un sádico, los puso ahí. De la misma forma que, con su extremo poder, depositó en el alma de Judas la simiente de la traición. Ser Judas quiere decir que nos ayudamos —añade el viejo poco después—, nos ayudamos los unos a los otros para conseguir aquello que deseamos.

—¿Y tú qué deseabas? ¿Una vida tranquila en la cárcel?

Se da cuenta demasiado tarde de que lo ha ofendido. El Gusano se levanta de la silla y deja el libro en la mesa. Luego se marcha sin decir nada y Charlie maldice su falta de tacto. Sin embargo, no está del todo insatisfecho: ha sacado algo más de esa charla.

Retiene en su mente tres conceptos que, como la Santísima Trinidad, parecen ser uno solo. La Promesa. El donativo. El sacrificio.

Más tarde, después del recuento de la noche, Charlie mira de reojo la cama vacía. Agradece en silencio que no hayan metido a nadie en su celda desde que se fue Blasco. Como si lo hubiera invocado, nota la vibración del móvil y abre un mensaje del gallego. Lo lee con avidez e intercambian un par de textos más.

Luego ya no es capaz de dormirse. El Gusano, los Hijos de Judas, las Promesas e incluso Lena Mayoral pasan a un remoto tercer plano, porque lo que ahora ocupa su mente es mucho más trascendente para él.

La fecha está confirmada. La parte del plan que debía organizar su excompañero de celda está lista. Odia tener que depositar su confianza en personas que no conoce, pero Sergio le asegura que son absolutamente de fiar y a él no le queda más remedio que creerle.

¿Qué había dicho Calderón? Algo así como «todos somos Judas». Charlie espera que, al menos en lo que atañe a su plan, el único traidor sea él.

46

No es habitual que cinco chicos menores de edad entren en una comisaría de los mossos a media mañana de un día lectivo y tampoco que soliciten ver a alguien en particular.

El sargento Ramsés Crespo, que los ha visto aparecer desde su mesa, finge estar ocupado para hacerlos esperar un poco. Imagina que están allí para contar algo que habían ocultado en las charlas previas y se plantea la obligatoriedad de contar con la presencia de un adulto que los acompañe mientras prestan declaración. La ley solo exime de este requisito en casos de extrema necesidad y tanto él como sus superiores son conscientes de ello.

—Han venido a vernos por voluntad propia —defiende la subinspectora cuando él le comunica la presencia de los chicos—. ¿No cree que sería una descortesía no atenderlos? Al fin y al cabo, en teoría tampoco tenemos por qué saber a qué vienen… Podemos tomarlo como una charla informal.

Así que Crespo, poco convencido por el argumento de

su superiora, sale a buscarlos con una expresión seria que no logra disimular. La actitud de López Serret lo incomoda mucho, pero, obedeciendo sus órdenes, los conduce hasta la sala de reuniones, el único espacio con capacidad para todos y donde ya los aguarda la subinspectora López Serret.

—Bueno —dice esta—, supongo que no habéis venido aquí de excursión. Venga, adelante.

Como si lo hubiesen decidido previamente, Quim Janer toma la palabra.

—Hemos venido a contarles algo —dice en tono solemne—. Estos días, cuando nos han interrogado, no hemos dicho toda la verdad...

—¡Vaya! ¡Qué sorpresa! No lo imaginábamos, ¿verdad, sargento?

—Pero lo que vamos a decir no tiene nada que ver con los asesinatos —prosigue el chico mientras los otros asienten en silencio—. Al menos no directamente.

—Eso lo tenemos que decidir nosotros, ¿no crees? —pregunta la subinspectora—. Va, no perdamos más tiempo.

Y Quim relata, con más elocuencia de la que se le supone a un chaval de quince años, cómo entraron en la casa abandonada de Daniel y por qué; describe con rapidez la sesión de espiritismo, como si le diera vergüenza admitirla, y que terminaron huyendo despavoridos, porque la atmósfera del lugar se tornó aterradora. Hace una pausa y luego cuenta que, tras la estampida, Lázaro y Roger volvieron en busca de la mochila con las herramientas que había llevado Adrià.

—¿Y por qué no subiste tú, Adrià? —pregunta la subinspectora, que ha estado tomando notas sueltas, sin demasiado interés.

—Yo... me mareé un poco en la casa —murmura el chico—. Lázaro dijo que ya iba él.

—Vale. Entonces que nos lo cuente Lázaro, ¿no os parece?

Este no tiene la facilidad de palabra de su amigo, pero tampoco muestra el nerviosismo de Adrià. Sus frases, cortas y a ratos imprecisas, terminan conformando la historia: la dichosa mochila había aparecido en el armario de uno de los cuartos de arriba en lugar de seguir abajo, donde la habían dejado.

—¿Y quién crees que la puso allí? —inquiere López Serret—. ¿El espíritu de la ouija?

Lázaro enrojece y Arlet acude en su ayuda.

—No. Los espíritus no mueven objetos. Pero se comunicó con nosotros durante la sesión, a través de Adri.

—¡Ah, qué amable! —ironiza la subinspectora—. ¿Y qué os dijo? Algo terrible, sin duda...

La chica va a contestar cuando Quim se le adelanta.

—Palabras sueltas. Nada que tuviera sentido. Seguramente alguno de nosotros iba moviendo la tablilla —afirma mirando a Roger.

—¡Eh, yo no moví nada! Puto paso de esas movidas...

—Cuidado con esa boca, chaval —le reprende severa la subinspectora.

—Las palabras fueron «Judas», «muerte» y «traición» —dice Arlet, y en ese momento se hace un silencio desconcertante y breve que López Serret se encarga de romper.

—Supongo que «apocalipsis» era ya demasiado largo —espeta con desprecio—. Muy bien, os visitó el espíritu del cura del pueblo, que en paz descanse. ¿Qué pasó luego? —pregunta a Lázaro—. Cogiste la mochila y...

—Se la devolví a Adri. Ni siquiera la abrí.

—¿Y tú? ¿Tampoco viste que faltara nada en ella?

Adrià menea la cabeza.

—No. Dejé las cosas en el garaje de mi padre. Puse todo donde estaba y no he vuelto a tocar nada. Ah, y no era el espíritu de un cura el que se comunicó con nosotros esa tarde. Era el de Marta Folguera —replica Adri sin poder evitar su tono repelente.

—Y tú lo sabes porque habló contigo, ¿no? ¿O es a través de ti, como ha dicho tu amiga?

Él se encoge de hombros y baja la cabeza.

—Vale, esta parte está clara —dice el sargento, que había permanecido en silencio hasta entonces—. Pasemos al día en que desapareció Oriol Martínez.

Es Quim quien contesta, contando lo mismo que ya habían declarado: que se lo cruzaron cerca del río. Entretanto Crespo no deja de observar a Adrià. Ningún chico de quince años disimula bien la angustia y ese no es una excepción. Su mirada va de un lado a otro, desenfocada, alerta...

—¿Y la noche del hallazgo del cuerpo de Frederic Batlló? ¿Por qué bajasteis a la iglesia a esas horas?

—Estábamos en mi casa —dice Arlet—. Adri no quería volver a la suya porque su padre es un gili... Porque su padre estaba enfadado con él. Además, tenía un presentimiento. Suena raro, pero los tiene, sobre todo desde que entramos en la casa.

—¿Qué quieres decir con un presentimiento? —pregunta Ramsés Crespo.

La chica deja que sea el aludido quien conteste. Esa es la parte más extraña, la que no han logrado preparar de manera que tenga sentido.

—Adrià... Adrià, por favor, responde —insiste el sargento.

—Tengo pesadillas. A veces. Bueno, muchas veces. No sé... veo cosas en mi mente. Y a veces pasan.

—¡Qué sorpresa! —dice la subinspectora—. Tenemos a Carrie en el valle... —Se calla al ver que la referencia al personaje no les dice nada a ninguno, salvo a Arlet, que responde por su amigo.

—Carrie tenía poderes telequinésicos —replica muy seria—. Movía objetos. Adrià no puede hacer eso. Solo presiente las cosas.

—Eres muy lista —dice López Serret mirándola con dureza—. Todos lo sois. Pero los demás no somos tontos, ¿sabéis, majos? Mira por dónde, yo presiento que hay algo que no nos estáis contando. Será que de repente yo también tengo poderes psíquicos.

Sin embargo, y pese a que la charla se prolonga durante bastante rato más, no logran que los chavales añadan nada nuevo que sea significativo.

—No hay nada más que contar. ¡En serio! —exclama Quim con menos compostura que al principio—. Nos colamos en esa casa para hacer la chorrada de la ouija porque Arlet quería jugar con eso y luego nos dio palo decirlo. Nos rayamos y mentimos porque ese sitio es de alguien y rompimos un cristal y... yo qué sé. Pero eso es todo. No hemos hecho nada más. Cuando Adri nos dijo que habían estado en el taller, mirando las herramientas, comprendí que lo mejor era venir y decir la verdad. Por si ayudaba en algo. Y aquí estamos.

En cuanto abandonan las dependencias policiales y salen a la calle los chicos suspiran casi al unísono. No han pasado por el instituto en toda la mañana y están seguros de que esa falta de asistencia sin justificar tendrá consecuencias en sus respectivas casas, así que deciden no añadir más leña al fuego y se dirigen a la clase de última hora. Están más callados de lo habitual, como si todavía estuvieran procesando las preguntas y sus respuestas.

Quim se sitúa al lado de Arlet y busca su mano. Ella ni se vuelve a mirarlo, solo se aparta en cuanto él intenta rozarla.

—¿Qué pasa?

—¿Qué pasa? —Ella se para en seco—. ¿O sea que nos colamos en la casa para que yo practicara la chorrada de la ouija? Como si yo fuera idiota.

—No he querido decir eso —murmura él.

—Pues lo ha oído todo el mundo. Echémosle la culpa a la tía, que es tontita, ¿no? ¿Tú de qué vas?

—Eh, no te rayes. No quería decirlo así. Bueno, no

quería decirlo y ya. Esa peña te agobia con tanta pregunta y al final hablas sin pensar.

—Te recuerdo que fuiste tú quien insististe en entrar en esa casa porque Daniel era tu amigo. Que te empeñaste en que llevara la puta tabla. Y entonces no te parecía una chorrada.

Ninguno de ellos había visto nunca a Arlet enfadada. Su actitud suele ser de indiferencia, incluso desganada, como si nada le importara demasiado. Ahora está parada en la calle, furiosa y, a todas luces, ofendida. Los otros tres aceleran el paso para dejarlos atrás y que discutan tranquilos.

—¿Ves? —exclama Quim cuando sus amigos ya se han alejado lo suficiente—. Sabía que esto de ir a la poli solo traería mal rollo. Os lo dije.

—Es verdad. Lo dejaste muy claro. Lástima que en comisaría se te olvidara.

—¿Y a qué viene eso?

—«Comprendí que lo mejor era decir la verdad» —le cita ella—. Como si hubieras tenido que convencernos a todos porque eres más listo. Más adulto. Joder, tío, fue Lázaro el que se empeñó en que viniéramos. Y… ¿sabes una cosa? Él sí que tiene más cerebro.

Más adelante, Lázaro y Roger empiezan a empujarse, intentando volver a esa normalidad medio infantil en la que ambos se sienten cómodos. Podrían hablar de la escalada prevista para ese fin de semana, con Quim, su padre y Klaus Lemm, que se ha ido postergando, pero en ese momento ni se acuerdan de ella. Roger imita el tono agudo de Arlet para decir algo y al instante se da cuenta de que a Lázaro no le ha hecho ninguna gracia, porque recibe un empujón tan fuerte que casi se cae. Adrià, que avanzaba cabizbajo, un poco ausente, se vuelve hacia ellos.

—¡Joder, parad! —les espeta.

—Mira, habló la Carrie —se burla Roger—. ¿Qué vas a hacernos?

Se acercan a la zona del instituto. Adrià, que en ese momento está viendo a Fredy Batlló bajo uno de los árboles del paseo, observa a Roger y esboza la exagerada sonrisa de los payasos tristes. Su mirada es tan fija, tan turbadora, que Roger tiene la sensación de que está a punto de decirle algo cruel y terrible. A lo lejos, Fredy se encoge de hombros y se pasa un dedo por la garganta. Luego le guiña un ojo y Adrià no puede evitar echarse a reír. Son carcajadas vacías, exentas de alegría, como las de un muñeco de feria.

—Puto friki —murmura Roger, y su mechón blanco parece brillar más que nunca.

—Adri... Adri —interviene Lázaro acercándose a él—. ¿Qué pasa?

Por mucho que quiera, Adrià no puede parar. Sus risotadas proceden de una extraña emoción que se encuentra entre el humor y el pánico. Ríe porque se le ha ocurrido que los muertos que han empezado a surgir en su vida son bastante más enrollados que los vivos. Y esa es una idea graciosa y al mismo tiempo aterradora.

47

Aunque ante Jarque hubiera disimulado su aprensión, Lena no es tan ingenua como para no comprender que el peligro la acecha. Si el detective fue asesinado por lo que había descubierto en el caso de Marta Folguera, era evidente que quienquiera que pusiera fin a su vida debía estar ahora pendiente de ella. Todavía no sabía si su caso guardaba o no relación con los chicos muertos del valle, pero cada vez estaba más convencida de ello. Era improbable que, en un lugar remoto y pacífico, una serie de hechos violentos e inexplicables no tuvieran alguna clase de conexión. Tampoco era imposible, y esa duda añadía otra capa de desasosiego.

Los mensajes anónimos atribuían los asesinatos de los adolescentes a una secta, y era cierto que en los escenarios del crimen había un aire ritual. La elección de las iglesias, la marca en la frente… todo remitía a la recreación delirante de un obseso religioso. También sabía que esas tres equis, en forma de tatuaje, identificaban a los miembros de un culto. La noche anterior había soñado que el Verdugo, armado con un cuchillo, le marcaba la frente. Se despertó sobresaltada: hacía tantos días que las pesadillas habían remitido que había perdido la costumbre de sobreponerse a ellas y tardó un rato en tranquilizarse. Sin abrir los ojos se había palpado la cara, casi esperando encontrar las cicatrices de las heridas que le habían infligido en el sueño.

Por otro lado, no debía ni podía descartar que los mensajes fueran obra de un desquiciado, alguien con ganas de llamar la atención de la criminóloga que salía en la tele, ya fuera porque, en su desvarío, realmente creía que ayudaba o para ponerla en ridículo a través de una serie de pistas falsas.

Mientras prepara una maleta pequeña, con cuatro cosas imprescindibles, piensa que se alegra de alejarse del valle un par de días, y no solo porque siente un gran interés por conocer por fin al auténtico Thomas Bronte ni por sus ganas de ver a Jarque. Quizá alejándose logre poner en orden las ideas. Termina de hacer el equipaje en pocos minutos y, de repente, decide salir a cenar. Le han hablado de un par de restaurantes de la zona que sirven una carne excelente y se da cuenta de que ha pasado varias semanas semirrecluida en esta casa. «Como Marta —piensa—, aunque ella vivió años aquí y yo llevo menos de un mes». Cuando sale, desafiando al frío de la noche que no invita en absoluto a cruzar la puerta, tiene una extraña sensación de culpa. Como si estuviera abandonando a una mujer que ha pasado demasiado tiempo sola y que ya no quiere volver a estarlo nunca más.

La carne del restaurante de Barruera que le han recomendado hace honor a su fama. Tierna, jugosa y con un sabor excepcional. Lo único malo es que disfrutarla sin nadie con quien compartir la velada reduce un poco la satisfacción. Ha pedido una ensalada y un filete y una sola copa de vino, ya que luego tendrá que conducir hasta Boí.

Está deliberando consigo misma si comerse o no las patatas fritas de acompañamiento cuando ve que un hombre la está observando desde la barra. Es atractivo y Lena se sonroja un poco sin querer. Hay tan poca gente en el local que hasta ella llega la voz de la camarera cuando le dice al cliente:

—¿Hamburguesa muy hecha para llevar como siempre, Eric?

El nombre le llama la atención y vuelve la cabeza hacia él. El hombre la saluda con la copa de cerveza y, unos segundos después, se acerca hacia su mesa.

—Creo que hablamos por teléfono hace unos días —le dice.

—Si eres Eric Tarrés, sí, así fue, aunque me comentaste que no había ningún motivo que justificara quedar conmigo.

—¿Estás sola? —pregunta, y hay un matiz en el tono que a ella no se le pasa por alto.

—Ahora mismo, sí.

Él sonríe.

—Ahora mismo, yo también. ¿Te importa que me siente mientras me hacen la cena? Vivo cerca. Una vez por semana me doy el capricho de una hamburguesa de aquí.

—Puedes sentarte a comértela. Así charlamos —dice ella—. Aunque ya sabes de quién quiero hablar yo.

—Gracias. La verdad es que me pillaste en un mal día. No me importa hablar de Marta si es lo que quieres.

Y, para ser alguien que se había mostrado tan tajante en su negativa cuando le propuso la entrevista, Eric aborda el tema con más entusiasmo del que cabría esperar.

—Nos conocimos en el lago —le dice ahora—. El de Sant Maurici, no sé si has estado allí…

Lena niega con la cabeza. Es una de sus excursiones pendientes y la había reservado para hacerla con David si este se escapaba algún fin de semana. El parque natural de Aigüestortes, a los pies de los Encantats, era uno de los parajes más impresionantes del valle.

—Marta trabajó un tiempo en el albergue del parque. Yo soy agente forestal e iba bastante por allí, sobre todo en verano, cuando el sitio se llena de turistas. Ella se ocupaba de la cantina hasta que lo cambió por el hotel. Me sirvió un par de bocadillos y yo me puse a ligar con ella. La gente la encontraba arisca, incluso antipática, pero a mí me cayó bien desde el primer día.

—¿Y cómo era?

—Solitaria. Poco sociable. Marta miraba a su alrededor de la misma manera que mucha gente de ciudad contempla las montañas. Con temor… Como si el mundo entero fuera un monte escarpado y hostil. Al principio pensé que se debía a una infancia dura, a un padre cabrón... Yo qué sé. Luego comprendí que no tenía nada que ver con eso. No es que me contara gran cosa, pero por lo poco que se le escapaba de su familia no daba la impresión de que esa fuera la fuente de sus problemas. Al final me convencí de que no estaba tan enojada con el mundo como consigo misma. Debería haber ido a un psicólogo o algo así.

—¿Por qué?

—Se lo conté en su momento a los mossos y no tuve ganas de repetírselo al detective ese que anduvo por aquí. No creo que lo hubiera entendido —dice en tono despectivo.

Lena piensa en el pobre hombre ahorcado y en lo que diría Eric Tarrés si se enterara de su desgraciado final. En ese momento, la camarera se acerca con la hamburguesa. Lena, que ya ha terminado de cenar y se siente llena, aparta la mirada del plato y él sigue hablando, como si no tuviera hambre.

—Mientras estuvimos juntos descubrí que a veces se hacía daño. Voluntariamente, quiero decir. Supongo que se castigaba por algo que había hecho, ya fuera real o imaginario.

—¿Te contó de qué se trataba? ¿O te dijo algo a modo de explicación?

Él niega con la cabeza.

—Ni siquiera me dejaba sacar el tema. Me enteré una tarde que pasé por su casa sin avisar y la encontré en el cuarto de baño con una cuchilla, haciéndose cortes en el brazo. La sangre le corría por la mano. Tuve que sujetarla con

fuerza para que parara y cuando por fin dejó de revolver-
se me susurró: «No te preocupes por mí. Me merezco lo
que me pase. Solo prométeme que, si alguien me hace
daño, tú te ocuparás de Daniel».

—¿Crees que fue un intento de suicidio?

—No. Para nada. No se estaba cortando las venas,
aunque al principio toda esa sangre me hizo pensarlo. Los
cortes estaban más arriba, cerca del hombro, donde llevaba el tatuaje...

—¿Qué tatuaje? —pregunta Lena sin poder ocultar su
interés.

—Uno muy extraño, costaba adivinar qué era. Un día
me dijo que se lo había hecho para ocultar otro más pequeño que no le gustaba. El resultado era raro, una especie
de tribal que no le pegaba nada.

Lena medita sobre lo acaba de contarle. Aunque carece
de cualquier prueba, empieza a trazar una línea mental
entre distintos hechos. Una mujer que siempre huye de
algo. El tatuaje de una secta. Los intentos desesperados de
borrarlo. El pánico por ella y por su hijo. Su asesinato...

—¿Piensas que Marta podía estar escondiéndose de
una secta o algo parecido? —le pregunta ella entonces.

Él parece desconcertado.

—No lo sé. Es obvio que algo la asustaba. No soportaba perder de vista a Daniel...

—Sí, me lo han dicho.

—En realidad, por eso rompimos. Se puso histérica una
tarde en que fui a buscarlo al colegio sin hablarlo con ella.
Debería haber supuesto que no le gustaría, pero andaba

cerca y se me ocurrió de repente. Era un chaval muy majo y ella lo tenía demasiado pegado a sus faldas. Por eso me extrañó tanto que volviera a llamarme poco antes de… de que la mataran.

—¿Te llamó?

—Me dijo que tenía que verse con alguien, que era importante y que si podía quedarme con Daniel. Su voz era muy tensa, aunque yo lo atribuí a que no le apetecía recurrir a mí. Supongo que yo era la opción b. Lo normal habría sido que se lo pidiese a Inma, sus hijos eran amigos… Al parecer, no podía ocuparse de él ese día, no sé por qué, y Marta solo se fiaba de ella, de Maite y de mí. Maite Padilla, la del centro del Románico, trabaja hasta las siete, así que tampoco podía recoger al niño.

—¿Te contó algo cuando lo llevaste a casa?

Él se sonroja un poco. La comida sigue intacta en el plato y no da la impresión de que vaya a probarla.

—Hicimos el amor. Desesperadamente. Por última vez. Cuando pienso en ello tengo la impresión de que se estaba despidiendo, como si supiera lo que iba a pasar. Uf… por eso no quería hablar contigo. Siempre que sale el tema acabo hecho polvo.

—Creo que te he arruinado la cena —dice ella.

Él sonríe.

—No pasa nada.

Se calla justo después y Lena no sabe muy bien qué decirle.

—Deja que te invite. Al fin y al cabo, no has comido por mi culpa.

—Ni hablar. Si quieres compensarme, podemos tomar una última copa en mi casa.

Hay algo encantador e ingenuo en su forma de proponerlo, como si no se atreviera del todo a hacerlo. En cualquier otro momento de su vida, ella habría aceptado.

—Me temo que no. Es tarde y mañana tengo que madrugar.

—Bueno, tenía que probar. —Eric sonríe y ella desvía la mirada. Es un hombre muy guapo y su lealtad también tiene límites—. No te has mosqueado, ¿verdad?

Lena niega con la cabeza. La soledad de Eric le resulta muy reconocible y, por lo tanto, digna de simpatía. Así estaba ella antes de que apareciera Jarque en su vida. Así está mucha gente en todas partes, buscando un poco de cariño mientras llega el amanecer.

48

En las últimas semanas, Charlie ha empezado a alternar la biblioteca con el gimnasio de la cárcel. No es que antes no fuera, solo lo hacía con menor asiduidad y procurando no coincidir con los ciclados, que eran los amos de esa zona y miraban con desdén a los que aparecían a las horas en que ellos entrenaban. Sin embargo, desde que intercedió a favor del Gusano, esos tiarrones lo contemplan con respeto y no les importa compartir instalaciones con él.

No hay nada que una más a los hombres que el esfuerzo físico. Desde los condenados a galeras hasta los soldados, la camaradería que se genera al compartir esa sensación de reto agotador supera otro tipo de vínculos. Ese tío que suda al lado se convierte durante un rato en alguien admirado y comprendido. No tiene por qué convertirse en su mejor amigo, pero Charlie se esfuerza por mantener la buena sintonía fuera del lugar de entreno. Y los ciclados no son mala gente, o no más que cualquiera de los otros internos. Resulta fácil llevarse bien con ellos si en lugar de tabaco les consigues alguno de esos suplementos proteínicos que consumen con fruición.

—A cambio de vuestra ayuda en el entreno —les dice, y ellos asienten, satisfechos de tener algo que ofrecer a cambio.

Hoy ha llegado un poco antes con la esperanza de encontrarse a un ciclado en concreto. Es uno de los más grandes, fuerte de verdad, y cumple condena por haberle dado una paliza a un cliente que se puso pesado en la puerta de la discoteca donde trabajaba. Perdió la cabeza y lo dejó tullido de por vida mientras un montón de gente lo grababa con el móvil. El agresor tenía familia, esposa y una hija, y hasta ese momento no había cometido delito alguno. Llevaba en el bolsillo del chándal la foto de la niña y Charlie lo había visto más de una vez sentado en el patio, mirándola con los ojos húmedos, lo cual era una estampa bastante impresionante.

Entrena con él un rato, sin hablar mucho. El ciclado es un tipo de pocas palabras y Charlie se esmera por estar a su altura. No es que le caiga mejor que los otros, es que este trabaja en el comedor. Y eso, unido a su peculiar personalidad, le convierte en su aliado perfecto.

—¿En qué consiste la Promesa?

Calderón ya ni siquiera finge el secretismo de los primeros días. Le gusta la idea de que sea Charlie quien le va detrás, en lugar de ser él su lameculos. También le fascina poder contarle algo que el otro ignora: le hace sentir superior.

—Entregas a alguien. Tiene que ser a un ser querido, alguien a quien ames o aprecies.

—¿Lo entregas dónde?

—Simplemente dices su nombre. Y ellos lo hacen desaparecer. Así te conviertes en miembro del grupo. Experimentas lo que es la traición y la culpa. Como Judas.

—¿Quieres decir que se cargan a un ser querido de cada uno de los adeptos?

El Gusano asiente.

—Eso te une al resto. Y, a partir de ese momento, te ves obligado a vivir con ello. Todo lo que obtendrás tiene ese precio.

—¿Y qué es lo que obtienes? —pregunta Charlie.

—¿Tú qué crees que quieren los hombres? Influencia, dinero, poder... hay personas importantes ahí dentro. Incluso... —Se calla y desvía la mirada—. Nada. Es mejor que no sepas ciertas cosas.

—¿A quién entregaste tú?

—Déjame en paz. No voy a decírtelo.

—No es que hayas obtenido mucho poder, ¿no te parece? A lo mejor puedes reclamar al líder de esa secta.

—El Apóstol.

—¡Vaya! Os gusta el teatro...

—¿Y a ti no? Toda esa historia del garrote vil. Las escenas de los crímenes. El sótano... ¿No formaban parte de una obra que se desarrollaba primero en tu mente?

—*Fuck off*, Gusano. No me mezcles con tu banda de pirados.

Calderón se ríe.

—Siempre igual. ¿No te cansas de sentirte superior al resto?

—No es algo de lo que cansarse fácilmente —ironiza Charlie—. No me digas cuál fue tu Promesa o donativo, me da igual. Lo que me extraña es que no estés cabreado con ellos si no se molestaron en echarte un cable cuando te hacía falta.

El Gusano vuelve a bajar la voz.

—Ellos celebraron un juicio paralelo. Esa es la condena que debo cumplir, bastante más corta que la que dictó el tribunal.

—¿Y qué harán? ¿Sacarte de aquí?

—Entre sus filas hay jueces, políticos, gente poderosa... Cuando llegue el momento encontrarán la manera de liberarme. Lo verás cuando suceda si es que aún estamos en el mismo centro. Un buen día, dentro de no tanto tiempo, esa puerta se abrirá para mí y podré volver a la calle.

—¿A violar más niñas?

El Gusano sonríe.

—No soy tan imbécil. Hay sitios donde hacer eso sin que te metan en la cárcel. Niñas pobres de países subdesarrollados que necesitan comida y están dispuestas a dar cariño. —Hace una pausa y pone los ojos en blanco—. No me mires así. En serio, me aburres. Quizá puedas engañar a todo el mundo aquí con tu aire de buen chico inglés, pero a mí no me la pegas. Si algún día vuelves a pisar la calle, tardarás poco en matar. Lo llevas en el alma, como yo lo mío. Tú y yo somos unos seres especialmente tarados, Charlie. No tenemos remedio. Por eso te buscaste ese otro nombre, ¿no lo ves? Anhelabas desesperadamente no ser tú. Ser ese tal Thomas. Pero eso es imposible.

»Hazme caso. Deja que la maldad fluya y al menos serás feliz.

49

Cuando Lena tiene delante a Thomas Bronte, en una de las salas de la comisaría que Jarque ha reservado para ella, comprende en parte las impresiones que el subinspector le comentó en su día. Es ciertamente guapo, aunque su estilo de *gentleman* desenfadado le resulta un poco pasado de moda, y habla un inglés de locutor de la BBC, que poco debe tener que ver con el acento de su Yorkshire natal. Ella, que no necesita un intérprete para el encuentro, le cuenta, de manera resumida y clara a la vez, los crímenes que cometió el Verdugo, su estacionalidad, la tipología de las víctimas y el desenlace que tuvo la historia.

Durante todo ese tiempo, Thomas la escucha con atención, procesando cada palabra. Aunque es evidente que ya estaba informado, esa exposición tan exhaustiva y formal va haciendo mella en él. Cuando Lena termina, la mira consternado.

—No puedo decir que no me impresione. Lo siento, es

extraño pensar que alguien a quien conociste de niño ha sido capaz de hacer todo eso.

—Todos los asesinos fueron niños alguna vez, señor Bronte.

—Llámeme Thomas, por favor.

—De todos modos, es precisamente sobre ese Charlie de su infancia de quien quería hablar con usted. Seguro que hay datos ahí que explicarían su perfil, o al menos ayudarían a describirlo mejor.

Él se encoge de hombros. La expresión de su cara indica que está viajando con la mente al pasado, a esas dos casitas gemelas de Hebden Bridge, en los años ochenta y noventa.

—La verdad es que nunca fuimos amigos —dice al final—. Solo vivíamos muy cerca y él se venía con nosotros. Conmigo y con Neil.

—Neil murió en 1990, ¿verdad?

—Sí. Yo tenía seis años. Como Charlie.

—Su hermano se cayó en un pozo en el jardín de los Bodman...

—Exactamente. Yo lo encontré. La pelota se nos coló en la casa de los Bodman y él fue a buscarla. Como no volvía, acabé saltando la tapia.

—Lo siento —dice ella—. Tuvo que ser muy duro.

—Fue terrible. Y lo cambió todo. Éramos una familia feliz, ¿sabe? Después de eso ya nada volvió a ser lo mismo. Ni mis padres ni yo... Creo que allí aprendí que la vida puede terminarse en un minuto, sin avisar, y que no merece mucho la pena preocuparse por nada. Es mejor disfrutar del presente. El futuro no existe.

Lena asiente, aunque no es Thomas ni su filosofía de la vida lo que le interesa.

—Ha dicho que hasta entonces fueron una familia feliz. ¿Cree que eso también podría decirse de los Bodman?

Él lo piensa durante un breve instante.

—No. No con aquel padre.

—¿Era estricto?

—Era un capullo. Perdón, quizá no debería haberlo descrito así. Sin embargo, no se me ocurre otra palabra. Estaba siempre enojado. Castigaba a Charlie por cualquier cosa… y hablo de castigos de verdad. Oíamos sus gritos desde casa. Supongo que no era el único padre del pueblo que lo hacía. El mío, en cambio, nunca nos puso una mano encima.

Lo dice con orgullo y Lena le sonríe. Es verdad lo que dicen quienes afirman que nadie puede robarte una infancia feliz. Y por lo tanto, tampoco nadie es capaz de librarte de una niñez triste.

—Y Charlie, ¿cómo reaccionaba? ¿Era rebelde o se sometía a esa disciplina?

Thomas Bronte exhala el aire despacio.

—No lo sé. En serio. No era un chaval simpático. Siempre escurría el bulto, echaba las culpas a los otros… Recuerdo que Neil solía decir que en su caso era normal, que las broncas de su padre eran tan exageradas que el pobre tenía derecho a mentir para evitarlas. Entonces yo no lo entendía, claro.

—¿Y su hermano? ¿Derek? ¿No le ayudaba en nada? Era bastante mayor, podría haberle echado una mano.

A Thomas se le ensombrece la expresión al oírla.

—Mire, Lena, yo sé que lo que me ha contado de Charlie es cierto. Que ha matado a toda esa gente y que seguramente es un tipo despreciable. Pero Derek era mucho peor, se lo prometo. Y no, nunca le ayudó. Yo lo oía reírse cuando el padre le zurraba y más de una vez le pegó él también. En serio, me cuesta mucho no sentir lástima por ese crío.

—De hecho, Charlie se vengó de su hermano. Lo ejecutó como a los otros.

Thomas la mira a los ojos.

—Se lo dije al policía el otro día. Dudo que nadie haya derramado una lágrima por Derek Bodman. Si yo hubiera sido Charlie, a lo mejor también le habría matado.

—¿Hay algo que no me está contando, Thomas?

Él baja la cabeza y medita durante unos segundos que se hacen muy largos.

—Supongo que ya da igual. Lo que ha hecho Charlie es demasiado grave para andarse con remilgos sobre su pasado. —Tiene que tragar saliva para seguir hablando—. Como sabe, Charlie es gay. Al parecer, cuando tenía unos doce años, Derek lo descubrió... Se lo contó a su padre, claro, y se puede imaginar cómo reaccionó. Pero por el pueblo corrió el rumor de que, a partir de ese momento, Derek empezó a llevárselo a Mánchester los fines de semana.

—¿Para qué?

—¿No se lo imagina? ¿Sabe cuántos tíos debieron pagar en los noventa para que un chaval les hiciera...?

Incluso Lena, habituada a toda clase de historias, no puede evitar estremecerse.

—Y no era un cotilleo —prosigue él—. Lo hizo hasta que fue demasiado mayor. Yo mismo le oí alardear delante de sus amigotes de la pasta que sacaba con eso. Quiero pensar que sus padres no lo habrían consentido. Derek presumía de estar curándolo de esas mariconeces...

Lena no necesita tomar nota. Es difícil no sentir pena por Charlie Bodman y, también, si se olvidaba lo que terminó haciendo, incluso admiración por cómo había escapado de ese mundo, de ese pueblo, de esa familia. Había estudiado Arte, había montado su propia galería y había salido mejorado económica y socialmente. Tal vez por eso, cuando llegó a Barcelona, ya licenciado y con un futuro por delante que en nada se parecía al de su hermano, quiso renegar de aquellos orígenes y adoptó el nombre de aquel que siempre había querido ser: el pequeño de los Bronte, una familia de artistas en la que se trataba bien a los niños en un entorno culto y sensible que él solo podía envidiar desde el otro lado de la tapia, desde el horror de su casa.

Terminada la entrevista, Lena se despide de Thomas en la puerta de la comisaría y vuelve a entrar para ver a Jarque. Necesita que la abrace y, por la cara que pone él al verla entrar en su despacho, eso es exactamente lo que pensaba hacer. Unos instantes después, ella se aparta un poco, lo justo para mirarlo a los ojos.

—¿Qué tal? ¿Cómo va todo? ¿Cómo está Ali...?

David apoya un dedo en sus labios.

—Ahora no. Vámonos a tu casa. No quiero hablar de Alicia ni de los chicos. Ni de Charlie Bodman ni del detective muerto. Deseo estar solo contigo durante un rato. Nos lo merecemos.

Y Lena no le lleva la contraria.

50

Los Encantats son dos picos importantes cuyo tamaño, casi idéntico, ha dado pie a una leyenda. Se cuenta que dos hermanos del valle prefirieron irse de caza a cumplir con sus obligaciones religiosas dominicales y, como penitencia, fueron transformados en piedra. Las dos montañas, junto con el lago de Sant Maurici, conforman uno de los paisajes más hermosos de los Pirineos. La fuerza de la naturaleza se manifiesta en el carácter agreste y en la indómita belleza de este paraje.

La escalada al Encantat grande, apenas diez metros más alto que su hermano menor, supone un reto para los chavales montañeros y Ricard Janer lleva preparando a los chicos desde pequeños para acometer el ascenso. Se había negado a hacerlo antes de que cumplieran los quince a pesar de que llevan reclamándolo desde los trece. Ahora, cuando los ve equipados y listos para emprender el camino, piensa en lo rápido que han pasado estos dos años. Tanto Quim como los otros dos ya no son unos niños, aunque a veces se comportan como si lo fuesen. Cuando su hijo le confesó la historia de la casa y sus mentiras posteriores, se sintió tentado de cancelar la excursión, pero se le antojó un castigo demasiado cruel. Los chavales llevaban meses esperándola y la han convertido en un ritual de paso a la edad adulta. De hecho, había terminado usando ese argumento con los padres de Roger y de Lázaro, que estaban igual de enfadados y habían tenido la misma idea. Al final, se había impuesto el amor a la montaña y el «tampoco hay que exagerar» y allí estaban los cinco. Los tres chavales, Klaus Lemm y él.

El día ha amanecido encapotado. Ricard confía que esas nubes otoñales se dispersen pronto. Octubre es un mes traicionero, pero no ha habido manera de organizarlo antes. De todos modos, hoy ascenderán solo hasta el refugio Mallafré, donde pasarán la noche. La ruta podría hacerse en un día, en unas nueve horas. Él, sin embargo, ha preferido la opción más cómoda. Además, está convencido de que una parte esencial de estas salidas es la noche en el refugio, la camaradería, compartir el tiempo de descanso que sigue al esfuerzo físico.

Se vuelve a mirarlos y hace una seña a Klaus. Los chicos llevan los arneses y los cascos colgando de las mochilas para la escalada que tendrá lugar al día siguiente, desde el refugio. El camino de hoy, entre bosques, es mucho más sencillo. Los dos guías se han repartido el material más pesado.

Los chavales saben que la montaña pide silencio. Ricard se lo ha inculcado desde las primeras salidas, así que mientras contemplan con temor e ilusión el camino que se eleva ante ellos dejan de hablar. «El alpinismo es también una oportunidad de conectar contigo mismo —les ha dicho el padre de Quim muchas veces—. Eres tú frente a la montaña: necesitas concentración y calma. Si no la perturbas con tus voces, si no te la tomas a broma, te permitirá que la subas».

—¿Vamos? —dice entonces.

Deja que Klaus abra la expedición y que los chicos le sigan. Se coloca el último y obedece a su propio consejo. Se calla y centra su atención en el camino y en los chicos a la vez que le pide al Encantat grande que se porte bien con ellos, que estos dos días transcurran en paz y sin sobresaltos.

Ni Arlet ni Adrià son aficionados al montañismo. En el caso de ella, porque llegó hace poco al valle y, aunque le gustara, necesitaría entrenar más antes de unirse a esa excursión. A Adri le dan miedo los espacios abiertos, grandes y salvajes, así que un plan como ese es una pesadilla.

Por otra parte, Arlet cree que a Quim y a ella les conviene pasar un fin de semana separados. No ha tenido muchas ganas de verle después del día de la comisaría. No sabe muy bien por qué, pero la experiencia sexual no ha tenido el efecto de unirla al chico con quien la compartió. Y no es solo por lo que dijo él en la comisaría. Simplemente no le apetece repetirlo y no para de fantasear con la posibilidad de hacerlo con otro chico. Alguien que no se parezca a Quim, ni por dentro ni por fuera. Alguien que también le guste. Alguien como Lázaro.

Apenas se había fijado en él hasta el día que acudió a su casa para ayudarla con Adri. Arlet, que nunca había tenido un padre ni un hermano mayor, descubrió unas muestras de afecto masculinas que la sorprendieron. Para ella, Lázaro solo era un chico más, un pesado que no paraba de pelearse y hacer el pavo con Roger. Sin embargo, en las últimas semanas ha empezado a verlo como un chico cariñoso, responsable, menos arrogante que Quim y, ¿por qué no decirlo?, también más guapo. Más sólido. Más hombre. Se ha fijado en cómo cuida de su hermana, en su paciencia con un perro envejecido que lo mira con adoración absoluta, y ha empezado a recordar la sensación de estar a su lado la noche en que encontraron el cadáver de Fredy. Aquel cuerpo fibrado, aquellos ojos negrísimos, aquellos rizos morenos y rebeldes, tan gustosos al tacto, tan diferentes del corte a cepillo de Quim.

«Mejor no ver a ninguno de los dos al menos un fin de semana», se dice ahora, mientras acompaña a su madre al supermercado de Pont de Suert. No suele ir con ella, pero desde la movida en comisaría intenta tenerla contenta. Estela no es muy exigente, no montó ningún drama ni le echó una bronca monumental. Aun así, el pacto tácito, tú no haces tonterías y yo no me meto mucho contigo, se ha tambaleado un poco, y ella quiere restablecer el equilibrio cuanto antes.

Después de la compra, Estela tiene cita en la peluquería

y Arlet se va a dar una vuelta. Se compra algo para desayunar por segunda vez y se dirige hacia el paseo que bordea el río. Está ahí, pensando lo tranquila que está sin recibir un whatsapp de Quim cada dos minutos, cuando distingue a Adrià a lo lejos.

Tiene claro que es él desde el principio y aun así hay algo en el comportamiento del chico que la previene de saludar. Se acerca un poco, para verlo mejor, porque no termina de entender qué está haciendo.

Adri está a unos metros de distancia, más cerca del río y de espaldas a ella, o mejor dicho, de perfil. Lo raro es que durante varios minutos da la impresión de estar hablando con alguien. Desde donde ella se encuentra no puede oír sus palabras, pero los gestos con los brazos y la postura son inconfundibles. «Parece como si Adrià hablara solo», piensa ella. Arlet saca el móvil y graba un vídeo de pocos segundos. Tiene que enseñárselo a Lázaro cuando vuelva de la montaña. Sabe que se preocupa de Adri como si fuera su hermano pequeño y cree que debería enterarse de esto.

Finalmente el chico se vuelve y se queda boquiabierto al encontrarla allí. Por suerte ella ya ha guardado el teléfono, porque a Adri no le haría gracia saber que le ha grabado. Es obvio que no se alegra de verla. Arlet siente que ha invadido un espacio privado, una intimidad que su amigo prefería preservar. Por eso finge que acaba de llegar y que no se ha dado cuenta de nada.

Él le sigue el juego, aunque Arlet no está muy segura de que Adri se haya creído su mentira.

El segundo día el ascenso se complica porque empieza la auténtica escalada. Ricard deja que Klaus les dé las instrucciones mientras desayunan muy pronto, cuando aún es de noche. Deberán iniciar la subida con los frontales para alumbrar el camino. Mientras oye a Lemm dar indicaciones con la brusquedad que le caracteriza, el padre de Quim mira hacia la cumbre. Piensa que hacen bien en salir tan temprano para llegar a la cima antes de que se ablande la nieve.

Por orden de Lemm, los chicos revisan el material: cuerdas, arneses, mosquetones y cascos. El alemán no será la compañía más alegre, pero no hay mejor guía de montaña que él. Ricard pondría a Quim en sus manos sin la menor vacilación. Aun así, esta mañana lo observa de cerca y lo ve desmejorado, como si la edad por fin le estuviera atacando.

La noche anterior había intentado charlar con él sin mucho éxito. Quería dejar a los chicos a su aire y estuvo un rato estampando sus palabras contra el semblante pétreo del alemán hasta que desistió y se puso a pensar en sus cosas, precisamente lo que quería evitar. La montaña le servía de refugio y de vía de escape, no de purgatorio. No le apetecía cavilar sobre los encuentros con Estela, que estaban adquiriendo demasiada frecuencia, demasiado peso. No tanto porque ella lo exigiera, más bien porque él no lograba quitársela de la cabeza.

Nunca le había pasado algo así, no desde que se casó

con Inma. Había tenido escarceos, porque él no creía en la fidelidad, pero hasta ahora ninguna de sus aventuras había sido tan continuada y obsesiva. Tan omnipresente en su cerebro y en su cuerpo. Lo más singular era que ahí no había nada de amor, ni siquiera de simpatía, porque ella no era una mujer fácil de querer. Era solo sexo: tórrido, desenfrenado, salvaje. Unos polvos de quince minutos que lo volvían loco y otros, de horas, en los que físicamente se sentía en plena agonía. Al final le aguardaba un abandono que tenía algo de muerte, dulce y aterradora a la vez.

La noche anterior le extrañó que los chicos se hubieran dormido tan pronto y al comprobar que así era cayó en la cuenta de que Quim había estado muy serio todo el día. Sobre todo con Lázaro. Este había pasado la tarde solo, mientras Quim y Roger se perdían un rato por los alrededores del refugio. Entonces no le había dado importancia. Luego, en cambio, tanta quietud le escamó un poco y se acostó algo intranquilo, como si presintiera que algo no terminaba de funcionar bien en aquella excursión.

Ahora ya apenas se acuerda y deja que Klaus lidere el ascenso. Al menos hasta llegar a la canal, donde empieza el auténtico reto.

Alcanzar la cima es un instante glorioso para los montañistas y probablemente estúpido para la gente que no es aficionada a la montaña. Hay más nieve de la que preveían y Ricard agradece haber cogido los piolets para el último tramo. Una vez arriba, la tensión del ascenso se transforma en una alegría exacerbada. Solo Klaus permanece imperturbable. Sus labios solo pronuncian una palabra: «*Herrlich*», soberbio.

Los tres chicos han cumplido con lo que se esperaba de ellos. Han sido cautos, han seguido al guía en todo momento sin apartarse de la senda que él escogía y han trepado con la habilidad de cabras montesas. Ahora miran hacia abajo, contentos y cansados. Disfrutarán un rato de las vistas y repondrán fuerzas antes de descender rapelando.

Ricard los contempla: han sido años de entrenamiento para llegar hasta aquí. Se sacan fotos porque ahí ya está permitido hacer el tonto. La montaña les ha consentido subir: tienen derecho a celebrar su gesta.

Es quizá esa alegría, la adrenalina que se libera en forma de atrevimiento, la que los empuja a la desobediencia. Klaus está montando el rápel con Ricard a su lado y ninguno de los dos se da cuenta de que Quim acaba de decirles algo a los otros. Los chicos bromean y, un segundo más tarde, se retan. Antes de que ninguno de los adultos pueda evitarlo, el hijo de Ricard se despide con la mano y empieza a destrepar sin esperar a que el rápel esté listo. Roger va tras él: es tan hábil como su amigo o quizá más. Lázaro es el único que permanece en la cima, debatiéndose consigo mismo. Ser responsable y quedar como un flojo o aceptar el desafío de los otros y exponerse al peligro.

Ni él mismo sabe lo que habría hecho al final porque en la duda pierde la oportunidad de decidir. Apenas unos segundos después se oye un grito y Ricard se apresura a asomarse.

—¡Joder! —grita al ver a su hijo en el suelo y cierra los ojos para borrar de su mente la imagen de lo que podría haber pasado.

Ha sido una caída sin importancia y Quim apenas se ha hecho daño. Un resbalón. Lo que sí le dolerá más tarde, cuando ya estén a salvo después de un descenso complicado, es el amor propio. Roger se ha quedado paralizado al ver el accidente y Klaus Lemm no consigue convencerlo de que se suelte de la roca a la que se ha aferrado para agarrarse a la cuerda. Quim, en cambio, finge que la cosa no ha sido tan grave y se incorpora al rápel sin rechistar ni tampoco pedir disculpas.

Es luego, ya a los pies de la montaña, cuando Ricard Janer, aún aterrado por esa imagen que vio en su cabeza, la de su hijo malherido o incluso muerto, y ofendido por la imprudencia descarada de alguien a quien creía haber enseñado bien desde niño, lo agarró del anorak y le soltó un «imbécil» que restalló como un latigazo en los oídos del chico. El insulto le ofendió, pero lo peor fue que su padre lo pronunció en voz alta delante de los otros.

Delante de Lázaro.

51

El ruido de la ciudad le resulta ensordecedor después de haber estado casi tres semanas inmersa en la quietud del valle. Lena empieza a entender la sensación ambivalente que genera el silencio en la montaña: puede llegar a hastiarte y, a la vez, hechizarte. Especialmente en un lunes, 24 de octubre, en el que Barcelona ha amanecido azotada por una ola de calor, incongruente para la fecha, que altera los ánimos de sus residentes. En su calle, cerca del mercado de Sant Antoni, se ha iniciado una batalla de cláxones tan irritante que ella solo piensa en huir con el coche hacia ese otro lugar dominado por la paz.

Sin embargo, todavía no puede irse, al menos no hasta la tarde. Sonríe al pensar en los días que ha compartido con David, en los que él ha simultaneado sus responsabilidades de exmarido y de padre con las de amante y las de policía.

Ella, por su parte, ha hecho un esfuerzo por olvidarse de la charla con Thomas Bronte y de lo que le contó sobre Charlie. Sabe que si entra en ese túnel corre el riesgo de desviarse del camino que ha tomado ahora y no puede permitirlo: se lo debe a los Folguera. No se saca de la cabeza que quizá puede ayudar, aunque sea de manera indirecta, en el caso de los chicos asesinados del valle.

El mensajero anónimo no ha dado más señales de vida, así que cuando Jarque se iba a trabajar, Lena ha estudiado los datos dispersos que ha recabado en los últimos días. La secta, los tatuajes, el ahorcamiento del detective. «Es esto último lo que conecta un caso con el otro», se dice, el hilo principal que une lo que sucedió hace siete años con los crímenes de ahora. Eso y que el niño perdido, si está vivo, tendría ahora la misma edad que los adolescentes hallados en las iglesias. Y luego están los tatuajes, si es que ese informante anónimo no está inventándose algo para mantenerla pegada a sus mensajes.

Marta había intentado quitarse el tatuaje con una cuchilla. No eran tres equis, pero podían haberlo sido en el pasado. A Lena, que no quería infundir falsas esperanzas en los Folguera, solo se le ocurría otra persona que hubiera visto a Marta desnuda antes de su primera huida. Por eso trató de localizar a su primer novio, Joan Marc Vilallonga. Tal vez estuviera de gira, porque no se había puesto al teléfono ni tampoco le había devuelto las llamadas.

Hasta esta mañana. Sorprendentemente, ha accedido a comer con ella, lo cual retrasará su partida. El bullicio de la ciudad la está mareando y ya echa de menos a David, así que mira el reloj con impaciencia, deseando que llegue el momento de iniciar su viaje hacia el valle.

Cuando suena el teléfono y ve que es el sargento Crespo, el corazón le da un vuelco. No había vuelto a hablar con él desde que le pidió esa ayuda extraoficial que, al parecer, no ha necesitado, así que le responde enseguida.

—¿Qué tal? ¿Sigues en el valle? —pregunta él.

—Ahora mismo estoy en Barcelona, pero en unas horas volveré a Boí. ¿Querías algo?

—Pues la verdad es que sí. Hay algo que quería contarte. Necesito contrastar mis opiniones con alguien... —dice obviando que debería hacerlo con su superiora directa.

Y así, Ramsés la pone al día de la confesión de los chicos mientras ella le escucha con atención.

—Entraron en la casa donde te alojas semanas antes de que llegaras —le dice Crespo—. Si lo consideras oportuno, puedes informar a sus dueños y que ellos decidan si quieren denunciarlos.

—No creo que eso les importe mucho, la verdad.

—Ya me imagino. Así que no fue más que un acto vandálico para hacer espiritismo. O eso dijeron.

—¿Y ese chico? ¿Adrià?

—Me sigue preocupando. Según todos, el fantasma de la casa se comunicó a través de él... Les dijo un montón de tonterías.

—Lo de siempre, supongo...

—Bueno, fue un poco más original. No mucho... Si no recuerdo mal, les dijo cosas como muerte, traidor, o algo parecido. Ah, y algo bíblico. Jesús. No. Judas. Cualquier cosa.

Ella se queda en silencio, pensando en los mensajes. Le pedían que buscara el significado de las tres equis, pero no tenía ningún sentido usar como fuente lo que habían dicho unos adolescentes y menos aún si su información procedía del más allá.

Aun así, cuando la charla con el sargento se acaba, la idea sigue rondándole la mente. XXX. Treinta en números romanos. Las monedas de Judas. El pago del traidor.

El barullo del exterior no la deja pensar en paz. Falta una hora para la comida con Joan Marc y comprende que no va a tener paciencia para esperarlo. Lo llama y, para variar, él contesta enseguida.

—Disculpa, Joan Marc, tengo que cancelar la cita. En realidad, lo que necesitaba preguntarte puedo hacerlo por teléfono, si no te importa.

—Como quieras. Tampoco a mí me venía muy bien quedar hoy.

—Perfecto. ¿Recuerdas si Marta se hizo algún tatuaje mientras salíais juntos? Luego los tenía, pero me interesaría descubrir de cuándo eran.

—Yo diría que no, no era nada su estilo. Desde luego ninguno grande, ni vistoso, o me acordaría.

«Así que Marta no se tatuó en Barcelona sino más tarde», se dice ella. Sigue sin poder asegurar que en ese acto esté la clave de todo. La razón de su miedo y de su huida, de su inseguridad constante, podría ser una expareja violenta. Por otro lado, nadie vive tan perseguido como los adeptos que escapan de una secta, y ese podría ser también el caso de Marta Folguera.

Mientras coge la maleta y la llave del coche, se dice que estaría bien poder hablar con esos chicos que han mencionado el nombre de Judas.

52

—Era muy raro, en serio —susurra Arlet a Lázaro después de enseñarle el vídeo de Adrià que grabó en el parque.

Él lo ha visto un par de veces y ahora la mira a ella
preocupado. Arlet y Lázaro han salido con el perro al volver del instituto y se han empeñado en arrastrar al animal
por el Camí de la Santeta hasta el mirador. No es que sea
una cuesta muy empinada, pero el animal los contempla
con molesta resignación. Ellos no le hacen caso ni tampoco prestan atención a la vista espectacular que se abre ante
sus ojos esa tarde de finales de octubre. Las montañas,
majestuosas y solemnes, cercando los pueblos del valle, las
torres de las iglesias despuntando en cada uno de los núcleos urbanos, y por encima de todo, un cielo vespertino
que parece pintado a mano, sin una sola nube.

—¿Has hablado con él? —le pregunta ella mientras se
apoya en el banco del mirador de espaldas al paisaje.

Lázaro no responde. Se ha acercado más al borde y su
silueta se recorta contra el paisaje.

—No mucho. Ni siquiera durante la escalada del fin de semana. Lo he visto en clase, como tú…

—Ya.

La excursión a los Encantats había traído cola. Bastaba con ver la cara de Quim el lunes en la clase de primera hora. Arlet no entendía mucho de broncas paternas, pero él había hecho una idiotez y no le extrañaba que su padre lo reprendiera. Llevaba varios días intentando quedar con Lázaro a solas, para mostrarle el vídeo, pero Adri siempre andaba por en medio. Por eso ha salido hoy, durante las últimas horas de luz de la tarde, le sonaba que él sacaba al perro en esa franja horaria.

—Si al menos pudiéramos acudir a su padre… —insinúa ella.

—¿A ese tarado? Ni hablar.

Lázaro piensa en las posibilidades. El psicólogo del instituto le parece la mejor opción. Alguien con conocimientos que pueda echarle una mano a Adri. Él lo haría si supiera cómo, pero es consciente de que esa tarea le viene grande.

Arlet se ha agachado junto al perro para acariciarlo.

—Me encantaría tener uno —le dice ella—. Pero a mi madre no le gustan. Es más de gatos.

—Este está muy mayor —comenta él acercándose a los dos—. Tiene casi mi edad —dice él—. No quiero rayarme pensando en el día que no esté…

Él va a pasar una mano por la cabeza del animal, y al hacerlo sus dedos se rozan con los de Arlet. Está a punto de retirarla cuando ella lo detiene y lo agarra de la muñeca para luego juntar la palma con la suya.

—Joder, mi hermana de seis años tiene una mano más grande —comenta Lázaro.

—Pero la mía es más fuerte —dice Arlet y para demostrarlo la cierra en torno a la del chico.

Es imposible no mirarse y sonreír. Y, a partir del momento en que los ojos de Lázaro entienden, sorprendidos, la invitación que brilla en los de ella, es inevitable que el roce se extienda también a los labios. Arlet saborea el beso y pasa la lengua por los labios cortados del chico. Lázaro intenta echarse atrás.

—Esto no está bien —murmura—. Quim se va a…

—Quim no es nadie —dice ella—. Ya no.

—No será nadie para ti. Sigue siendo mi colega.

—¿De verdad lo crees?

Lázaro piensa en el fin de semana en los Encantats, en cómo los otros dos lo dejaron de lado. La lealtad pelea con fuerza contra las ganas de volver a besarla. Son fuerzas opuestas de la misma intensidad y algo en él se rompe.

Se levanta porque lo único que se le ocurre es apartarse de la tentación para evitar el peligro, pero tampoco desea irse muy lejos. Arlet sigue acariciando al perro, sin decir nada más, y él decide cambiar de tema.

—Tenemos que hablar con Adri. En serio.

Ella asiente con la cabeza.

—A lo mejor le iría bien volver a esa casa —murmura ella—. Al fin y al cabo, ahí empezó todo.

—Pero ahora hay alguien viviendo en ella. No podemos meternos allí de nuevo.

Arlet lo mira.

—Podemos hacer más cosas de las que crees, Lázaro —le dice con una media sonrisa—. Solo hay que tener huevos.

53

Se lo insinuó Roger ayer, mientras compartían una lata de cerveza cerca del bar, y él mismo lo ve con sus propios ojos ese mediodía de viernes, al salir de clase, cuando Lázaro y Arlet desaparecen enseguida, casi sin despedirse, llevándose a Adri con ellos. No dicen adónde van, así que supone que se marchan hacia Taüll. Tampoco mencionan nada sobre el puente, que se extiende hasta el martes, el día de Todos los Santos.

«Esos dos están enrollados».

Y Quim, que no es tonto y nota que ella no le hace el mismo caso de antes, no puede soportarlo. Sufre, aunque en realidad lleva días mosqueado. No tanto porque sospechara nada, sino porque Arlet ha dejado de responderle a los mensajes. Para ser exactos, no es que no conteste: responde tarde, dejando pasar un buen rato entre uno y otro, de manera que cualquier conversación pierde el sentido por completo.

Lo que menos entiende es que todo empezó justo después de que se acostaran. Para Quim fue una experiencia alucinante y habría deseado repetir cada día. Entiende que metió la pata cuando fueron a comisaría, igual que el fin de semana pasado, en la escalada, y le jode que últimamente parece incapaz de hacer nada bien. Es como si la tensión que siente a todas horas lo empujara a actuar sin cabeza, como le dijo su padre cuando llegaron a casa, ya un poco más tranquilo. Se hizo el firme propósito de controlarse, pero cuando ve que su chica y su amigo se largan sin despedirse, la sangre le hierve de nuevo, nublándole la razón.

—¿Dónde se han metido esos tres? —pregunta Roger haciéndose el inocente—. ¿Vamos a quedar luego?

Quim no le contesta porque en ese instante la rabia se lo come por dentro. Con los celos no se puede razonar, es un estado emocional que desenfoca la mente y empuja hacia una montaña rusa de fantasías dolorosas. Puto Lázaro. El que todo lo hace bien, el que tiene cabeza. El que, a lo mejor, en este momento, le está metiendo la lengua a su chica hasta el cuello.

Puto traidor.

A lo largo de la tarde, esa es una palabra que se repite a sí mismo muchas veces. Trata de comunicarse con ellos a través del grupo de WhatsApp y con Arlet en privado, pero el único que contesta es Roger, entre emoticonos idiotas: «La peña está en plan ocupada hoy. Nadie dice puto nada».

Estar metido en su cuarto le pone aún más de los nervios. Se siente como un animal enjaulado. Decide que lo único que puede calmarlo es aclarar las cosas con Arlet. Y si ella no quiere ponerse al teléfono, tendrá que ser en persona.

«¿Otro mensaje?», se pregunta ella con fastidio. Si estuviera tranquila, en su casa, lo mandaría a la mierda o lo bloquearía un rato. Ahora tiene otras cosas en que pensar.

Le costó convencer a Lázaro la noche anterior y aún percibe que el chico no lo tiene muy claro. Ella, en cambio, está convencida del plan y ha logrado persuadir a Adri de que los acompañe. «¿No estás harto de las pesadillas? —le ha preguntado—. Pues lo mejor que puedes hacer es enfrentarte a ellas. Pero de día. Y con nosotros a tu lado. Tienes que entrar de nuevo en esa casa». Ahora que están allí, la seguridad de Arlet se tambalea un poco, aunque intenta disimularlo. En su fuero interno, sigue creyendo que tiene razón. Si los trastornos de Adrià se desataron en esa casa, solo allí podrá resolverlos.

Se marchan enseguida, para evitar que Quim y Roger los sigan. Fingen volver a casa en el taxi del padre de Lázaro, pero le piden a este que los deje en Boí con la excusa de un trabajo escolar. Se han plantado en la puerta de la casa mientras los otros dos siguen especulando sobre lo que pasa, en Pont de Suert.

—Tranquilos —les dice Arlet—. No vamos a hacer nada ilegal. Llamamos y nos presentamos. Luego pedimos disculpas por haber entrado aquí sin permiso y vemos qué pasa. No es nada malo. Si nos manda a la mierda en plan borde, nos vamos y ya.

Los tres saben quién vive allí ahora, todo el valle está al tanto, y Arlet piensa que dormir en esa casa debe de ser una experiencia bastante rara. A lo mejor esa psicóloga incluso tiene algo que contarles al respecto.

Lo que es obvio cuando la mujer abre la puerta es que no es una borde. Al revés, los chicos se sorprenden cuando no solo no los echa, sino que los invita a entrar.

Quim, que ignora que las personas a las que busca se encuentran mucho más cerca de lo que cree, ha pillado uno de los pocos buses que circulan por el valle y está ahora frente a la casa de Arlet. Llama a la puerta y nadie le abre. Tampoco le contesta al teléfono. Y él espera, sintiéndose como un imbécil, sin saber qué hacer hasta que se le ocurre que la chica podría estar en la crepería ayudando a su madre. El restaurante solo abre por las noches, pero Estela va por la tarde para preparar el local.

Camina hasta la crepería, situada cerca de la carretera, y se anima a empujar la puerta. Está cerrada. Atisba por las ventanas y no percibe ningún movimiento en el interior. Todo está apagado y las cortinas, de un alegre color amarillo, están corridas. Entonces se dirige a la salida de la cocina, para comprobar si hay alguien dentro. Quiere encontrar a Arlet, necesita asegurarse de que no está con Lázaro, así que sin pensarlo mucho empuja esa puerta y entra en el establecimiento.

Lo que oye no le tranquiliza en absoluto. Son unos jadeos que le provocan una vergüenza súbita y, a la vez, la ansiedad de confirmar o no sus sospechas.

En la última mesa del comedor, a resguardo de miradas curiosas desde las ventanas, hay una pareja follando. El hombre, de espaldas a él, tiene los pantalones bajados y su culo blanco brilla de una manera ridícula. La mujer está inclinada sobre la mesa. Están tan absortos que no prestan atención a nada más. Entonces el tipo se aparta un poco, lo justo para propinar una sonora palmada en las nalgas de ella. Los dos se ríen. Y siguen entregados al placer.

El chico se queda paralizado al oír la risa de él. Hasta ese momento habría podido ser cualquiera. Ya no. Menos aún cuando dice una obscenidad y su voz, inconfundible para Quim, resuena en el comedor vacío.

Otro azote. Más suspiros. Y, antes de que el hombre vuelva a hablar, Quim retrocede y sale sigilosamente por donde ha entrado. No quiere volver a oír esa voz. No quiere que su padre se gire y lo encuentre allí.

—¿Seguro que no queréis tomar nada? ¿Un café? ¿Una Coca-Cola?

Lena contempla a los tres chicos que tiene delante sin saber muy bien qué pensar. El cuento de las disculpas le parece una excusa, pero no termina de entender por qué han venido. De todos modos, se alegra de que hayan sido esos chicos quienes den el paso porque desde que regresó al valle ha estado dándole vueltas a cómo hacer para verse con ellos. Había vuelto a hablar con el sargento Crespo y acabó descubriendo que la subinspectora la había vetado expresamente, así que Lena no quiso presionar más a su subordinado.

Ahora tiene a tres de los chavales delante y se fuerza a pensar con rapidez para encauzar la conversación. Por suerte, no cuesta mucho. El de aspecto más infantil, el tal Adrià Vilas, la mira con curiosidad y le pregunta:

—¿De verdad puede dormir en esta casa?

54

Lena no cree en brujería ni en espíritus ni en que haya nada más allá de la muerte. Sin embargo, cuando los chicos se marchan, no puede evitar repetirse una frase que ha dicho Arlet Segarra, y que había puesto en boca de ese tal Klaus Lemm.

«Esta casa está enferma».

Ahora, sola entre esas cuatro paredes, le sorprende que el alemán hubiera utilizado esa expresión. No la llamó maldita ni encantada, solo enferma. Y denominarla así implicaba un sentimiento de compasión. A los enfermos se les atiende, se les cura. En el peor de los casos, se les acompaña hasta el final; no se les abandona o proscribe.

Lena lo ignora todo de casas enfermas, si es que eso significa algo, pero sabe bastante de adolescentes perturbados y la imagen de Adrià Vilas dejaba poco margen de duda. Los otros dos le habían parecido una pareja de adolescentes de lo más corriente: curiosa ella, más prudente él.

«Esa casa está enferma».

No puede quitarse la frase de la cabeza mientras va a la cocina, a servirse una copa de vino, y reflexiona sobre lo que le contaron los chicos, que ya sabía gracias al sargento. Ellos, sobre todo la chica, estaban seguros de que el fantasma de Marta Folguera les había dado esa información. Lena, con su incredulidad militante, era incapaz de aceptarlo. Adrià se creía poseído por el espíritu de una mujer muerta y los otros estaban preocupados. Eso era evidente. Aunque la chica fuera más tendente a aceptar lo sobrenatural, el estado de su amigo la desbordaba.

«Esta casa está enferma».

«Quizá lo esté de un modo simbólico», se dice Lena. Adrià le ha contado sus pesadillas y ella contempla la escalera desde la planta baja. En sus sueños, a través de los barrotes de esa barandilla, Daniel presenciaba el asesinato de su madre, lo que significa que ella está exactamente en el lugar donde se cometió el crimen. No se había parado a pensarlo antes y la idea le repugna. Por primera vez se pregunta qué está haciendo aquí, no en el valle, sino en este comedor. Se aparta un poco y va hacia el sofá, pero la vista es la misma. La escalera, la barandilla.

Lo más delirante de todo era que, por lo que decían los chicos, las tres palabras que se formaron en la ouija podían tener sentido y eso era algo que ella tampoco estaba dispuesta a admitir. Judas, muerte, traición. Jarque le había pasado una lista de cultos que habían entrado en el radar de la policía en algún momento o que habían sido clasificados como sectas, pero no había menciones ni a tatuajes de tres equis ni al nombre de Judas.

En su fuero interno, Lena está cada vez más segura de que Marta huía de ellos. Había intentado despojarse de la marca que la unía con ellos. Tenía miedo. Por ella y por su hijo. No se fiaba de nadie. La noche de su asesinato lo había preparado todo para marcharse. ¿Adónde pensaba ir? ¿Y con quién? «Traición —repite Lena—. Muerte. Judas».

Respira hondo. Necesita respuestas y, como si alguien en otro lugar lo adivinara, el zumbido del teléfono le advierte la llegada de un mensaje. Esta vez es uno solo, más largo.

Espero que haya avanzado en la investigación, doctora. Yo no voy a poder ayudarla mucho más.
Si ha descubierto el carácter de esa secta, ya sabrá cuáles son sus reglas.
Pero, si aún no es así, quédese con estos conceptos: Promesa, ofrecimiento, donativo.
Ah, y no se olvide de algo: esa gente es poderosa, más que usted o que yo. Al parecer, no todos los psicópatas fríos y malvados estamos en la cárcel.
Muchos siguen fuera y son respetables.
Ahora debo dejarla, doctora.
Espero que, cuando resuelva el caso, se

acuerde de mí.

Goodnight, doctor

Era una posibilidad en la que había preferido no pensar, pero que en su subconsciente había flotado alguna vez. Ahora que lo sabe a ciencia cierta, Lena nota un temblor en la mano. Oye la voz de Charlie Bodman, como si fuera él quien le estuviera leyendo el mensaje en persona, y comprende que en su fuero interno ha sabido siempre que era él quien le escribía.

Necesita aire fresco, necesita salir, necesita pensar. No puede hacerlo ahí dentro, donde todavía resuena el eco de la voz de Charlie, así que va hacia la puerta. Pero esta no se abre.

Duda de si la cerró o no con llave cuando se marcharon los chicos y, para colmo, no ve la llave por ninguna parte. Ni en la cerradura ni en la mesita frente al sofá ni en la cocina, adonde corre a buscarla.

En un instante de pánico siente que la casa la ha encerrado, que le impide salir, que pretende retenerla allí dentro hasta que descubra la verdad. Es una idea absurda, loca, pero a la vez coherente para una mente enferma.

Para una casa enferma.

55

Cuando tus verdades se tambalean, el mundo entero parece quebrarse. Y más a los quince años. Lo que hace unas horas era importante, ahora ha quedado relegado a un plano remoto. Quim ya no piensa en Lázaro ni en Arlet. En su mente solo está el recuerdo de su padre.

Primero fue sorpresa. Luego casi le divirtió la escena. Aquellas nalgadas sonoras y el punto sórdido, de peli porno cutre, le dieron vergüenza y le hicieron gracia a la vez. Ahora, sin embargo, justo al anochecer, empieza a apoderarse de él una emoción que se parece mucho al rencor. En los últimos días, su vida no se parece en nada a la que él aspiraba.

Hace nada era feliz, acababa de follar por primera vez, Arlet estaba por él y los colegas le seguían en todo. Su familia era mejor que la de la mayoría. Su casa, más grande y más cómoda. Una semana después, lo único que puede hacer con Arlet es masturbarse con su recuerdo. El que era su amigo lo ha traicionado. Su padre lo humilló públi-

camente y luego le endosó un sermón sobre la responsabilidad. Todo muy serio, muy paternal. Una imagen que
pierde fuerza si piensa en él y lo ve con los pantalones en
los tobillos, follándose a la madre de su chica en la mesa
de la crepería.

«Idos todos a la mierda», murmura. Luego lo dice en
voz más alta. Una, dos, tres veces. Y, cuando se percata de
que las palabras no son suficientes, la emprende a patadas
con los muebles de su cuarto. Derriba la cómoda y, de un
manotazo, tira los cuatro libros que hay en el estante. Por
suerte para él, su madre ha ido a buscar a su hermano
mediano, que estaba en una fiesta de cumpleaños, y se ha
llevado a los gemelos con ella, así que Quim puede organizar el estruendo que le pide el cuerpo sin preocuparse de
que nadie le interrumpa.

¿Y ahora qué? Se imagina a su padre diciéndole que
recoja todo eso y empieza a idear una respuesta que le
cierre la boca durante una buena temporada. Pero también piensa en su madre con sus mermeladas y sus vídeos.
¿Debería contárselo? ¿Quiere de verdad hacerle daño?

La furia se va extinguiendo y él se desploma en la
cama, en medio del barullo de sábanas. Lo que de verdad
necesitaría ahora es a Arlet a su lado, pero la idea de que
sea hija de la mujer que jadeaba en esa mesa le da asco.

«Puta». Sabe que es un insulto injusto y sin sentido,
pero los rescoldos de la rabia siguen ahí y él necesita desahogarse, ser injusto, como la vida con él. «Puta, puta,
puta». Hay algo atávico en esa clase de desprecio a las
mujeres, algo que sigue ahí. Se lo diría a esa mujer y tam-

bién a su hija, porque seguramente ahora está con Lázaro comiéndose la boca.

Y sus emociones vuelven al inicio, al enfado original, como si Quim estuviera atrapado en un bucle infinito de cólera y autocompasión. Se da cuenta de que hace un rato que no mira el móvil, y cuando lo hace, comprueba que tiene varios mensajes. Son de Lázaro.

Eh, bro, nos vemos hoy?

Te pasa algo?

Mira, tío, creo que tenemos que hablar, eh?

Mi padre me baja al campo de fútbol. Estaré
por ahí

Vente si quieres

Y por un momento siente una oleada de gratitud por dos motivos bien distintos. El primero es que el mundo fuera de su habitación sigue existiendo. El segundo y más importante, porque si Lázaro está por el campo, al menos no se está enrollando con Arlet.

En medio del desorden no encuentra la chaqueta que llevaba por la mañana y, por no buscarla, abre el armario y saca otra, un anorak un poco más fino. Al ponérselo nota que hay algo en el bolsillo y mete la mano.

El cuaderno de Daniel. Con toda la movida de los últimos días no había vuelto a pensar en él. Se para un momento a mirarlo con calma porque el día que lo encontró en la casa apenas llegó a hojearlo.

Lee aquellas palabras escritas con caligrafía infantil. Recuerda a Daniel escribiéndolas y luego leyéndolas una y otra vez. Pasa unas cuantas páginas más hasta que se terminan las anotaciones. Mira la última que escribió: «Inviable», y sonríe.

Luego la sonrisa se le borra. Porque el diccionario sigue. Al final está ese «Hijos de Judas» que ya había visto, pero en medio hay tres o cuatro páginas más llenas de palabras. Pero no están en español, sino en alemán.

56

Goodnight, doctor

No debería haberlo añadido, pero no ha podido evitarlo. «¿Qué sería la vida sin un poco de emoción?», se pregunta Charlie. De todos modos, por rápido que reaccione Lena Mayoral después de que él haya revelado su identidad, ya no llegará a tiempo. En parte lamenta no poder seguir con los mensajes que tanto le han entretenido últimamente. Tenía más información, pero tampoco desea ponérselo todo en bandeja. «Piense, doctora, piense», se dice sonriendo. Espera enterarse del final de la historia en algún momento, esté donde esté.

Al final, también él se ha interesado por las particularidades de ese grupo, o secta, lo que fuesen... el Gusano le daba la información con cuentagotas y eludía algunas de sus preguntas, lo que había picado su curiosidad. Charlie se había hecho una idea de la filosofía de esos Hijos de Judas, de esa Promesa que implicaba el sacrificio de un ser querido, de esa mezcla ideológica entre una religión alternativa y la ambición terrenal. Estaba seguro de que, si lo que contaba Calderón era cierto, el grupo estaba formado por una élite de la sociedad capaz de intercambiarse los favores necesarios para ascender en cotas de dinero y de poder. Eso le resultaba fácil de entender, pero era obvio que tenía que existir algo más. Una base de miembros que no alcanzaría nunca ese estatus, como el propio Gustavo Calderón, y que, sin embargo, conformaban los cimientos donde se asentaba la pirámide.

«Por supuesto —le confesó el viejo—. Ahí radica la grandeza del culto. Todos colaboramos y también nos ayudan».

Y, al ver que Charlie seguía sin entenderlo, hizo un esfuerzo por explicarse mejor:

—Las grandes religiones siempre han querido cambiar el mundo. Nosotros nos conformamos con mejorar nuestras vidas, con que alguien nos eche una mano para alcanzar las metas que nos proponemos. Algunos, pocos, tienen objetivos importantes; la mayoría nos conformamos con logros más discretos. Hay quien aspira a presidir un gobierno; muchos solo deseamos un puesto de trabajo que nos permita llevar una vida desahogada. Y las dos ambiciones son igualmente respetables dentro del culto porque para conseguirlas partimos del mismo sacrificio. Todos hemos cumplido con la Promesa y eso nos iguala.

Y, ante la cara de escepticismo de Charlie, había añadido:

—Hay algo en el grupo que nos diferencia de otros

cultos: en la mayoría de las religiones, a los miembros de base, a la masa anónima, solo se le pide resignación con la vaga promesa de alcanzar el bienestar en otra vida. Esta, en cambio, se preocupa por su gente aquí y ahora, de manera concreta. Escucha... siempre tenemos a alguien a quien acudir, un hermano que ocupa un escalafón superior y que puede ayudarnos en caso de necesidad y, a la vez, solicitar nuestra colaboración para lo que necesite. Es una hermandad en la que nadie está nunca solo, porque todos somos Judas.

A Charlie le habría encantado explicarle todo esto a la doctora Mayoral si hubiera dispuesto de más tiempo. Pero ahora tiene otro tema mucho más urgente entre manos.

Su plan, largamente diseñado, va a ponerse en práctica.

Ha llegado el día.

Y es la hora de la cena.

En la etapa final de los planes trazados al milímetro, cuando las ideas tienen que transformarse en hechos, uno se da cuenta de la cantidad de cosas que podrían salir mal y aparece la desesperación. Charlie ha meditado mucho sobre lo que pasará esta noche; sigue detestando que el éxito o el fracaso no dependan solo de él, pero comprende que no le queda más remedio que convivir con ello. Su abogado le dejó bien claro cuál será su destino si no hace nada para evitarlo: la cárcel de por vida. Llegar a viejo metido en una celda. Tal vez incluso morir en prisión.

Mientras se dirige al comedor, Charlie se dice que resignarse sería la muerte en vida. Cualquier riesgo es asumible. Se cruza con Jaime, el funcionario que mejor le cae.

Parece agotado y no es de extrañar: la vida ahí dentro no es fácil para nadie.

La cola de internos avanza despacio. Él se ha colocado a una distancia prudente del Gusano, unos pasos por delante del viejo. Ve al ciclado con quien ha trabado amistad en el gimnasio: está sirviendo la comida a los dos de delante de él. Tiene el ceño fruncido y Charlie sabe por qué. Lleva un par de días de mal humor, desde que perdió la fotografía de su hija que él le robó en un descuido. En la cárcel, esas cosas son importantes: una simple foto puede ser tu refugio y tu consuelo.

Cuando le toca el turno y se planta con la bandeja delante del ciclado, saborea la frase antes de inclinarse hacia él para decirle: «He pillado al Gusano haciéndose una paja con la foto de tu niña». Contaba con que bastara para provocar el caos, sin embargo, la realidad supera de largo sus expectativas.

El bramido que sale de la boca del padre ultrajado cuando se lanza por encima del bufet sobre Calderón es solo el principio. Los platos se caen, los internos protestan y, como si se hubiera activado un resorte, estalla una refriega que ya no afecta solo a los dos que la empezaron. La violencia se contagia, se propaga y va en aumento. Charlie había presenciado otras veces esa clase de peleas, pero la de hoy es de otra magnitud. A esa hora los internos están cansados y hambrientos, el estado de ánimo perfecto para perder la calma.

Charlie ve de reojo cómo el Gusano está recibiendo la paliza de su vida a manos del ciclado vengador, y cómo el resto aprovecha el barullo para saldar cuentas pendientes a base de golpes. Llegan los funcionarios blandiendo las porras reglamentarias para poner orden en el tumulto. Nadie se fija en él, o al menos eso espera, cuando se mueve hacia la cocina y agarra uno de los cuchillos que hay al otro lado del bufet.

Cierra los ojos y se prepara para el paso siguiente. Nunca se ha hecho daño a sí mismo, pero no le tiembla el pulso al empuñar el arma y clavársela en el estómago con tanta fuerza como es capaz. El dolor es tan intenso que por un segundo cree que no va a poder seguir. Hace un último esfuerzo para arrojar el cuchillo lejos antes de caer de bruces.

Cuando ponen fin a la batalla campal y solo se oyen los gritos de los funcionarios, alguien descubre el cuerpo ensangrentado de Charlie Bodman, que yace en el suelo. Desde allí, con el abdomen perforado, ve a Jaime arrodillándose a su lado, apartando al resto. Grita algo y tapona la herida con ambas manos. Charlie ve sus dedos rojos y lucha por seguir consciente.

Poco después llega la ambulancia.

Tal vez sea cierto eso de la luz al final del túnel. Charlie, tumbado en la ambulancia, cree vislumbrarla y entra en pánico. Por lo que medio oye a su alrededor, entiende que su vida está en peligro. «Joder —piensa—, eso no». La herida tenía que ser importante para que lo trasladaran de urgencia al hospital, no para llevarlo a la tumba. Se concentra en eso, en no morir, cuando un fuerte impacto sacude la ambulancia.

«No seas gilipollas, Charlie, no te mueras ahora. No la jodas a medio camino…».

Es lo último que logra pensar antes de cerrar los ojos y perder la consciencia.

Cuando la recupera, sin saber muy bien si está vivo o en el otro mundo, oye una voz conocida y siente una mano que le acaricia la frente.

—¿Te dije que los gallegos somos *homes* de palabra o no te lo dije, mamón?

57

Va a bajar la temperatura esta noche. Ya no cabe duda de que, con el cambio de horario, ha llegado también el frío de verdad. Lázaro lleva un rato esperando, viendo jugar a los chavales con la intención de distraerse un poco.

Ver a dos equipos peleando por la victoria siempre le hace olvidar los malos rollos. Solo tienes que fijarte en el balón, en la técnica. En la torpeza de uno o la agilidad de otro. Al final el partido se acaba y el resultado es inapelable, sea justo o no.

La vida es mucho más complicada, al menos ahora mismo, y no tiene pinta de mejorar. Es difícil saber lo que uno quiere de verdad. A diferencia del fútbol, donde lo único que importa es marcar.

Le gusta Arlet. No puede negarlo, aunque no había pensado en ella de ese modo hasta la noche en que bajaron a la iglesia con Adri y se encontraron el cuerpo de Fredy. Y Quim es su amigo, o cuando menos lo era, y por mucho que ella afirme que lo suyo con él no era nada serio, Lázaro no se siente cómodo. Ella se ha enfadado un poco hoy, después de que dejaran a Adri en casa. Le ha dicho que la que decidía con quien estaba era ella y que los iba a mandar a la mierda a todos. Eso sería una verdadera solución a su dilema... Lo que pasa es que él preferiría que no lo hiciera.

Por eso tenía que hablar con Quim, y por eso está aquí ahora, pelándose de frío, cuando el partido ya ha acabado y los chavales, más pequeños que él, se han ido a sus casas. Alguien se ha dejado una chaqueta en medio del campo vacío.

Lázaro se dice que va a esperar un poco más y luego se irá. No quiere llegar muy tarde a casa o a su madre le dará un síncope. Tampoco es que a él le apetezca pasar mucho rato más ahí solo, junto a este campo desierto. Mira a su alrededor. El frío ahuyenta a los paseantes.

La verdad es que no hay ni un alma y Quim ni siquiera ha contestado, así que se encamina hacia la carretera mientras llama a su padre, a ver por dónde anda con el taxi. Debe de estar conduciendo o liado con algo, porque nadie responde.

Lázaro espera.

Quim debería haber avisado a alguien, pero la emoción y las ganas de recuperar su papel protagonista en el grupo han ganado. En condiciones normales habría esperado a que llegara su padre, le habría contado sus sospechas y habría dejado que él tomara las riendas.

Hoy no. Hoy prefiere actuar por su cuenta. Además, sabe bien dónde vive Klaus Lemm, el único alemán del pueblo y, aunque su casa le queda un poco lejos, no es una distancia imposible de cubrir. A estas horas del atardecer, Klaus suele estar en el bar, poniéndose morado de whiskies. La casa, pues, estará vacía. O no.

No sabe lo que espera encontrar. Tan solo que existe la mínima posibilidad de encontrar a Daniel en esa casa. De hecho, como el día de la escalada, no piensa en las consecuencias ni en los riesgos. Solo actúa. A pesar del frío, de la niebla nocturna que empieza a descender sobre el valle. Mete la mano en el bolsillo y toca el cuaderno. No sabe bien por qué lo ha cogido, ni siquiera recuerda haberlo hecho de manera consciente, pero ahí está.

Se siente desfallecer un poco al percibir que le falta un trecho, una media hora a pie, y se pregunta qué dirá su madre cuando llegue y se encuentre la habitación hecha un desastre. Ojalá su padre se atreva a meterle otra bronca cuando vuelva.

Las noches de los fines de semana Arlet cena pronto y disfruta de la casa a solas. Su madre no volverá hasta las once, más o menos, cuando cierre la crepería, y a ella le encanta fingir durante un rato que vive por su cuenta. Hoy ha comprendido que el valle es demasiado pequeño para alguien como ella. Ya lo sospechaba, pero el lío con Quim y su amistad con el resto del grupo la despistaron un poco.

Ella no es de allí, no pertenece a esto. Sus horizontes son más amplios y esas montañas la asfixian. Prefiere mil veces una ciudad grande, llena de gente, que un lugar donde todo el mundo sabe lo que hace el vecino.

Pese a esa decisión que ha tomado hace un rato de que buscará otro instituto lejos para el próximo curso, le da rabia haber discutido con Lázaro. Es mono y buen tío. Pero, como diría su madre, todavía anda metido en esa mentalidad patriarcal según la cual hay que pedir permiso a un amigo para besar a su chica. Como si ella no tuviera criterio propio. Intentó explicárselo cuando salieron de la casa de la psicóloga.

Esa casa enferma...

Arlet no tiene ninguna duda de que, allí dentro, el espíritu de Marta Folguera se comunicó con ellos.

Se está haciendo un sándwich cuando el móvil se enciende. Es Adri.

Gracias por llevarme hoy allí. Creo que ha
sido buena idea

Estás más tranquilo?

Sí. Hasta hace un rato sí

Y ya no?

Me duele la cabeza

Arlet suelta un suspiro y ataca el bocadillo.

Pues vete a la cama, tío.
Seguro que mañana estás mejor

Sí… oye, sabes algo de Lázaro?

No. Se fue a su casa

Ok. Le acabo de escribir, pero no me
contesta. En el grupo tampoco. Ni Quim.
Solo Roger ha dicho algo

Bueno, no te rayes, cuando
lo vea te escribirá

Ya… pero seguro que está en casa, no?

Joder, tío, no lo sé. Donde va a ir
a estas horas?

Es que… tengo miedo

Miedo de qué?

No te enfades… Es que… hace un rato…
he oído aullar a los lobos

QUINTA PARTE

Noche

El valle y la ciudad

58

Klaus oye las sirenas desde su casa y sale a la puerta. Las luces azules atraviesan la noche y él se queda fuera, sin chaqueta, hasta mucho después de que desaparezcan en las curvas. Los coches de policía han dejado atrás una estela de alarma que lo inmuniza contra el frío, pero no contra la culpa.

Permanece un rato allí, impregnándose del aire gélido de la noche, dejando que aplaque el alcohol, y también el temor. Porque Klaus Lemm vive con el miedo en el cuerpo, aunque trate de ahogarlo en whisky y su rostro impenetrable nunca lo delate. El desasosiego que anidaba en él antes de llegar al valle, ahí se ha desarrollado como si fuese una planta de alta montaña.

El cielo nocturno es un manto negro que envuelve las montañas y ha logrado asustar a las estrellas. Una niebla baja se extiende entre esa casa perdida y el pueblo, entre sus dos habitantes y el resto del mundo. «Ojalá no se disipara nunca», piensa. Desearía que cubriera su hogar y todo lo que contiene y los hiciera invisibles.

Casi todos los hombres que viven solos, aislados y lejos de su tierra guardan un secreto. En la vida de Klaus hay episodios inconfesables y periodos violentos que le gustaría olvidar. Con ese propósito se instaló en el valle: era consciente de que era imposible empezar de cero con ese pasado a cuestas, pero albergaba la esperanza de que el tiempo lo fuera diluyendo. Luego comprendió que esa clase de losas no desaparecen, que solo se pierden de vista cuando cae encima otra mayor y por eso él aceptó la nueva carga que el destino había puesto en su camino sin protestar.

No sabe cuánto rato pasa reflexionando a la intemperie. Antes de acostarse, lleva a cabo su ritual de cada madrugada. Abre la trampilla que da al sótano y baja la escalera. Hace fresco esta noche. Espera que Daniel haya cogido la manta que le dejó al lado de la cama.

Así es: el chico duerme.

Muchas veces Klaus se pregunta cómo resiste. Pronto se cumplirán siete años desde la noche en que mataron a su madre y él se lo encontró acurrucado cerca de su casa, temblando de miedo y de frío. Un animalillo perdido, aterrado, que apenas podía hablar. Lo único que se le ocurrió fue meterlo en casa para hacerle entrar en calor. Otra persona habría llamado a la policía enseguida, pero para Klaus esa no era nunca la primera opción. Lo tranquilizó, le dio un baño caliente y algo de comer y, cuando el niño por fin se durmió de puro agotamiento, contempló su cara y se dijo que la vida le había devuelto la posibilidad de salvar a un crío. La expiación perfecta del pecado que lo había condenado a una vida de penitencia perdido en ese valle.

Sentado junto a la cama, Klaus piensa que se siente orgulloso de haberlo mantenido encerrado pero vivo, aunque duda de cuánto tiempo más podrá hacerlo. Sospechaba que a veces se había escapado, sobre todo de noche, y que deambulaba por los senderos cuando no había nadie. De hecho, el alemán ignora que Daniel había ido más allá: había pasado ratos en su antigua casa. Desde que apareció el primer adolescente asesinado, Klaus le suplicó que no volviera a salir y el chico había aceptado con la misma sumisión de los primeros tiempos, afectado por el mismo pánico.

Klaus recuerda esa época del principio, cuando creyó que no lo lograría y se sorprendió al ver que el chico se adaptaba mucho mejor de lo que habría imaginado. La visión de su madre muerta y la persecución que sufrió luego habían dejado en él una huella terrible que tardó mucho en borrarse, pero junto a Klaus, un hombre fuerte y grande, se sentía a salvo.

El alemán encontró en aquel niño compañía, una persona a la que cuidar y una buena razón para seguir viviendo. Al mismo tiempo, sentía que era una manera de compensar al mundo por la vida que quitó cuando conducía borracho por una carretera en Alemania y no vio al niño montado en una bicicleta que circulaba rozando el arcén.

Un inocente había muerto por su culpa entonces. Eso no podía borrarlo. Lo que sí podía hacer era salvar a otro, aunque al principio no comprendía muy bien de qué.

Al día siguiente se enteró de la muerte de Marta y vio que todo el mundo preguntaba por el paradero de su hijo. Podría haberlo entregado entonces, pero el niño se aferró a él; estaba tan asustado que Klaus le prometió que no le abandonaría en manos extrañas. Por el relato de Daniel, era evidente que alguien lo perseguía. «Lobos», decía con un hilo de voz. Pero Klaus sabía que los lobos tienen peor fama que instinto y que desde luego no estrangulan a nadie. Aguardó antes de dar ningún paso que los pusiera en peligro.

Apenas cuarenta y ocho horas después, aprovechó la oscuridad nocturna para colarse en la casa de la ladera donde habían vivido madre e hijo. Buscaba alguna señal que le indicara el camino, y al comprender que una amenaza real se cernía sobre aquel chico, asumió que el presente le había concedido un largo camino hacia la redención.

El camino se tornaba cada vez más sombrío, más escarpado. Si al final este desembocaba para él en un acantilado, estaría dispuesto a saltar al vacío. Haría cualquier cosa por salvar la vida del chico.

Por redimir su propia culpa.

Por alcanzar el perdón, ya no de los otros, sino de sí mismo.

59

El cadáver del tercer chico estrangulado en el valle de Boí no ha aparecido en una iglesia, quizá porque a estas alturas el asesino sabe que los mossos las tienen vigiladas por las noches. En su lugar, el cuerpo ha sido encontrado en un lado de la carretera. Como las víctimas anteriores, tenía una soga alrededor del cuello y tres equis grabadas en la frente.

No se tenían noticias de él desde la noche del 28 de octubre, cuando su madre denunció la desaparición y los coches de policía, alertados por su llamada, empezaron a rastrear la zona temiendo lo peor. Lo han hallado antes del amanecer y se han iniciado las diligencias oportunas.

El chico, de quince años, pertenecía a una de las familias más conocidas del valle. Su padre es propietario de un negocio de material deportivo y un centro de deportes de aventura muy popular en la zona. La víctima era el mayor de cuatro hermanos y hoy, tanto su familia como quienes fueron sus amigos, lloran su pérdida mientras reclaman a

*las autoridades que pongan fin a esta serie de crímenes sin
sentido a la cual ayer se añadió un nuevo nombre. El de
Joaquim Janer Pujol.*

CAROLINA MUÑOZ,
Catalunya Radio, Vall de Boí

60

Todo el mundo es igual ante la muerte, no hay víctimas de primera o segunda clase, pero el asesinato de Quim Janer genera una oleada de rabia de una intensidad inédita. Porque es el tercero y porque es quien es. El primogénito de una de las familias con más arraigo en el valle. Los vecinos ya no solo están tristes o preocupados, ni siquiera indignados por la aparente inoperancia de la policía. Ahora están furiosos.

Lena se entera de la noticia a primera hora, aunque la profusión de coches de policía a horas intempestivas la puso en alerta la noche anterior.

Antes tuvo que superar el ataque de pánico.

Cuando por fin consiguió encontrar la llave de la casa y calmarse un poco, llamó a David para contarle que Charlie Bodman había estado enviándole mensajes, sin dar a conocer su identidad, lo que significaba que había conseguido un teléfono móvil y su número. Jarque, fiel a su estilo, dejó las preguntas para más tarde y se concentró en lo que debía hacer de inmediato: verificar que todo esto estaba bajo control y poner fin a la irregularidad de que un interno en prisión preventiva tuviera un teléfono. Sin embargo, al ponerse en contacto con las autoridades de la cárcel, le informaron de la doble desgracia que acababa de suceder. En primer lugar, la reyerta en el comedor que había terminado con Charlie Bodman malherido y trasladado de urgencias al hospital. En segundo, que la ambulancia que lo transportaba había sido embestida por un vehículo desconocido que causó la muerte del conductor y heridas de distinta consideración a quienes iban en la parte trasera.

—¿Y Bodman? —preguntó el subinspector, temiendo oír la respuesta.

La fuga de película del Verdugo casi consigue eclipsar la noticia del tercer chico asesinado en los medios. Las tertulias no dan abasto con la crónica negra del día y Lena decide ignorarlas. Tampoco tiene ánimos para hablar con el sargento Crespo ni para pensar en Marta Folguera. Todo va demasiado rápido y ella, tras una noche en vela, trata de encontrar fuerzas para sobrellevar una mañana que ha amanecido cubierta por un cielo plomizo y tenso. «Cielo de nieve —dicen algunos—. O al menos de tormenta».

Lo que menos le apetece en una mañana así es recibir visitas inesperadas a las que de ninguna manera puede negar la entrada. Al fin y al cabo, la casa pertenece a su familia, aunque Darío Folguera y su mujer, Rebeca, tienen el buen gusto de no sacarlo a relucir cuando se presentan sin avisar. Lena no ha vuelto a hablar con ellos desde el día de la comida en Altafulla y se sorprende al abrir la puerta y encontrarlos allí. No se sorprende tanto cuando le exponen con mucho tacto el motivo de su visita.

—Supongo que te extrañará vernos aquí —dice él, poco después de su llegada y de haber rechazado tomar nada. Rebeca, en cambio, ha aceptado un café—. Yo también dudaba sobre si era o no buena idea, ¿verdad, Rebe? Lo hemos estado hablando estos días…

—Disculpa, ¿tu padre está al tanto de esto? —pregunta Lena.

Recuerda que el doctor Folguera y su esposa habían dejado claro que no querían que su hijo se enterase de lo que le estaban proponiendo.

Darío suspira.

—La verdad es que no —dice Rebeca.

—Y te rogaría que quedase entre nosotros —añade su marido—. Estamos preocupados por él. Incluso mamá reconoció que ella también estaba inquieta cuando nos contó lo que estabas haciendo aquí. La muerte del detective le ha afectado mucho.

—Entiendo —dice Lena.

—Esto tiene que acabar —prosigue Darío Folguera—. Ya ha durado bastante. Hace siete años de lo de mi hermana. Hay que pasar página de una vez. Lo entiendes, ¿verdad?

—Sí, pero no creo que sea posible. Al menos no ahora, con lo que está ocurriendo en el valle.

—¿Te refieres a las muertes de esos chicos? —pregunta él, mirándola con incredulidad.

—Sí. Y la del detective Hernán Iglesias. Tenemos bastantes sospechas de que creía haber encontrado a tu sobrino. A Daniel.

—¿Tenemos? —interviene Rebeca.

Lena se vuelve hacia ella para responderle.

—Estoy en contacto con los agentes encargados de la investigación de ese homicidio. Iglesias estuvo indagando aquí por encargo de tu padre, como ya sabéis. Existen sospechas fundadas de que su homicidio podría guardar relación con el caso de vuestra familia.

—¿Y no tienes miedo de seguir investigando? Creo que deberíamos dejar que la policía se ocupe de todo. Lo estuvimos hablando con mamá: ella está segura de que papá no soportaría que te pasase algo malo. Si hay alguna conexión entre el asesinato de Marta y los de esos chicos, o el del detective que contrató papá... En serio, ¡esto tiene que acabar! Exponerte al peligro es añadir otra responsabilidad sobre nuestros hombros.

—Es el doctor Folguera quien debería tomar esa decisión. O yo misma —replica Lena, dando a entender que ella no está dispuesta a abandonar—. ¿Habéis venido hasta aquí solo para eso?

Darío y su esposa intercambian una mirada de soslayo.

—Bueno... no te voy a mentir. Mamá está muy inquieta... —concluye él—. Como te decía, papá está muy afectado con la noticia del asesinato del detective.

Rebeca, que se ha terminado el café, mira a su alrededor.

—Nunca había estado aquí. Me dio muy mal rollo subir cuando... bueno, ya sabes.

—Si quieres echar un vistazo, estás en tu casa. Además de verdad —añade Lena.

—No, para nada. No quiero saber nada de este sitio. Ni siquiera sé por qué lo compró mi suegro. Los Folguera odian la montaña, el esquí y el frío, ¿no es verdad, Darío?

—No creo que papá la comprara para disfrutar del paisaje, cariño —comenta él, poniendo los ojos en blanco.

Y Lena no puede evitar sonreír.

Una sonrisa que se borra un rato más tarde, cuando vuelve a hablar con David y este deja a un lado su habitual tono moderado.

—No puedes quedarte ahí sola ahora que Charlie Bodman anda libre.

—Libre y malherido, por lo que sabemos. No creo que tenga fuerzas para venir aquí.

—¡Me da igual! Tú sabes mejor que yo que ese tipo es capaz de cualquier cosa.

—¿Te importaría no gritarme? Perdona, David, pero no creo que corra más peligro aquí que en Barcelona, donde él debe estar recuperándose.

—Quiero tenerte cerca y vigilada, no sola entre montañas.

—¿Habla el subinspector o el macho protector? —pregunta ella, molesta.

—¿Qué más da?

—Yo creo que sí que importa. Te agradezco la preocupación, David, en serio. Pero no veo ninguna razón para irme de aquí.

—¿Tampoco viste ninguna para no seguir en contacto con él?

Lena se aparta el móvil de la oreja y lo contempla como si quisiera estrellarlo contra el suelo. No está habituada a discutir con Jarque, es posible que sea la primera vez que sucede desde que salen juntos. Aun así, no está dispuesta a ceder.

—Cuando me enteré de que era él, te lo comuniqué enseguida.

—¡Oh, vamos, Lena! ¿Vas a decirme que no lo sospechaste en ningún momento? ¿Qué no se te pasó por la cabeza? Ese tipo es peligroso, es un hijo de puta manipulador...

—¿Vas a recitarme el perfil de un psicópata, David? ¿En serio? Creo que algo sé de eso.

La conversación termina más o menos ahí, después de un par de frases más que mantienen el mismo tono brusco y acusatorio. La despedida es tan glacial como la temperatura que reina en el valle y que parece extenderse hasta la comisaría de Barcelona donde, media hora después, se inicia una reunión de urgencia para analizar la huida de Charles Bodman y abordar su captura.

Quienes no conocen al subinspector Jarque quizá no perciban su nerviosismo; los que trabajan con él, en cambio, empezando por el inspector Raimon Velasco y los sargentos Estrada y Mayo, saben bien que esa firmeza en el tono, esa mirada seria, esconden una honda preocupación. Ya no solo porque se haya escapado el asesino en serie más conocido de las últimas décadas, sino por lo que eso puede implicar para terceras personas. En especial una a la que David Jarque está muy unido: la criminóloga Lena Mayoral.

—Charlie Bodman está malherido. Es obvio que eso formaba parte del plan de fuga, pero tal vez se le fue la mano. En la cárcel temieron seriamente por su vida. La puñalada era grave. Eso significa que necesitará un lugar donde restablecerse que no puede hallarse muy lejos del lugar de la colisión.

El inspector Velasco asiente y añade:

—Hay que investigar a todos los que hayan estado en contacto con Bodman, comenzando por su abogado y siguiendo por su compañero de celda.

—Sergio Blasco Garay, apodado el Gallego —apunta Jarque—. Y hay alguien más a quien no deberíamos perder de vista. Me refiero a Thomas Bronte. Nos dejó la dirección del apartamento de alquiler donde se alojaba. Localizadlo y mantenedlo vigilado. Charlie es un manipulador nato que ha estado jugando con la gente de la cárcel a su antojo.

«Y con la de fuera», se dice al pensar en Lena, todavía irritado.

—Tenemos que encontrarlo, señores —concluye el inspector, a quien, como a todos los jefes, se les dan bien los mensajes finales—. No podemos dejar que ese psicópata siga en libertad. Sigue siendo altamente peligroso, por grave que sea su estado. Recuerden: mató a seis personas e intentó asesinar a otra. Incluso desde su cautiverio ha conseguido organizar una fuga inaudita. Piensen en esto, señoras y señores: si Charles Bodman continúa libre, no cabe duda de que volverá a matar.

61

—Adri lo sabía —dice Arlet.

Tiene los ojos apagados, secos, como si las lágrimas no consiguieran abrirse paso y se quedaran dentro, ensombreciéndole la mirada. Sentado junto a ella en el mirador, Lázaro la observa sin saber muy bien qué hacer. También él necesita consuelo. Su mirada pasa del semblante hosco de la chica al color gris piedra del paisaje. Se parecen, ambos oscilan entre la tristeza y la tensión.

—Adrià se puso nervioso cuando no le respondí —dice él—. Ya sabes cómo es...

Ella respira hondo. El aire gélido se alía con el mazazo que ha supuesto la noticia y con la angustia que empezó a sentir la noche anterior. Los mensajes de Adri, la inquietud por Lázaro, la respuesta de este, bastante rato más tarde, porque tenía poca batería y la reservaba para comunicarse con su padre. El silencio de Quim, que ella al principio se tomó como una muestra de desdén y que ahora no se puede creer que será eterno.

—No —insiste Arlet—. Estaba igual que la noche en que bajamos a la iglesia. Delirando sobre los lobos. Tú viste el vídeo del otro día. Si no es con su padre, tenemos que hablar con alguien.

Lázaro asiente en silencio. Hoy es él quien necesitaría abrazarse a ella, y, sin embargo, la muerte de su amigo ha erigido una barrera que no se atreve a saltar. No le hace falta. Ella se recuesta sobre su hombro y desliza los dedos hasta entrelazarlos con los suyos. Permanecen así, contemplando los pueblos del valle, pensando en el horror de la muerte y en el duelo de los que se quedan.

El día los acompaña. No es ni mediodía y el cielo está tan gris que parece de noche.

Dentro de la comisaría de Pont de Suert, el ambiente es tan sombrío como en el exterior. Los medios vuelven a agolparse a sus puertas. Lo peor, al menos para Ramsés Crespo, es que no puede dejar de sentirse culpable. Ni de culpar a otros. La subinspectora da la impresión de tomarse este tercer cadáver como una tragedia inevitable y eso le irrita más de lo que un subordinado debería permitirse.

Por eso busca un rincón apartado y trata de concentrarse en la última escena, distinta a las otras. Es extraño que un asesino en serie varíe un elemento tan sustancial como el lugar donde deposita el cuerpo y solo logra explicárselo por el miedo a la evidente vigilancia a la que están sometidas las iglesias de la zona. Aun así, ¿los psicópatas no se caracterizan por ser temerarios? ¿Por llevar a cabo actos extremos para escenificar su fantasía? Además, no se trata solo de la escena. A diferencia de las otras víctimas, Quim Janer apareció vestido, con anorak y todo, como si la persona que lo mató no se hubiera tomado la molestia de completar el ritual. Piensa que tiene que consultar todo esto con un experto como Lena por mucho que la subinspectora la haya vetado. Las órdenes de López Serret, ahora mismo, le importan bien poco. No obstante, ella sigue siendo su jefa y no puede negarse a acompañarla en una visita que se adivina dura a los padres de Quim Janer.

Inma contempla la habitación de Quim completamente revuelta, en un estado lamentable, como si ese caos tuviera que explicarle algo, darle las herramientas para entender un hecho que aún no ha logrado asumir. No se atreve a entrar ni a tocar nada. Tampoco tiene ánimos para hacerlo. Observa desde la puerta. Sabe que ya no le echará la bronca por dejar el cuarto hecho unos zorros, no indagará para descubrir el motivo de ese arranque de furia. No lo hará porque Quim está muerto.

El pensamiento le afloja las piernas y tiene que agarrarse al marco de la puerta. Los pulmones se niegan a funcionar, se cierran, y por mucho que inhale, el aire parece haber perdido el oxígeno. Cae de rodillas como si estuviera rezando, como si ese espacio se hubiera convertido en un altar. La vista se le nubla y toda ella tiembla.

El dolor se extiende. Es físico, no solo emocional, aunque a Inma no le importa: también sufrió en el parto. La diferencia es que aquel culminó con alegría. Tras este, si en algún momento se mitiga, solo le espera la nada.

—Inma, por favor...

Maite ha aparecido a su lado. Cuando fue al cuarto de baño, la dejó sentada en el sofá, con una infusión que debe de seguir intacta en la mesita, y ahora la encuentra allí, postrada en el suelo, presa de un llanto agónico.

«Ricard debe de estar a punto de llegar», se dice. Ha ido a llevar a los niños con su hermana y su cuñado, que viven en Pont de Suert, para que se ahorren respirar la pena que anega la casa. En realidad, ahora mismo, Ricard se encuentra sentado en el coche sin saber muy bien qué hacer. Una vez cumplida la tarea de asegurar la calma a los tres hijos que le quedan, su cerebro se ha bloqueado por completo. Contempla el volante como si fuera un elemento extraño y nota las manos agarrotadas. En su cabeza hay solo una imagen, la de su primogénito en la montaña, iniciando el descenso del Encantat grande, poniéndose en peligro. Se pregunta si aquello fue el aviso de una tragedia inminente, una advertencia que no supo identificar. Se dice que de haber estado más atento a esa señal del universo podría haber actuado de otra forma, en lugar de dejarse llevar por la ira y de abroncarlo delante de todo el mundo.

Es incapaz de hacer nada. Solo puede contemplar la carretera como si fuera el camino a ninguna parte, una senda estúpida y sin el menor sentido.

En la casa de los Janer, Maite consigue que Inma se acueste un rato. Dentro de poco se presentará la subinspectora a cargo del caso para intentar reconstruir las últimas horas de vida del chico. «Ojalá haya vuelto Ricard cuando llegue», piensa. Inma no está en condiciones de atender a nadie: la ve echada en la cama, con los ojos abiertos, murmurando algo sin sentido que Maite no logra entender.

—Duerme. Descansa un poco —le susurra.

Inma no le hace caso. Sabe que, si cede al cansancio, verá a su hijo entrando en casa o tumbado en el sofá con el móvil en la mano, y que, si llega a dormirse, soñará que sigue vivo, que se ríe, que la llama mamá.

Despertar de eso sería demasiado cruel.

El mundo no parece querer dejarla en paz. Acaban de llegar los mossos y ella no quiere verlos.

62

Veinticuatro horas después de la discusión con Jarque, Lena sigue enzarzada en la búsqueda de expertos en sectas, cultos y religiones, y de información que no proceda de blogs conspiranoicos. Existe bastante literatura al respecto, investigaciones más o menos concienzudas que examinan con lupa distintos grupos, y le sorprende descubrir que uno de los periodistas que ha escrito varias obras sobre el tema es un residente del valle, cuyo nombre ha surgido recientemente: Miquel Soler, el conductor del programa de radio *La hora del lobo*. Tal vez no sea el mayor experto del campo, pero tiene un par de libros publicados y es el que tiene más cerca, así que es una buena opción ahora que no sabe cómo seguir profundizando en la teoría que ocupa toda su mente.

De lo que no tiene dudas es de enfocar el caso desde esa perspectiva, aunque los primeros indicios procedieran de una fuente tan poco fiable como Charlie Bodman. Se ha preguntado sin cesar cómo conseguiría él la información desde la cárcel, y si no sería todo un intento de embaucarla, de llevarla a hacer el ridículo. ¿Y si solo quería desacreditarla ante la opinión pública? ¿Burlarse de ella dirigiéndola hacia una teoría tan poco plausible como esa? Ese comportamiento podría encajar con una personalidad narcisista y desalmada como la del Verdugo. Por otro lado, ¿ese mismo egocentrismo no podía llevarlo a ansiar ser el protagonista? ¿A actuar como alguien más listo, condescendiente, capaz de ayudar? Y así demostraría que es alguien especial, mejor que el resto.

No tiene respuestas claras a ninguna de esas preguntas, tan solo su instinto, que le indica que él no la engaña. Las pautas de conducta de Marta Folguera encajan bien con las de una persona que ha abandonado un grupo coercitivo. Si tomaba ese punto de partida, la lógica decía que el problema había comenzado en Barcelona, el primer lugar de donde escapó, por mucho que su novio de entonces no recordara ningún tatuaje.

Busca los mensajes de Charlie y se detiene de nuevo en el último, donde él llamaba su atención sobre tres conceptos que ella debe «quedarse»: promesa, ofrecimiento, donativo. Añade eso a la búsqueda, sin resultado alguno, y repasa otra vez la lista de grupos sectarios que le entregó Jarque. La mayoría parece moverse en los terrenos del esoterismo barato y no parece que cuenten con la infraestructura suficiente como para llegar a ser peligrosos.

Harta de no encontrar nada, vuelve su atención hacia el informe de Hernán Iglesias. Está segura de que él no menciona nada que remita a sectas. ¿Lo descubrió después o no se atrevió a consignarlo por escrito en las conclusiones que entregó a los Folguera? O, tal vez, en un arranque de paranoia, sospechó también de ellos... Eso era lo peor de esa clase de grupos: no sabías hasta dónde se extendían sus tentáculos e imaginabas que estaban por todas partes.

Repasa la lista de personas con las que habló el detective en busca de la que le proporcionó más información sobre la vida de Marta cuando estaba en la casa okupa de Madrid. El nombre de la mujer a la que Iglesias había descrito como la mejor amiga de Marta en esa época es Lola Sánchez y su número está apuntado al lado. Decide probar, más por tener la sensación de que hace algo que porque crea que va a obtener nada distinto a lo que halló el detective.

—¿Diga?

—¿Hablo con Lola Sánchez?

—Sí.

Lena se presenta y le cuenta el motivo de la llamada, omitiendo que el hombre que redactó el informe de donde ha sacado su contacto ha sido hallado ahorcado hace unos días. La mujer se aviene a conversar enseguida. Lena percibe su curiosidad: por lo que le cuenta, no había sabido nada más de Marta entre el momento en que se marchó de Madrid y la llamada del detective hace unos meses. Ni siquiera que hubiera muerto.

—Fue una época guay, la verdad —le dice—. No para vivir ahí metida toda la vida, pero estuvo bien. Hicimos cosas por el barrio, nos divertimos, nos drogamos un poco y follamos mucho... —Se ríe y se aparta un momento del teléfono para decirle al que debe de ser su hijo que no, no puede comer más chuches hoy—. Disculpe. Me ha pillado en el parque. Quién me lo iba a decir… a los veinte en una casa okupa y a los treinta y cinco con una hipoteca y empujando columpios. La vida.

—Según el informe, usted y Marta fueron amigas. ¿Le habló de su pasado, le dio la sensación de que escapaba de algo?

—Era especial. Bueno, todos lo éramos y todos teníamos nuestros malos rollos. ¿Por qué si no íbamos a estar ahí, en una casa destartalada, en un barrio de periferia? Pero era obvio que Marta venía de una buena familia. Se le notaba… Supongo que en eso nos parecíamos, la mía no estaba mal tampoco. Solo eran un coñazo insoportable.

Lena no siente el menor interés por la vida de esa mujer, así que intenta redirigir la charla.

—¿Le contó lo de su embarazo?

—Uf. Eso sí que fue un mal rollo de verdad. No me lo dijo enseguida, pero una no era tan tonta. Ni siquiera a los veinte.

—¿Cómo se lo tomó? Supongo que no era el momento ideal para tener hijos.

—No, claro que no. Estaba en shock, como si no entendiera lo que estaba pasando. De hecho —añade bajando un poco la voz—, yo la acompañé a una clínica para que le practicaran un aborto. No se lo conté al que me llamó porque me dio palo hablar de eso con un tío. Marta aún estaba en las primeras semanas de embarazo, así que no había problemas.

—Pero no lo hizo.

—No. Estaba fatal ese día... A ver, que yo lo entendí, no es un plato de buen gusto para ninguna mujer. Yo intenté aconsejarla, darle apoyo. ¡Éramos jóvenes, vivíamos en una puta casa okupa! Lo último que necesitaba Marta entonces era un bebé. Pero ella parecía estar al borde de un abismo.

—¿Y se echó atrás?

—Sí. En el último momento. Se levantó de la camilla y dijo que no, que no iba a hacerlo.

—A usted debió de extrañarle...

—Joder, y tanto. Llevaba días renegando y de repente le entra el instinto maternal y se desdice de lo anterior. Mientras volvíamos a la casa estuvo muy callada. Yo estaba un poco mosca, la verdad. Esos escrúpulos en el último minuto me sacaron de quicio y se lo dije. Ella me contestó algo raro que no terminé de entender. Me dijo que yo no imaginaba los sacrificios que tendría que hacer por ese bebé. Yo los imaginaba, claro, y también se lo dije. Pero ella me miró como si fuera tonta, como si hubiera algo que escapaba a mi comprensión. Empezó a hablar de que si no daba a luz a este niño, que había sido una sorpresa, nunca podría tener otro. No la entendí, la verdad, parecía que estaba diciendo que abortar es una maldición. No llegamos a discutir, porque pasé de ella y de sus historias. Y ya no volví a verla. Al día siguiente se había marchado de la casa sin decir nada.

—¿Tiene idea de quién era el padre? ¿Había algún amigo especial, un ligue?

—Pudo ser cualquiera. No éramos muy exigentes... Para ser sincera, dudo que ella lo tuviera muy claro. En las casas okupas se folla bastante, ¿sabe? Y no solo ahí. Marta se veía con un tío en los últimos tiempos, alguien del centro de Madrid. A veces pasaba la noche con él.

En ese momento su interlocutora le dice que tiene que colgar porque se hace tarde y tiene que ir a casa a prepararle la cena al niño. Tras la llamada, avanza pensativa hasta la ventana. Contempla la iglesia iluminada y se pregunta si eso fue lo último que vio Marta Folguera la noche en que la mataron. Una torre que brilla, una luz de esperanza, situada frente a unas montañas que apenas se distinguen, fundidas con la oscuridad. Apoya la mano en el cristal frío, dejando la marca de sus dedos en él, y el contacto le transmite una desolación abrumadora que se mezcla con los nervios y la tensión del día. Lena no es una persona de lágrima fácil y se sorprende ahora al notar que le rueda una lágrima por la mejilla. Sabe que no llora por ella ni por la huida de Charlie ni por la discusión con David, ni siquiera por el pobre chico cuyo cadáver hallaron la madrugada del sábado.

Ese llanto es por Marta Folguera.

63

El bar del pueblo está vacío esa mañana de lunes, víspera de Todos los Santos para los mayores, Halloween según los más jóvenes aunque la tradición de la castañada todavía prevalezca en el valle. De todos modos, ese año el ambiente es genuinamente lúgubre. Están de luto por la muerte de Quim Janer, pero también por las de Oriol Martínez y Fredy Batlló. No habrá cuatro niños disfrazados de personajes siniestros ni gente reunida en casas para asar castañas. Cuando el miedo real recorre las calles, no hay espacio para fiestas.

Maite Padilla ha ido a desayunar al bar porque sentía la necesidad de salir y ver a gente, aunque sea la de siempre y el tema de conversación no pueda ser otro. En los últimos dos días no se ha separado de Inma y Ricard, y esta mañana, antes de volver a la casa de la que todos hablaban en susurros, se dijo que su propia salud mental requería un rato más de descanso.

Hoy ni siquiera el dueño del bar tiene muchas ganas de

cháchara. Le sirve el café con leche y una tostada sin apenas decir nada. Luego, mientras seca un par de vasos, pregunta:

—¿Cómo están?

No le hace falta decir a quién se refiere, ella le entiende.

—Mal.

—Menuda mierda. Mi crío está hecho polvo también. En shock. Andaba con Quim desde pequeño.

—Lo sé.

No tienen mucho más que decirse y ambos lo saben, así que se alegran de que aparezca Miquel Soler, el conductor del programa de radio *La hora del lobo,* y justo después, la criminóloga que se ha instalado en el valle hace poco. Da la impresión de que se han citado allí para charlar y ella siente curiosidad por saber de qué. Es Miquel quien se acerca a pedir a la barra. Como siempre, ha aparecido con un atuendo de invierno impoluto. No la invitan a sentarse con ellos, así que Maite se termina sola el café.

—Encantado de conocerla, señora Mayoral —le dice él.

—Lena, por favor. Es un placer. He oído los podcasts de su programa.

En realidad, había escuchado solo el que Maite le señaló, pero ha repasado los temas que suelen tratar. Hay bastantes sobre asuntos relacionados con el valle, pero también algunos sobre asuntos más generales, siempre desde esa perspectiva algo sobrenatural que a ella suele ponerla nerviosa.

—He visto que han hablado de sectas en más de una ocasión y que usted incluso ha escrito un par de libros sobre el tema.

—Oh, sí. Tengo varios libros al respecto. Me fascinan esas organizaciones.

—A mí también —dice Lena—, aunque desde una perspectiva más psicológica. En la carrera estudiamos los protocolos de desprogramación, ya sabe, cómo recuperar a los adeptos cuando consiguen salir de las sectas denominadas destructivas. O cuando alguien los saca contra su voluntad.

—Por supuesto. Es muy interesante, sin duda —coincide él—. Es terrible ver cómo algunos grupos coercitivos siguen practicando esas técnicas de manipulación, normalmente sobre personas de voluntad débil o vida solitaria... Durante un tiempo se habló bastante de eso. Ahora da la impresión de que ha pasado a la historia cuando en realidad no es así. Las crisis, la precariedad laboral y la soledad son el caldo de cultivo más propicio para su proliferación.

—Debo confesar que luego me he dedicado a otras cosas —prosigue Lena—. Y que nunca llegué a profundizar.

Por el contrario, el periodista jubilado resulta ser una enciclopedia andante. Le habla de que existen al menos más de trescientos cincuenta grupos que podrían entrar en la lista de sectas peligrosas, de que en España no hay un registro de ellas, de que la libertad de culto acaba significando que estos grupúsculos puedan sobrevivir sin el menor control.

—Piense que los adeptos, si consiguen salir, no tienen a quien acudir. Al fin y al cabo, se supone que eran adultos libres que ingresaron de manera voluntaria. Lo que pasa después, la pérdida de libertad, el daño psicológico, las entregas económicas. Las víctimas sienten demasiada vergüenza para confesar y, además, se conforman con haber huido.

—Ha hablado de entregas económicas...

—Desde luego. La mayoría exigen aportaciones a sus adeptos, con el fin teórico de propagar la ideología del líder.

Lena se queda pensativa. Lo que le cuenta Soler no encaja con la vida de Marta.

—Entiendo lo que me dice. Sin embargo, estaba pensando en otro tipo de grupo, uno que pudiera captar a alguien joven, preparado...

—Todas lo hacen. Ya sea usando el esoterismo, las pseudoterapias o una interpretación libre de otras religiones.

Lena se interesa por esto último.

—¿Conoce alguna relacionada con la figura de Judas? —pregunta sin ambages.

—No, que yo sepa, pero me parece altamente probable que exista. Es bastante típico el uso de personajes o argumentos bíblicos para atraer a personas creyentes que se han sentido desengañadas de la religión tradicional. De todos modos, le diré algo: se habla mucho de la Cienciología o de los Testigos de Jehová, incluso del Opus Dei, pero los más peligrosos son siempre aquellos grupos de los que nada se sabe, los que consiguen operar en las sombras sin salir a la luz pública. Créame, están ahí, al acecho de nuevos adeptos, como un cáncer que se extiende en silencio, generando una red humana que se siente orgullosa de pertenecer a ese grupo y de mantenerlo en el más absoluto secreto. Se sienten elegidos, acompañados, tutelados incluso. Y sus líderes van acumulando poder.

—Pero a cambio esos adeptos tienen que entregar algo…

—Lo entregan todo, querida. Su tiempo, su libertad y cualquier cosa que les pidan con tal de formar parte de ese grupo que les promete la verdad, la salvación o, a veces, incluso la riqueza. Luego son solo unos pocos los que sacan partido. Toda secta está compuesta por una élite sin escrúpulos y una masa que acata sus órdenes, que se sacrifica gustosa por los amados líderes obteniendo a cambio las migajas. Pero ¿a qué viene todo esto? Disculpe la pregunta… Estamos viviendo una época terrible en el valle, ¿sospecha de que lo que está sucediendo puede ser obra de un grupo sectario?

Lena suspira. No pretende poner sobre la mesa hipótesis que de momento son simples teorías.

—Es solo una posibilidad —admite a su pesar.

—Confieso que yo también lo he pensado, las cosas como son. Pero sería muy extraño. Verá, las sectas centran su actuación en quienes consideran sus adeptos, no en el mundo en general. Sería una locura por su parte, ¿no le parece? Si me perdona, son las religiones las que han atacado a quienes no comparten su fe. Solo se me ocurre una razón que lo justifique. Si algún adepto los hubiera traicionado de algún modo que pusiera en grave peligro a uno de sus líderes o a la secta en sí misma, podrían verse impelidos a tomar medidas excepcionales para resolver el asunto.

Lena lo entiende y, a la vez, decide que necesita poner fin a la conversación antes de que Soler empiece a hacerle preguntas a las que no quiere responder. Su mente viaja a los mensajes de Charlie, a la Promesa, así con mayúscula. Una buena razón para la persecución de Marta podría ser que al abandonar el grupo, hubiera roto ese juramento, que se hubiera negado a entregar lo que sea que había ofrecido.

La idea surge de repente, como un fogonazo, al unir esos conceptos con lo que le han ido contando sobre Marta y con lo que está sucediendo en el valle. ¿Y si Marta se había rebelado contra una promesa que tenía que ver, ya no consigo misma, sino con eso que se había comprometido a entregar? ¿Qué había dicho su amiga de Madrid sobre su aborto frustrado? Marta le dijo que si no llevaba a término un embarazo que había sido un accidente, nunca tendría un hijo.

¿Y si, por la razón que fuese, la promesa de Marta tuviera que ver, ya no con algo material, sino con otro tipo de ofrenda, de sacrificio?

Lena piensa en Daniel. El niño que desapareció esa noche, el que tendría la misma edad de las víctimas actuales. El que nadie había logrado encontrar, pero que, atendiendo al asesinato de Hernán Iglesias, seguía en el valle, escondido, probablemente protegido por alguien que estaba al tanto de que corría peligro y que debía ver los asesinatos como una serie de advertencias. Lo que acababa de explicarle Miquel Soler tenía su lógica: medidas excepcionales... Pero tal vez esa gente estuviera lo bastante perturbada como para iniciar una cacería en busca de la víctima escogida sin importarles las muertes de otros inocentes.

¿Cuántos chicos tendrían que morir hasta que la persona que protegía a Daniel Folguera se rindiera y saliera a la luz?

Sin saber si su razonamiento es correcto o un puro delirio, Lena decide darse un respiro, así que se despide deprisa de Miquel Soler, que la mira bastante atónito, y sale del bar sin acordarse de pagar.

Al llegar a su casa ve que en la puerta hay dos chicos que la esperan. Los reconoce enseguida, son Arlet y ese chico de ojos negros, Lázaro, y cuando llega a su lado presiente que están allí por algo que para ellos es importante.

64

Les ha costado convencer a Adri de que los acompañe de nuevo a ver a la psicóloga, que ayer accedió a su petición cuando fueron a verla. De hecho, al final Lázaro ha adoptado un tono que ninguno de los otros dos le había oído nunca y ha dejado claro que no hay opción.

—Vas a venir sí o sí —le ha dicho—, aunque tenga que llevarte a rastras.

Así que ese martes festivo están de nuevo en la puerta de la casa a la que nunca hubieron debido entrar. Lena les dijo que querría quedarse a solas con Adrià y ellos dos se limitan a cumplir con la misión de llevarlo hasta ahí. No esperaban encontrarse también con el sargento Crespo en casa de Lena, y Adri los mira con cara de ofendido al verlo. Como si le estuvieran traicionando, dejándolo a merced del enemigo.

—No te rayes —le dice Lázaro—. No iremos muy lejos.

Para sorpresa de los chavales, el sargento también abandona la casa y dejan solos a Lena y a Adrià.

Antes de la llegada de los chavales, Lena había citado a Ramsés Crespo en su casa. Le informó de la visita de Arlet y Lázaro el día anterior y de la cita que habían fijado para que ella entrevistara a solas a Adrià. Después, le expuso todas sus hipótesis con una firmeza que conseguía teñir de verosimilitud una historia que, en otras circunstancias, él habría cuestionado con más ahínco. Pero el sargento ya no sabía qué pensar ni hacia dónde dirigir la investigación. Para colmo, la subinspectora se había marchado a Lleida un par de días, en plena vorágine del tercer cadáver, alegando que tenía temas personales que resolver. Comentó que de paso aprovecharía para pasar por el laboratorio forense y entrevistarse con el patólogo encargado de la autopsia del último cuerpo. En esas circunstancias, Ramsés ha optado por acceder a la propuesta de Lena Mayoral.

—¿Estás mosqueado con tus amigos? —le pregunta Lena, ya acomodada a un lado del sofá. El chico ocupa el otro extremo y en medio hay un espacio vacío, una frontera invisible—. Están preocupados por ti. Estamos haciendo esto para ayudarte.

—¿Y por qué no se limitan a dejarme en paz?

—Los amigos no hacen eso. Ellos están contigo todos los días, te quieren… y notan que no estás bien. Algo te pasa, Adri. Tú mismo lo admitiste el otro día. No duermes bien, tienes pesadillas.

—Ya no tengo tantas —se defiende él.

—¿Seguro?

Lena estudia su cara pálida, las ojeras; ve la rodilla que no para de moverse, agitada por un temblor incesante. No hace falta un ojo muy avezado para darse cuenta de que Adrià Vilas está sometido a una fuerte presión. Lo que no acaba de entender es el porqué. Arlet y Lázaro le contaron que a veces parece oír voces o tener visiones y le hablaron del día en que Arlet se lo encontró a orillas del río. Y, por fin, algo avergonzados, le mostraron los mensajes de la noche en que desapareció Quim Janer.

—¿Quiénes son los lobos, Adri? —pregunta Lena sin rodeos.

—¿Qué lobos?

—Vamos, no intentes desviar el tema. No tiene sentido. Yo estoy aquí para intentar echarte una mano. Has hablado de ellos con los chicos.

Adrià no contesta. Aparta la mirada y la lleva hacia el frente. Hacia la escalera.

—Vives solo con tu padre, ¿verdad? —dice ella cambiando de tema en vista del mutismo del chico.

Este asiente.

—¿Y tu madre?

—Se fue. Yo era muy pequeño, dos años o así. Un día me levanté y no estaba. Mi padre me dijo que a partir de entonces estaríamos solos, él y yo. Nunca volvimos a tener noticias suyas. Nos mudamos a otro sitio y luego vinimos aquí. Yo no quería: pensaba que si nos íbamos, ella no podría encontrarnos cuando volviera. Luego entendí que si una madre quiere verte, se esfuerza por ir a donde estés.

—Yo no tuve padres, ¿sabes? Murieron en un accidente, los dos. Me crio mi abuela.

Adrià se vuelve hacia ella de nuevo.

—Lo siento —murmura.

—Bueno, no fue la mejor infancia del mundo, pero se supera. No es que mi abuela no me quisiera. Lo que pasa es que no me quería de la manera en que yo necesitaba. Era una mujer mayor, amargada por la vida que había tenido. Simplemente no era la persona más adecuada para criar a una niña.

—Ya... A mi padre tampoco se le dan bien los niños. A veces se enfada, pierde la paciencia. A veces me... da miedo.

—¿Te asusta porque es violento?

El chico se encoge de hombros.

—No mucho. Y ya lo veo venir. Intento apartarme de su camino cuando noto la cara de mal rollo. Uno aprende estas cosas.

—Adri, no deberías tener que soportar eso. Estoy segura de que puedes pedir ayuda. En el instituto, a la policía si hace falta.

—No es tan grave. De verdad. Además... —esboza una sonrisa ingenua, más de niño que de adolescente—. Ya queda poco.

—¿Te refieres a pronto serás mayor y podrás irte?

Él parece desconcertado, pero enseguida asiente.

—Sí, sí. Eso.

—Te quedan unos cuantos años para poder independizarte, Adri.

—Bueno —sonríe él—, cada día que pasa es uno menos, ¿no? Como los presos que van tachando palitos.

—Volvamos a las pesadillas, Adri —dice Lena, ahora que entre los dos parece haberse establecido un poco más de confianza—. Cuéntamela otra vez, por favor.

Adrià suspira.

—No sé para qué. Luego no me cree.

—Claro que sí.

—No. Ya ni siquiera Arlet me cree. Las tengo desde que vine aquí ese día, desde que hicimos la sesión con la ouija. Desde que el espíritu de esa mujer...

—Dejemos en paz a los espíritus un momento, por favor.

—¿Lo ve?

—Adrià, llevo viviendo aquí varias semanas. La casa no está encantada.

—Enferma. Lo dijo Klaus —replica él.

—Las personas enfermamos, los lugares y los objetos no. Envejecen o se estropean, se rompen o se pierden. No se ponen enfermos... Cuéntame de nuevo la pesadilla, Adrià, por favor.

En el fondo es un chico complaciente y empieza el relato.

—Espera, tengo una idea —le interrumpe ella—. Levántate. ¿En el sueño tú estás dónde?

—Depende. Normalmente arriba.

—Vamos.

Se dirigen a la escalera para subir a la planta superior. Aunque Adrià sigue las indicaciones, ha comenzado a temblar y Lena lo percibe de inmediato. Él apoya las manos en la barandilla y mira hacia el salón.

—¿Y qué ves?

Él cierra los ojos. El sueño no es siempre idéntico, así que vacila un poco a la hora de explicarlo.

—A veces también estoy abajo. Estoy abajo y es otro niño el que está arriba. Luego desaparece y soy yo.

—¿Cuántos años tienes?

—Siete, ocho. Supongo que la edad de Daniel. Al fin y al cabo es su madre la que está abajo.

—¿Y qué le pasa?

Al chico le falla la voz. Ha cerrado los ojos, como si así pudiera evitar ver lo que, en definitiva, no está fuera, sino dentro de su cabeza.

—La atacan. El niño está asustado y extiende la mano hacia ella, entre los barrotes de la barandilla.

—¿Está sentado en el suelo? —pregunta Lena, y él menea la cabeza.

—No. Está de pie. Como yo ahora.

—Adrià, piensa. ¿Ves bien el ataque?

—No del todo. Hay… una… figura negra encima de la mujer. La ahoga. La golpea.

—Pero no lo ves bien del todo, ¿verdad?

—No. Lo veo cortado. Intento buscar el hueco entre los barrotes.

—¡Adrià, abre los ojos! —le ordena ella poniéndose a su lado—. Un niño de ocho años que está de pie no vería la escena así, ¿te das cuenta? —le dice ahora con suavidad.

—¿Qué... qué quiere decir?

—Esta es una barandilla baja. Con ocho años un niño vería la escena por encima de ella. Con las manos apoyadas en la superficie, como estás ahora.

Él da la impresión de no entenderla.

—Adrià, agáchate. Como si fueras más pequeño, como si tuvieras dos o tres años.

El chico se resiste, pero ella insiste.

—Adrià, ¿lo entiendes ahora? ¿Ves la escena como en tu sueño?

Entonces el chico se agarra con fuerza a los barrotes y mira hacia abajo. Lena ha presenciado muchos ataques de ansiedad en su vida, pero nunca uno como este. Adri se convulsiona, sus manos parecen a punto de partir los barrotes de madera.

—¿Qué ves, Adrià? ¿De verdad ves este salón?

No responde, al menos no con palabras. Sus gritos llenan la casa y, acto seguido, comienza a dar cabezazos contra la barandilla. Lena intenta calmarlo, apartarlo de allí, pero las manos del chico no se sueltan.

—Eres tú, no Daniel —susurra ella, tratando de tranquilizarlo con un tono de voz suave—. Tú no los conociste, ni a él ni a Marta. No estás viendo ese crimen, Adri. Esto no es una pesadilla, y en el fondo tú lo sabes. No es un sueño... es un recuerdo.

Entonces Adrià por fin se deja abrazar. Su cuerpo sigue temblando, su cara está arrasada por las lágrimas.

—¡No… no está muerta! Viene a verme a veces —dice sollozando—. ¡Quedo con ella en el parque, cerca del río! Ha… hablamos… Nos iremos a vivir juntos, pronto, algún día…

Lena nota las lágrimas del chico en el cuello. No debería presionarlo más, pero hay demasiado en juego. Comprende que el día que estuvieron en la casa, Adrià quedó poseído, sí, pero no por el espíritu de Marta Folguera, sino por sus propios recuerdos. Los que había suprimido creando una madre viva, una madre que no existe. Una madre que murió en una casa parecida a esta, atacada por alguien, tal vez su propio marido.

—Adrià, ¿por qué escribiste Judas en el tablero? —pregunta en un tono menos amable del que le gustaría usar—. ¿De dónde lo sacaste?

Él la mira, vencido, agotado y al mismo tiempo aliviado.

—A mi padre lo llaman a veces. Los oigo. Hablan de Judas y de salir a cazar, de noche, como hacen los lobos. Pero yo no puedo decir nada. Nada. Mi padre me lo ha advertido. Y me matará si se entera. Lo sé…

Lena oye un ruido y ve a Ramsés Crespo, y detrás de él, a los chicos, que quedan en primer plano cuando el sargento da media vuelta y sale corriendo de la casa.

65

La detención de Rafael Vilas, el padre de Adrià, resulta mucho menos espectacular de lo que los medios habrían deseado. El acusado no huye corriendo al bosque ni se produce una persecución por las carreteras de curvas del valle, ni siquiera son necesarios los refuerzos que Ramsés Crespo pidió por radio antes de subir a Taüll y plantarse delante del taller mecánico, en teoría cerrado por ser un día festivo. Si algo asombró al sargento fue la entereza del hombre, su aparente frialdad, cuando él sacó las esposas y lo conminó a acompañarlo. Lo único que preguntó cuando ya estaba en el coche, de camino a la comisaría de Pont de Suert, fue:

—Esto es cosa de mi hijo, ¿verdad? De Adrià. Menudo cabrón.

Y luego murmuró algo que Crespo no llegó a oír, pero sí lo hizo la agente que viajaba al lado del detenido, en el asiento trasero.

—Todos somos Judas.

La subinspectora López Serret recibe la noticia en el laboratorio forense, donde ha pasado a recoger el informe de la autopsia de Quim Janer. Aunque la mayoría de los técnicos están fuera debido al festivo, el centro permanece abierto y una funcionaria le entrega las pertenencias del chico junto con el informe.

Justo cuando lo está revisando, Crespo la llama y le comunica los avances, y ella se alegra de estar sola, en un espacio vacío, para no tener que disimular su expresión de fracaso. La culpa no es suya, piensa con amargura. Si el Apóstol no se hubiera empeñado en mantener tanto secretismo sobre los autores de los asesinatos, ella habría podido dirigir la investigación hacia otro lado que no fueran esos chicos. En su momento tomó ese camino que, en teoría, debía convertirse en una vía muerta. Cuando oyó la palabra Judas en el interrogatorio de los chavales, supo que era demasiado tarde. Lo único que pudo hacer fue reírse, lo cual no era difícil teniendo en cuenta el contexto. El mensaje de un puto espíritu.

Sin embargo, ahora no sabe qué camino tomar, o en realidad lo sabe y no le apetece. Tiene que hablar con el Apóstol, comunicarle lo sucedido antes de que se entere por las noticias, y cargar con un fracaso que, se repite, no es en absoluto culpa suya. Ella es consciente de que hay voces internas en contra del líder y, con franqueza, empieza a entenderlas. Cuando lo nombraron, fueron bastantes los que elogiaron su rectitud, su empeño en recuperar la esencia del grupo, algo desvirtuada. Los Hijos de Judas no eran solo un puñado de gente llevada por la ambición, sino un conjunto de personas de distintas clases sociales que compartían un credo y una promesa. Por eso se ayudaban... Era reconfortante pensar que, en esa sociedad deshumanizada, existía una red de apoyo en la que podías confiar, personas que te allanaban el camino porque eran conscientes del sacrificio que habías hecho: uno que era común a todos, tanto ricos como pobres. Sin embargo, la actuación del Apóstol en ese caso, su obsesión por que se cumpliera la Promesa en sus términos más estrictos, estaba despertando muchos recelos. Incluso en ella misma.

De vuelta en el coche y con el único fin de demorar la llamada, observa las bolsas donde han guardado la ropa y los objetos personales del último chico muerto. El informe le interesa poco, sabe bien cómo murió. Le llama la atención una bolsita pequeña en la que hay una agenda o una libreta. El plástico transparente le permite ver el título de la tapa: «El diccionario de Daniel». Tarda dos segundos en abrir la bolsa precintada y sacarlo, un poco más en revisar su contenido. Palabras escritas con caligrafía infantil, y luego otras con letra más adulta y en otro idioma.

Saca el móvil y hace una llamada. No la que tenía previsto realizar, sino otra, más breve. Le suena que hay un alemán viviendo en el valle, pero ignora dónde y no quiere perder tiempo en averiguarlo por cauces más complicados. Un agente de la comisaría le responde y le aclara lo que necesita, sin preguntar.

Solo entonces, con ese dato imprescindible en su poder, decide enfrentarse a la otra conversación.

El Apóstol contesta enseguida. Por el tono de voz, ella comprende que no está solo, así que se limita a transmitirle los datos tratando de contener la excitación.

—Como suele decirse, tengo dos noticias: una buena y otra mala.

—Elige —le dice él secamente.

Aitana López Serret lo tiene claro.

—Han detenido a un sospechoso de los asesinatos. El dueño del taller. Supongo que sabe de quién le hablo.

Se oye un carraspeo que ella toma como una respuesta afirmativa.

—Espero que hayas empezado por la mala —murmura el Apóstol

—Sí. La otra no es solo buena. Es la mejor. Creo que sé dónde se esconde Daniel Folguera.

El Apóstol termina la llamada alentado por eso que algunos llaman esperanza y otros denominarían acto de fe. A él le gustaría creer en los milagros, en las intervenciones divinas. Sabe, sin embargo, que todo esto guarda poca relación con la voluntad de Dios, si es que este existe. Es fruto de la mano del hombre, de la suya, y no puede evitar que un escalofrío de alivio prematuro le recorra el cuerpo, de los pies a la cabeza, erizándole el vello canoso que cubre su cuerpo cansado y provocando que unas lágrimas dispersas le nublen los ojos.

—Padrino, ¿estás bien? —pregunta una vocecita infantil.

Una niña corre a abrazarlo. Él siente el contacto de las manos, el calor de esa carita en la barriga.

—Me pareció que estabas triste —dice la niña.

—No, Clara, no… A los viejos nos lloran los ojos de vez en cuando porque están cansados de ver, pero no me pasa nada.

—Yo también lloro a veces. No muchas porque mamá se pone triste si me ve.

—Hoy mamá va a estar muy contenta —susurra él, mirando hacia la puerta de la estancia por donde entra Ángela—. Y tu papá también. Todos nos alegraremos mucho hoy.

La mujer que acaba de acceder al salón exhala un suspiro de alivio. El Apóstol desvía la mirada hacia una de las fotos enmarcadas que hay encima de una de las mesitas. Son su familia, lejana pero la única que tiene. Su sobrina nieta, Ángela, con Joan Marc, su marido, y esta niña que se ha convertido en la alegría de su vejez a pesar de lo poco que se ven.

—Tengo buenas noticias, Ángela. Están a punto de cazar al lobo.

—¿Y el lobo es malo? —pregunta Clara con interés.

—A veces, cariño. Otras solo son animales que obedecen a su instinto. —En este caso, el de sobrevivir, piensa él—. En cualquier caso, no queda más remedio que acabar con ellos para que no devoren a otros animalitos ¡o a las niñas que se pierden en el bosque! —Termina elevando la voz y haciéndole cosquillas a Clara.

Ella se ríe; entretenida con su padrino no se da cuenta de que su madre ha tenido que sentarse, pálida, y que ahora hace esfuerzos para recuperar la compostura y esbozar una sonrisa que va ganando presencia. Al final, cuando Clara se vuelve, se aparta del anciano y va hacia ella. La ve contenta: mucho más que los últimos días, en los que andaba de un humor terrible y la reñía por todo.

El Apóstol las contempla y piensa en lo sencilla y hermosa que resulta esa estampa de madre e hija cuchicheándose bromas al oído, y en el precio tan alto que han estado a punto de pagar. No quiere pensar que el tema aún no está resuelto. Necesita que la fe le embargue al menos por un rato. Ha trabajado mucho para conseguir el milagro. Para salvar a Clara y encontrar a Daniel, el otro hijo de Joan Marc Villalonga y de Marta Folguera. El que la pareja prometió entregar como ofrenda cuando aún eran novios, en una decisión que él, si hubiera sido el Apóstol entonces, jamás habría permitido.

Lo peor de todo era que su intransigencia con esas cuestiones se había vuelto en su contra. Joan Marc les mintió, a él y a Ángela. Les dijo que él y un hermano de los Hijos de Judas, Rafael Vilas, habían matado a Marta. Que el niño había muerto mientras lo perseguían y que él mismo lo había enterrado en el valle. Años después, cuando apareció el detective afirmando que Daniel seguía vivo, se dieron cuenta del engaño. A esas alturas, Clara ya estaba en este mundo porque, con Daniel muerto, Joan Marc y su esposa eran libres de tener los hijos que quisieran.

La niña estaba en peligro. Y eso era algo que el Apóstol

no podía permitir. Si no encontraban a ese chico, aquel que había sido engendrado para el sacrificio, Joan Marc se vería obligado a entregar a esta niña inocente. Por suerte, nadie sospechó del parentesco entre Joan Marc y el Apóstol: para todos, él era un caballero viudo, sin hijos ni familia cercana, que impuso su decisión de encontrar al chico perdido asumiendo que habría voces en contra, que se jugaba su cargo y, ¿por qué no?, también la vida. Contaban además con el mecánico, a quien Joan Marc había instalado en la zona. El Apóstol comprendió entonces que el marido de su sobrina nieta lo había hecho por si acaso, por si algún día surgía alguna noticia de Daniel.

Se maldijo por no haber adivinado la farsa.

«Pero todo ha merecido la pena», se dice. Incluso si esto acaba mal para él, si los Hijos de Judas deciden que su etapa ha terminado, esa niña, Clara, seguirá en los brazos de su madre. Sana y salva, feliz y sonriente.

Donde debe estar.

66

Los periodistas rodean la comisaría como una jauría a la espera de que alguien les dé cualquier minucia de información. Está prevista una comparecencia de los mandos, pero todavía sin hora fijada. El subinspector Almeida cree oportuno esperar a su colega de mismo rango, López Serret, que es quien está oficialmente a cargo de la investigación, pero esta no aparece.

Ramsés Crespo ha metido a Rafael Vilas en el calabozo, también a la espera de recibir órdenes. Prevé un día largo y un interrogatorio duro, porque el hombre no tiene aspecto de ser de los que confiesan. Y él necesita más pruebas, datos concretos con los que atacarlo más allá de las declaraciones de su propio hijo, un chaval cuya salud mental pende de un hilo y que de momento se halla en casa de Lena, aguardando que los servicios sociales suban a buscarlo. Sentado a su mesa, Crespo mira hacia fuera y comprende que no pueden tardar mucho en decir algo al montón de reporteros que casi cerca la comisaría. La presión externa se cuela dentro y él se nota nervioso, le cuesta concentrarse.

—¿Se puede saber dónde está la subinspectora? —vocifera Almeida, un hombre poco dado a los gritos.

—Estaba en Lleida. Hablé con ella hace un buen rato, señor —apunta él con su tono más respetuoso, con la intención de calmar los ánimos—. No debería demorarse.

—¿En Lleida? ¿Precisamente hoy se le ha ocurrido tomarse el día?

Él no responde y después de que su jefe se meta en su despacho dando un portazo, una agente le murmura:

—Estará practicando idiomas.

—¿Qué?

—La subinspectora llamó después de hablar contigo. Me confirmó que venía hacia aquí. Luego me preguntó dónde vivía el alemán del valle.

—¿Klaus?

—Yo no conozco a otro —le dice la agente encogiéndose de hombros.

De camino a su mesa, Crespo se pregunta qué se traerá entre manos la subinspectora López Serret con Klaus Lemm y, cuando se sienta, se percata de que algo le impide permanecer de brazos cruzados. Podría ser el instinto o el nerviosismo por los sucesos del día. O la conciencia de que existen aún demasiados cabos sueltos en un caso que todavía podría desmoronarse por cualquier detalle. O su desasosiego podría deberse a que hace tiempo que no se fía de la subinspectora y no sabe muy bien por qué, se reconoce a sí mismo mientras coge las llaves del coche.

En los alrededores de la casa de Klaus Lemm reina el silencio. Crespo ha visto el coche de la subinspectora aparcado a la entrada del camino, lo que significa que ella ha preferido recorrer el último trecho a pie. Una elección extraña en un día con temperaturas glaciales y un cielo oscuro y amenazante.

El sargento deja el coche más cerca de la casa, aunque sin llegar hasta la puerta, y cubre los metros que le separan de ella a paso rápido. Nota el peso de la pistola en su cintura. Cuando se acerca a la edificación solitaria se percata de lo aislado que está el lugar y de lo poco que saben de las vidas ajenas. A pesar de que todos se conocen, de que son pocos y por lo general bien avenidos, el carácter de la gente del valle no los lleva a meterse en las casas de otros si no media una invitación. Duda que mucha gente de la zona haya pisado nunca esa casa.

La quietud es tal que, por un momento, piensa que está sobreactuando, que desplazarse hasta aquí a toda prisa es una exageración fruto de la expectación nerviosa que flotaba en la comisaría. Luego, al acercarse a la ventana, comprende que no es así.

Lo primero que ve, antes de correr hacia la puerta, es el cuerpo del alemán en el suelo. No hay ni rastro de la subinspectora y eso le extraña. Reza para que la puerta no esté cerrada con llave y reprime un suspiro de alivio al ver que está abierta, aunque no puede evitar que el sonido de los goznes resuene al empujarla.

Saca la pistola y corre hacia el cuerpo de Klaus. Si hay alguien más en la casa, está inmóvil y callado. Tal vez también herido. Comprueba el pulso del cuerpo, que sigue latiendo, aunque débil, y eso le anima a sacar la radio para pedir una ambulancia. Lo está haciendo cuando, por el rabillo del ojo, ve una sombra en el suelo que se acerca hacia él por la espalda blandiendo una barra de hierro. Se aparta, arma en mano, para esquivar el ataque. Lo logra por poco. Rueda sobre la madera hasta quedar de frente a su atacante mientras le da el alto.

Se produce un instante de silencio. La luz que entra no les permite verse con claridad. Ramsés solo sabe que hay alguien de pie, frente a él, pero no logra distinguir si esa persona va o no armada. Grita de nuevo y presiente que su atacante se acerca.

No puede disparar sin saber si es necesario o no pese a que comprende que su vida está en peligro. Lo huele. Retrocede arrastrándose por el suelo y entonces nota un fuerte golpe en el tórax que le corta la respiración. Intenta esquivar un nuevo impacto y al hacerlo el arma se le escapa de entre los dedos, aunque la encuentra enseguida.

Y antes de que la barra de hierro se estampe de nuevo contra su cuerpo, abre fuego. Apunta bajo, hacia lo que deberían ser las piernas de su agresor, y oye un gemido de dolor. Eso le da tiempo para incorporarse un poco y eludir otro golpe, al que responde disparando de nuevo.

La figura se tambalea, el atizador cae al suelo con estrépito, y Ramsés decide contar hasta cinco mentalmente antes de dar un paso hacia delante. Llega hasta tres: la subinspectora cae con el pecho manchado de sangre y el sargento intenta controlar el temblor que le agita todo el cuerpo.

Nunca había matado a nadie.

Nunca hubiera sospechado que su primera víctima mortal sería alguien del cuerpo.

Aún está recobrándose de la impresión cuando oye gritos que proceden de debajo de sus pies. Gritos y golpes que agitan el suelo.

Mientras llama a comisaría pidiendo refuerzos, enciende la luz y busca alguna trampilla que lleve al sótano. Cuando la encuentra, la abre y grita, pero la voz no le responde del todo.

—¿Quién anda ahí? ¡Policía!

Nadie responde, así que se decide a bajar, con la linterna del móvil encendida alumbrando el espacio y el arma en la otra mano.

Enseguida comprende que no va a necesitar el arma.

Lo que tiene delante es a un chaval aterrado, un cachorro tembloroso que se cubre la cara para protegerse de la luz. Con la otra mano sostiene algo que es demasiado pequeño para ser peligroso. Luego, cuando se acerque a él, comprobará que se trata de un destornillador pequeño.

67

Lena ha escuchado con atención el relato del sargento, que acaba de llamarla. Klaus Lemm estaba inconsciente, no malherido. Es probable que la llegada de Crespo interrumpiera el ataque. El chico al que tenía encerrado en el sótano es, por supuesto, Daniel Folguera.

Las noticias aún no recogen los detalles, pero los reporteros se huelen que algo grave ha sucedido y aguardan, bajo una noche gélida, que alguien les dé alguna explicación. Desde luego no será Ramsés Crespo, que se enfrenta a una investigación interna, ni por supuesto la subinspectora, que ha muerto en el acto después del segundo disparo.

—He podido hablar con Lemm antes de que llegara la ambulancia —le ha dicho el sargento—. Todo es verdad. La secta, la persecución a la que se vio sometida la madre de Daniel. Klaus encontró unas páginas en las que lo contaba todo. Las ha guardado durante todo este tiempo, hasta hoy. Según ellas, Marta y su novio de entonces hicieron una promesa para unirse a ese grupo, del que no se atreve ni a dar el nombre. Entregarían a su primer hijo cuando lo tuvieran a cambio del éxito en sus respectivas carreras. Parece una locura, pero ella lo cuenta muy claro. Todos ellos han hecho lo mismo para beneficiarse de lo que ofrece el grupo. Lo llaman la Promesa y puede ser un amigo, un pariente… Y no son cuatro pirados, Lena. Marta ignoraba el número, pero por lo que cuenta existe un grupo pequeño de personas poderosas e influyentes, capaces de conseguir cosas, y otro, mayor, que funciona como base de todo. Por lo que ella dice, están por todas partes. Da miedo pensar en eso.

»En cualquier caso, te resumo lo que he averiguado, que tampoco es mucho. Poco después de entrar en la secta en Barcelona, cuando aún vivía con su familia, ella quiso echarse atrás, pero no le resultó fácil. Al final tuvo que irse de la ciudad para alejarse del grupo y, por supuesto, del novio. Vivió en la casa okupa porque no soportaba la idea de estar sola. Tiempo después, el exnovio que había dejado en Barcelona reapareció en Madrid. La engañó diciendo que había abandonado también el grupo y que estaban a salvo. Marta confió en él y se lio de nuevo con él. Pero algo debió de pasar cuando se quedó embarazada, porque lo dejó atrás e inició otra vida, lejos de Madrid. Esa parte de la historia acaba ahí y no la retoma hasta noviembre de 2015, poco antes de que la mataran. Son solo un par de páginas. Alguien se puso en contacto con ella. Una mujer. Era otra exadepta que había logrado escapar y que estaba dispuesta a ayudarla, no solo a buscar otro alojamiento, sino a proporcionarle una vida fuera del país. En Francia. La última fecha es del día anterior a su muerte. Supongo que por eso tenía las maletas listas, pero está claro que quienquiera que fuese esa mujer o bien no llegó a tiempo o bien no era una mano amiga y la traicionó. Es curioso, Marta habla de la secta en esas páginas, no da muchos detalles... Sí cuenta cuál es su lema. Todos somos Judas.

«Judas el traidor. Judas, el apóstol que vendió a Jesucristo», se dice Lena.

—¿Klaus Lemm ha tenido escondido a Daniel todo este tiempo?

—Por loco que parezca, sí. Cuando encontró los escritos de Marta, se autoimpuso la tarea de cuidarlo. Tampoco es que sea el más cuerdo de por aquí, todo hay que decirlo. Creo que la historia le vino como anillo al dedo para sus neuras. Iba a entregarle el diario de Marta al detective, Hernán Iglesias, pero este no se presentó a la cita. Supongo que esa gente lo pilló antes...

—¿Y qué pinta el padre de Adrià en todo esto? —ha preguntado ella.

—Bueno, el chico dijo que recibía llamadas. Todo apunta a que es un simple lacayo. Alguien que obedece órdenes de la secta.

«¿Órdenes de quién?», se pregunta ahora ella, aunque intuye la respuesta. Si Daniel era la ofrenda conjunta de dos y uno de ellos seguía en el grupo, ese sacrificio podía seguir en pie. Aun así, hay muchas cosas que no acaba de entender y, agotada, se tumba frente a la tele con la intención de seguir viendo las noticias y calmar la actividad de su cerebro. Por fin hablan de Klaus Lemm y de Daniel, y empiezan a filtrarse detalles sobre que el caso de los chicos muertos guarda relación con otro acaecido siete años atrás. Mencionan también que podría tratarse de un tema vinculado a una secta, pero no dan más datos.

Lena continúa allí, medio adormecida, cuando el móvil se ilumina.

Enhorabuena, doctora. Parece que han
resuelto el caso.
Al menos en parte. Juraría que va a ser
difícil pillar a la cúpula de la secta.
Una cosa que se me olvidó contarle: en ese
grupo se vive una solidaridad extraña.
Los miembros más pobres reciben la ayuda
de otro, más rico,
a quien deben asistir a su vez. Los llaman
hermanos o algo así.
Así que es muy probable que ese mecánico
siguiera las instrucciones de otro.
Aunque digan que todos son iguales, los
Judas ricos siguen mandando.
Por cierto, no se preocupe por mí, estoy bien.
No creo que volvamos a vernos. Take care, doctor

Una sensación extraña se apodera de ella. Es como recibir mensajes de un espectro, de alguien malvado que murió y que ha resucitado para atormentarla. Charlie no está muerto, pero ella casi oye su voz detrás de las palabras escritas, como si le susurrara al oído ese «*Take care, doctor*», como si estuviera tan cerca que pudiera saltar sobre ella y terminar el trabajo que dejó a medias hace casi un año.

El miedo es así: irracional y fulminante. De repente la casa entera se convierte en una cueva helada y Lena solo es capaz de permanecer inmóvil mientras el corazón se le dispara.

—Vete a la mierda, Charlie Bodman —murmura—. No me vas a joder la vida fingiendo que me aprecias. Soy demasiado lista para entrar en tu juego. Por mucho que pretendas ayudar, yo sé lo que buscas, hijo de puta. Lo sé porque, aunque no te lo creas, soy más lista que tú.

Ese pensamiento, ese arranque de orgullo y de autoafirmación, tiene la virtud de calmarla.

Un rato después, en la cocina, con una taza de té en la mano, trata de no pensar en Charlie, aunque sí en su mensaje. No tiene la menor esperanza de que logren descubrir a los miembros de esa secta, así que deberán conformarse con los que han identificado. El padre de Adrià. Probablemente, Joan Marc Villalonga. ¿Su mujer, tal vez? Se figura que ninguno de ellos dirá nada. Que esos adeptos a Judas no traicionarán a los suyos, ya sea por miedo o porque es más provechoso esperar su ayuda.

Y así seguirán los otros en la sombra, como aliados en

una cruzada, unidos entre sí y mezclados con el resto del mundo. La aterra pensar que gente como esa pueda cruzarse en su camino, sonreírle en el supermercado, ocupar un piso contiguo al suyo, atenderla cuando va al médico. Eso por lo que se refiere a las bases... La élite, los que de verdad tienen poder, pueden destrozar vidas, como le pasó a Marta. Pensar en eso la hace sentir pequeña y vulnerable, porque no tiene la menor duda de que es una realidad tan palpable como el hecho de que Charlie Bodman esté libre.

Lena se vuelve hacia la ventana trasera y observa, maravillada, que el paisaje está cambiando. Una capa de nieve empieza a cubrir la tierra, ocultando los secretos, tiñendo de un blanco impoluto los caminos y los tejados. Hay algo mágico en la imagen, como si esos copos trajeran consigo una esperanza alegre que tiene algo de infantil. Es lo primero que le dice a Jarque cuando él contesta al teléfono, que está nevando. Lo segundo es que le quiere y que no desea pasar ni un solo día más lejos de él.

68

No todos en el valle observan la nevada con el mismo gozo. En la casa de los Janer, Inma es inmune a todo lo que sucede, tanto fuera como dentro. Ha pasado la tarde echada y solo se levanta cuando su marido la llama para que baje a ver las noticias porque van a hablar del detenido. Se arrastra hacia el salón, en pijama y con una bata de lana. No sabe cuándo se duchó por última vez y nota el pelo seco, encrespado. Se dice que no puede tener a los niños eternamente en casa de los abuelos y que deben volver. Esta es su casa, ella es su madre. De repente, echa de menos el barullo constante. El silencio que invade la casa le da frío.

Él mira la televisión y la hace callar cuando ella intenta preguntar algo. La reportera cuenta cosas que Inma no es capaz de procesar pese a poner todo su empeño en ello. Hablan de Marta Folguera, del crimen que ocurrió hace siete años. Cuentan que han encontrado a su hijo, que una secta los perseguía y que hay un detenido, alguien a quien ella conoce, el mecánico de Taüll, acusado de los crímenes del valle. Se esperan más detenciones, dice el presentador.

Ricard maldice, grita. Hay hombres que tienen esta facilidad: se desahogan rápido a base de insultos en voz muy alta. Ella, aún medio atontada por los sedantes y las noticias, ante esa pantalla que le habla en un idioma que conoce pero no comprende, se limita a hacerse a un lado y presenciar el estallido. Ni ella misma se da cuenta de que ha empezado a llorar, lentamente y en silencio, al ritmo de la nieve que está cayendo fuera. No logrará detener el llanto hasta un rato más tarde. Su marido se ha sentado en un extremo del sofá y ella en el otro, ambos frente al televisor apagado. Inma empieza a hablar en voz baja y le cuenta lo que hizo siete años atrás, esa llamada estúpida que realizó obedeciendo a un impulso, llevada por la convicción de que Marta no era buena madre, al menos no tan buena como ella. Él aprovecha el momento para confesar algo mucho más reciente.

Luego permanecen callados, mirando la pantalla negra, sin ánimos para reprocharse nada el uno al otro. Él añade que su lío con Estela no ha tenido importancia e intenta consolarla diciendo que esa llamada fue fruto de la buena intención. Ella no está de acuerdo, pero acepta con indiferencia sus palabras porque no es su perdón el que necesita sino el suyo propio. Solo puede pensar que, al final de la historia, el hijo de la que fue su amiga está vivo y al suyo lo incinerarán dentro de poco. Luego arrojarán sus cenizas sobre la montaña nevada y ella tendrá que conformarse con volver a casa en lugar de rendirse, de quedarse a la intemperie y dejar que el frío la convierta en una estatua de hielo.

Tiene tres hijos más y ellos la necesitan.

Mañana irá a buscarlos.

Arlet y Lázaro contemplan la nevada, los dos juntos en el cuarto de ella. Han pasado un rato con Roger esa tarde y luego, cuando el padre de Lázaro los ha subido a Taüll, ella le ha invitado a cenar algo en su casa.

Arlet saca la mano por la ventana para capturar un copo, que enseguida se convierte en agua.

—¡Quiero salir! —exclama.

Él se une al plan. Bajan corriendo a la calle, sin chaquetas ni gorros, y dejan que la nieve les caiga encima.

—Mañana estará todo blanco —dice Lázaro.

—Lo sé.

Arlet se tumba en el suelo, quiere ver caer la nieve.

—¿Estás loca? Te vas a helar.

Lázaro protesta, pero acaba haciendo lo mismo y así, los dos juntos, cogidos de la mano, contemplan cómo el cielo se derrama en forma de cristales blancos, suaves y limpios. Sin hacer nada más, ni pensar en otra cosa que en la maravilla de estar aquí y ahora. Intentando olvidarse del ayer y conservar la esperanza en el mañana.

Más tarde, cuando Lázaro se ha ido, Arlet sube a su cuarto y coge el teléfono móvil. Busca en él la foto que les hizo a los cuatro chicos, frente a la casa. Los dibuja a todos, Roger, Adrià, Lázaro y Quim, pero de cara hacia ella.

Quiere inmortalizar el recuerdo antes de que la nieve y el tiempo se empeñen en desdibujarlo, relegarlo a un rincón de su memoria, convertir ese día en uno más de su adolescencia.

«En esta hoja de papel podemos seguir siendo cinco», piensa al terminar, ya de madrugada. Quim, el más alto de todos, la mira con una media sonrisa en los labios. Expectante, guapo, nervioso e impaciente.

Tal y como ella desea recordarlo.

El templo

69

Quizá alguien, algún día, recuerde que a esa casa ahora deshabitada llegaban de vez en cuando coches grandes y caros, y también otros más corrientes. Que allí se celebraban fiestas o eventos nocturnos. Que, no hace mucho, su jardín lucía verde y cuidado.

Ahora, si alguien la viera, dudaría que alguien hubiera vivido en ella recientemente. Nadie se ha acercado a ella en las últimas semanas ni ninguno de los que la frecuentaban tienen la intención de hacerlo. Tampoco de reunirse ni establecer contacto, al menos de momento.

Esa ha sido la decisión del nuevo Apóstol, que, entre otros cambios en relación con su predecesor, ha decidido no residir en lo que llamaban el Templo. En una asamblea extraordinaria de los Doce, las directrices generales quedaron establecidas con claridad. Hay que correr un tupido velo de silencio, detener la actividad, mantenerse alejados los unos de los otros, y, desde luego, no admitir nuevos miembros. Ya llegará el día en que puedan volver a moverse en su oscura normalidad, cuando pase la tormenta, cuando las noticias dejen de mencionar su nombre; algo que no tardará mucho en pasar.

El antiguo Apóstol fue relevado de su cargo. La tensión de las últimas semanas lo había debilitado tanto que nadie esperaba que sobreviviera durante mucho tiempo. Ya no tenía sentido reprocharle la deriva delirante de sus planes, era más práctico centrarse en sortear las consecuencias y sofocar el escándalo. Sobre eso nadie tenía duda alguna. Tampoco en la necesidad de escoger un nuevo Apóstol, y que este fuera alguien más joven, más adaptado a los tiempos.

En una votación sin precedentes, el nuevo Apóstol no surgió de entre los Cuatro, sino de entre los Doce. Le sirvió para ello un firme alegato en el que planteó propuestas audaces y bien articuladas. Su estilo tenía poco que ver con el de su antecesor: era más directo, más enérgico, más centrado en el futuro, y, a la vez, igual de respetuoso con la tradición en su sentido más simbólico.

Durante el largo debate, el grupo volvió a plantearse la misma cuestión, eterna e irresoluble. La Promesa debía seguir formando parte de su esencia, los definía y los cohesionaba. El sacrificio personal, la traición a un ser querido, no podía perderse. El nuevo Apóstol defendió su permanencia con locuacidad. «Sin ella —dijo—, seríamos un vulgar grupo de arribistas y eso nos despojaría de una gran parte de nuestra grandeza». Además, a todos les constaba que las bases eran las menos dispuestas a renunciar a esa ofrenda, porque esta los elevaba por encima de sus pares ajenos al culto. De todos modos, dado que de momento se habían paralizado las admisiones, tenían tiempo de redefinir la Promesa de una manera que no terminara provocando una situación como la que estaban viviendo.

Todos comprendieron que la prioridad era controlar lo que ya había salido a la luz y procurar que no se extendiera. Que no creciera. Que se fundiera en el alud de noticias. De repente, la actualidad se llenó de una serie de escándalos que afectaban a figuras conocidas y populares. A Lucas le recordaban al caso Arny, ese que puso en la picota a un montón de nombres de diversa índole, y se preguntaba si el grupo al que entonces aún no pertenecía había tenido algo que ver, porque la estrategia era la misma.

Cortinas de humo para tapar el fuego. El mismo que, dentro de poco, reducirá la casa donde se reunían a un montón de escombros. Es solo un símbolo, pero, como decía el malogrado Apóstol, los símbolos importan.

En esa misma reunión donde se planeó la estrategia para combatir la crisis, hubo que tomar una decisión peliaguda. El viejo Apóstol ya no era un problema y el mecánico del valle no despertaba demasiada inquietud: como todos los pertenecientes a las bases, se movía bien en la obediencia.

Joan Marc Villalonga, en cambio, era diferente. No solo por su parentesco remoto con el Apóstol retirado, sino porque no era una persona habituada al sufrimiento. La policía siguió investigándolo, sin terminar de aclarar su participación en los asesinatos, hasta que los Doce le hicieron llegar un mensaje duro pero inapelable. Dado que su Promesa seguía incumplida y que Daniel Folguera estaba ahora protegido por las fuerzas del orden, el grupo le planteaba dos opciones. Entregar a la niña o despedirse del mundo. Así que el pianista (que, tal y como dejó escrito, «se sentía asediado por las fuerzas del orden, víctima de una conspiración en su contra») decidió saltar al vacío en su propio vehículo. Si aquel suicidio fue una admisión de culpabilidad o una muestra de desesperación, nunca llegaría a aclararse del todo. Ángela y Clara se fueron del país poco después del entierro.

Satisfecho con el sesgo que han ido tomando los acontecimientos, el nuevo Apóstol cavila sobre uno de los cabos sueltos más molestos que se ciernen sobre ellos.

La criminóloga Lena Mayoral se ha empeñado en reiterar sus convicciones sobre la secta, como ella la llama, en cualquier medio donde aparece, sin importarle que algunos periodistas cuestionen sus sospechas. «Es tenaz y persistente como la carcoma», piensa él, y no se trata de una opinión infundada. Por circunstancias de la vida, el nuevo Apóstol la conoce bien y sabe que no resultará fácil persuadirla de que abandone el tema. De todos modos, lo más aconsejable es seguir controlándola a distancia. Si es necesario, ya se tomarán medidas más drásticas con el paso del tiempo.

«Quien juega con fuego acaba quemándose, Lena», se dice entonces, y la frase le trae a la memoria dos cosas. Antes de recluirse en su nueva residencia, su predecesor le dio algo de lo que quiere deshacerse. Las copias de las llaves de las iglesias donde depositaron los dos primeros cuerpos; le dijo que no había llegado a conseguir una más porque su contacto ya no quiso seguir ayudándole. El nuevo Apóstol ha preferido no saber de quién se trata. Las arroja al fuego en un gesto más bien teatral mientras su cerebro pasa de esa chimenea hogareña a las llamas que dentro de poco devastarán la casa.

Él no necesita ni desea esa vivienda. Está seguro de que el aislamiento fue en parte el causante de que el viejo Apóstol perdiera la perspectiva. Es mucho más sano llevar una vida normal. Mezclarse entre la gente, estar atento a la actualidad, y constatar a menudo que el mundo exterior al culto está también plagado de traidores.

Los adeptos son una minoría unida por lazos estrechos y secretos sumergida en una sociedad cada vez más individualista, pero a él no le cabe ninguna duda de que su grupo sobrevivirá porque en el fondo respeta y venera uno de los rasgos naturales del ser humano.

Todos somos Judas.

SEXTA PARTE

La hora del lobo

La ciudad

70

Si para algunos la hora del lobo es sinónimo de pesadillas pavorosas, de temores tan difusos como la luz que se insinúa en la noche, Gustavo Calderón la vive como el último momento de calma antes de que empiece el día.

Desde el ataque en el comedor, el contacto con la gente le aterra. Sus miradas le dan miedo, sus voces lo abruman. Siente los dardos del desprecio ajeno clavados en todo el cuerpo. La noche, en cambio, es paz, soledad y calma. Su celda está cerrada y eso le aísla del resto. El momento previo al amanecer es el último instante de felicidad y cuando está despierto, se entrega a disfrutar de esas fantasías inconfesables que han supuesto su estigma y su condena.

Nadie puede señalarte por tus sueños y deseos. El problema es que, en un periodo de su vida, ya no se conformó con las fantasías. Llevaba años observando a las niñas, adivinando los misterios de sus cuerpos, anhelando sentir el roce de esa piel suave. Hasta que un día no pudo más y pasó a la acción. Pese a lo que le decía a Charlie, no está orgulloso de haberlo hecho; tampoco se arrepiente. Tras una vida de represión constante, lo considera un desliz inevitable.

Nunca fue un asesino vocacional, como el Verdugo. Las mató después de violarlas porque le pareció la única solución, pero su goce estaba en el sexo, no en el crimen. Es en la primera niña viva en quien piensa ahora. Su cuerpo, magullado por la tremenda paliza de aquel energúmeno ciclado, ha tardado semanas en dejar de causarle dolor. Tuvieron que trasladarlo a la enfermería, donde pasó varios días acostado. Sufría hasta al respirar.

Está tan absorto en los recuerdos de aquel cuerpecillo blando e inocente que no oye que la puerta se abre hasta que esta vuelve a cerrarse detrás de un hombre que ha entrado en la celda. Los instantes que tarda en reaccionar son más de los que el intruso necesita para abalanzarse sobre él y cubrirle la boca.

Un aterrado Gusano trata de distinguir al menos de quién se trata mientras se debate por liberar la cara de esa mano que la presiona. Jadea, gime, muerde, pero su atacante es mucho más fuerte.

Es capaz de inmovilizarlo en la cama y, en pocos segundos, clavarle una jeringuilla en su esquelético brazo e inyectarle su contenido. Solo entonces, cuando la sustancia empieza a hacer efecto, se aparta lo bastante para que Calderón vea quién lo está enviando al descanso eterno.

—Solo tenías que estar callado, hijo de puta —le susurra Jaime, el funcionario—. Te dijeron que tendrías a alguien que te protegiera aquí y tú se lo agradeces largando de ellos con ese psicópata inglés. No vas a decir nada más y lo último que vas a oír es esto: todos somos Judas.

71

—Hoy vamos a entrevistar a una mujer que ha vuelto a las noticias en las últimas semanas, y da la impresión de que su presencia empieza a ser habitual en ellas cuando de crímenes se trata. Seguro que la conocen: fue la persona que identificó al Verdugo, hoy tristemente fugado, y ahora ha vuelto a la actualidad colaborando con la policía en los trágicos crímenes del valle de Boí. Buenas noches, Lena Mayoral, bienvenida a esta hora de radio en la noche. ¿Se resolvería algún caso importante en este país sin su ayuda?

Lena sonríe.

—Muchos, la verdad. Los criminólogos no resolvemos casos, eso es trabajo de los mossos. Nosotros solo echamos una mano.

—Una mano muy útil, por lo que sabemos. Pero, dígame, ahora que han pasado ya tres semanas desde las detenciones que pusieron fin al caso, ¿qué puede contarnos sobre el chico al que rescataron? ¿Sobre Daniel Folguera?

—Lo primero que quiero recalcar es que fue el sargento Crespo quien lo rescató. —Lena sabe que a los mossos no les gusta mucho que se les cite, y, sobre todo, le han pedido que obvie en lo posible mencionar a la subinspectora López Serret, pero le gusta reconocer en público la labor de Ramsés—. Daniel está bien. Ha estado unas semanas en un centro, pero pronto irá a vivir con su familia, como tiene que ser.

—¿Y podemos decir que está a salvo?

—Esperemos que sí.

—Esa secta que lo perseguía... ¿no ha vuelto a dar señales de vida?

—No creo que sea yo quien debe responder a eso.

—De hecho, tampoco está claro si en verdad era un grupo sectario o si todo fue un delirio de ese hombre, Rafael Vilas, el mecánico del pueblo...

Lena lo tiene muy claro. Sin embargo, percibe que la incredulidad sobre la existencia de esa organización va creciendo. No sabe si es porque apenas hay datos de ellos o porque existe la voluntad de que así sea. En cualquier caso, después de la confesión de Vilas y el supuesto suicidio por acoso policial de Joan Marc Villalonga, está bastante convencida de que nunca se descubrirá toda la verdad. Ni siquiera de lo que le concierne de manera más directa. No ha llegado a saber quién entró en su casa aquella noche y escribió el mensaje en el espejo, por ejemplo. Klaus Lemm negó haberlo hecho. A veces, pese a su defensa a ultranza de la racionalidad, a ella le gusta dejarse llevar por la idea de que fue Marta quien quiso comunicarse con ella, expresarle su angustia. Era una bobada, pero la hacía sentir mejor pensar que, ahora que Daniel estaba a salvo, Marta Folguera podía descansar en paz.

—Es verdad —dice por fin—. Eso ya deberán dirimirlo los jueces. Pero, en mi opinión, si sirve de algo, ese grupo, secta o culto no son ninguna alucinación. Son personas de carne y hueso que están entre nosotros sin llamar la atención, moviéndose al amparo de sus contactos. Existen. Nos vigilan. Quizá pasen un tiempo manteniendo un perfil bajo, pero volverán. Intuyo que tienen demasiado poder, y demasiado orgullo, para extinguirse sin más.

Su discurso es recibido con una disimulada incredulidad, algo a lo que Lena empieza a acostumbrarse. Detesta dar esa imagen de paranoica, de persona alejada del rigor científico que la ha definido siempre.

—¿Y el hombre que lo tuvo secuestrado? Klaus Lemm.

—De nuevo, creo que debería formular estas preguntas a los agentes a cargo del caso. Por lo que yo sé, Lemm está en su casa a la espera de juicio. Según el chico, él nunca lo retuvo contra su voluntad. Fue el propio Daniel quien quiso continuar allí.

—Pero Daniel era solo un niño…

Lena suspira.

—El juez decidirá —concluye, en un tono algo molesto. No termina de entender por qué no se ciñen a su trabajo, a la parte psicológica de estos temas, no a la legal.

—Por supuesto. Pasemos a otro tema, ¿hay alguna noticia sobre Charles Bodman? ¿Cómo ha vivido su fuga la mujer que casi murió en sus manos?

Ella se toma un momento para responder, unos instantes de pausa que en la radio pueden ser eternos.

—Contestando a su primera pregunta, no, no hay novedades. Y quiero aprovechar este momento para decir aquí que es de vital importancia que ese hombre sea capturado. Es un peligro para el mundo, el sujeto más manipulador y perverso que conozco. Es, con sinceridad, un monstruo carente de escrúpulos y de remordimiento y espero que pronto vuelva donde debe estar: encerrado en una celda, recluido de por vida. No hay ni una pizca de humanidad en él.

Charlie se quita los cascos y los deposita en la mesa. Ha imaginado la cara de Lena durante todo este rato y puede adivinar la expresión que ha acompañado sus últimas y falsas palabras.

Fuck you, bitch.

No es que esperara un agradecimiento público por su contribución en ese caso, pero le indigna que, después de todo lo que ha hecho por ella, esa mujer siga refiriéndose a él como a un desecho humano, alguien carente del menor rasgo positivo. No es justo ni cierto.

En el pequeño estudio que Blasco alquiló para él no hay mucho espacio para desahogar la ira. Tampoco es que él sea de carácter explosivo, no necesita estrellar objetos contra las paredes para sentirse mejor. Además, sigue costándole un poco hacer esfuerzos, aunque no puede negar que se encuentra mucho mejor. Por otro lado, ese andar lento encaja bastante bien con su nuevo aspecto, al que todavía no ha llegado a acostumbrarse, y con su nombre de señor inglés respetable.

Jonathan N. Clarke. N de Neil, por supuesto, aunque lo ha puesto más como un homenaje a sí mismo que al del niño de los vecinos. Tommy ha sido una gran decepción. Se negó a colaborar en nada, aunque sí aceptó el dinero que le ofreció su abogado para los gastos en la ciudad. Su única contribución fue facilitarle el teléfono de Lena Mayoral y, si llega a saber lo desagradecida que es esa hija de puta, él nunca habría intentado ayudarla.

¿Qué le ha llamado? Perverso, monstruo, peligro... *My God*, esa tía mostraría más compasión por Hitler que por él, y eso que estaba seguro de que el bobo de Tommy había acabado contándole lo que le hizo Derek. ¿Y si era ella la que era un monstruo, la que no tenía... cómo lo dijo, ni una pizca de humanidad?

Se mira en el espejo para intentar calmarse un poco. Su nuevo *look* le hace sentir extraño, pero en el buen sentido. Las canas en el pelo le envejecen, se ha teñido también la barba de blanco, y el maquillaje que ha aprendido a usar le añade los años necesarios para que la cara encaje con la edad que debe aparentar. Según sus documentos falsos, Jonathan N. Clarke tiene cincuenta y dos años, trece más que Charlie Bodman. «Un maduro interesante», se dice al verse.

Pronto el señor Clarke cogerá un tren de Barcelona a Marsella, y, desde allí, un par de días después, otro a París. Viajará con poquísimo equipaje, entre otras cosas porque apenas tiene ropa, como un hombre de negocios acostumbrado a moverse con lo mínimo necesario. París-Calais será la siguiente etapa, y desde allí el ferry a Dover. Añora Inglaterra. Después de los últimos años a orillas del Mediterráneo necesita volver a la lluvia, a la bruma y a los *nuggets* de pollo. Lo único malo de su país es el coste de vida. El dinero, que era abundante, escasea después de pagar a Sergio, al médico que le atendió, el estudio y la documentación falsa. Ah, y a su abogado, para que mantenga la boca cerrada. Aún se extraña de que ninguno de ellos lo haya vendido. Está seguro de que el idiota de Tommy lo haría si supiera dónde está.

Aún le cuesta pasar mucho rato de pie, pero tiene que reponerse pronto. Cada día que pasa en Barcelona es un peligro. No puede mantener contacto con ninguno de quienes le han ayudado. Se han jugado el pellejo por él, y también por su dinero, claro. Charlie les ha pagado con generosidad. ¿Eso no cuenta, señora Mayoral? *Stupid fucking bitch.*

Tiene que dejar de pensar en ella porque cada vez que lo hace nota una comezón en el alma y eso le recuerda al Gusano cuando le decía que era un psicópata que necesitaba matar.

«No es tanto una cuestión de necesidad sino de esencia, de instinto», se dice al alejarse del espejo. Su sonrisa, rodeada de falsas arrugas, le da otro carácter, más maduro, más cínico. Cuando era un niño experimentó el dolor, pero también la paz que emanaba de la muerte, de quitar la vida. Un sosiego indescriptible y poderoso que conoció por primera vez en el jardín de su casa.

Ha tardado años en asumirlo. Ha deambulado por las tinieblas de intuir sin saber, de anhelar sin comprender del todo. Ahora ya no tiene dudas. Como le dijo el Gusano, la vida, más corta o más larga, solo tiene sentido si uno puede ser fiel a su naturaleza.

Los buitres se alimentan de carroña, los tigres se comen a las gacelas... El lobo acosa a la presa hasta que esta se rinde, agotada por el asedio constante.

Se detiene un poco a pensar en esto último. Es verdad que los lobos cazan en manada y que él, en cambio, está solo. No le importa nada: eso aumenta el esfuerzo y complica la estrategia, sí, pero también intensifica el placer de la captura final.

72

—¿Por qué quieres brindar? —pregunta Jarque, con la copa alzada—. Ahora que vas a ser una mujer rica...

Ella sonríe. Sentada con él en el lugar donde cenaron juntos por primera vez, la mesa catorce del restaurante Casa Dorita, Lena se lo piensa un poco. No le apetece brindar por un dinero que aún no sabe si quiere aceptar. Podrían hacerlo por ellos, por estar juntos, por el fin de semana que tienen por delante. Al final, sin embargo, se decanta por otra cosa.

—Por Daniel —dice sonriendo, y él acepta sin mostrar la menor señal de decepción.

Ha sido un día bonito, quizá el mejor de los últimos meses. Esta mañana, el sargento Crespo ha conducido a Daniel Folguera al hogar donde vive su familia y Lena se ha reunido con ellos allí. El doctor y su esposa ya habían hablado con el chico, se habían visto un par de veces en el centro de menores donde él ha pasado una temporada breve antes de instalarse con los suyos, pero el momento de pisar por primera vez esa casa seguía siendo trascendente para todos y a ella le apetecía presenciarlo. Necesitaba un poco de energía positiva, de optimismo y de esperanza, y no se le ocurría nada mejor que ver la cara del anciano doctor Folguera, ilusionado ante esta oportunidad que le regalaba la vida; el semblante de su esposa, encantada ante el reencuentro con ese nieto perdido, o las miradas expectantes de Darío y de Rebeca.

Claro que a ella le preocupaba más el chico y se ha dedicado a observarlo mientras tomaba posesión del lugar de privilegio que le había sido negado tantos años; lo hacía con naturalidad, sin ser consciente de ello. También con gratitud. Por bueno que hubiera sido Lemm con él, pasar de un sótano lóbrego a una casa soleada y lujosa era un salto difícil de asumir.

Lena ha estado con ellos hasta mediada la tarde y luego tanto ella como el sargento Crespo han dejado a la familia sola, para que puedan disfrutar de la intimidad que necesitan. Antes de que se fueran, el doctor Folguera reiteró su intención de abonarle la suma prometida, pero ella no quiso hablar de eso entonces y aplazó el tema para otro momento.

Luego, Ramsés ha vuelto al valle, ella a la ciudad y Daniel Folguera se ha quedado en el hogar donde se crio su madre, rodeado de unos adultos que le quieren y se van a dedicar a cuidarlo.

Ella no puede pedir más. Le gustaría que el camino hubiera sido distinto, que esa alegría final no se hubiera visto empañada por las muertes trágicas que han dejado al valle sumido en la tristeza. Pero la vida no es perfecta; al menos, entre tanta desgracia, esta noche una familia dormirá feliz y nadie puede decir que no lo merezcan.

De camino a casa, a su piso en Barcelona, Lena ha tenido tiempo de reflexionar. No es una ingenua: sabe que debería estar más preocupada con Charlie libre, que ese individuo es una amenaza, un peligro latente que no cejará hasta que sea capturado y metido en una jaula. Ella se consuela pensando que al menos no ha dejado que ese psicópata le robe la paz interior. Lo intentó, sí; su ataque la ha tenido casi un año convertida en la sombra de sí misma. Quizá las montañas le han devuelto el oxígeno necesario para enfrentarse a la vida con más entereza... y más escepticismo también. La idea de que el Verdugo ronde por las calles se une a la convicción de que los auténticos responsables de los crímenes del valle jamás serán apresados. Ella, que ha sido siempre una mujer que confiaba en la ley y el orden, se siente decepcionada y desprotegida. Ante eso, podría encerrarse en un sótano, como un niño asustado, o echarle valor y ánimo a la vida.

Con Jarque a su lado, esto último es mucho más fácil.

No muy lejos del restaurante hay un tipo canoso, un individuo vestido con un chándal que podría confundirse con el resto de los colgados que deambulan por la ciudad. Lleva un rato allí parado, pensativo, como si quisiera fundirse con el paisaje nocturno, esconderse en ese bosque urbano, mientras se debate consigo mismo.

«El hombre es el único animal que tropieza dos veces con la misma piedra», se dice, y eso consigue llevarlo a tomar una decisión. Hace aproximadamente un año, cuando lo tenía todo preparado para escapar, asumió un riesgo y las consecuencias fueron desastrosas.

En estos doce meses ha aprendido muchas cosas y una de ellas, quizá la más importante, es a armarse de paciencia y planificar el ataque en lugar de precipitarse como suelen hacer los humanos. Otra es no repetir el mismo error, por mucho que le cueste reprimirse.

Mientras se aleja, renunciando a su presa, Charlie se dice que si conserva la calma y el destino le sonríe, tiene toda una vida por delante para ser él mismo. En algún momento del futuro, al amparo de estas mismas sombras, podrá retomar lo que ahora debe dejar en suspenso en aras de la prudencia.

Algún día llegará esa hora en que las pesadillas se vuelven más reales y los demonios se tornan más poderosos; el instante que antecede al alba, el favorito del lobo para atacar.

Agradecimientos

Por circunstancias diversas, *La hora del lobo* ha sido escrita en diferentes lugares y, durante un breve periodo, incluso en otro continente. Obviamente escribí una gran parte de ella en el valle de Boí, para capturar el ambiente pirenaico que he intentado plasmar en la novela, pero mis viajes me han llevado con el portátil a cuestas por toda España y hasta San Pedro Sula, en Honduras. Por otro lado, siempre pensaré en ella como mi novela de madrugada, porque en la parte final adopté la costumbre de levantarme muy temprano y empezar a escribir antes del amanecer.

Pero, pasando ya a los agradecimientos, quiero empezar por mi gente. No es necesario detallar nombres, ellos y ellas ya saben quiénes son y lo mucho que contribuyen a que pueda recargar las pilas en los momentos de agobio mental. Un recuerdo especial para Salva Alemany, que siempre está cuando se le necesita, y para Felipe, alguien que llegó a través de él y que me ha sido de gran ayuda.

Doy las gracias también a los libreros: de verdad, mimasteis *El último verdugo* y me disteis los ánimos necesarios para emprender esta novela, que comparte algunos protagonistas de la anterior, aunque desarrolle una trama absolutamente nueva (e igual de inquietante, o eso espero).

Un sincero agradecimiento al equipo de diseño, comercial y de comunicación de Penguin Random House. Siempre lo digo: no podría tener mejores aliados para mis novelas. Y, por supuesto, al equipo de edición, y aquí sí que me gustaría detenerme un poco.

A Elena Recasens, por hacer magia con el tiempo, y por su trabajo, siempre impecable.

A Gabriela Ellena, porque las novelas con Gaby al lado siempre son mejores.

A Carmen Romero, por conseguir lo que parece imposible y por su intuición profesional, que la lleva a formular la pregunta justa o la sugerencia necesaria. Este autor te admira más de lo que se puede expresar en unas líneas.

A Ana Caballero... A ver, ¿cómo explicarlo? Nos conocemos desde hace años, así que he visto de cerca su crecimiento profesional que la ha convertido en la enorme editora que es ahora. Aun así, siempre es una grata sorpresa constatar su generosidad, su honestidad y su inmenso talento, por no hablar de su dedicación incansable. De verdad, muchas gracias.

Por último, mi más sincero agradecimiento a los lectores y lectoras que llevan ya años acompañándome. Todo esto tiene sentido porque vosotros estáis al otro lado.